CRISTINA CABONI

Apicultrice en Sardaigne, Cristina Caboni partage son temps entre ses abeilles et l'écriture. Ses livres sont tous des best-sellers en Italie. *Le Parfum des sentiments* (Presses de la Cité, 2016) est son premier roman. Il est suivi par *Le Jardin des fleurs secrètes* (2019), *Une vie entre les pages* (2020) et *La Maison aux miroirs* (2021), parus chez le même éditeur.

LE JARDIN DES FLEURS SECRÈTES

ÉGALEMENT CHEZ POCKET

LE PARFUM DES SENTIMENTS

LE JARDIN DES FLEURS SECRÈTES

UNE VIE ENTRE LES PAGES

CRISTINA CABONI

LE JARDIN DES FLEURS SECRÈTES

Traduit de l'italien par Marie Causse

PRESSES DE LA CITÉ

Titre original :
IL GIARDINO DEI FIORI SEGRETI
L'édition originale de cet ouvrage a paru aux éditions Garzanti, Milan.

ISBN 978-2-266-30021-6
Dépôt légal : février 2020

Ma vie est un jardin
et ceux que j'aime en sont les fleurs.
C'est pour vous, mes chéris,
que j'ai écrit ce livre.

« Donnez-moi un jardin aux fleurs
magnifiques, emplissant
de parfums l'aurore, où je puisse
me promener tranquille[1]. »

Walt WHITMAN

1. Traduction française Léon Bazalgette, Éditions de l'Effort libre, 1914.

Prologue

« Le jardin c'est le lieu de la contemplation, de l'espace. Un endroit où déposer ses pensées. Mais surtout, le jardin, c'est le silence. »

La voix profonde s'élève au-dessus des arbres. Le vent la recueille et l'emporte au loin. Derrière un buisson de roses, Bianca observe son père. Assise en cercle, une petite foule boit ses paroles. Elle vient presque chaque jour suivre ses leçons. Bianca baisse la tête, les yeux rivés sur l'herbe, son esprit se pelotonne autour de son cœur. Alors elle serre ses petits poings et se redresse.

Elle a quelque chose à dire à son père. Quelque chose d'important. Il ne s'est pas aperçu que le jardin parle, et qu'il a beaucoup à raconter.

Et cette pensée, la conscience de cette découverte, la remplit de joie. Son père va enfin lui offrir un sourire, fera son éloge auprès de sa mère, et dira à tout le monde qu'elle est, elle aussi, une vraie Donati.

— Chut, tais-toi, tu sais bien qu'il ne faut pas l'interrompre !

Mais Bianca n'écoute pas sa petite sœur. Ses yeux brillent, elle sait qu'elle doit s'adresser à lui avec respect. Elle sait aussi qu'elle doit attendre. Seulement, elle a trop hâte, et son impatience l'incite à courir jusqu'à Lorenzo Donati, à le tirer par la manche, fort.

— Mais les pétales de roses font du bruit en tombant. Comme les brins d'herbe quand ils poussent, ou les marguerites quand elles éclosent. Le jardin parle. Tout le temps. Et moi, je l'ai entendu.

Voilà, elle s'est bien exprimée, sans bafouiller ne serait-ce qu'une fois.

Elle le fixe un moment, puis son regard va se poser plus loin, sur un muret où trônent des livres, comme des trésors. Son cœur bat la chamade, elle sent déjà le papier épais sous ses doigts, elle voit les illustrations, elle hume l'odeur des plantes séchées.

Tout ce qu'elle voit ne fait qu'accroître son désir. Entre ces pages, il y a des dessins de fleurs. Et beaucoup d'histoires. À côté des livres, il y a une boîte de couleurs, et des sachets de graines pour les parterres. Elle le sait car elle les a vus de loin. C'est une récompense qui sera remise au meilleur élève.

Tout à coup, elle prend conscience du temps qui passe, des félicitations qui ne viendront pas. Elle se retourne lentement et croise ces yeux identiques aux siens.

Elle n'y lit ni sourire ni fierté.

— Le jardin parle, je le sais. Il me raconte plein de choses.

Elle répète ce qu'elle vient de dire. Cette fois, sa voix est un murmure, et de grands silences se sont glissés entre les mots.

Elle reçoit un regard sévère pour toute réponse.

Son père lui prend la main. Ils marchent un peu tous les deux, puis Lorenzo s'arrête. Quand il lui attrape le menton, elle comprend qu'elle n'aura ni les livres ni les crayons de couleur.

— Tu ne dois pas m'interrompre, tu le sais.

— Mais je t'assure, le jardin parle.

— On en discutera plus tard. Maintenant, rentre à la maison, et restes-y.

Le cœur de Bianca bat encore plus fort, ses yeux piquent. Les mots de son père sont comme des pierres jetées sur les haies de cotonéasters, dont les baies rouges resplendissent au soleil. Alors, elle pense aux fleurs blanches et parfumées des troènes, qui délimitent le pré où Lorenzo Donati dispense ses cours. Puis son regard se perd au-delà, vers la vallée qui entoure le château.

Elle connaît cet endroit. C'est son monde. C'est là qu'elle est née dix ans plus tôt.

C'est son jardin.

Les mots de son père ne sont plus que les rafales d'un vent qui s'éloigne sans laisser derrière lui ni bruit ni parfum. Ils continuent à la chercher, à l'effleurer. Mais elle les ignore, jusqu'à ce qu'elle entende une fois encore le soupir de déception de son père, qui la paralyse.

Et voilà que le jardin lui parle à nouveau : l'herbe gémit sous ses souliers en colère, les buissons frémissent, frôlés par des pas impatients, jusqu'à ce qu'il ne reste plus que le vide. L'absence.

— Je t'avais prévenue. Pourquoi tu ne m'écoutes jamais ?

Sa sœur lui saisit la main.

Mais Bianca se dégage et fuit. À présent les fleurs versent des larmes de pétales pour accompagner les siennes. Elle court, comme la musique qui accompagne ses rêves, et sa rage. Du bout des doigts, elle caresse les azalées, les hortensias, les camélias.

Soudain, le bois s'ouvre. Le voici, le rosier qu'elle cherchait. C'est là, son refuge. Le rosier millénaire l'accueille presque aussitôt parmi les gros sarments et les vieux troncs noueux.

Elle ferme les paupières, le front appuyé contre l'écorce rugueuse, son souffle devient plus régulier. Quand elle les rouvre, le soleil filtre à travers les feuilles. Elle lève la tête et regarde les pétales rouges flotter dans l'air puis se poser sur la mousse émeraude à ses pieds, libérant autour d'eux leur parfum, comme un geste d'adieu. Quand elle tend la main pour recueillir ce trésor dans son petit poing, les épines la caressent.

Elle devrait se méfier, son père l'a mise en garde plus d'une fois : « Fais attention, tu vas te blesser avec les épines. »

Mais le rosier est son ami, jamais il ne lui ferait de mal. Elle a essayé de le lui dire. Mais il est distrait, il reste sourd à ses paroles. « Écoute-moi », voudrait-elle crier, « écoute-moi, s'il te plaît ! » Mais il est déjà loin. Il a laissé derrière lui les regards agacés et les soupirs de déception, les reproches silencieux, la main qui martèle sur la table en bois sa désapprobation.

« Je n'y arrive pas. Je n'arrive pas à être comme il voudrait », répète-t-elle au rosier.

Il y a comme un frémissement, puis une rafale de vent. Cette fois, les pétales, avant de toucher le sol, se posent sur elle comme un baiser.

Son rosier l'aime.

Bianca le sait, et pour la première fois elle sourit.

1

Cultiver son jardin, c'est cultiver sa patience.
Il faut de l'attention, du soin, de la constance.
En hiver, on peut se consacrer à la maintenance
des outils et à la préparation du terrain
pour les nouvelles semailles. La terre accueille
et garde le secret de la renaissance.

Ils n'auraient pas dû être là, ces jeunes. Ce quartier d'Amsterdam n'attirait pas les noctambules, d'habitude.

Iris Donati souffla sur ses doigts pour les réchauffer. « Qu'est-ce que vous faites encore là, hein ? » Son murmure se perdit dans une nouvelle rafale de vent glacé, qui lui coupa la respiration. L'espace d'un instant, elle envisagea d'abandonner. Elle reviendrait une autre fois. Puis elle vit une rangée de fenêtres alignées au deuxième étage d'un immeuble de l'autre côté de la rue, et son regard s'y fixa un long moment.

Non, décida-t-elle. Elle attendrait.

Elle consulta le ciel encore une fois avant de se remettre à observer la rue.

Les jeunes continuaient à courir et à plaisanter. Un échafaudage était solidement attaché à la façade d'un immeuble. La lumière moelleuse des réverbères flottait sur les eaux du canal. L'odeur était intense, presque désagréable. Elle aimait, en revanche, le doux clapotis de l'eau, tout comme le bruissement du vent qui emportait les sons avec lui.

Elle repoussa une mèche de cheveux de son visage et reporta son attention sur les garçons, qui s'étaient mis à rire.

Ils devaient avoir à peu près son âge. Des étudiants. Ou peut-être des touristes. Au fond, quelle importance ? C'était leur façon de se toucher et de rire qui la fascinait. Elle les suivit encore, incapable de les quitter des yeux, jusqu'à ce que sa curiosité se transforme en un désir presque douloureux. Alors, elle recula.

La sirène d'un bateau, au loin, la fit sursauter. « Je perds mon temps », grommela-t-elle. Elle avait quelque chose à faire. Et elle devait accomplir sa mission avant le lever du soleil.

Quand, enfin, le dernier garçon du groupe disparut à l'angle de la rue, elle lâcha un soupir de soulagement. Elle scruta les alentours, prudente. Elle chercha l'obscurité, rabattit sa capuche sur sa tête et se fondit dans la pénombre.

Ce qu'elle faisait durant ces nuits de lune croissante était interdit. Si elle s'était fait prendre, elle aurait eu de gros ennuis. Elle en était pleinement consciente, pourtant, elle persistait à sélectionner des lieux où faire naître ses jardins.

Le monde avait besoin de fleurs.

C'était sa seule certitude.

D'un geste lent, elle se délesta de son sac à dos et, après avoir détendu ses muscles endoloris, écarta à nouveau ses cheveux de son visage. Elle sortit une à une les plantes enveloppées dans des linges humides. Pour ce parterre, elle avait choisi des roses de Portland et Bourbon. Mais aussi des violettes, cyclamens, tulipes et narcisses, prêts à être transplantés. D'abord les roses, plus hautes, puis les autres fleurs. Ainsi qu'un petit tapis herbeux doux comme de la mousse et du même vert émeraude pour parfaire le tableau.

Dans la poche de son jean elle avait le mail qu'Anne Linth, la femme qui vivait de l'autre côté de la rue, avait envoyé à *Onze Tuin*, la revue de jardinage pour laquelle Iris travaillait. C'était pour elle qu'elle créerait un jardin cette nuit. Elle n'avait parlé à personne de sa décision, sauf à son vieil ami, Jonas, mais ça ne comptait pas puisqu'il évoluait, pour ainsi dire, dans une réalité parallèle. Personne d'autre n'aurait pu comprendre ce qui la poussait à réaliser en cachette un jardin pour une inconnue.

À vrai dire, elle ne le comprenait pas très bien elle-même.

Ce soir-là, elle créerait un jardin unique. Le jaune des primevères pour le retour à la vie, le violet des jacinthes pour le courage et la force, le rose des tulipes pour l'espoir. Et des roses de Damas pour leur parfum intense. C'était une offrande, un cadeau, une tentative pour aider quelqu'un. Quelque chose qui ne naissait pas seulement de son désir de vivre en harmonie avec la nature, ni de sa façon de la voir et d'en prendre soin, comme dans les jardins qu'elle avait composés jusqu'alors.

Et cela l'effrayait un peu.

Iris s'essuya le front et continua à travailler jusqu'à ce que cette femme ait disparu de son esprit. Alors, elle resta seule avec ses fleurs et ses plantes. La pelle et le râteau devinrent des prolongements de ses bras et son cœur ralentit jusqu'à se caler sur le rythme du vent.

La terre sous ses doigts était dure, son odeur pénétrante se mélangeait à l'humidité qui montait du canal tout proche. Il lui fallut plus d'une demi-heure de dur labeur pour préparer le parterre. Après avoir jeté un ultime coup d'œil à la bande qu'elle avait laissée libre pour accueillir les graines, elle leva la tête vers le ciel et respira l'air de la nuit.

Avant d'enfourcher son vélo, Iris regarda une dernière fois derrière elle, puis elle saisit le guidon et pédala à toute vitesse. Son sourire s'épanouit au vent de sa course, et plus d'une fois elle faillit perdre l'équilibre. C'était toujours la même chose après chaque nouveau jardin. C'était la joie qui guidait ses pas et donnait un sens à sa vie.

Elle habitait un petit appartement au rez-de-chaussée d'une maison du Béguinage, un des quartiers les plus anciens et pittoresques d'Amsterdam. Une rangée de vieilles maisons, un parc bordé d'immenses châtaigniers au milieu duquel se dressait une église, voilà ce qu'elle voyait chaque matin en se rendant au travail. Depuis qu'elle s'y était installée, elle souffrait moins du sentiment d'aliénation qu'elle éprouvait depuis toujours. Ce n'était pas facile de vivre dans une grande ville. Elle n'avait jamais pu s'expliquer cette sorte de mal-être qui la cueillait au dépourvu. Ce n'était pas de la solitude, elle n'était jamais seule, grâce à ses plantes. C'était comme une sensation de vide, un manque. Une douleur subtile, une mélancolie. En général, ça passait vite, mais certains jours cette sensation se transformait en tristesse, et alors, elle attendait la nuit.

À ce moment-là ses jardins prenaient vie.

Son sac de plantes sur le dos, elle sortait, à la recherche d'un lieu qui pourrait accueillir sa nouvelle œuvre.

Le Béguinage lui avait immédiatement évoqué un village, un lieu aux frontières bien délimitées où tout le monde se connaissait. Mais ce qui avait fini de la convaincre de payer le loyer exorbitant qui engloutissait une bonne partie de son salaire, c'était la paix qui en émanait, le vert, et la cour privative, qui n'était certes pas très grande, mais assez lumineuse pour qu'elle puisse y conserver toutes ses plantes.

Elle les avait toutes sauvées. Souvent elle les avait récupérées dans des bennes à ordures ; parfois quelqu'un, lassé de s'en occuper, avait confié la plante à un ami d'ami qui avait pensé à elle. Elle en avait trouvé certaines lors de ses promenades, elle avait alors cherché un terrain plus adapté, une meilleure exposition, avant de les transplanter. Quand elles étaient vraiment en très piteux état, elle les rapportait chez elle et en prenait grand soin, jour après jour. Grâce à elles, les jardins qu'elle créait n'étaient pas comme les autres.

Car chacune avait une histoire.

Au Béguinage, elle rejoignit rapidement son appartement. Quand elle retira sa capuche, la lumière dorée du réverbère, qui tombait sur le trottoir, illumina aussi son visage. Elle était menue, avec des pommettes hautes, des traits délicats et de longs cheveux châtains. Mais le plus frappant dans son aspect était son air sérieux, l'intensité de son regard.

Bien plus tard, au chaud sous sa couette, Iris regardait dans le vague, par-delà la grande baie vitrée qui donnait sur la cour. Le parterre était très réussi. La parfaite harmonie des couleurs serait bientôt complétée par celle des parfums, quand les fleurs auraient éclos. Elle aurait dû être satisfaite et heureuse, ainsi qu'elle se sentait, en général, après avoir réalisé un de ses projets. Mais étrangement, cette nuit, elle était inquiète.

Peut-être parce que cette fois elle avait interprété les besoins d'une autre personne, elle les avait transformés en une composition de fleurs, de plantes, de couleurs et de parfums.

Et ça changeait tout. Ça changeait son rapport avec le monde, avec les autres. À ce moment, elle sentait tout le poids du geste qu'elle venait d'accomplir.

Elle soupira, s'agita.

L'aube était presque là, pourtant la nuit semblait ne pas vouloir céder sa place et laissait la lune continuer à jouer de sa lumière pâle.

Les arbres étaient devenus d'argent, et les fleurs d'or. Des graines pour les voyageurs, de l'eau pour la rose. Voilà ce que disait la comptine. Elle en connaissait d'autres strophes. Chacune commençait par une fleur différente. Tout, dans la vie d'Iris, avait commencé par une fleur.

Quand elle était petite, son père la lui récitait tout le temps. Elle aimait croire que c'était cette mère dont elle n'avait plus aucun souvenir, qui la lui avait apprise. Elle posa un bras sur ses yeux tandis que ses pensées filaient à toute vitesse.

Elle l'avait perdue quand elle était petite et, depuis, elle était restée seule avec son père. Elle avait complètement disparu de sa mémoire ; tant de femmes s'étaient occupées d'Iris quand elle était enfant que l'image de sa mère avait été remplacée par celles de toutes les femmes qui l'avaient aimée.

Elle avait même du mal à se rappeler leurs prénoms. Mariana, Lidia, Dolores et Antonia étaient celles qui avaient le plus compté dans sa vie. Celles avec lesquelles elle avait passé le plus de temps. Mais il lui semblait que cette comptine la liait à Claudia.

Tel était le nom de sa mère.

2

L'amaryllis – Hippeastrum *– est la fleur*
de l'élégance. Bulbeuse de grandes dimensions,
elle éclot en de larges pétales charnus aux nuances
prononcées. Facile à cultiver même en intérieur,
elle aime la lumière, les terres sableuses,
les arrosages réguliers mais non fréquents.
Et les caresses sur ses longues feuilles.
Si l'on prend soin de la rentrer en hiver,
elle fleurit à la fin du printemps. Attention,
comme d'autres très belles plantes,
l'amaryllis est toxique.

Iris gara son vélo, l'attacha, et jeta un coup d'œil rapide à sa montre. Elle avait une demi-heure devant elle. Le Pentium était à deux pas de là ; un café accompagné d'un des beignets qui faisaient la réputation de l'établissement aurait constitué une excellente manière de commencer la journée.

Ou bien elle pouvait se promener au Bloemenmarkt, le marché aux fleurs qui bordait le canal Singel, tant que le temps se maintenait.

Elle regarda un instant les passants, tandis que les souvenirs affleuraient, avec une douceur dévorante. Elle adorait cet endroit : pendant des années, cela avait été une récompense, une fête ; le rendez-vous avec son père qu'elle ne pouvait pas manquer.

En prenant sa place dans la file des visiteurs, elle eut un sourire. C'étaient les pétales qui lui plaisaient, les parfums, ce léger bruissement fait de soupirs de bonheur. Elle laissa son regard glisser sur les fleurs, les plantes luxuriantes et les boutons. Le clapotis de l'eau agitée par le passage des embarcations lui était familier, comme le vrombissement des moteurs et le bavardage des gens. Combien de fois son père l'avait-il amenée là ?

Des groupes se formaient devant les paniers remplis de fleurs, les grosses tulipes multicolores, les freesias à la senteur délicate. Quand elle arriva devant le vendeur de semences et de bulbes, elle s'arrêta. Au mur étaient accrochées des enveloppes avec une photo de la fleur et la façon de la cultiver, comme autant de promesses parfaitement alignées. Elle aimait imaginer ce que chacune de ces graines pourrait devenir, si elle recevait les soins adéquats. Elle les voyait même déjà écloses, et stars de ses jardins.

— Bonjour, Iris, je peux t'aider ?

Elle secoua instinctivement la tête.

— Merci, Mark, je jetais juste un œil.

Le garçon lui sourit, enfonça les mains dans ses poches sans cesser de la dévisager. Quand la gêne se transforma en malaise, elle se décida à parler :

— Comment va ton oncle ?

— Il est sorti hier de l'hôpital. Il a hâte de se remettre au travail.

— Tant mieux, passe-lui le bonjour de ma part.

— Et ton père ? Ça fait un moment que je ne l'ai pas vu.

— Il est encore en Éthiopie.

Il n'allait pas tarder à rentrer à Amsterdam, elle comptait les heures, il lui manquait beaucoup.

— Ah oui, c'est vrai.

Mark fit une pause puis s'éclaircit la voix.

— Tu es libre, ce soir ?

Que répondre ? Elle contempla le bout de ses pieds.

— Je sais que je t'avais promis de ne plus te le demander, mais voilà… je comprends pas. Tu ne me donnes plus aucune nouvelle. J'ai dit quelque chose qu'il fallait pas ?

Iris se trouva un moment à court de mots.

— Non, ça n'a rien à voir avec toi.

— Alors qu'est-ce qu'il y a ? Je veux juste qu'on passe un peu de temps ensemble.

En réalité, il voulait bien plus que ça, et ils le savaient tous les deux. Il y avait eu un baiser impromptu. Cet événement avait poussé Iris à considérer leur amitié sous un jour nouveau.

— Tu ne veux pas attendre encore un peu ?

Mark lui plaisait, il était la seule personne avec laquelle elle pouvait parler de graines, de fleurs et d'arbres sans se sentir ridicule… mais une ombre passa dans son regard. Elle était déjà tombée amoureuse, par le passé. Et ça s'était toujours terminé dans un océan de larmes. C'était dû en partie aux perpétuels déménagements qu'imposait le travail de son père. Francesco Donati gérait la reconversion d'entreprises horticoles, et ses contrats duraient rarement plus d'un an. Emménager à l'autre bout du monde n'aidait certainement pas à consolider une histoire naissante. Mais Iris était convaincue que, si ses histoires finissaient mal, c'était pour une autre raison : elle pensait qu'elle était bizarre. Elle *était* bizarre. Les gens normaux ne passaient pas leur temps à parler avec les végétaux. Ils ne sortaient pas en pleine nuit avec un sac à dos plein de fleurs qu'ils plantaient en cachette là où ils le jugeaient nécessaire. Elle avait tenté de se comporter comme les autres. Mais elle n'était pas parvenue à ignorer cette voix en elle qui la poussait à s'occuper des plantes.

Mark secoua la tête.

— Ne me dis pas que je suis ton seul ami, ou ce genre de bêtises, parce que je n'y crois pas. Mais disons que pour l'instant je m'en contenterai. Pour l'instant, d'accord ? Et maintenant, fais-moi un beau sourire. Je ne veux pas te voir triste, ni fâchée contre moi.

Elle se surprit à lui obéir, tandis qu'une vague sensation de contrariété lui chatouillait le ventre. Peut-être qu'avec Mark les choses se passeraient différemment. Mais la vraie question était autre : avait-elle vraiment envie de le découvrir ?

— J'ai quelque chose pour toi. Attends-moi ici, je reviens tout de suite.

Le garçon se retourna brusquement, bousculant quelques passants, et se dirigea vers son comptoir, sous lequel il fouilla un moment.

Il y avait un va-et-vient de clients autour d'Iris. Certains qui avaient déjà fait leurs achats tenaient les fleurs serrées contre eux, tels de véritables trésors, d'autres continuaient à errer entre les vases argentés remplis de roses, de pivoines et de glaïeuls, ne sachant que rapporter chez eux.

— Voilà !

Mark avait fait vite. Il lui tendit un paquet en disant :

— Surprise, surprise !

— Tu ne me donnes pas un indice ? Pas même sur la couleur ?

Il fit non de la tête.

— Elles ont besoin de lumière et de chaleur, choisis un endroit ensoleillé. Et quand elles fleuriront, tu penseras à moi, hein ?

Iris acquiesça et porta la main à son portefeuille, mais Mark recula d'un pas.

— Non, non, c'est un cadeau.

— Je ne peux pas l'accepter, dit Iris après un bref silence.

— Et pourquoi ça ? Personne n'en veut, je te jure.

Avant qu'elle n'ait eu le temps de répondre, il lui fit un clin d'œil et se tourna vers une dame.

— Je peux vous aider ?

Iris le regarda une dernière fois, puis jeta un œil à l'intérieur du paquet. « Et en plus tu me racontes des mensonges », murmura-t-elle. Elle fit claquer sa langue, un sourire aux lèvres. Les bulbes n'étaient absolument pas rabougris ni abîmés, comme ceux qu'elle acceptait d'habitude ; ils étaient fermes, sains et donneraient des fleurs magnifiques. Elle se dit qu'elle devrait les lui rendre mais, au lieu de cela, elle les posa délicatement dans son sac. Iris avait déjà des projets pour eux. La pluie se mit à tomber, et elle courut se mettre à l'abri.

Elle ne s'était jamais vraiment habituée à l'architecture du centre d'Amsterdam. Elle ne lui déplaisait pas, au contraire. Mais la tendance des bâtiments à se dresser tout en hauteur, leurs grandes fenêtres verticales, les corniches et les tuiles d'ardoise, les couleurs voyantes aux riches nuances lui évoquaient des maisons de poupée en pâte d'amande, pas des lieux où vivre vraiment. Par exemple, le siège de *Onze Tuin*, la revue où elle travaillait, était d'un rose tape-à-l'œil, avec des arêtes ivoire et des cheminées surmontées de petits chapeaux blanc crème.

Dans cette partie de la ville, le temps semblait s'être arrêté. Iris pensait souvent aux personnes qui avaient vécu dans ces demeures, elle se demandait qui elles étaient, quelle avait été leur vie, si elles avaient laissé quelque chose d'elles-mêmes. Elle observait avec une grande attention ce qui l'entourait, dans l'espoir de découvrir des traces du passé dans la structure des immeubles, dans ces détails qui ornaient les hauts murs ou les architraves des entrées, ou bien dans la poulie au centre du dernier grenier, qui autrefois servait à soulever les objets pour les transporter à l'intérieur de la maison.

Le passé la fascinait.

Pour elle qui en avait été privée, dans sa vie nomade avec son père et la nounou de service, le passé avait toujours été source d'émerveillement.

Elle entra dans l'immeuble après avoir lancé un dernier regard à la bande de ciel bleu entre les bâtiments. La bruine avait collé ses cheveux sur son visage. Elle les repoussa nerveusement et, après avoir monté l'escalier au pas de course, elle marqua une pause devant une porte en verre. Elle prit une longue inspiration, puis une seconde, les yeux rivés sur le battant qui s'ouvrait.

La rédaction était au deuxième étage. Quarante-deux mètres carrés parquetés d'érable. Des boiseries tout autour, des bureaux en bois alignés les uns à côté des autres. Sur chacun un ordinateur et partout des tas de photos, des revues de jardinage, des Post-it, et même quelques plantes. C'était elle qui les avait déplacées près des fenêtres, afin qu'elles aient le plus de lumière possible et, en remerciement, elles s'étaient mises à fleurir.

— *Heer* Jansen a laissé quelque chose pour toi sur ton bureau. Il a dit qu'il le lui fallait pour quatre heures. Alors secoue-toi un peu.

— Bonjour à toi aussi, Egle.

Iris suivit du regard sa collègue qui retournait s'asseoir à son poste, les épaules droites, la tête haute. Tout en elle était rigide, jusqu'à ses cheveux, qu'elle portait noués. Qu'est-ce qu'elle pouvait bien manger au petit déjeuner ? Des cailloux ?

En rejoignant son bureau, elle salua de la main les autres, qui avaient assisté à la scène. Elle rendit leur sourire à celles qui lui en adressèrent un, puis retira son imperméable. Elle admirait leur capacité à ignorer Egle. Elle n'y était jamais parvenue, pas plus qu'avec n'importe qui d'autre.

Mais pour retrouver sa bonne humeur, il lui suffit de poser les yeux sur la surface de bois brillante où trônaient un petit vase bleu ciel en terre cuite et une amaryllis rouge à laquelle elle avait même donné un nom : Lucio. Ses étamines jaunes recouvertes d'un fin duvet doré saillaient entre ses longs pétales en forme de trompette. L'impact visuel était extraordinaire mais, plus que tout, Iris adorait leur parfum intense et pourtant très frais. Elle posa son sac et saisit la feuille que Dolf Jansen, son chef, avait laissée à son intention.

— Comment tu fais pour la supporter ?

Sous un carré court d'un roux improbable, deux yeux tellement clairs qu'ils semblaient transparents la fixaient avec une pointe de curiosité. Elle sourit à Lena et haussa les épaules.

— Bah, il y a pire.

— Vraiment ?

— Vraiment.

Elle espérait que sa collègue la laisserait tranquille, mais Lena posa les mains à plat sur le bureau et se pencha en avant. Elle mourait d'envie de lui prodiguer des conseils, Iris le lisait dans ses yeux, dans sa façon de remuer les lèvres, et jusque dans le mouvement saccadé de sa petite frange parfaite. Mais pourquoi les gens se sentaient-ils donc en droit de se mêler des affaires des autres ?

— Genre, qui ? Allez, donne-moi au moins un nom ! enchaîna Lena, une lueur de défi dans les yeux.

Iris détestait être acculée de la sorte, elle détestait qu'on dépasse les bornes. Mais, plus que tout, elle détestait les conflits. Elle ne se disputait jamais avec personne, elle trouvait cela inutile, pourtant, elle sentit une sorte d'agitation s'emparer d'elle, et son stress se transforma en angoisse. Elle chercha en vain une réponse pour congédier Lena, et décida finalement de l'ignorer. C'était une bonne méthode, parce que les gens ne désiraient qu'une chose : être écoutés. Face à un mur d'indifférence, ils se mettaient aussitôt en quête d'une autre oreille attentive.

Malheureusement, encouragée par son silence, sa collègue revint à l'attaque.

— Pas facile, hein ? Tu es la seule personne qui supporte Egle et qui s'arrête pour discuter avec Jonas.

— Pourquoi, je ne devrais pas ?

Iris regretta immédiatement d'avoir mordu à l'hameçon, mais Jonas était son ami, et la personne la plus gentille qu'elle connaissait.

— Iris, c'est presque un clochard, ce type. Il vit sur une péniche qui était déjà vieille quand on a creusé le Singel, et il pue le chat.

— Qu'est-ce qu'il devrait faire, d'après toi ? Abandonner ses chats ? Les laisser mourir de faim, peut-être ?

Iris ne supportait plus ce regard plein de pitié qu'elle sentait peser sur elle depuis trop longtemps. Serrant les dents, elle ravala les quelques mots chargés de fiel qui lui brûlaient les lèvres et se mit à ranger son bureau, bouillonnant de rage. Lena se décida enfin à reprendre son travail.

Quand arriva l'heure du déjeuner, Iris avait mangé tant de bonbons qu'elle avait l'appétit coupé. Tôt ou tard, il faudrait qu'elle y renonce, pensa-t-elle. Manger autant de sucre, ce n'était pas très sain, mais c'était la seule façon de combattre l'amertume qui lui montait aux lèvres. Une pluie battante lui fouettait le visage et dégoulinait sous son imperméable, trempant ses vêtements. Elle tourna à l'angle de la rue et déboucha sur une esplanade. Devant elle se trouvait un des nombreux ponts qui traversaient le Singel. Elle le parcourut et descendit sur le quai. Le bateau était rouge, les pots de fleurs sous les fenêtres semblaient peints : jacinthes, narcisses, muscaris, tulipes et freesias ; ils étaient magnifiques. Au bleu des pétales s'unissaient le blanc, le crème profond et diverses nuances qui allaient du rose criard au lilas. L'opalescence des pétales lui rappelait les ailes des petits papillons brésiliens de son enfance, sur les berges sableuses de la rivière qui coulait près de leur maison d'alors. Elle prit une grande inspiration et se sentit mieux. Une fois sur la péniche de Jonas, elle ne fut pas étonnée de le trouver sur le pont.

— Salut. Ça va ?

L'homme se contenta d'un geste de la main, le regard fixé sur les ronds que la pluie dessinait dans l'eau.

— Je peux m'asseoir ?

Jonas pencha la tête sur le côté, comme s'il n'avait pas compris la question. Puis il lui sourit. Il avait les yeux d'un bleu délavé et, malgré les innombrables petites rides qui les entouraient, ils étaient clairs et vifs. Ses cheveux très blonds, presque blancs, doux comme la laine, formaient de petites touffes sur lesquelles brillaient de minuscules gouttes de pluie.

— J'ai fait du thé.

Iris le suivit à l'intérieur, en prenant garde à ne pas laisser sortir les chats qui s'étaient précipités vers elle et se frottaient contre ses jambes en miaulant.

— Tiens, et ne leur donne pas tout !

Le vieil homme accepta le gâteau et, après l'avoir sorti de sa boîte, entreprit de le renifler.

— Calendula, crème de riz… tu es douée.

Il avait une voix grave, rauque, comme s'il ne s'en servait que rarement. Iris sourit et tendit les mains vers le poêle qui chauffait la pièce.

Il régnait dans la péniche une sensation de calme infini. La chaleur de la pièce, le léger ronronnement des chats, l'odeur âcre du canal. Tout lui plaisait. Tout doucement, le sentiment d'oppression qui l'avait saisie au bureau disparut. Ça se passait toujours comme ça quand elle venait le voir. N'importe qui se sentait bien auprès de lui, de toute façon.

Jonas caressa un chat, puis le posa par terre et, du doigt, il indiqua la table entaillée, mais lustrée à la cire d'abeille, qui accueillait deux tasses, une théière et un pot à lait que Jonas devait avoir trouvés dans la vieille péniche quand il s'y était installé, dix ans plus tôt.

Iris s'assit et laissa son regard se promener sur les murs. Il y avait des centaines de livres, entassés un peu partout. Un petit canapé et un coin cuisine complétaient le décor de cette partie du bateau. Sur le buffet, deux assiettes, deux verres et deux tasses. Depuis le jour où ils étaient apparus, Jonas l'avait de temps en temps invitée à déjeuner ou à dîner, en général quand son père était loin. Elle savait que Francesco avait demandé à Jonas de veiller sur elle en son absence. Au début, elle l'avait un peu mal pris : elle n'était plus une enfant. Mais puisque Jonas n'était pas du genre envahissant, elle s'en était accommodée.

— Qu'est-ce qui se passe ?

Elle sursauta et son regard croisa celui du vieil homme. Si elle avait instinctivement effacé de son esprit les vilaines choses que Lena avait dites sur son ami, elle n'arrivait pas à oublier les critiques de la jeune femme à son égard. Et ça lui faisait mal. D'ailleurs, d'elle ou de Lena, qui avait réussi, dans la vie ?

— Tu n'as jamais eu l'impression d'être un raté ?

Le vieil homme esquissa un sourire.

— Pas vraiment. Je ne fais que ce en quoi je crois. Et toi ?

Elle réfléchit un peu, puis secoua la tête.

— Les gens n'arrêtent pas de me donner des conseils, tu sais, plein de gens. Il faut croire que j'en ai besoin.

Jonas la fixa un long moment.

— Tu n'as pas répondu à ma question.

— C'est justement à cause des choses auxquelles je crois que je passe pour une idiote. J'écoute quand on me parle, je dis merci, ce genre de choses, quoi…

« Je parle avec les plantes. » Elle garda cette dernière phrase pour elle. Il la gratifia d'un petit rire et lui offrit une assiette de biscuits.

— Un comportement inacceptable, en effet ! Toute cette gentillesse, vraiment, c'est une honte. Tu as de drôles de fréquentations, ma petite.

Iris se sentit un peu bête et baissa la tête.

— Avec toi, tout a l'air si simple…

— Avec moi ?

Jonas fit une pause puis se racla la gorge avant d'ajouter :

— Qu'est-ce que tu aimes le plus, chez les gens ? Tu n'as droit qu'à une réponse.

Ce n'était plus une gamine, pourquoi voulait-il la faire jouer aux devinettes ? Elle envisagea un instant de ne pas réagir, mais Jonas gonfla les joues et lui fit des grimaces, ces mêmes grimaces qui la faisaient rire aux éclats quand elle était petite.

— Leur sourire.

On pouvait cerner une personne à sa façon de sourire, ou presque. Ça aussi, Jonas le lui avait appris.

— Bonne réponse. Et tu sais pourquoi ?

Elle fit non de la tête. Il mourait d'envie de le lui expliquer, elle n'allait pas lui ôter ce plaisir.

— Parce que c'est la fenêtre de l'âme. Et la seule chose qui nous rende dignes de vivre parmi les fleurs, c'est l'humanité, rien d'autre. Mais attention, ça ne veut pas dire que nous en soyons tous dotés, précisa-t-il immédiatement. Pense au plus beau livre que tu aies lu, au plus beau tableau que tu aies vu, à la plus belle chanson que tu aies entendue. C'était toujours une expression de l'âme.

— Parfois, je me demande quand même si je vis dans le même monde que les autres.

— Eh bien, quand ça t'arrive, souviens-toi de qui tu es, de ce en quoi tu crois. Ce n'est pas difficile, l'essentiel, c'est d'être en paix avec soi-même. Et n'oublie pas que les choses n'existent que quand tu leur accordes de l'importance, ma petite.

Jonas l'accompagna jusqu'au môle. Il se passa une main dans la barbe en la regardant s'éloigner en courant. Comment avait-elle pu conserver une telle bonté malgré ce que lui avait fait son père ? C'était un mystère. Il secoua la tête, puis retourna s'asseoir sur sa chaise longue, sans se soucier de la pluie qui continuait à tomber dru. Il ajusta le col de son ciré et se remit à contempler l'eau du canal.

Iris avait téléchargé tous les mails adressés à « la fée des fleurs », nom de sa rubrique de jardinage, et avait déjà rédigé quelques réponses. Heureusement, il n'y avait pas eu d'autre Anne Linth, seulement des questions assez simples. Repenser à cette femme l'attrista. Elle avait pris de sacrés risques en plantant ce parterre de fleurs devant chez elle, la nuit précédente. Elle espérait qu'elle n'avait pas fait ça pour rien, qu'Anne y avait puisé un peu de sérénité. Perdre son mari avait été une terrible épreuve, pensa-t-elle en se replongeant dans les messages.

Chère fée des fleurs, je voudrais créer un petit coin de verdure sur ma terrasse, malheureusement, elle est presque tout le temps à l'ombre. As-tu des conseils à me donner ?

Iris poursuivit sa lecture. Lilian Vos venait de s'installer à Amsterdam. Elle avait changé de travail. Elle était très heureuse mais inquiète. Elle avait plus de responsabilités qu'avant, ce qui lui causait du souci. Elle avait quitté un petit village de province, et elle avait du mal à se faire à la vie en ville. C'est fou, ce qu'on peut raconter à un inconnu, se dit Iris. Alors, elle eut l'impression de voir Lilian. De savoir quelles fleurs pourraient l'aider. Elle se mit à taper très vite, le sourire aux lèvres. *Pour tes fleurs, choisis du gros sable, de la pierre ponce ou même de la perlite, que tu mélangeras intimement à du terreau. Prépare un berceau et commence par faire entrer chez toi l'optimisme des hortensias bleus et roses, le raffinement des violettes, la clarté des cyclamens blancs. Et enfin, la sérénité du muguet, et la pureté de la rose de Noël. Les tulipes Ice Cream et le lierre, le lierre doré surtout, pour apporter de la lumière et des couleurs. Les plantes les plus hautes doivent être placées à l'arrière, les plus petites devant.*

Elle passa à un autre mail.

Presque tous ceux qui lui écrivaient pensaient que le jardinage était une pratique nimbée de mystère, et que les plantes et les fleurs poussaient grâce à une énergie magique. Mais il n'en était rien.

Il n'y avait rien de plus naturel ni de plus simple que de prendre soin d'une plante. Il suffisait d'un peu de bon sens, d'un minimum de connaissance de la nature et de beaucoup d'amour et de patience.

Le plus important était de déterminer le climat de son jardin ou de son balcon. Les plantes qui aimaient la lumière devaient être placées au soleil, les autres s'épanouissaient si on les disposait dans une zone un peu ombragée. La deuxième étape consistait à préparer le terrain. Il était toujours préférable qu'il soit peu argileux et bien drainé. Avant de semer, on pouvait hydrater les graines en les faisant tremper une nuit, avant de les déposer dans le bac et de les recouvrir d'une très légère couche de terreau, qu'il fallait garder humide jusqu'à ce qu'elles germent, puis arroser selon les besoins. Pour connaître le moment venu, il suffisait de regarder la terre, de l'observer, de ne l'arroser que si elle était sèche. La plupart des gens, voulant bien faire, arrosaient sans retenue et finissaient par noyer leurs plantes.

Iris continua à travailler jusqu'à la disparition de la pile de papiers sur son bureau. Après avoir répondu au dernier mail, elle s'étira.

— On peut parler, maintenant ?

Elle ne l'avait pas entendu arriver. C'était Dolf Jansen. Blond, la quarantaine, il aimait la bonne chère, les cravates tape-à-l'œil, les voitures de collection.

— Oui, j'ai fini. Tu veux voir ? demanda-t-elle en lui tendant une feuille qu'il saisit et commença à lire, la main posée sur son bureau.

— Bravo, c'est bien.

Il lui rendit son texte et ajouta d'un ton enjoué :

— Je voudrais te montrer quelque chose.

Il plaça devant elle un dossier contenant des dizaines de photos et d'articles et fit glisser une chaise près de la sienne.

— L'exposition florale de Chelsea. Qu'est-ce que tu en dis ?

Iris prit le dépliant, en se mordillant la lèvre inférieure.

— C'est le seul salon où je ne suis jamais allée.

— Je croyais que tu les avais tous faits.

Elle fit non de la tête.

— Je suis allée à l'IPM en Allemagne, au Salon du végétal, à Angers. À l'IFTF en Hollande, à Gênes, à Nantes et à Gand. Mais pas à Londres.

— Et tu te sens capable de couvrir l'événement ?

Iris acquiesça. C'était une très belle opportunité, bien sûr qu'elle voulait y aller.

— Tu as une idée précise de ce que tu voudrais ?

— Surprends-moi. Et si tout se passe comme je l'espère, je t'embauche pour de bon. Ça fait combien de temps que tu es chez nous, trois… quatre mois ?

— Six.

Elle avait du mal à y croire : elle en rêvait depuis qu'elle était entrée chez *Onze Tuin.*

— C'est vrai ? Un article signé de mon nom et un contrat à durée indéterminée ?

— Bien sûr, c'est ce que je viens de dire, non ? grogna-t-il, l'air contrarié. Donne-moi le meilleur article qu'on ait jamais lu sur cette expo, et tu as un poste assuré.

Bianca

« Les plantes sont des êtres vivants, qui appartiennent au même règne que les arbres, les buissons, les arbustes, les herbes, voilà, les herbes et les feuilles. Ainsi que les fougères, les plantes grimpantes... » La voix s'éteint, pleine de doutes et de termes qui embrouillent la langue. Du bout de son minuscule doigt, Bianca suit les notes qu'elle tient sur ses genoux, puis elle ferme les yeux et essaie de se concentrer. Mais ce ne sont pas les noms qu'elle doit répéter qui lui viennent à l'esprit, ce sont les images de pétales colorés, de feuilles lancéolées ou en forme de losange, de plume et de cœur. Ses préférées. Ce sont des guirlandes et de fines branches, couvertes de baies rondes. Son regard s'échappe vers le jardin, à travers la grande fenêtre de sa chambre, puis il bute contre la porte qui la garde prisonnière. Et si elle sortait ? Pas longtemps. Elle a promis à sa mère de s'appliquer et de mieux se comporter. Et elle veut s'y tenir. Pour de vrai. Mais il ne pleut plus et ses jambes refusent de rester immobiles. Sa robe sautille sous les petits coups qu'elles lancent et son envie de sortir jouer devient un besoin.

— Tu as fini tes devoirs ?

Sa sœur se tient dans l'embrasure de la porte. Bianca lui sourit et s'élance vers elle.

— Non, et toi ?

— Oui, bien sûr ! Il n'y avait qu'une page à apprendre. Je vais jouer dehors.

Bianca écarquille les yeux : comment a-t-elle fait pour apprendre tous ces mots ? Et puis, ça lui revient : sa sœur est très intelligente. Tout le monde le sait. Elle est douée. Elle fait la fierté de leur père.

À nouveau seule, Bianca s'assoit sur le tapis, les jambes croisées, le livre sur les genoux. Elle a l'air triste. Mais bien vite, ses yeux retournent vers la fenêtre. Elle reste ainsi un instant, indécise. Puis elle se lève. « Je reviens tout de suite. »

Le chat étendu sur le lit ouvre un œil et, dans un bâillement, dévoile une langue rose. Bianca lui sourit et fonce vers la porte.

L'escalier devient un échiquier sur lequel sauter, puis le dos d'un dragon, les ailes d'un papillon. Elle a atteint la porte de la villa à présent. Elle l'ouvre doucement, un doigt sur les lèvres pour étouffer son rire. La petite voix qui lui ordonne de rentrer et lui rappelle ses devoirs s'éloigne de plus en plus. Quand d'un bond elle quitte la dernière marche du porche, la voix a disparu. Ce qui arrivera n'a aucune importance, car le soleil n'a jamais été aussi chaud ni l'air aussi pétillant sur le bout de son nez. Quelques secondes plus tard, elle dévale l'allée qui mène aux jardins. Quand son rire se calme enfin, l'herbe l'accueille.

C'est à ce moment-là qu'elle entend les voix. Elles sont encore lointaines, mais elle comprend immédiatement à qui elles appartiennent. Lentement, elle se lève.

Un coup d'œil à sa robe, et son sourire s'éteint. Elle aura beau faire de son mieux, pas sûr qu'elle réussisse à cacher ces vilaines taches. Elle y pense encore quand la voix de son père lui parvient. Elle court se cacher derrière les buissons, les doigts sur les feuilles. Elle les fixe un instant, se demandant quelle est leur forme, quel terme botanique leur correspond. Pour elle, ce sont des feuilles, et c'est tout. Pourquoi connaître leur nom scientifique la rendrait-il plus apte à s'occuper du jardin ?

« Les feuilles sont les organes des plantes qui permettent la photosynthèse... »

Le discours se poursuit, Bianca écoute les explications sur les feuilles, leurs bords, leurs nervures. Les mots se suivent sans éveiller la moindre image dans son esprit, et donc sans aucun sens. Le front plissé, elle en prend une petite entre ses doigts. Pour elle, ce n'est rien d'autre qu'une belle feuille verte.

La leçon continue. Les élèves réunis autour de Lorenzo Donati sont suspendus à ses lèvres. Elle aussi, elle écoute, attentivement, patiemment. Puis elle les regarde partir. Tous, sauf une. C'est à elle que son père s'adresse, penché, les mains sur ses épaules.

« Tu deviens chaque jour plus brillante, ma fille. Je suis très heureux. Un jour, tout cela sera à toi. »

Bianca écarquille les yeux, la gorge serrée. L'espace d'un instant, elle s'imagine à la place de sa sœur : ce n'est pas bien difficile, au fond, elles sont identiques. Elle aimerait tant que ces compliments lui soient adressés. Alors, elle essaie de les attraper, elle ferme les yeux et imagine. Alors, les mots de son père illuminent l'allée.

Elle aime le voir sourire. Son père est très séduisant, avec ses cheveux noirs qui retombent sur son front et ses yeux qui rappellent la mer. Quand il lui sourit, tout lui semble beau et facile. Mais elle n'arrive pas à maintenir cette illusion. Elle rouvre les yeux et la réalité la frappe de plein fouet. Elle envisage de sortir de sa cachette, de courir vers lui et de réciter elle aussi sa leçon. Parce qu'elle veut un sourire, elle aussi, parce que ça fait longtemps qu'il ne lui en a pas offert un seul. Et elle ne comprend pas, elle n'en connaît pas la raison. Avant, tout était différent, c'était une petite fille sage, et tout le monde était content.

Et puis il a changé.

3

La glycine de Chine – Wisteria sinensis *–*
est une plante à fleurs grimpante très appréciée.
Bien qu'existant en une grande variété de nuances
de couleurs, elle est mondialement connue
pour sa pluie de fleurs violettes, qui égaye
le printemps. Son parfum est doux et persistant.
Elle s'adapte à de nombreux types de terrains,
lesquels doivent cependant être bien drainés.
Elle aime le soleil et doit y être exposée
au moins quelques heures par jour.
Elle apprécie l'humidité, mais sans excès.
S'agissant d'une plante vigoureuse, elle a besoin
de beaucoup d'espace. Ses fleurs sont comestibles
et donnent une touche de gaieté aux soupes,
aux boissons et aux desserts.

Depuis qu'elle avait atterri à Londres, Iris ne cessait d'observer le monde qui l'entourait. Elle cherchait en vain un adjectif pour décrire cette ville, qui naviguait constamment entre le passé et le futur. Si les édifices qui bordaient la Tamise étaient tout d'acier et de verre, en parfaits emblèmes d'une mégalopole moderne et technologique, il suffisait de tourner à peine les yeux pour découvrir d'imposants immeubles noircis par les siècles et des flèches tendues vers le ciel. La roue panoramique qui se reflétait dans les eaux troubles et, au-delà du pont de Westminster, les chambres du Parlement participaient de ce charme enchanteur. Mais elle fut aussi très impressionnée par Chelsea, le quartier chic de la ville, où se tenait l'exposition florale. Iris était fascinée par les longues avenues fleuries bordées d'immeubles du XVIIIe siècle en briques rouges et de villas victoriennes. Devant chacune d'elles, des roses s'enroulaient sur des treilles le long de corniches saillantes et de larges bow-windows. Le temps paraissait n'avoir aucune prise, ici.

« L'exposition florale de Chelsea se tient dans les jardins de l'Hôpital royal depuis plus d'un siècle. » Quand Lena avait appris que Dolf l'envoyait à Londres, elle lui avait préparé une fiche. « On dirait des floralies comme les autres, Iris, mais ne t'y trompe pas : elles n'ont rien d'ordinaire. »

Et c'était vrai, Lena avait eu raison de la prévenir. L'atmosphère, les sourires rêveurs de ceux qui avaient un lien intime avec les fleurs, tout était différent.

Elle venait de quitter une petite place au milieu de laquelle un simple oranger, avec ses larges feuilles luisantes et ses fleurs blanches, semblait être le centre du monde. Des arcades parfaitement symétriques au style orientalisant menaient aux plus petits jardins, que traversaient de minuscules canaux scintillants.

À la vue d'une théière gigantesque recouverte de guirlandes mousseuses, elle eut envie de rire. À la base de ce pot de fleur dodu qui lui rappelait Alice au pays des merveilles se trouvaient quatre énormes tasses de porcelaine blanche, chacune couverte d'un chapeau : on aurait dit des cupcakes sauf que, ici, point de crème, chaque élément était constitué jusque dans le moindre détail de petites fleurs liées entre elles par Dieu sait quoi.

L'ensemble dégageait une fragrance si fruitée qu'elle fut tentée de tendre les doigts pour effleurer les pétales. Elle se remit en marche en se promettant qu'elle reviendrait là tous les ans. Elle avait trois jours devant elle : Dolf tenait beaucoup à cet article et lui avait accordé plus de temps. « Un article et un contrat », murmura-t-elle. Elle était heureuse, en effervescence. Elle mourait d'envie d'appeler son père et de tout lui raconter. Mais ce devait être une surprise. À son retour à Amsterdam, elle l'inviterait à dîner, puis elle lui montrerait la revue. Elle sourit, imaginant la mine étonnée de son père.

Elle passa des heures dans les allées et les jardins, profitant du spectacle qu'offraient les haies minutieusement taillées ou les petites cascades glougloutantes. Le bruit de l'eau s'unissait à celui des oiseaux et du vent. Partout flottait un même parfum intense et complexe. Elle arriva devant une pyramide. Quand les pâquerettes se mirent à onduler sous la bise, elle laissa échapper une exclamation de surprise. Elle reconnut un « jardin en mouvement », c'est-à-dire une friche reconstituée avec le plus grand soin du monde. Elle s'arrêta ensuite devant un parterre surélevé : sur la pelouse fleurissaient coquelicots, campanules, digitales, pivoines, et des dizaines d'iris d'Allemagne dont les nuances allaient du violet au lilas. Les roses adoucissaient la composition. Elles devaient venir de chez Austin, pensa-t-elle en reconnaissant une Queen of Sweden d'un rose parfait. Elle s'approcha encore, bien décidée à en respirer le parfum, et découvrit alors une femme agenouillée sous l'échafaudage qui soutenait la structure. Elle portait un gilet de sécurité. C'est à ce moment-là qu'Iris s'aperçut qu'elle avait pénétré sans y prendre garde dans le périmètre interdit au public. N'ayant aucune intention de se mettre en faute, elle recula d'un pas en faisant attention où elle mettait les pieds. Avec un peu de chance, la fille qui travaillait là ne la remarquerait même pas… mais, alors qu'elle quittait la zone non autorisée, la femme leva les yeux, et leurs regards se croisèrent.

Sa petite infraction n'avait pas dû passer inaperçue. Elle sourit en poussant un demi-soupir. Très bien, elle allait s'excuser et changer de stand. Comme elle s'approchait, l'autre écarquilla les yeux, une main devant la bouche.

Iris se figea et l'observa plus attentivement. L'atmosphère s'épaissit, l'air devint lourd. Son cœur se mit à battre la chamade. Elle fit un pas en avant. Puis un deuxième. Et lâcha enfin un :

— Mais t'es qui, toi ?

L'autre ne répondit pas, se limitant à lui rendre son regard.

Des yeux bleu-gris, d'une nuance particulière, insolite, rare. Iris les voyait chaque jour de sa vie : dans sa glace. La chevelure aussi était semblable à la sienne : longue, châtaine, lisse. Même visage délicat, même nez fin. Mais encore : corpulence, taille… elles étaient absolument identiques ! Gilet fluorescent mis à part, Iris aurait juré se trouver devant un miroir.

La fille au gilet fluo était pâle, médusée.

— T'es qui ? répéta Iris.

Soudain, un groupe de personnes s'immisça entre elles. Iris resta plantée là, paralysée par la stupeur, incapable d'ajouter un mot, sous le choc.

C'était son double.

Elle leva la tête d'un coup. Où était-elle passée ? Elle se déplaça, scrutant la foule, le cœur près d'exploser. Quand elle aperçut un éclair de tissu fluorescent, elle se lança à sa poursuite, ignorant les regards noirs et les exclamations des autres visiteurs.

— Laissez-moi passer ! Poussez-vous ! Laissez-moi passer !

Elle continua à courir, les mains tantôt couvrant sa bouche, tantôt brassant l'air, en proie à la confusion la plus totale.

Un employé de la sécurité la prit par le bras, elle se laissa faire.

— Vous avez besoin d'aide, mademoiselle ?

— Une femme… une femme avec un gilet…

Le jeune homme plissa les yeux.

— Quelqu'un qui travaille ici ?

— Oui, oui !

Elle ne se rendit pas compte qu'elle était en train de hurler, ni qu'il avait pris entre ses doigts le passe qu'elle portait autour du cou, afin de lire son nom.

— Venez, Miss Donati, suivez-moi.

4

Dans l'Antiquité, on avait la plus grande
considération pour l'aubépine
– Crataegus monogyna.
Ses fleurs, très parfumées, éclosent
en petits bouquets blancs, rosés et rouges.
Ses fleurs et ses feuilles riches en flavonoïdes
sont également utilisées pour leurs vertus
thérapeutiques et antioxydantes. Les buissons
d'aubépine constituent d'excellentes haies.
Elle aime les sols riches
et a besoin d'un arrosage abondant. Elle fleurit
au printemps. En infusion, elle calme l'anxiété.

Les murs de la loge étaient repeints de frais. Iris eut tout loisir de les observer pendant que Patrick O'Brien, l'agent de sécurité, vérifiait qu'elle ne s'était pas échappée d'un institut psychiatrique. Car à n'en pas douter c'était la première chose à laquelle il avait pensé.

Elle le vit se battre avec son téléphone, puis avec les touches de son ordinateur. De temps en temps, elle sentait qu'il la dévisageait : il la fixait un instant, puis retournait à son écran, avant de l'examiner à nouveau.

Iris se concentra sur ses mains. Elle n'arrivait pas à comprendre ce qui venait de se produire.

— C'était peut-être une hallucination, murmura-t-elle.

Mais cette explication avait beau être rassurante et justifier parfaitement qu'elle se soit comportée comme une folle, elle n'y croyait pas une seule seconde.

L'agent lui sourit. Il semblait avoir lui aussi une vingtaine d'années. Il avait un regard doux sous une épaisse tignasse rousse.

— Le soleil a cogné fort, aujourd'hui, la chaleur joue parfois de vilains tours. N'accordez pas trop d'importance à cette histoire. Vous savez qu'on a tous cinq sosies dans le monde ? Vous avez tout simplement dû croiser l'un des vôtres ici, tout à l'heure. Vous êtes journaliste, j'imagine qu'il doit vous arriver plein de trucs incroyables. Quand vous rentrerez à Amsterdam, ça vous fera une anecdote marrante à raconter.

— Oui, balbutia-t-elle, des trucs incroyables.

L'interprétation de l'agent était plausible. Pourtant, une petite voix se frayait un chemin dans sa tête pour lui suggérer une autre possibilité. Elle la fit taire aussitôt. Il fallait qu'elle se calme, elle ne s'en sortirait pas si elle ne réussissait pas à se calmer.

Le jeune homme lui rendit son passe et son sac.

— Vous devriez rentrer à votre hôtel. Vous verrez, demain, vous rirez déjà de toute cette histoire.

« Ça m'étonnerait », pensa-t-elle.

— Oui, merci. Et excusez-moi encore, je ne sais pas ce qui m'a pris.

Elle avait opté pour un *bed and breakfast*, moins cher et plus chaleureux qu'une chambre d'hôtel anonyme. Elle en avait assez vu, des chambres d'hôtel.

Elle avait choisi de séjourner dans une maison victorienne pas très loin de Chelsea, dans un quartier où l'on respirait la même atmosphère. Des bibelots de céramique, de gros fauteuils et des tapis ; aux murs, des tableaux et de vieilles estampes. Le genre d'objets chargés d'histoire qu'elle adorait. Mais à ce moment précis elle ne parvenait qu'à éprouver une profonde angoisse. Elle s'allongea et fixa le plafond, en proie à une certaine confusion.

Qui était cette femme ? Pourquoi s'était-elle enfuie ? Elle se tournait et se retournait. Il était possible qu'en la voyant elle ait pris peur, elle-même ne s'était pas encore remise de cette rencontre.

Quelques heures de sommeil et deux tisanes plus tard, la soirée d'Iris avait retrouvé les apparences de la normalité. Mais elle avait encore un pouls anormalement élevé et une envie de pleurer qu'elle ne pouvait s'expliquer. Elle enfouit son visage dans ses mains. Elle avait juste vu une fille qui lui ressemblait, voilà tout. Qui lui ressemblait beaucoup, certes. Elle se leva, se rendit dans la salle de bains, fit couler l'eau et se glissa sous la douche. Tout en finissant de se rincer, elle ouvrit grands les yeux.

Son père ! Il fallait qu'elle appelle son père pour lui raconter tout ça.

Elle s'essuya rapidement et enveloppa ses longs cheveux dans une serviette. En composant le numéro, elle vit que ses mains tremblaient : elle ne se calmait pas, bien au contraire. Elle compta les sonneries, le cœur serré.

— Iris, ma chérie, comment ça va ?

— Papa, papa, tu devineras jamais ce qui m'est arrivé !

Il eut un petit rire amusé.

— Non, ma puce, dis-moi tout.

— Aujourd'hui, j'ai fait une rencontre pas croyable.

— Tu veux que je devine ?

— J'ai pas envie de rire, j'en tremble encore, tu comprends ?

— Quoi ? Qu'est-ce qui t'est arrivé ? Tu vas bien ?

Il n'y avait plus dans la voix de Francesco Donati la moindre trace d'amusement.

— J'ai vu une fille… c'était mon portrait craché. Je te jure : j'avais l'impression de me regarder dans un miroir.

Pour toute réponse, il y eut un long silence.

— T'es là ? T'as entendu ce que j'ai dit ?

— Oui. J'ai entendu.

— Et tu as compris ? On se ressemblait comme deux gouttes d'eau.

Le silence, encore, puis un long soupir.

— Et ça s'est passé où ? Au Béguinage ?

— Non, je ne suis pas à la maison.

— Ah bon ? Mais où tu es ?

— À Londres.

— Et on peut savoir ce que tu es allée faire en Angleterre, Iris ?

Pourquoi était-il soudain en colère ?

— Mais tu as compris ce que je t'ai dit ?

— Oui, j'ai compris. Réponds-moi : qu'est-ce que tu fiches à Londres ?

Mais enfin quelle question ! Et pourquoi lui parlait-il sur ce ton ? Elle ne l'avait entendu l'employer que très rarement, et jamais en s'adressant à elle. Elle se frotta le front. Ce n'était pas le moment de se disputer avec son père, elle avait besoin de réponses.

— Papa, écoute-moi… Tu ne crois pas qu'on a peut-être, quelque part, des cousins éloignés, des parents… quelqu'un, quoi ? Tu te trompais peut-être quand tu disais qu'on n'avait plus personne, qu'il ne restait que nous deux dans la famille. C'est possible, tu crois ?

Elle ferma les yeux, serrant un pan du couvre-lit dans son poing. Le silence se dilata pendant un temps qui lui sembla infini. Puis son père se racla la gorge et reprit :

— Cette fille… tu lui as parlé ?

— Non. C'était à l'exposition florale de Chelsea. Ça n'a duré qu'un instant et je l'ai perdue de vue. Elle a peut-être eu peur, elle aussi.

— Oui… c'est possible.

La voix de son père n'était plus qu'un murmure.

— Et elle t'a paru… elle avait l'air d'aller bien ?

Si elle allait bien ? Pourquoi son père s'intéressait-il à la santé d'une parfaite inconnue ?

Quelque chose remua au fond de son âme et vint se loger dans son estomac, qu'elle sentit se nouer d'appréhension.

— Tu la connais.

Ce n'était pas une question, et Francesco ne releva pas. Au bout d'un moment, Iris se résolut à formuler la phrase qui lui brûlait les lèvres.

— C'était qui, cette fille ? chuchota-t-elle.

Le silence se fit à nouveau entre le père et la fille. On n'entendait plus que leurs souffles.

— Je règle quelques affaires et je prends le premier vol. Attends-moi à la maison. Il faut qu'on parle.

— Ne raccroche pas !

Elle se rendit compte qu'elle avait hurlé et jeta le téléphone par terre, puis elle se leva et se mit à faire les cent pas.

Il fallait qu'elle se calme, qu'elle réfléchisse. Elle leva la tête, le regard perdu au-delà des voilages tirés devant les vitres. Son père connaissait cette fille.

Qui était-ce donc ?

Identiques, elles étaient absolument identiques. Une idée se forma dans son esprit, mais elle la chassa aussitôt. Non, elle devait refréner son imagination. Pas question de se laisser aller à spéculer. Il y avait certainement une explication, une raison plausible et acceptable.

Lentement, la profonde sensation d'angoisse s'atténua.

Elle devait prendre son mal en patience, son père éclaircirait tout à son arrivée. Elle décida de se recoucher, il était tard. Mais malgré la fatigue, pas moyen de fermer l'œil.

La tête sur l'oreiller, les yeux tournés vers la fenêtre, elle revivait la scène de l'après-midi. Et les détails qui lui avaient échappé sur le moment lui revinrent un à un.

Sous son gilet, la fille était habillée comme elle. Elle sauta hors du lit, ouvrit grande l'armoire et en sortit la robe qu'elle avait portée. En la regardant plus attentivement elle s'aperçut qu'elle n'était pas exactement pareille à celle de la jeune femme. Mais elle lui ressemblait énormément : même couleur, même style.

— T'es qui ?

5

Les fleurs sont nos compagnes de vie.
L'hibiscus aime écouter les histoires de celui
ou celle qui prend soin de lui. Généreux,
il donne de grandes fleurs parfumées et éclatantes.
Il symbolise la beauté. Il aime les longs étés
chauds. Il ne requiert pas un sol particulièrement
riche mais, s'il pousse en pot, il a besoin
de nutriments. Il craint le gel et aime être arrosé
régulièrement. Il fleurit du printemps à l'automne.
En infusion, il a un goût prononcé.
Il saura égayer une tarte ou donner
une touche de couleur à un risotto.

Francesco Donati se laissa tomber sur la banquette du taxi. Il avait la nausée et la migraine. Il était parvenu à dormir quelques minutes durant le vol depuis Le Caire mais, lors de la correspondance à Rome, l'avion pour Amsterdam qui devait décoller deux heures plus tard était parti avec quatre heures de retard à cause d'un problème technique. Et, assis dans le hall des transits internationaux, Francesco n'avait pas réussi à faire taire l'appréhension qui le saisissait chaque fois qu'il était contraint de s'arrêter en Italie. Trois fois déjà, il avait croisé de vieux amis ou des connaissances de son ancienne vie, et avait fait en sorte de les éviter. Mais ce jour-là, c'était le cadet de ses soucis. Il était dans les ennuis jusqu'au cou. Il s'étira et se frotta les yeux. Le voyage n'avait pas été de tout repos, loin de là : pour prendre son avion à Nairobi, il avait parcouru des pistes défoncées à bord d'énormes camions militaires ou d'engins privés appartenant à des compagnies pétrolières. Chaque minute de ce voyage, il avait cherché une réponse à donner à Iris, quelque chose qui puisse justifier ce qu'il avait fait dans une autre vie. Mais malgré ses efforts il n'avait rien trouvé de vaguement acceptable. Il ne savait pas quoi dire à sa fille.

Ni à celle-ci ni à l'autre.

Son passé l'attendait chez lui, et ça le terrifiait.

— Singel, au 97.

Le chauffeur acquiesça et se faufila dans la circulation. Malgré l'heure tardive, la ville grouillait de vie, les lumières brillaient sur les ponts qui enjambaient les canaux. Même les fenêtres des vieilles maisons du centre étaient illuminées. Il ferma les yeux une seconde, caressant sa barbe de quelques jours. Il savait que cela risquait d'arriver, tôt ou tard. Il avait protégé son secret pendant vingt longues années, et maintenant il devait en répondre.

Mais quel besoin Iris avait-elle eu d'aller en Angleterre ? Quelles étaient les probabilités pour qu'elle tombe sur Viola ? Il se frotta encore une fois les yeux, puis reporta son attention sur le paysage qui défilait derrière la vitre. Quand le chauffeur se gara, Francesco sortit du véhicule et récupéra sa valise dans le coffre. « Gardez la monnaie », dit-il en tendant un billet. L'homme le salua d'un geste de la main auquel il ne réagit pas. Il traversa la rue et descendit les marches qui menaient au bord du canal. Il n'avait pas prévenu Jonas de son arrivée. De toute façon, même s'il l'avait voulu, il n'aurait pas pu le faire, puisque son ami ne possédait pas de téléphone.

Jonas était en train de nourrir les chats. D'habitude, les miaulements insistants ne le gênaient pas, mais ce soir-là il n'était pas d'humeur. Il était même carrément ronchon.

— Tu n'as pas l'air surpris de me voir.

Jonas arborait un visage impassible.

— Ta fille est passée tout à l'heure m'apporter du poisson pour les chats. C'est une brave petite. On a du mal à croire que c'est ta fille, lâcha-t-il, l'air renfrogné, en laissant tomber un autre petit poisson dans la gamelle. J'imagine qu'elle tient plutôt ça de sa mère.

L'évocation de Claudia était plus que Francesco ne pouvait supporter.

— Je ne suis pas là pour discuter. J'ai besoin de ton aide. Et tout de suite.

Le rire de Jonas sembla jaillir d'une grotte marine.

— Elle m'a dit qu'elle avait vu une fille qui lui ressemblait à s'y méprendre. Et elle n'a pas la moindre idée de qui ça peut bien être. Elle croit que c'est une cousine éloignée. Tu ne trouves pas ça hilarant ?

Francesco ne répondit pas.

— Elle était bouleversée et heureuse à la fois. Tu te rends compte ? Elle a imaginé tout un tas de choses. Elle pense que tu t'es disputé avec ta famille parce que, quand tu t'y mets, tu peux être sacrément agaçant. Moi, je ne l'aurais pas tourné comme ça, mais tu sais comment elle est : elle voit toujours le bon côté chez les gens. Même chez moi, c'est dire ! Elle est convaincue que tout va s'arranger. Oui… Et elle veut que tu ailles demander pardon. Elle est prête à retourner à Londres sur-le-champ. Elle a tellement hâte de connaître ses cousins, ses oncles et tantes. D'avoir une famille. Et tu sais ce qui me met le plus en rogne ? C'est que je t'avais prévenu, je t'avais dit que ça arriverait. Et je déteste avoir raison. On ne joue pas comme ça avec les sentiments des gens. Surtout de ceux qu'on aime.

— Je n'ai jamais voulu lui faire de mal.

Le rire de l'homme résonna de nouveau dans la nuit.

— L'enfer est pavé de bonnes intentions.

— Si tu as fini, j'ai besoin d'un conseil, pas d'un sermon.

— Tu crois vraiment qu'il existe une façon de te sortir de ce pétrin sans dire la vérité à ta fille ?

— Je ne peux pas faire ça ! Et je ne suis pas tout seul dans cette histoire, il y a d'autres choses en jeu.

Jonas plissa les yeux.

— Pas la peine de crier, je suis pas sourd, grommela-t-il en finissant de partager le poisson entre les chats avant de se rincer les mains et de rentrer. Eh bien alors ? Tu veux passer la nuit dehors ? lança-t-il depuis l'intérieur.

Iris composa une fois encore le numéro de son père, en vain. Puis elle relut son message. *Je rentre par le dernier vol. On se voit demain matin.*

Elle fourra le téléphone dans sa poche. La nuit promettait d'être longue. Elle ne savait pas si elle tiendrait longtemps… Elle continua à marcher. Il faisait froid, le printemps semblait ne pas vouloir se réchauffer. Elle avançait tête baissée, les mains dans les poches, en faisant attention à ne pas empiéter sur les pistes cyclables, où de nombreux vélos filaient malgré l'heure tardive. Les lumières se reflétaient dans le canal, tremblantes, rêveuses. Iris s'arrêta au bord de la route, face au Singel. Comment était-elle arrivée là ? Elle avait fait un grand tour et elle était revenue à son point de départ. À quelques mètres seulement se trouvait la péniche de Jonas. Elle ne pouvait pas y retourner, elle venait d'en partir.

Francesco jeta un coup d'œil autour de lui avant de contempler de nouveau sa tasse. Son thé avait refroidi, mais il l'aimait comme ça : tiède. Il y avait pas mal de choses qu'il préférait tièdes. Il avait une prédilection pour les voies du milieu, il pesait longuement le pour et le contre avant chaque décision, avant de choisir son camp. Iris n'était pas comme ça. Elle vivait tout avec passion.

Comment prendrait-elle ce qu'il allait lui dire ? Une immense terreur s'empara de lui, tandis que les pensées se bousculaient dans sa tête. Il les laissa filer, parce qu'il était fatigué, et parce que, depuis qu'il savait qu'Iris et Viola s'étaient rencontrées, il n'arrivait plus à songer à rien d'autre. Qu'était devenue son autre fille ? Était-elle, elle aussi, fragile et adorable ? Il soupira puis se passa une main sur les yeux.

— J'ai un bon contrat en Éthiopie, je dois restructurer une entreprise : implanter de nouvelles variétés de roses, former les ouvriers. J'en aurai pour deux ans. Il y a quelques jours, je lui ai proposé de me rejoindre, mais elle n'a rien voulu entendre. Elle a évoqué des obligations professionnelles, sans plus de précisions. Et maintenant, ça ! C'est une catastrophe.

Jonas haussa les épaules, sans quitter des yeux un chaton qui cherchait en vain à se faufiler parmi les adultes. Il tendit le bras et l'attrapa. Immédiatement, le chat se mit à ronronner.

— C'est une fille intelligente. Pourquoi devrait-elle mener ta vie, plutôt que la sienne ?

Francesco écarquilla les yeux et fit la grimace.

— Mais tu es de quel côté, toi, hein ?

— Celui des chats, je crois que c'est clair… Et d'Iris, aussi. D'ailleurs, il n'y a pas tellement de différences entre eux. Ils réchauffent le cœur. Ce sont des créatures à part, authentiques. Ce ne sont pas des voleurs, eux.

— Qu'est-ce que tu sous-entends ? T'es dingue ?

— Il n'y a pas que les objets que l'on peut voler. Il y a aussi des voleurs de temps, d'occasions, de sentiments et d'émotions. Et puis il y a les gens comme toi, qui volent des vies entières.

Francesco saisit l'allusion. Mais, bon sang, les discours délirants de Jonas étaient de plus en plus difficiles à suivre.

— Tu vas pas recommencer avec cette histoire ? Quand est-ce que tu arrêteras de m'accuser ? Tu sais aussi bien que moi que je n'ai pas eu le choix.

Le vieux ouvrit les yeux et reposa délicatement le chaton par terre. L'animal s'approcha de Francesco.

— Ça fait trop longtemps qu'on se connaît. Garde tes mensonges pour les autres.

— Je ne t'ai jamais menti de ma vie, répondit Francesco, amer.

— Tu as peut-être raison, tu ne m'as peut-être jamais menti. Tu as été très doué, en revanche, pour te raconter des histoires à toi-même.

— Tu sais comment ça s'est passé.

— Ça aurait pu se passer autrement si seulement tu avais eu le courage d'aller au bout des choses, et de faire ce qu'il fallait. Ou si ta femme l'avait eu. Vous n'étiez pas seuls au monde. Vous aviez deux petites. Maintenant, il va falloir que tu expliques tout à ta fille.

Il poussa un long soupir et ajouta :

— Et ça, mon ami, ça va te détruire.

Francesco tourna la tête, le visage déformé par une grimace.

— Ça n'allait pas entre Claudia et moi. On était trop jeunes. Bon sang, on était deux gamins qui jouent au papa et à la maman. Je ne pouvais pas les abandonner toutes les deux. Je ne pouvais pas me séparer des deux petites.

— Quelles petites ?

Surpris, Jonas et Francesco se retournèrent en même temps.

Iris était sur le pas de la porte. Il faisait trop sombre pour qu'on puisse voir distinctement les traits de son visage, cachés par ses longs cheveux.

— Quelles petites, papa ?

— Qu'est-ce que tu fais là ?

Iris avala sa salive, les doigts sur le chambranle de la porte, le souffle coupé.

— De quelles petites tu parles ?

Dans le silence qui suivit, Jonas s'éclaircit la voix :

— Assieds-toi à côté de ton père. Il a beaucoup de choses à te raconter. Je vais faire du thé.

Il lança à Francesco un regard qui tenait lieu d'avertissement et se dirigea vers la cuisine.

Mais Iris ne bougea pas, car il aurait fallu pour cela qu'elle cesse de s'appuyer contre la porte, et elle n'était pas sûre de réussir à tenir debout toute seule. Elle n'était plus capable de repousser les doutes qui l'assaillaient. Elle étudia son père. Il avait de la barbe, les yeux cernés, il semblait effondré. Elle réprima le besoin de se jeter à son cou.

— Qu'est-ce qui se passe, papa ?

— Je ne sais pas par où commencer. Tu es tout pour moi, mon trésor. Tu es tout ce qu'il me reste.

— Qui c'est, cette fille que j'ai vue à Londres ?

— Elle s'appelle Viola. Tu l'appelais Vivi.

Il lui sourit. De ce sourire doux qui n'appartenait qu'à lui. Ce sourire qui lui faisait oublier ses soucis, qui la poussait à se réfugier dans ses bras. Iris sentit la nausée l'envahir. Elle se força à soutenir son regard.

— C'est ta sœur.

Ce fut un murmure, rien de plus. Mais pour Iris, il résonna comme un coup de tonnerre.

Sa sœur. Elle avait une sœur. Soudain, tous les débuts d'idées, toutes les conjectures, tous les soupçons, toutes les justifications abracadabrantes auxquels elle avait eu recours jusque-là pour expliquer certains aspects étranges de leur vie s'assemblèrent pour former une image précise et terrible.

Ce fut un éclair de lucidité, plus qu'une révélation. Car au fond, depuis son enfance, elle savait qu'on lui dissimulait quelque chose.

Elle l'avait toujours su. Elle n'arrivait pas à penser à autre chose. Elle l'avait toujours su et, en même temps, elle ne parvenait pas à croire que la vérité était cachée au fond de son cœur depuis tant d'années. Elle sentit un vide immense s'ouvrir en elle. Elle était perdue.

Elle se laissa glisser le long du mur jusqu'à percevoir la dureté du sol, et se recroquevilla, genoux contre la poitrine. Les chats s'étaient groupés autour d'elle comme s'ils avaient deviné sa peur, sa douleur, et voulaient la consoler.

Francesco ne dit rien, dans un premier temps. Puis il se rendit à l'évidence : il n'avait pas le choix.

— Toute cette histoire est… difficile à expliquer, balbutia-t-il en levant la tête, comme si les mots justes étaient écrits au plafond. Vous étiez deux. Jumelles. Vous étiez encore très petites quand les choses ont mal tourné. Je t'ai prise avec moi. Ta mère a gardé Viola.

Viola, « violette »… elle aussi portait un nom de fleur. Viola et Iris. Ce n'était pas seulement sa sœur, c'était sa jumelle. Et qui était vraiment leur mère ? Elle ferma les yeux un instant. Les mots volaient et elle tentait de les attraper, de comprendre.

C'était peut-être un rêve. Oui, ce devait être ça. Jonas mettait peut-être de drôles d'ingrédients dans le mélange secret qu'il lui servait en infusion… Mais elle n'y avait pas encore touché. Étourdie, elle sourit, puis ricana. Des larmes lui embuèrent les yeux. Soudain, elle croisa le regard de son père, agenouillé à côté d'elle. Jonas se tenait près de la table, avec un plateau et les deux tasses de thé fumantes.

— Elle n'a pas voulu me garder parce qu'elle ne m'aimait pas ? C'est pour ça que tu ne m'as rien dit ?

Il aurait été facile d'acquiescer. Il n'avait même pas besoin de répondre, il suffisait de le lui laisser croire.

Il la regarda et revit, derrière les traits de la jeune femme, cette douce enfant qui chaque soir, quand il rentrait à la maison, se précipitait vers lui, grimpait sur ses genoux, l'assommait de paroles et lui montrait les plantes qui avaient fleuri ou ses plantations minuscules. Ses yeux si pleins de lumière. Ses pleurs quand il devait s'absenter plus d'une journée. Les nuits de fièvre où il l'avait veillée. Les sourires et les fêtes d'anniversaire avec le personnel pour seuls participants. Il avait du mal à respirer. Et puis la décision s'imposa à lui. Il n'allait pas faire ça. Il n'allait pas détruire l'image que jusqu'à présent elle s'était faite de sa mère.

— Elle t'adorait. Elle aurait voulu vous garder toutes les deux.

— Et alors, pourquoi tu ne m'as pas parlé de Viola ? Qu'est-ce qui s'est passé ?

— C'est compliqué, je… C'était mieux comme ça. On voulait vous laisser une chance de grandir sereinement.

— Et quand maman est morte, qu'est-ce qui est arrivé à Viola ?

Francesco se sentit sombrer. Expliquer à Iris pourquoi elle avait grandi sans sa mère était au-dessus de ses forces.

— Claudia… Claudia n'est pas morte.

Iris se tut. Sa tête était pleine de coton. Désespérée, elle chercha Jonas du regard.

— Et toi, tu le savais ?

Elle connaissait la réponse, mais elle voulait l'entendre de sa bouche, parce que, plus que tout au monde, elle espérait se tromper.

— Oui.

Elle ne commit pas l'erreur de lui demander pourquoi il n'avait rien dit, ni pourquoi il l'avait écoutée parler de sa mère tant de fois sans jamais faire la moindre allusion à la vérité. Francesco et lui étaient amis depuis toujours, évidemment qu'ils savaient tout l'un de l'autre. Ça, elle pouvait le comprendre. Mais cela n'atténuait en rien la profonde sensation de trahison qui la dévorait.

Comment avaient-ils pu lui mentir comme ça ?

Quand Francesco tendit la main vers elle, elle le repoussa. Elle se leva et partit en courant. Elle courut jusqu'à ce que les images devant elle deviennent liquides. Elle s'arrêta, les poumons en feu, incapable de remettre en ordre les pensées qui se bousculaient dans son esprit.

Une seule chose était claire, limpide : elle avait une sœur, une mère. Elle éclata de rire tandis que des larmes roulaient sur ses joues.

Bianca

Des mots, rien que des mots sans images. Comment peut-elle les retenir si elle ignore ce qu'ils signifient ? Si elle ne les voit pas ? Bianca lève la tête, se mordille la lèvre. Elle est seule dans le bureau, comme ça personne ne la dérangera. C'est ce qu'a dit son père quand il a ordonné à tout le monde de sortir. « Elle a besoin de silence pour se concentrer. »

Elle n'a pourtant pas l'impression que ce soit plus facile ainsi. Quand elle suit ses cours au jardin, au moins, elle parvient à retenir quelques mots, parce qu'elle voit les plantes dont il parle.

Une boucle retombe sur son front, elle souffle dessus en avançant la lèvre inférieure, et ce mouvement l'amuse. Puis ce sont des ombres qui attirent son regard. Elles se poursuivent sur le lambris, dégringolent sur les tapis. Elle se détend et ôte ses chaussures. Elle ne devrait pas rester par terre, c'est assise sur une chaise, derrière un bureau, qu'on apprend le mieux. Mais elle ne s'y sent pas à l'aise. C'est pour ça qu'elle s'est installée devant la cheminée, d'où elle observe les silhouettes qui jaillissent des flammes. Le feu danse entre les bûches, comme s'il les caressait. Bianca se penche à nouveau sur ce vilain livre qui pèse lourd entre ses mains. Elle le déteste. Dire qu'il suffirait d'un geste pour le faire disparaître... Le voilà aussitôt dans l'âtre, avec le bois. Un instant plus tard, les genoux sur les pierres brûlantes du foyer, les doigts tendus, elle tente de récupérer les pages qui volent parmi les étincelles.

« Papa ne va pas être content », pense-t-elle, inquiète. Jamais sa sœur ne ferait une chose pareille. Pourquoi ne peut-elle pas être comme elle ?

Les flammes lèchent le papier, telles des fleurs d'or qui éclosent et noircissent. Des miettes, puis des cendres. L'odeur est âcre, et fait pleurer ses yeux. Les étincelles à présent l'attaquent, elles mangent l'étoffe de sa robe, atteignent sa peau. Bianca commence à hurler. Quand la porte s'ouvre en grand, elle perd l'équilibre. Une main puissante la saisit et la tire en arrière avant qu'elle ne tombe dans les braises. Son père tapote le tissu, éteint les flammes de ses mains nues. L'odeur devient insupportable. Bianca se met à pleurer, mais son père la serre fort dans ses bras, le rythme de sa respiration est frénétique, comme celui de son cœur.

— Tu n'as rien ? Tu n'as rien ?

Bianca découvre des larmes au fond de ses yeux. Alors, elle se jette à son cou. Les mots se bousculent au bord de ses lèvres.

— Pardon, je ne voulais pas...

Mais aussitôt il l'éloigne de lui, la secoue.

— Tu es devenue folle ? Tu te rends compte que tu aurais pu mettre le feu à la maison ? Brûler vive ? Qu'est-ce qui t'est passé par la tête ?

Il n'attend pas sa réponse. Il la confie à Ines, sa mère, puis quitte la pièce en toute hâte et s'enferme dans la bibliothèque.

Il est isolé du monde par une porte haute et épaisse, aussi dure que son regard. Sa mère lui a dit un jour que cette porte avait l'âge de leur maison. Bianca trouve que celle-ci sent les fleurs fanées et l'eau stagnante, et c'est pour cela qu'elle sort dès qu'elle le peut dans le jardin. Mais aujourd'hui il pleut et personne ne veut jouer avec elle.

Seuls son jardin et son rosier écarlate l'intéressent. Rien que les fleurs. Puis elle se souvient que dans la villa aussi il y a des fleurs. Beaucoup de fleurs. Sa sœur lui a montré un raccourci qui mène au jardin d'hiver. Souvent, quand elles ne sont que toutes les deux, elles explorent l'immense maison pleine de recoins. Elle aime jouer avec elle. Elle sait tant de choses passionnantes et connaît des jeux follement amusants.

Elle court à grandes enjambées jusqu'à ce jardin particulier. Elle tourne la poignée et constate, satisfaite, que la porte n'est pas fermée à clé. Ses petits doigts poussent le battant, et la voilà à l'intérieur. De longs rameaux escaladent les parois de verre, jusqu'au plafond. C'est un salon, car il y a des fauteuils, mais c'est avant tout l'endroit où sa mère cultive des orchidées.

Bianca est fière de se souvenir de leur nom. Il lui suffit de penser aux papillons et leur nom se pose sur ses lèvres. Phalaenopsis. *Il y a aussi d'autres plantes aux longues feuilles. Elle se souvient de leur nom à elles aussi, cymbidiums, tandis que ces autres fleurs jaune et rose sont des cattleyas. Elle les caresse tout doucement et il lui semble voir des fées cachées entre leurs pétales. Elle sourit. La porte s'ouvre soudain. Surprise, elle se cache derrière les pots de fleurs.*

— Tu ne peux pas l'envoyer loin d'ici. Ce n'est qu'une enfant.

Elle voudrait comprendre pourquoi sa mère est aussi agitée. Elle est sur le point de se jeter dans ses bras, mais la voix de son père la paralyse.

— Tu crois que ça me fait plaisir ? Mais elle a besoin d'un peu de plomb dans la cervelle ! Elle doit comprendre que la vie n'est pas un jeu. Elle refuse de grandir et il lui faut de la discipline. À l'école, elle apprendra ce dont elle a besoin. Qu'est-ce qu'elle va inventer la prochaine fois ? Ines, si je ne l'avais pas entendue crier, elle aurait mis le feu à la maison... et elle, qu'est-ce qui lui serait arrivé, à ton avis ?

Sa mère pleure, c'est un bruit que Bianca déteste. Elle ne veut pas l'entendre, alors elle se bouche les oreilles.

— Tu ne peux pas l'obliger à faire ce pour quoi elle n'est pas prête. Elle a besoin de patience, de douceur. Tu lui en demandes trop. Bianca n'est pas comme sa sœur.

— Je le sais, mais ça ne change rien : une pour les voyageurs, une pour le labyrinthe et le rosier de mille ans. Souviens-toi, Ines. Ça a toujours été comme ça dans notre famille, et je ferai en sorte que ça continue. Pour s'occuper du domaine, chacune devra posséder des qualités, des connaissances et un caractère spécifiques. Je suis en train de leur inculquer le nécessaire.

— Elles sont trop petites. Leur instruction peut attendre.

— Et s'il m'arrive quelque chose ?

— Tu te laisses influencer par une tragédie qui s'est produite il y a des années. Et ce n'est pas juste.

— Non, la mort de Matelda m'a simplement appris que tout pouvait basculer du jour au lendemain. Plus tôt elles sauront s'occuper du domaine, mieux ça vaudra.

Ines soupire.

— La guerre est finie, Lorenzo. Ce fut une terrible épreuve pour nous tous, mais elle est finie. Tu ne peux pas continuer à vivre dans la douleur et la peur.

— La discussion est close. Ma fille est une Donati, elle fera ce qu'elle a à faire.

6

Les couleurs de notre jardin peuvent nous aider dans les épreuves de la vie. Le violet des jacinthes et des pensées nous donne force et courage face à l'adversité. La pensée a besoin de pénombre, mais elle peut fleurir à tout moment de l'année. Exactement comme un sourire peut naître d'une larme.

Un écureuil courut jusqu'à elle, posa ses pattes avant sur sa jambe et la fixa, plein d'espoir.

— Bonjour, toi !

Viola Donati mit la main dans sa poche, cherchant à tâtons quelque chose à donner à l'animal. Elle n'aurait pas dû faire ça, mais à présent toutes les règles avaient sauté. Cela faisait des jours qu'elle se comportait comme si son monde était sens dessus dessous. Et c'était peut-être le cas. L'écureuil saisit l'amande qu'elle lui avait tendue et s'enfuit à vive allure. Elle avait choisi ce coin de Hyde Park parce qu'il faisait partie de son enfance. C'était là que Claudia Bruni, sa mère, lui avait appris à faire du vélo, là qu'elle s'était fait ses premiers amis, et c'était là, toujours, qu'elle avait fêté toutes les grandes occasions, ses anniversaires, ses succès et même ses échecs.

Elle attacha ses longs cheveux sur sa nuque en y piquant une brindille trouvée sur la pelouse. Qu'était-elle venue chercher à Hyde Park ? Croyait-elle vraiment qu'une allée bordée d'arbres et un grand ciel bleu suffiraient à la calmer ?

Enfant, elle avait vu le soleil se lever sur la Serpentine et en avait donc logiquement déduit qu'il dormait là. Sa mère lui avait souri, confirmant sa théorie, et Viola avait continué à y croire, même quand sa maîtresse, Meredith, lui avait montré une carte du système solaire. D'ailleurs, si le soleil n'y passait pas ses nuits, pourquoi ce lac brillait-il autant ?

Et en un certain sens, toute sa vie avait suivi ce pli. Elle connaissait la vérité, mais elle préférait persister à croire en des illusions. Sinon, comment aurait-elle pu accepter toutes ces zones d'ombre dans son histoire ?

Elle n'avait pas de passé. Elle n'avait pas de famille. Il n'y avait personne à part Claudia Bruni et sa fille Viola Donati. De son père, tout ce qu'elle savait, c'était qu'il était mort. Chaque fois qu'elle avait abordé le sujet, qu'elle avait demandé à sa mère de lui parler de lui, Claudia était devenue très triste. Viola savait qu'il était italien, comme elles, et que leur mariage avait été bref et mouvementé. Ça, sa mère ne le lui avait jamais dit, mais comment expliquer autrement ces larmes furtives qui accompagnaient toujours les rares phrases qu'elle avait pu lui arracher ? Le souvenir de son père était trop douloureux à affronter. Sa mère avait toujours été une femme taciturne, peu encline à nouer des relations sociales, réservée. En même temps, elle était la personne la plus douce que Viola connaissait.

Elle se demanda à nouveau qui était cette fille qu'elle avait vue à l'exposition florale de Chelsea, et quel serait le meilleur moyen d'aborder le sujet avec sa mère.

— Salut.

Elle sursauta et leva la tête.

— William ? Qu'est-ce que tu fais là ?

Elle n'avait dit à personne qu'elle se trouvait à Hyde Park et ne s'attendait donc pas à y croiser quelqu'un qu'elle connaissait. Le garçon lui sourit, les mains enfoncées dans les poches, le regard fuyant.

— Tu veux la vérité ou tu préfères un mensonge ?

— Comment ça ?

Il s'assit à côté d'elle et se mit à jouer avec une touffe d'herbe.

— Si je te dis la vérité, tu risques de me prendre pour un fou. Et tu aurais tort.

— J'aurais dû me douter qu'au lieu de répondre tu me poserais une énigme.

— OK, c'est bon, ça va, pas la peine de t'énerver. Et puis d'abord, tout ça, c'est ta faute.

— Quoi ?

— Ça fait des jours que tu traînes cet air désespéré, les yeux dans le vide…

— Et alors ? Je vois pas le rapport avec ta présence ici.

— Je ne t'aurais pas suivie si je ne m'étais pas fait du souci pour toi, déclara-t-il avec un sourire.

— Attends, tu m'as suivie ? Mais t'es dingue ?

— Voilà, j'en étais sûr ! rétorqua-t-il en haussant les épaules. Et pour te répondre : non, je suis pas fou.

Il fit une pause avant de lui lancer un coup d'œil timide et d'ajouter :

— Tu ne l'aurais pas fait, toi, pour quelqu'un à qui tu tiens beaucoup ?

Quelqu'un à qui tu tiens beaucoup ?

Poussée par la colère et la frustration, Viola aurait eu bien des choses à lui dire. Mais elle se tut. Depuis combien de temps se connaissaient-ils à présent ? Ils partageaient un appartement avec deux autres filles, Olivia et Jennifer, et Rufus Olaf, un Norvégien gigantesque. Mais entre elle et William, il y avait tout de suite eu autre chose. Et c'était bien pour ça qu'elle s'était mise à l'éviter, avec le même soin qu'il mettait à rechercher sa compagnie. Timide avec les deux autres filles, il passait son temps à lui tourner autour. Grand, brun, la mine espiègle, il semblait ignorer ce qu'était un obstacle. Elle aurait dû le remettre à sa place, mais il trouvait toujours un moyen de la surprendre, de la faire rire. La vérité était que bizarrement William Stuart lui plaisait. Il lui plaisait même beaucoup. C'était ça, le problème. Viola avait commis une erreur quelques années plus tôt, et ses blessures ne s'étaient toujours pas refermées.

— Franchement, Vi, qu'est-ce qui t'arrive ? Tu es toujours calme, solide comme un roc. Je supporte pas de te voir comme ça.

— Ne m'appelle pas comme ça, ça m'énerve. Et de toute façon, je ne vois pas de quoi tu parles.

— Allez, Vi, dis-moi ce qui t'arrive et je jure que je te laisserai tranquille.

Elle ferma les yeux à demi, l'émotion lui serrait la gorge.

— Promis ?

— Juré, craché. Tu veux qu'on se tienne par le petit doigt pour sceller le pacte ?

Elle le foudroya du regard, mais en réalité elle éprouvait le désir de le serrer dans ses bras, ce qu'elle ne voulait ou plutôt ne pouvait pas faire. Thomas, le garçon dont elle était bêtement tombée amoureuse, était encore là, en elle, comme une ombre. Il lui rappelait qu'elle avait été idiote, et qu'on ne pouvait faire confiance à personne.

Des nageurs traçaient des lignes droites dans le lac, fendant l'eau à grands gestes synchronisés. Sur la rive, des canards couraient vers des enfants. Une famille de cygnes s'approchait elle aussi, curieuse.

— J'ai vu une femme.

William ne répondit pas tout de suite.

— Tu t'attendais sans doute à ce que j'aie quelque chose d'intelligent à dire là-dessus, un commentaire brillant et, pourquoi pas, philosophique. Mais n'y compte pas trop : j'ai été admis à la Royal Academy sur un coup de bol. Je te l'ai pas déjà dit ?

Viola esquissa un sourire.

— Ouais, c'est ça.

William Stuart était un jeune prodige : un des pianistes les plus prometteurs d'Angleterre. Ce qui lui avait valu d'être automatiquement admis dans l'université de son choix. S'il avait abandonné ses épaisses lunettes et fait quelques efforts côté look, il n'aurait pas eu besoin de lui courir après ; il n'en aurait d'ailleurs probablement même pas eu le temps.

— C'était une fille de mon âge. Et c'était mon portrait craché. Ce n'était pas qu'une ressemblance, tu vois ce que je veux dire ?

— Tu lui as parlé ?

Viola fit non de la tête.

— Tu en as parlé à ta famille ?

— Non.

— Si je te dis que tu devrais, je vais pas être très original, hein ? Tu sais, je voudrais vraiment que tu aies une bonne opinion de moi.

Elle frotta ses bras pour se réchauffer et une veste atterrit aussitôt sur ses épaules.

— Qu'est-ce que tu fais ? Tu es en tee-shirt, tu vas attraper froid.

— Qui, moi ? Mais non ! Il fait super chaud aujourd'hui. Alors, on en était où ? Ah oui, tu allais inventer une excuse pour justifier le fait que tu n'aies pas parlé à ta famille de cette drôle de rencontre.

— Je n'ai pas de famille. Il n'y a que ma mère et moi. On n'a personne, William, tu comprends ? Je n'ai aucun souvenir de mon père, il est mort quand j'étais petite.

— Et soudain, tu te retrouves nez à nez avec une inconnue qui est ton portrait craché. Pas besoin d'être généticien pour comprendre. Mais il peut y avoir d'autres explications. Il ne faut pas tirer de conclusions hâtives. Tu dois en parler à ta mère, Vi. Demande-lui ce qu'elle en pense, elle. Ton père a peut-être eu une autre fille ?

— Et si sa réponse ne me plaisait pas ?

William retira ses lunettes qu'il essuya avec un pan de son tee-shirt.

— Ça ne te ressemble pas, Vi. C'est pas ton genre de te voiler la face.

Il se tourna lentement vers elle. Elle n'avait jamais remarqué que ses yeux étaient si expressifs. Et si profonds.

— Tu es comme un canon inversé, tu es une mélodie pleine de surprises. Tu es courageuse, gentille. Tu es magnifique.

Elle sentit sa gorge se nouer. Elle se leva d'un bond et se dirigea vers la sortie du parc. Elle ne répondit pas à William quand il l'appela, se contentant de laisser sa veste tomber sur l'herbe.

— Tu ne sais rien de moi. Rien.

7

L'air que nous respirons est important
pour le cœur comme pour l'esprit.
Un air pur améliore la pensée
et la vision. Le géranium, le phalangium
et le scindapsus doré purifient l'air des toxines,
nous libèrent du mal de crâne et contribuent
à clarifier les pensées.

— Salut, Lucio.

Iris s'installa à son bureau, les yeux rivés sur son amaryllis. Elle avait disparu pendant deux jours sans donner de nouvelles à personne. Et si Dolf la mettait à la porte ? Un frisson lui parcourut l'échine. Elle cacha son visage dans ses mains. Il ne manquerait plus que ça pour finir de ficher sa vie en l'air. Elle soupira et se mit à caresser la plante. C'était réconfortant d'effleurer ses pétales soyeux. C'était sa façon de se raccrocher à la réalité. Et, comme d'habitude, elle se sentit mieux, comme si la plante lui souriait, lui transmettait sa force. La consolait, même.

Elle remit un peu d'ordre sur son bureau et s'aperçut que quelqu'un y avait déposé le nouveau numéro de la revue. Son cœur se mit à battre à tout rompre ; son article sur l'exposition florale de Chelsea y figurait. Elle se sentit un peu moins triste, c'était un soulagement qui compensait presque tout le reste. Heureusement, elle avait son travail.

Elle avait dû s'adapter, elle avait étudié, trimé sans relâche, elle avait même avalé de belles couleuvres pour vivre enfin ce moment. Sans parler du mal qu'elle avait eu à terminer son reportage après avoir croisé Viola.

— Ça en valait la peine.

Sa voix était étranglée par les sanglots qui montaient, mais qu'elle parvenait à réprimer. Elle venait d'atteindre un but, qui était aussi un nouveau point de départ. Elle se força à garder le sourire.

Elle tourna les pages une à une jusqu'à ce qu'elle trouve l'article.

Il était là. C'étaient bien les photos qu'elle avait prises : le rosier grimpant sur une tonnelle, la grande théière de fleurs, la pyramide de marguerites. Le jardin de pierres. C'étaient ses mots à elle, imprimés sur le papier, c'était ce qu'elle avait pensé de l'exposition. Quand elle arriva à la fin du texte, elle se figea. *Dolf Jansen.*

Il n'était pas signé du nom d'Iris.

Elle était incapable de détacher les yeux de ces lettres. Un instant elle crut à une blague. Une très mauvaise blague. Elle se leva, courut au bureau le plus proche, saisit un autre exemplaire de la revue. Elle survola l'article pour aller à la conclusion. Elle sentit le sol se dérober et dut se cramponner à la table. Dolf Jansen. Voilà.

Comment avait-il pu lui faire un coup pareil ? Elle retourna à son bureau et à sa chaise, un gouffre à la place du cœur.

— Eh bien alors, où étais-tu passée ?

Elle leva la tête et vit Dolf. Elle serra les poings, comme si cela pouvait suffire à contenir la colère qui brûlait en elle.

— J'ai vu l'article.

Il s'approcha d'elle et tapota du doigt la couverture de la revue.

— Ça fait quelque chose, hein ? Je dois dire que je suis très content de toi. Tu as fait du bon travail à l'expo de Chelsea.

— Tu avais dit que je pourrais signer de mon nom.

— Je sais très bien ce que je t'ai dit, répondit-il d'un ton mielleux. Ton contrat est prêt. Ne t'inquiète pas, tu en écriras d'autres, des articles. Tu vois, Iris, j'ai apporté des changements, des modifications substantielles. Je crois que c'est mieux comme ça.

Elle sentit la nausée l'envahir. La rage qui la submergeait face à cette trahison s'unit au ressentiment qu'elle éprouvait envers son père, et sa mère.

— C'est pas ce qui était prévu !

— Allons, Iris, ne commence pas ! Il y aura d'autres occasions. Pense au futur…

Elle en avait assez. Une vive sensation d'oppression la cloua à sa chaise. Elle reporta son attention sur Lucio. Elle voulait un bonbon. Là, tout de suite. Elle fouilla ses poches, puis son sac. Quand elle en trouva enfin un, les larmes lui brouillaient déjà la vue et lui brûlaient la gorge. Et elle sentit à nouveau le goût amer dans sa bouche.

— Tu n'as jamais eu l'intention de mettre mon nom sous cet article.

Elle s'aperçut que son ton était plaintif. Dolf était un menteur, et elle, l'idiote qui l'avait cru.

— Tu signeras le prochain, dit-il avec un sourire, et puis, l'important, c'est que tu aies ton contrat, non ?

— Je rentre chez moi.

Elle se leva, fourra ses affaires à la va-vite dans son sac, attrapa Lucio et, le serrant contre elle, se dirigea vers la sortie.

— Pourquoi tu emportes cette fleur ?

Elle ne répondit pas à sa question : Dolf n'aurait pas compris que la seule chose qui la faisait tenir, à ce moment précis, était Lucio. Elle se contenta de lui lancer :

— Tu as volé mon article, et ce n'est pas la première fois. Tu m'as menti. Je n'ai rien d'autre à ajouter.

Il la suivit, son expression cordiale s'était transformée en un visage froid.

— Tu es en train de commettre une erreur.

— Va te faire voir, Dolf !

Voilà, elle venait de perdre son poste. Et pourtant, elle quitta la rédaction le cœur léger, soutenue par Lucio.

Quand elle arriva au Béguinage, sa colère avait fait place à une immense fatigue. Ses pieds étaient de plomb, et même l'amaryllis commençait à peser entre ses mains. Elle tourna au coin de la rue et entendit une exclamation étouffée. Elle leva la tête, ses yeux se remplirent de larmes.

— Papa ?

Il se précipita vers elle, la saisit par les épaules et la secoua violemment. Quand il la serra contre lui, elle se laissa faire.

— Pourquoi tu as disparu comme ça ? Jonas et moi, on t'a cherchée partout. J'ai cru devenir fou. Ne me fais plus jamais ce genre de mauvaise blague !

— Désolée.

Francesco écarta ses cheveux et prit son visage entre ses mains. Il était pâle, sous la barbe hirsute deux sillons profonds encadraient sa bouche.

— On part demain matin. Ne proteste pas et écoute-moi. Je ferai comme tu voudras. Je ferai tout ce que je peux pour réparer mon erreur, absolument tout ce qui est en mon pouvoir, mais promets-moi que tu ne disparaîtras plus sans donner de nouvelles.

Il fit une pause pour reprendre son souffle.

— Ce ne sera pas facile, loin de là, tu comprends. Mais on va essayer, d'accord ? Et si jamais les choses n'étaient pas comme tu les avais imaginées, on oubliera tout et on poursuivra le cours de notre vie. Si tu es d'accord, je vais appeler ta mère.

— Si je suis d'accord ? Si je suis d'accord ? répéta-t-elle, incrédule, d'une voix qui déraillait. On parle de ma mère, de ma sœur, et tu me demandes si je suis d'accord pour aller les revoir ?

Elle avait la bouche si sèche qu'elle ne parvenait même pas à déglutir.

— Oui, papa, je suis d'accord. Et maintenant, appelle-les, parce que je n'attendrai pas une seconde de plus. Et si tu ne le fais pas, je jure de retourner à Londres et de frapper à toutes les portes tant que je ne les aurai pas retrouvées.

8

Apprendre à composer des bouquets
est un exercice excellent pour la concentration.
La pensée et l'action s'unissent dans la création
de couleurs et de formes originales.
La tulipe est parfaite pour s'y adonner.
Bulbeuse pérenne, elle refleurit chaque année
si elle a été plantée avec soin, et apporte douceur
et élégance aux parterres et aux jardins.
Précieuse et délicate, la tulipe aime les sols riches
et bien drainés, les emplacements lumineux,
mais pas l'exposition à la lumière directe du soleil.
Elle fleurit au printemps
et aime être arrosée régulièrement.

Claudia aimait les fleurs.

Elles avaient toujours été pour elle source de plaisir et d'émerveillement.

Après la séparation avec Francesco, elle avait commencé à travailler comme fleuriste dans un magasin de Pise, puis avait suivi une formation de décoratrice florale et s'était mise à son compte. Un enchaînement d'événements professionnels l'avait menée à Londres. La ville l'avait séduite. Aussi, dès que l'opportunité s'était présentée, elle avait décidé de s'y installer et d'y poursuivre son activité.

Certes, elle ne possédait pas le talent naturel de Viola, mais elle se débrouillait tout de même plutôt bien. S'occuper de fleurs, en réalité, était aussi une façon pour elle de rendre à sa fille une partie de son héritage spirituel. Les Donati étaient une dynastie de jardiniers.

Claudia avait mis un certain temps à se faire une place, mais elle y était parvenue. À présent, son travail lui apportait de grandes satisfactions, et pas seulement financières. Le bouquet devant elle était presque prêt, elle continua sa confection en silence, plongée dans ses pensées. Puis, soudain, elle écarquilla les yeux, fixant ses doigts aux prises avec des coquelicots, des anémones, des agapanthes. Elle recula d'un pas.

Mais qu'est-ce qu'elle avait fabriqué ? Ça ne correspondait absolument pas à la composition florale que sa cliente avait commandée pour le baptême de son petit-fils.

Le mélange de violet, de rouge et de pourpre était audacieux, le vert intense des feuilles ajoutait du caractère à l'arrangement. C'était à mille lieues des tons tendres et pastel demandés. Elle allait devoir tout jeter et recommencer. Elle avait bien envisagé de changer quelques fleurs, mais il était pratiquement impossible de modifier ce qui était né d'une impulsion. Et elle était bien placée pour le savoir. Ses compositions jaillissaient d'une impression, d'une vision. Elle regardait les fleurs puis créait son bouquet en combinant les exigences des clients avec sa propre sensibilité.

Elle secoua la tête. Son cœur battait la chamade.

Mais elle n'allait pas en faire une tragédie : elle mit tout simplement le bouquet de côté, il trouverait bien preneur. Elle était presque sûre qu'un camaïeu aussi particulier séduirait un de ses clients. Sinon, elle l'offrirait à Frances, sa voisine. Elle s'essuya les mains sur son tablier et alla à la fenêtre. Il faisait beau ce matin-là, une lumière chaude et réconfortante se diffusait dans la pièce. Elle laissa son regard se promener sur le gazon bien entretenu devant la maison et suivit un court instant le va-et-vient des gens et des voitures.

Combien de compositions avait-elle ratées ces derniers jours, y compris celle de Mme Roberts ? Elle se frotta le front. Quand elle se rendit compte de ce qu'elle était en train de faire, elle s'arrêta et laissa retomber ses bras le long de son corps : elle pouvait bien se frotter le front jusqu'au sang, ça ne changerait rien. La même question revenait, encore et encore : pourquoi son mari l'avait-il appelée, après des années de silence ?

Francesco Donati. La simple évocation de son nom lui fit l'effet d'un coup de poing dans le ventre.

C'est moi.

Combien de mots fallait-il pour chambouler une vie ?

Trois, se dit-elle. Il suffisait de trois petits mots : *C'est moi.*

Elle posa la main sur la vitre, puis la regarda se refermer en un poing rageur. Comment avait-il pu ? De quel droit avait-il osé l'appeler ? Il n'avait pas le droit de prononcer ce mot, *moi*, car il sous-entendait une proximité, une intimité, un rapport clair entre deux personnes. Et si, autrefois, Francesco Donati avait gagné ce droit, il l'avait perdu depuis longtemps.

Elle pencha la tête et, l'espace d'un instant, elle se sentit à nouveau désespérée, acculée, seule. Mais ce qui la tourmentait au plus profond d'elle-même, ce qui avait empoisonné chaque seconde de ces vingt dernières années, ce n'était pas le souvenir de ce qui s'était passé avec son mari. Ça, au fond, elle y aurait survécu sans problème.

Et c'était d'ailleurs ce qu'elle avait fait, jour après jour. Avec Viola, grâce à Viola. Pour Viola. Mais chaque geste qu'elle accomplissait pour sa fille lui rappelait son autre enfant. Celle qu'elle avait dû abandonner.

— Maman, tu es là ?

Avant de se retourner, elle prit soin d'essuyer ses larmes et d'afficher un faux sourire.

— Je suis là, ma chérie.

Viola entra dans l'atelier. Il lui suffit d'un coup d'œil pour comprendre que sa mère venait juste de pleurer.

— Salut. Tout va bien ?

— Maintenant que tu es là, oui ! répondit-elle en souriant avant de la serrer dans ses bras.

— Désolée de ne pas être passée hier.

Viola l'embrassa affectueusement, puis s'approcha du comptoir et retira le film plastique qui protégeait un bouquet de fleurs.

— Où est-ce que je les mets ?

— Monte la température de la chambre froide à dix degrés et mets de l'eau dans les vases, puis range-les par couleurs.

Elle soupira avant d'ajouter :

— Je dois refaire tout mon travail d'aujourd'hui, je ne sais pas ce qui m'a pris.

— Pourquoi ?

— Regarde, c'est pour Mme Roberts.

Viola éclata de rire.

— C'est pour le baptême de son petit-fils ? Tu vas lui faire avoir une attaque !

— Tu as raison. J'avais la tête ailleurs.

Elle regretta aussitôt cet aveu : elle ne voulait pas avoir à en expliquer les causes. Viola sembla cependant ne pas y prêter attention. Claudia l'observa et se sentit submergée par une vague d'amour pour sa fille. Elle était son chef-d'œuvre. Elle avait donné à cette petite tout son cœur, toute son âme. Mais la simple présence de Viola lui rappelait aussi constamment ce qu'elle avait fait, et ce qu'elle avait perdu. Elle renvoya sa douleur d'où elle venait et se remit à l'œuvre.

Les doigts délicats de sa fille effleuraient à peine les pétales, on aurait dit des papillons. Claudia lui lançait parfois des regards admiratifs. Viola avait du talent, bien plus qu'elle. Et si, techniquement, elle avait encore l'avantage, elle n'avait pas la moitié de ses aptitudes. La jeune fille possédait un don.

Tous les membres de sa famille avaient ce même don naturel pour s'occuper des plantes. Certaines familles se distinguaient par la couleur des yeux ou des cheveux. Par leur taille, leur corpulence. Pas les Donati. Un tout autre point commun les unissait. Tous les Donati travaillaient avec les fleurs ; c'était une des choses dont Francesco était le plus fier.

Claudia lorgnait toujours Viola en douce. Ses gestes décidés qui ressemblaient à des caresses, l'expressivité de son visage, sa façon de mordiller sa lèvre inférieure. Elle était comme lui, elle avait dans le regard cette même intensité, la même passion dans tout ce qu'elle faisait. Une sensation de malaise l'obligea à bouger, à faire quelque chose, à parler.

— Mme Smith va partir à la retraite. Elle m'a demandé si ça m'intéressait de reprendre son étal au marché. Qu'est-ce que tu en dis ?

Viola leva le nez.

— Pardon ?

C'est alors que Claudia s'aperçut que sa fille aussi avait la tête ailleurs, en ce moment.

— Tout va bien ?

— Eh bien, en fait, non, confessa Viola en secouant la tête.

— Qu'est-ce qui se passe ?

La jeune fille mit un certain temps à répondre. On aurait dit qu'elle cherchait les mots justes, ou qu'elle prenait une décision.

— Assieds-toi, maman, j'ai quelque chose à te dire.

— Ne t'inquiète pas, ma chérie, dis-moi tout.

Pour se calmer, elle prit deux roses et commença à leur retirer leurs épines.

Viola sentit comme une vague de chaleur lui empourprer le visage. Elle était gênée. Mais elle ne pouvait garder plus longtemps cette question pour elle. Quoi qu'il advienne, il fallait qu'elle sache.

— L'autre jour, j'ai… j'ai vu une fille, maman… C'était mon portrait craché, mon double. C'est impossible qu'on ne soit pas de la même famille. Tu sais qui ça pourrait être ?

Claudia pâlit, laissa tomber les fleurs qu'elle avait dans la main et se précipita hors de l'atelier.

Viola eut l'impression de recevoir une douche glacée. Elle resta sur place, pétrifiée, ferma les yeux un instant et respira profondément. Elle aurait aimé que la fille croisée à Chelsea soit une parfaite inconnue, et cet espoir venait de voler en éclats. Pourtant, elle devait se rendre à l'évidence : elle l'avait toujours su. Il était impossible que deux personnes se ressemblent autant sans être apparentées. Qu'allait-il se passer désormais ? Elle fixa les fleurs, puis la porte. Elle décida qu'elle lui accordait encore cinq minutes, le temps que l'une et l'autre retrouvent leur calme. Mais son cœur battait toujours aussi fort et ses yeux brûlaient. Elle termina sa composition, nettoya le comptoir et commença à remplir un autre pot. Ce n'est qu'après avoir fini qu'elle se résolut à rejoindre Claudia. Elle s'essuya les mains avec un torchon, inspira un grand coup et entra dans la cuisine.

Sa mère avait préparé du thé.

À côté de son vieux mug « Winnie l'ourson » rempli du liquide fumant, des petits biscuits à la confiture de fraises étaient disposés sur une assiette tout aussi mignonne.

Elle prit un mouchoir en papier qu'elle tendit à sa mère. Assise à la table, celle-ci fixait les volutes de vapeur qui montaient du mug. Elle avait une expression sereine, mais les yeux rougis.

Viola s'accorda un instant de plus pour la regarder. Tout en Claudia était ténu et délicat, comme si elle avait peur qu'on la remarque. Ses compositions lui ressemblaient. Voilà pourquoi le bouquet qu'elle avait créé un peu plus tôt, aux couleurs vives, avait tant étonné sa fille.

Viola la voyait à présent pour ce qu'elle était vraiment. Perdue dans son monde solitaire, affligée, et elle en éprouva une profonde compassion.

Quelque chose, cependant, remuait en elle. C'était donc cette femme qui l'avait soutenue, encouragée, aimée. Qui avait séché ses larmes après son premier chagrin d'amour, la meilleure mère au monde, que toutes ses amies lui enviaient. Celle qui lui lisait des histoires, qui lui avait appris à faire de jolis nœuds de ruban, à créer et à composer. À rêver et à voir des mondes enchantés. Celle qui lui avait assuré que le soleil naissait dans le lac Serpentine.

Après s'être réchauffé les paumes contre le mug, Viola commença à boire son thé à petites gorgées.

Il devait y avoir un mystère dans la vie de sa mère, une grande souffrance, qui l'empêchait d'envisager l'avenir. Elle observa ses cheveux courts encore noirs, ses lèvres pleines, ses grands yeux ourlés de longs cils, où on lisait cette mélancolie qui la rendait si fragile. Alors, elle lui saisit les mains et les serra dans les siennes. Sur le visage de Claudia apparut une expression de profonde tristesse.

— Maman, d'où on vient ?

Après une tentative pour se dégager, Claudia abdiqua.

— D'Italie mais, ça, tu le sais. Quand on est arrivées tu étais déjà grande. Pourquoi tu me poses cette question ?

— Mon père, sa famille… tout ce que je sais de lui, c'est qu'il est mort.

Tandis que ces mots faisaient leur chemin dans l'esprit de sa mère, Viola scrutait son visage. On lisait en elle comme dans un livre ouvert. Tourments, remords, toutes les nuances de ces émotions affleuraient puis disparaissaient. Elle attendit encore, mais sa mère ne disait toujours rien.

— J'ai croisé cette fille qui me ressemblait à l'identique. Maman, tu dois me répondre. Qui c'est ?

Claudia écarta les doigts sur la nappe.

— Où…

Sa voix se brisa. Elle dut s'y reprendre pour formuler la question qui lui brûlait les lèvres.

— Où l'as-tu vue ?

— À l'exposition florale de Chelsea.

— Et elle avait… elle avait l'air d'aller bien ?

Ce que Viola craignait, qu'elle avait gardé pour elle pendant des jours avant de le confier à William, était donc vrai. Si elle avait l'air d'aller bien ? La question de sa mère continuait à résonner dans sa tête, chassant ses derniers espoirs de ne voir là qu'une coïncidence. Une extraordinaire coïncidence. Une farce de la nature. Elle serra les doigts autour du mug. La nausée lui montait à la gorge.

— Qui c'était, cette fille, maman ?

Claudia détourna les yeux, laissant son regard errer sur les murs.

— Je n'ai pas envie d'en parler.

— Ben, c'est dommage, parce que moi je veux que tu m'en parles, et tout de suite.

Sa mère écarquilla les yeux. Viola lui faisait face, un feu allumé au fond des yeux, les mains à plat sur la table, l'air furieux. Elle crut voir une autre personne, et s'aperçut alors de la ressemblance. Elle frissonna et lutta contre l'envie de prendre la fuite, en proie à une peur ancienne qui était revenue de très loin lui tordre l'estomac. Elle regarda sa fille.

— Elle s'appelle Iris.

Un silence lourd de tension descendit sur elles.

— Ne me dis pas que… Est-ce que par hasard…

Claudia enfouit son visage dans ses mains et se recroquevilla. Elle ne répondit pas, ce n'était pas nécessaire. La réponse se trouvait sur ses traits accablés.

— Raconte-moi tout depuis le début. Où est-ce que tu l'as vue, et quand ?

— Je te l'ai dit, à l'exposition florale. Le premier jour.

Près d'une semaine était passée. Iris avait été si près d'elle et elle n'en avait rien su. Une colère féroce mêlée à un vif désespoir se fraya un chemin en elle. Non, ce n'était pas possible.

Viola lui prit la main.

— Je t'en supplie, maman, parle-moi.

Claudia la considéra sans la voir vraiment, submergée par la nausée.

— Vous étiez des jumelles. Quand nous nous sommes séparés elle est restée avec ton père et toi tu es venue avec moi. Il n'est pas mort.

Sa voix s'éteignit. C'était monstrueux, c'était absurde. C'était une part d'ombre qui lui avait arraché tous ses sourires, c'était son plus grand remords.

Viola se laissa tomber sur une chaise, les jambes molles. Elle chercha ses mots quelques secondes, puis sa colère éclata. Si elle avait toujours eu des doutes sur la disparition de son père, l'existence de sa sœur était un véritable coup de tonnerre.

Les yeux plissés, elle commença :

— J'ai un père, j'ai une sœur… J'arrive pas à le croire. C'est absurde. Mais pourquoi ? Pourquoi mentir ? Et comment vous nous avez réparties, maman ? Explique-moi ! Vous avez tiré au sort ? Allez, dit-elle en appuyant bien sur chaque mot, raconte-moi comment mon père et toi vous avez décidé de vous partager vos deux filles.

Bianca

Bianca ferme les yeux un instant, d'un geste souple de la main elle lisse le couvre-lit. Il est si chaud, si doux. Son souffle se réfugie au fond de sa poitrine.

— Le dîner est prêt, tu viens ?

« Pourquoi ne me laissez-vous pas tranquille ? » voudrait-elle hurler, mais elle se tait, et regarde autour d'elle. Mille pensées s'agitent en elle, elle les ignore. Maintenant, elle sait comment les calmer. Il lui a fallu du temps, mais elle a appris le silence et l'obéissance. Ses dessins sont tous rangés au même endroit, comme ses poupées et ses petits chevaux, avec lesquels elle ne jouera plus. Elle est grande, à présent. Même son père le lui a dit à son arrivée, quand, après lui avoir ouvert la portière de la voiture, il s'est exclamé : « Tu es devenue une vraie jeune fille ! »

Oui, elle est devenue une vraie jeune fille et elle sait ce qu'on attend d'elle. Elle descend les marches et quand elle pénètre dans la majestueuse salle à manger elle se tient bien droite, sa robe de soie caresse ses jambes. Son père est attablé ; assise à côté de lui, sa sœur lui fait un signe de la main. Bianca lui répond et une étincelle de plaisir lui réchauffe le cœur. Sa mère écrase une larme. Certains invités lui sourient franchement, d'autres se limitent à l'observer, intrigués.

D'immenses compositions florales sont disposées au centre de la table.

Tout le monde se lève pour la saluer, tous la félicitent pour son retour, et pour son succès académique. Les convives lèvent leurs verres et portent un toast en son honneur.

La nausée lui coupe l'appétit. Elle sourit alors qu'elle voudrait pleurer, acquiesce, remercie. Elle regarde à nouveau sa sœur qui parle avec leur père, le bras de l'homme posé sur les épaules de la jeune fille. Une douleur vive lui serre la gorge. Bianca baisse la tête, puis la redresse d'un coup, les épaules droites. Un jour, c'est elle qui sera à côté de Lorenzo. Un jour, ce sourire, cette fierté seront pour elle. À présent, elle sait comment faire, comment conquérir son amour.

Un léger parfum flatte ses narines. Elle se tourne vers les roses. Et alors, tout le reste disparaît. Les douleurs, la peine, la peur. Tout se dissout devant elles.

Ce sont des boutons délicats, des pétales légers. Puis le parfum éclate pleinement et la remplit de joie.

Le rosier de mille ans lui souhaite la bienvenue.

9

Créer une composition de renoncules
aide à mieux exprimer sa personnalité.
La renoncule des fleuristes – Ranunculus asiaticus *– ne possède pas un bulbe*
à proprement parler, mais une racine tubéreuse.
Son nom est dérivé du latin rana, *« grenouille »,*
car elle apprécie particulièrement les milieux humides,
les petits lacs et les étangs. On la trouve
dans une grande variété de formes
et de couleurs et, bien que dépourvue de parfum,
elle égaie les jardins et les parterres.
Elle aime les sols riches. Elle fleurit
au printemps et vous offre du bonheur tout l'été.

Parmi tout le matériel dont elle disposait chez elle, elle choisit trois vases, chacun d'une taille différente, comme pour toutes ses compositions. C'était un de ses principes de base : unité, proportion, équilibre, harmonie et rythme. Mais elle avait sa propre vision des choses.

C'était sa façon de ne penser à rien. La seule manière qu'elle connaissait de dépasser la douleur et de s'évader, en laissant le temps et la colère derrière soi. Voilà ce qu'étaient les fleurs pour Viola : un remède, une joie, une consolation. C'était aussi son sujet d'étude : elle faisait son mémoire sur la *garden therapy*. Sa thèse était, en substance, que l'homme ne pouvait prospérer qu'au contact de la nature. Dans ce rapport absolument concret et exclusif, les fleurs rendaient en beauté – et en réconfort – l'attention que l'homme était prêt à leur accorder.

Pour chaque vase elle prépara une gerbe d'herbes sèches, de leur couleur naturelle. Après avoir collé sur l'extérieur un morceau de scotch double face, elle relia les deux extrémités de la gerbe et fit un nœud. On aurait dit un bouquet un peu négligé, rustique. Le léger tintement des petites billes de verre qui s'entrechoquaient au fond des vases la ramena à ces promenades au bord du fleuve, durant lesquelles elle avait ramassé des galets avec sa mère. Ils étaient blanc, gris et ocre, comme le quartz des montagnes environnantes. Au fond de l'eau, ils formaient le lit qui accueillerait les fleurs.

Ces bouquets ne seraient certainement pas du goût de sa mère : là où Claudia était douceur et nuances chromatiques, Viola était saillies et contrastes. Elles n'avaient pas non plus les mêmes fleurs de prédilection. Si elles étaient toutes les deux artistes florales, elles avaient en réalité bien peu en commun. Des raisons opposées les poussaient d'ailleurs à créer.

Pour Viola, le client n'était pas le plus important. Son expression artistique venait du cœur, sa seule motivation était de projeter dans les fleurs ses propres sensations. Tel un peintre utilisant une toile et de la peinture pour donner naissance à son œuvre, Viola composait avec des pétales, des boutons, des parfums. Mais aussi de l'eau, des pierres, de la mousse, des herbes sèches en guise de ruban. À tout cela, elle ajoutait des fleurs peu communes, allant des plantes grasses aux buissons épineux.

Pour l'instant, ce qu'elle voulait, c'était ne pas penser à sa mère, à ce qu'elles s'étaient dit. Ou plutôt : à ce qu'elle lui avait hurlé. De toute sa vie, elle ne se souvenait pas avoir perdu patience une seule fois et lui avoir parlé sur ce ton. Mais ça, c'était avant. Elle lui avait laissé un jour pour tout lui raconter. Elle voulait des noms, des photos, des réponses. Elle voulait qu'on lui rende son passé. Elle serra les poings, pour tenter de faire cesser le tremblement de ses mains, puis elle inspira un grand coup et continua à respirer lentement jusqu'à avoir retrouvé son calme.

Elle tailla en dégradé les tiges d'allium pour donner à son bouquet la forme d'une demi-lune. Elle ajouta quelques feuilles puis des anémones et enfin des roses. Après les avoir disposées dans le premier vase, le plus grand, elle passa au deuxième. Elle y plaça un bouquet de némophiles agrémentés de tulipes allant du bleu au violet. Elle remplit le troisième vase de petites roses couleur crème.

— Magnifique.

Surprise par ce commentaire, elle se retourna, perplexe. Derrière elle, William lui souriait. Au parc, il lui avait dit qu'elle était un canon inversé, une mélodie particulière. Ces mots l'avaient profondément troublée. Elle se concentra à nouveau sur ses roses.

— Je ne t'ai pas entendu entrer.

— Je sais, tu étais trop absorbée par tes fleurs. C'est sûr qu'arrangées comme ça elles ont une autre allure !

Il s'était approché d'elle. Il sentait le savon.

— On dirait que tu suis un ordre précis.

— C'est une composition. Trois vases avec des fleurs de couleurs et de formes différentes. En mêlant leurs parfums, elles transforment leur environnement et le rendent accueillant, relaxant. La base, ce sont les couleurs : bleu ciel pour le calme et la sérénité, jaune et orange pour la joie. Le violet, c'est le raffinement, et le rouge la passion, l'enthousiasme.

— Et tout ça, rien qu'en glissant des fleurs dans un vase ?

— Tu n'y crois pas ? Tu n'aimes pas les fleurs ? demanda-t-elle, agacée.

— À vrai dire, je n'en sais rien.

Quand il lut la déception sur le visage de Viola, il s'empressa de lui sourire et d'ajouter :

— Excuse-moi pour l'autre jour.

Il glissa une main dans ses cheveux, les tira doucement jusqu'à ce qu'elle lui donne un petit coup sur les doigts.

— Arrête.

— Je ne voulais pas te faire mal, pardon.

Viola s'éloigna.

— C'est pas la question. Ne me touche pas, c'est tout.

William resta interdit.

— Et comment je peux faire pour te connaître, sans te toucher ?

— Eh bien, tu n'as qu'à parler. Je ne suis pas sourde.

Le garçon enfonça les mains dans ses poches et planta ses yeux dans les siens.

— Ça ne servirait à rien. Je ne veux pas parler avec toi du temps qu'il fait ou des autres trucs idiots dont on parle juste pour parler. On n'en est plus là, tous les deux, Vi.

Elle fut tentée de lui demander ce qu'il attendait d'elle, dans ce cas. Ils se regardèrent en silence jusqu'à ce que la gêne devienne trop forte et les empêche de respirer.

— Faudrait que t'arrêtes de sourire comme ça, William.

— J'ai décidé.

— Quoi ? Mais de quoi tu parles ?

— Les fleurs.

— Hein ?

— J'aime ça.

Il avait refermé ses doigts sur un pétale qu'il avait ramassé sur la table et le touchait avec délicatesse. Il y avait quelque chose de gracieux, d'intime, dans ce geste.

— Et puis c'est fou, l'effet qu'elles peuvent faire, ajouta-t-il tout en désignant le reste de la pièce d'un mouvement de tête. Ça change vraiment tout. Je n'y avais jamais vraiment fait attention. C'est fou, répéta-t-il.

— Quoi ? Que le plaisir réside dans les petites choses ?

— J'aime cette idée : le plaisir réside dans les petites choses, répéta-t-il, les yeux mi-clos.

Elle frissonna.

— Ne t'approche pas de moi, William.

Il la suivit et lui prit son gros vase des mains.

— Laisse-moi faire, ce truc pèse plus lourd que toi.

— La réponse est toujours non.

Il haussa les épaules.

— J'ai tout mon temps.

Elle ouvrit la bouche pour riposter et se heurta à son sourire. Sa repartie cinglante s'évapora avant qu'elle ait pu la formuler, emportant avec elle l'agacement qu'elle ressentait. Elle secoua la tête. Elle avait envie de rire alors qu'elle aurait dû le chasser de l'atelier.

— Pourquoi ? Je veux dire : je n'arrête pas de te repousser, pourquoi tu insistes ?

— Là, c'est quitte ou double, hein ? demanda-t-il.

William prenait son temps, essuyant ses lunettes avec un pan de sa chemise.

— Excuse-moi, ça m'aide à me concentrer.

Il sourit, puis remit ses lunettes sur son nez. Il était tout rouge, et semblait encore plus maladroit que d'habitude.

— C'est à cause de ce truc que je ressens chaque fois que je te vois. Ça me prend là, dit-il, la main sur la poitrine, et ça me fait du bien.

Viola fit deux pas vers lui. Ils étaient à présent si près l'un de l'autre qu'elle pouvait sentir son haleine. Il avait mangé un fruit. Une mandarine. Et il était très beau.

— Voilà de belles paroles, William. Mais qui sonnent creux, et qui ne veulent rien dire.

— Tu crois ? Pas moi. Les mots sont comme des notes : tant qu'elles sont sur la partition, ce ne sont que des symboles. Mais quand on les transforme en sons, elles peuvent tout. Les mots sont des promesses, des vases qu'il faut remplir pour qu'ils prennent leur sens. Et c'est nous qui le leur donnons.

Elle le fixa un moment. Pour elle, les mots étaient des pierres. Ils avaient déjà un sens. Et pour cette raison ils faisaient mal. Elle lui tourna le dos et s'éloigna.

— Allez, salut, William. Passe une bonne journée.

Il s'élança derrière elle.

— Attends, où tu vas ?

— En cours. J'ai un futur qui m'attend quelque part, moi.

— Je peux venir avec toi ?

— C'est toujours non, répondit-elle en haussant les épaules.

Mais, en fermant la porte derrière elle, Viola ne put s'empêcher de sourire. Et ça, c'était une bonne nouvelle, parce que, depuis le jour où elle s'était retrouvée face à face avec sa sœur, elle n'avait pas trouvé une seule occasion de le faire.

Tandis qu'elle marchait parmi la foule, les mains au fond des poches de sa veste printanière, son sourire s'effaça. En réalité, cela faisait longtemps qu'elle ne s'était plus sentie sereine et insouciante comme au cours de ces moments passés auprès de William. Elle descendit presque en courant l'escalier qui menait au métro. Elle monta dans la rame et réajusta la sangle de son sac sur son épaule, en attendant qu'une place assise se libère. Lorsqu'elle fut installée, ses pensées s'envolèrent l'une après l'autre, la laissant en proie à ses émotions, et à ce nœud qui lui serrait la gorge.

Francesco Donati avait gardé Iris avec lui. Pas elle. Il n'avait pas voulu d'elle.

Comment se faisait-il qu'un inconnu, un homme dont elle ignorait tout la veille encore, soit devenu soudain tellement important ? Qu'il soit responsable de cette douleur aiguë qui s'était fichée en elle ? Il n'avait pas voulu d'elle, il avait choisi sa sœur.

On la rejetait, une fois encore, mais en réalité ce rejet avait précédé tous les autres, et c'était le plus grave.

Elle connaissait cette sensation, elle aurait dû y être habituée. Pourtant, cela la faisait souffrir, lui rappelait un passé douloureux. Elle avait eu du mal à trouver ses repères, à Londres. Ensuite, sa mère l'avait inscrite dans une école privée, ce qui avait encore compliqué les choses. Elle ne lui avait jamais dit comment ses camarades la traitaient. Claudia avait fait des sacrifices pour lui permettre de fréquenter une école internationale, convaincue que sa fille y serait bien, qu'elle comblerait ses lacunes en langue. D'ailleurs, la plupart des enfants qui la fréquentaient venaient des quatre coins du monde.

Elle n'avait pas pensé que, pour cette raison précise, ils venaient tous, ou presque, de familles très aisées, contrairement à Viola, qui avait une tout autre vision de la vie et n'avait pas réussi à s'intégrer.

Le souvenir de ce qu'elle avait enduré durant sa dernière année de lycée était encore là, comme une plaie à vif.

Il s'appelait Thomas Howard. Il était américain, beau, sportif, très bon élève. Ils étaient dans la même classe. Quand il l'avait invitée au bal du lycée elle avait cru à une blague et avait refusé. À part les profs, personne ne s'était jamais intéressé à elle dans cet établissement.

Dans son quartier, elle avait des amis, des gens qui ne la prenaient pas de haut à cause de ses vêtements très simples, de sa coupe de cheveux ou du fait que, parfois, elle devait travailler tard au magasin pour aider sa mère.

Thomas n'avait pas apprécié son refus et il s'était démené pour la faire changer d'avis. Il avait soudain décidé de lui tenir compagnie à la cantine alors que, jusque-là, elle déjeunait seule. Les silences s'étaient vite transformés en petites conversations, puis en rendez-vous. Mais Viola ne se laissait toujours pas convaincre. Puis d'autres élèves s'étaient joints à Thomas, des filles et des garçons. Et Viola s'était aperçue qu'au fond elle aimait bien faire partie d'un groupe. Car elle croyait vraiment avoir intégré leur bande d'amis.

Elle s'était rendu compte, plus tard, que la réalité était tout autre. Elle n'était pas devenue soudainement visible, ni séduisante. La raison pour laquelle Thomas Howard s'intéressait à elle était bien moins romantique.

Il avait fait un pari avec ses amis. Et il l'avait gagné. Elle avait fini par céder à ses avances et après leur premier rendez-vous, après qu'il eut obtenu d'elle ce qu'il voulait, tout le lycée avait été au courant.

Le reste n'avait été que douleur et humiliation, murmures et ricanements sur son passage. Alors, elle avait pris conscience de la facilité avec laquelle on pouvait jouer avec les sentiments de quelqu'un, les piétiner, s'en moquer.

« C'était pour rire », avait-il dit.

Comment pouvait-on faire du mal à quelqu'un avec une telle légèreté ?

Viola avait pris son courage à deux mains, avait terminé son semestre et obtenu d'excellentes notes à l'examen de fin d'année. Mais elle n'avait jamais oublié.

Ni pardonné.

D'un geste plein de colère, elle rassembla ses cheveux puis les tressa sur sa nuque, comme elle le faisait toujours. Elle décida qu'elle allait les couper. Allez, un coup de ciseaux bien net ! Trop de choses avaient échappé à son contrôle, elle en avait assez. Elle allait y remédier. Elle commencerait par s'occuper de son passé, puis ce serait au tour de son présent.

Parce qu'elle le méritait, ne cessait-elle de se répéter pour tenter de faire taire la petite voix dans sa tête qui lui serinait que les faits prouvaient le contraire.

10

Faire pousser des plantes bulbeuses procure beaucoup de joie. Le muguet – Convallaria majalis *–, une rhizomateuse pérenne, pousse spontanément dans les bois des plaines et des collines. Ses jolies fleurs blanches sont très parfumées. Les bulbes doivent être plantés à 5-8 cm de distance les uns des autres, dans un endroit lumineux, mais à l'abri de la lumière directe du soleil. Il aime les terrains riches, meubles et bien drainés. Au printemps, il offre des fleurs qui durent. Il faut le manipuler avec précaution, car il est toxique.*

Quand le dernier vase fut chargé dans la fourgonnette, Claudia verrouilla les portes, puis le portail, avant de se mettre en route. C'était l'aube et elle n'avait pas fermé l'œil de la nuit. Et cette fois, ce n'était pas Francesco qui avait occupé ses pensées et l'avait empêchée de dormir.

La vie semblait avancer par cycles : les histoires laissées en suspens finissaient par revenir et demander, exiger même, une résolution. C'était ce qui était en train de lui arriver avec Iris, son adorable petite Iris, l'enfant qu'elle avait abandonnée, qu'elle n'avait pas pu garder avec elle. Elle ne connaissait d'elle que l'essentiel, tels étaient les termes du contrat qui la liait à son mari. Elle recevait de l'argent pour Viola et envoyait de son côté un rapport à l'avocat, lequel lui donnait régulièrement des nouvelles de son autre fille. Pour le reste, elle était encore officiellement Mme Donati. Toujours d'après cet accord, elle aurait pu divorcer une fois leurs filles devenues majeures. Elle avait souvent songé à revoir cet accord, ce qui aurait impliqué qu'elle parle avec Francesco, rompant le silence qui s'était installé entre eux et qu'au fil des années elle s'était mise à chérir.

Mais elle ne supportait plus cette situation et elle ne savait que faire. Elle tourna et poursuivit en direction de King's Cross, puis s'arrêta près de la British Library. Elle remit les fleurs à son client et échangea deux mots avec le responsable du dépôt. Après avoir noté la commande, elle parcourut rapidement la liste et fut heureuse de constater qu'elle avait tout à la maison. Elle n'aurait peut-être pas assez de renoncules, mais elle pouvait sans problème les remplacer par des anémones ou des narcisses.

Elle était déjà dans l'allée de chez elle quand son téléphone sonna. Elle s'arrêta et prit l'appel.

— Allô ?

— Ne raccroche pas.

Il lui fallut un certain temps pour retrouver sa voix, décider de ce qu'elle voulait répondre, expulser les mots de sa bouche.

— Qu'est-ce que tu veux ?

— Faut qu'on parle.

Elle n'hésita pas une seconde.

— Non. Non, je n'ai rien à te dire. Et rends-nous service à tous les deux : ne m'appelle plus.

— C'est au sujet d'Iris. Elle veut te rencontrer.

À ces mots, une vague de chaleur se diffusa dans son corps.

— Elle sait que Viola l'a vue ? demanda-t-elle, paniquée.

— Oui, j'ai dû tout lui dire.

Claudia se laissa tomber sur un banc du jardin, les yeux rivés sur une touffe de marguerites.

— Moi aussi, j'ai dû parler à Viola, et ça a été terrible. Comment va Iris ?

— Elle va bien. Elle est en colère, déçue. Et très effrayée. Mais elle va bien. Et Viola, comment l'a-t-elle pris ?

— Mal. Très mal. Elle croit qu'on a choisi l'une ou l'autre pour des raisons précises. Elle se sent rejetée, méprisée. C'est une fille très sensible, elle croit que tout ce qui lui arrive est sa faute, tu comprends ?

— Oui, Iris est pareille.

Union, séparation. Ce n'était qu'une pensée, une sensation, mais elle fut suffisante. Claudia se figea. Ce n'était plus son ami. Il ne lui était plus rien. Elle ne voulait rien avoir à faire avec lui. Elle aurait voulu que rien ne l'unisse à cet homme.

Francesco sentait le silence entre eux se faire de plus en plus lourd. Il la perdait. Le fil ténu qui était parvenu à les relier quelques secondes venait de se rompre.

— On est à Amsterdam, on voudrait venir vous voir. À moins que vous ne préfériez venir chez nous.

Claudia ferma les yeux. Le moment était donc enfin arrivé. Une peur qu'elle n'avait encore jamais ressentie la fit trembler de tout son être. Elle allait enfin revoir sa fille, sa petite. Elle regarda les paumes de ses mains, comme elle l'avait fait des milliers de fois, et eut l'impression de sentir à nouveau la petite main d'Iris qui glissait et s'éloignait d'elle, pour toujours.

— Qu'est-ce que je vais lui dire, bon sang, qu'est-ce que je peux dire à ma fille pour justifier ou du moins pour expliquer pourquoi je l'ai abandonnée ?

— On leur dira la vérité.

Il y eut un silence. Claudia posa la main à plat sur ses yeux.

— Et c'est quoi, la vérité, dis-moi ? J'aimerais la connaître, moi aussi.

— Aucun de nous n'aurait survécu seul. Les séparer était la seule solution pour espérer avoir une chance de recommencer nos vies.

— Non. C'est pas vrai, on aurait pu trouver autre chose.

— Claudia, on avait l'âge de nos filles aujourd'hui. On a fait une erreur, une terrible erreur. Mais à l'époque, on avait l'impression que c'était la seule solution acceptable.

Durant un long moment, les pensées de Claudia, emmêlées, refusèrent de se changer en mots.

— Je… je préfère que ce soit vous qui veniez.

— D'accord. On part demain.

— Je te donne l'adresse.

Il eut un petit rire.

— Je sais très bien où tu habites.

Le crépuscule était toujours spectaculaire à Amsterdam. Il tombait sur la ville sans crier gare, la transformant soudain en un décor de lumières tremblantes le long des canaux. Les mains sur le bastingage de la péniche de Jonas, Francesco commençait à avoir froid. Mais il ne voulait pas rentrer. Il avait besoin de calme et de solitude pour déterminer ce qu'il devait faire. Même si, en réalité, il ne pouvait pas faire grand-chose. À présent, tout était réglé, les billets pour Londres étaient achetés. À la dernière minute, Claudia avait décidé qu'ils se verraient ailleurs, en terrain neutre : Iris et lui iraient à l'hôtel, où Viola et elle les rejoindraient.

Une rencontre polie, dans les formes.

L'angoisse lui comprimait la poitrine. Elle ne voulait pas de lui chez elle, c'était ça, la vérité, il le savait pertinemment. Claudia ne voulait pas de lui dans sa maison, dans sa nouvelle vie. Un sourire amer lui tordit les lèvres. S'il avait été de meilleure humeur, ça l'aurait fait rire. C'était elle qui aurait dû s'excuser, demander pardon. Aussitôt, il s'aperçut que cette phrase était terriblement égoïste. Mais c'était bien ce qu'il était : un égoïste. Lui, elle… aucun des deux n'avait su faire de sacrifices, penser au bien des deux petites, et c'est ainsi qu'ils avaient pris des décisions sans tenir compte de ce qui était le mieux pour elles. Cette prise de conscience s'accompagnait de remords. Mais comment aurait-il pu renoncer à ses deux filles ? Se séparer de l'une d'elles avait déjà été un déchirement, mais les perdre toutes les deux… Il ressentit une douleur si vive qu'elle lui arracha un petit gémissement. Il en éprouva aussitôt de la honte.

Ce n'était pas à lui et à ses accès de sensibilité qu'il devait penser, mais à Iris et Viola.

— Tu comptes sauter le repas ?

Il prit une grande bouffée de l'air humide qui remontait du canal et tourna à peine la tête pour répondre qu'il n'avait pas faim. Jonas s'approcha de lui.

— À quand remonte ta dernière vraie nuit ? Et si tu as l'intention de me rétorquer que ce ne sont pas mes affaires, je te jette dans le canal.

— Ce ne serait pas la première fois…, dit Francesco, un sourire aux lèvres.

— Mais on était jeunes à l'époque ! se justifia Jonas, les yeux pleins de malice.

— C'est vrai… Tu sais, j'ai l'impression d'être coupé en deux : d'un côté il y a les filles et leurs exigences. Et de l'autre il y a moi. J'ai essayé de survivre, je n'ai jamais voulu leur faire de mal.

Jonas secoua la tête.

— Tu as fait une erreur, mais pas celle que tu crois. Tu as eu tort de leur mentir. Elles auraient pu grandir ensemble, comme toutes les sœurs, elles auraient eu un père et une mère. Tu ne crois pas ?

— Mais j'aurais dû rester loin d'elles pendant des mois, et courir le risque que Claudia refasse sa vie. Qu'elle trouve un homme mieux que moi, qui aurait pris mes petites… Et ça, je ne l'aurais pas supporté. Si aujourd'hui je comprends que séparer Viola et Iris était un choix monstrueusement égoïste de notre part à tous les deux, à l'époque je n'étais pas prêt à renoncer à elles, ou à courir le moindre risque. Et Claudia non plus.

— Tu as connu d'autres femmes ?

Après un court silence, Francesco soupira et répondit :

— Oui, mais rien de sérieux.

— Et Claudia ?

Francesco haussa les épaules.

— J'en sais rien. Je n'ai que quelques informations basiques sur sa vie, que j'ai pu deviner à travers les nouvelles de Viola qu'elle m'envoyait.

— Et donc, mentir n'a servi à rien ?

— Non. À rien, reconnut-il, la voix lourde d'amertume.

Jonas posa la main sur son épaule.

— Je t'ai raconté la fois où j'ai déterré des bulbes pour les mettre dans l'eau ? J'en ai perdu la moitié, mais ceux qui ont pris ont donné de beaux résultats et ont proliféré, et l'année suivante j'avais récupéré le même nombre de plantes.

— Là, je te suis pas, répliqua Francesco en fronçant les sourcils.

— Eh bien, quoi, c'est la vie, c'est tout.

Francesco allait répondre quand son téléphone sonna.

— Ça doit être Iris, murmura-t-il avant de décrocher.

Pourtant, ce n'était pas Iris au bout du fil : c'était un autre pan de son passé qui avait décidé de refaire surface. Crispé, il lâcha :

— Oui ? Qui est à l'appareil ?

— Bonsoir, Francesco.

Il plissa les yeux, le visage fermé, presque grimaçant.

— Fiorenza, qu'est-ce qui se passe ?

Pourquoi la femme qui s'occupait de la demeure familiale et tenait compagnie à sa mère l'appelait-elle dans un moment pareil ?

— Il faut que tu reviennes. Tout de suite.

— Pourquoi ?

— C'est Giulia, elle veut te voir.

Il se passa une main sur le visage, l'estomac noué. C'était donc vrai : une mauvaise nouvelle n'arrivait jamais seule. Depuis quelques jours, elles s'accumulaient. Il se sentit pris à la gorge ; si sa mère demandait à le voir, cela ne présageait rien de bon.

— C'est grave ?

— Très.

11

Certaines plantes aiment nous surprendre.
La fleur du Strelitzia alba *rappelle le bec d'un oiseau, ce qui lui vaut son nom commun d'oiseau de paradis.*
Ses fleurs étranges ont des couleurs chatoyantes.
Elle aime le soleil autant qu'elle craint le froid.
Elle a besoin d'un terrain riche et bien drainé.
Adaptée aux intérieurs et aux jardins abrités sous des climats doux, elle fleurit du mois d'octobre au début du printemps.

Iris n'était jamais allée en Italie. Certes, elle y était née, mais elle n'y était jamais retournée depuis. Tandis qu'elle observait les collines verdoyantes depuis le hublot de l'avion, cette simple pensée devint un ruisseau qui s'unit aux autres pour former un ensemble cohérent.

Son père avait tout fait pour ne pas remettre les pieds en Italie et, bien sûr, en Angleterre. Prenant garde à l'en tenir éloignée, elle aussi.

Dans un de ces pays vivait Giulia Donati. Dans l'autre, Claudia Bruni et Viola.

Respectivement sa grand-mère, sa mère et sa sœur.

Iris aurait dû être heureuse de cette révélation. Et elle l'était, en un certain sens. Quand, la veille au soir, son père lui avait annoncé qu'elle avait une grand-mère, et qu'avant de se rendre à Londres ils iraient la voir, elle avait été comblée. Elle avait enfin ce qui lui avait le plus manqué dans sa vie : une famille, un passé.

Mais à présent elle ne voyait plus les choses de la même manière : elle avait changé.

Elle avait soudain compris qu'elle éprouvait un vif ressentiment contre l'homme assis à côté d'elle, qui cherchait désespérément des sujets de conversation ; elle détestait ses tentatives pour justifier tout ça, le minimiser, lui donner une explication rationnelle. Elle fuyait son regard suppliant, elle détournait les yeux pour ne pas voir ses mains lisser nerveusement l'étoffe de sa veste comme si elles ne savaient pas quoi faire, sa mine défaite et sa façon de lui lancer des coups d'œil inquiets.

La vérité était qu'il l'avait arrachée à sa famille pour l'emmener avec lui, puis l'avait ensevelie sous une avalanche de mensonges. Elle se moquait bien de connaître les raisons qui l'avaient conduit à faire cela. Elle ne parvenait à penser qu'à une chose : sa vie aurait été plus belle avec une mère et une sœur, avec une famille sur laquelle s'appuyer, avec une grand-mère. C'était devenu une idée fixe.

Ce qui comptait, ce n'était plus ce qu'elle retrouvait, mais ce qu'elle avait perdu.

Des années, des jours, des anniversaires… Elle avait l'impression qu'on lui avait tout volé, et la faute en incombait à son père.

Sa vie était sens dessus dessous. Elle ne comprenait pas, il y avait trop de choses qu'elle ignorait. Elle avait mis toute sa détermination à imaginer son avenir et, désormais, tout s'était effondré. Cette incertitude qui avait toujours gouverné sa vie était revenue, plus terrible qu'avant, la jetant dans la confusion la plus totale. Et elle n'avait même plus de travail.

Elle gardait les yeux rivés à ce ciel bleu qui la faisait songer à l'Afrique, à ses couleurs violentes. Des fragments de conversations qu'elle avait eues avec son père au sujet de l'Italie et de l'Angleterre lui revenaient en mémoire un à un.

— Qu'est-ce qui t'a poussé à partir ?

Francesco guettait ce moment depuis des heures. Toute la journée, il avait attendu qu'Iris se décide à lui parler, mais à présent, face à la question toute simple de sa fille, il ne trouvait pas les mots. Pourquoi était-il parti ? Pouvait-il résumer en quelques phrases la tragédie qui l'avait touché ? Les années passées à se poser cette question et tant d'autres ? Le désespoir qui s'emparait de lui chaque fois qu'il pensait avoir commis une erreur ou qu'il se demandait ce que faisait Viola à cet instant précis ?

Il se racla la gorge. Il essaya de formuler plusieurs phrases, mais aucune ne convenait, comme si aucun mot ne pouvait exprimer ce qui lui était arrivé.

— Donne-moi encore un peu de temps, quand nous serons à La Spinosa, je te raconterai tout.

— La Spinosa ?

— Oui, La Spinosa, « L'Épineuse ». Le nom du domaine se transmet depuis des générations, comme cette terre. Je crois que c'est un des rares domaines d'Italie à avoir toujours appartenu à la même famille.

Il laissa son regard s'attarder sur le plafond de la cabine, tandis que son esprit naviguait entre ses souvenirs. Un léger sourire flottait sur ses lèvres.

— Il y avait un immense parc ouvert au public. Les gens aimaient y aller, et y puiser l'inspiration. Nous avons toujours eu un don pour nous occuper des fleurs, souffla-t-il avec un sourire fatigué. Il a été fermé il y a longtemps. Quel gâchis…

— Pourquoi on l'a fermé ?

Il observa de nouveau sa fille. Le soleil illuminait ses traits délicats, sa peau blanche qui faisait ressortir ses yeux ourlés de longs cils noirs, ses lèvres pleines, toujours prêtes à sourire. Pour l'heure, elles avaient pris un pli amer, mais il savait la vitesse à laquelle elles étaient capables d'éclater de rire. Le sourire d'Iris lui évoquait immanquablement celui de Claudia. Soudain, penser à sa femme le déstabilisa. Ses mains tremblaient. Il attrapa la revue devant lui et la serra fort.

— Giulia…

Sa voix s'étrangla. Il inspira un grand coup, retrouva son calme, sourit et reprit :

— Ta grand-mère en a décidé ainsi.

Il lui avait proposé de restaurer le parc et de le rouvrir au public, mais elle n'avait rien voulu entendre. Elle avait un attachement maladif à cette propriété.

— Et il est grand, ce parc ?

Il s'efforça de continuer à faire bonne figure. Les mots trouvèrent d'eux-mêmes le chemin. Depuis combien de temps n'avait-il pas pensé à La Spinosa ?

— La maison se dresse sur une colline, entourée de prés et de bois. Une petite rivière descend de la montagne et alimente un lac artificiel. C'est là que j'ai appris à nager, tu sais ?

Son regard était devenu lointain. Iris fut tentée de le prendre dans ses bras, mais resta immobile.

— Mon grand-père était botaniste, il enseignait à l'université.

Soudain, il se tut. Une chape de tristesse semblait s'être abattue sur lui. Il avait les épaules courbées. Iris se força à laisser sa main où elle était, alors qu'elle mourait d'envie de lui donner une caresse. Et dire que, quelques instants plus tôt, elle avait du mal à simplement le regarder. Elle n'avait pas l'habitude d'être en colère contre lui, ils avaient toujours été très proches. Elle avala sa salive.

— Ma mère et Viola… on les retrouvera sur place ?

Francesco leva la tête.

— Non, je n'ai pas eu le temps de les prévenir du changement de programme. Je le ferai plus tard, quand on sera arrivés au domaine.

Il ne savait pas quelle était la gravité de l'état de sa mère. Au moins, elle n'était pas à l'hôpital, ce qui était plutôt rassurant. À moins que…

Les gens rentraient chez eux quand il n'y avait plus d'espoir, non ?

On rentrait chez soi pour mourir entouré de ceux que l'on aimait.

Auprès de Giulia, il n'y avait que Stefan et Fiorenza.

Il ferma les yeux un instant. Au fond de lui, il savait qu'il était certainement en train de commettre une erreur. Claudia ne le lui pardonnerait jamais… Mais il devait se rendre à l'évidence : elle ne faisait pas partie de l'équation. Il avait d'autres priorités : Viola, Iris et Giulia, qui allait très mal et n'avait pas vu ses petites-filles depuis vingt ans.

Francesco non plus n'avait pas parlé à sa mère depuis le jour où il avait quitté La Spinosa. Il avait bien eu quelques rares échanges téléphoniques avec

Stefan ou Fiorenza, mais en dehors de cela il n'avait plus rien su du domaine. Giulia, de son côté, ignorait que Claudia et lui étaient séparés. Elle ignorait également qu'ils s'étaient réparti leurs filles. Il se passa la main sur les yeux – la douleur ne le quittait pas. Comment en étaient-ils arrivés là ? La dispute avec sa mère avait été terrible, certes. Ils s'étaient envoyé au visage des phrases cruelles, pleines d'hostilité et de ressentiment. Il l'avait tenue pour responsable de tout et – que Dieu le pardonne – il l'avait haïe. Mais vingt ans sans se voir, sans se parler… Comment avaient-ils pu laisser la situation dégénérer ainsi ?

La douleur qui pulsait dans sa tête se répandit dans tout son corps. Le remords l'empoisonnait.

Il eut l'impression d'être lancé dans une course contre la montre. Sa vie et celle des gens qu'il aimait étaient en train de lui échapper. Une lueur de rage passa dans son regard. Sa femme n'avait qu'à se mettre en colère si elle le voulait. Avec le temps, il avait appris le poids des responsabilités, il savait maintenant qu'une action pouvait avoir de graves conséquences.

— Mais quand elles sauront où on est, elles nous rejoindront, hein ? demanda Iris.

Il acquiesça, le regard perdu au-delà des nuages.

— Tout va bien se passer, ne t'inquiète pas.

Son père ne semblait pas convaincu par ses propres mots, malgré l'air rassurant qu'il s'efforçait de garder.

— Mais je ne comprends pas pourquoi tu as changé d'avis. Je veux dire : on était censés aller à Londres et tout à coup on part en Italie.

— Il y a des choses que je ne peux pas t'expliquer et que tu dois voir par toi-même. Ensuite, si jamais ta mère et ta sœur ne nous rejoignent pas, je t'accompagnerai en Angleterre.

Il se remit à penser au passé. À Claudia, à Viola, et puis à sa mère. Giulia et lui avaient été très proches pendant des années, mais il ne se souvenait, avec une lucidité éclatante, que des derniers mots chargés de fiel qu'ils avaient échangés. Malgré tout, un soir, quelques mois plus tôt, il avait cédé et lui avait téléphoné. C'était Fiorenza qui avait décroché. « Tu ne crois pas qu'il est temps de passer outre les vieilles querelles et de rentrer à la maison ? » Il n'avait pas répondu, il était resté au bout du fil sans rien dire, comptant les secondes qui le séparaient du moment où il réentendrait la voix de sa mère. Quelques minutes plus tard, cependant, Fiorenza avait repris l'appareil. « Elle ne se sent pas en état de parler. Elle traverse une période difficile. »

Bien sûr, qu'était-il allé imaginer ? « Ça ne fait rien. » Il avait raccroché alors que Fiorenza était encore en train de parler. Il ne voulait pas entendre ses excuses, ça ne l'intéressait pas. Il s'était servi un verre de brandy et avait contemplé le crépuscule sur la plaine, le ciel enflammé, son immensité. Son seul regret était d'avoir appelé. Ça, et peut-être aussi le temps qu'il lui faudrait pour calmer cette douleur qu'il était parvenu à faire taire pendant des années et qui était à nouveau comme une plaie à vif. Quand apprendrait-il que les désirs n'avaient aucune prise sur la réalité ? Sa mère n'avait pas changé.

Claudia était plus jeune qu'Iris aujourd'hui quand il l'avait emmenée à La Spinosa. Giulia les avait invités, et il avait accepté de s'installer au domaine parce qu'il n'avait pas le choix : son salaire ne lui permettait pas de faire vivre sa femme et ses deux filles. Et puis, naïvement, il avait cru que Giulia s'était adoucie avec le temps. Il avait minimisé ses coups de sang, justifié ses mots blessants, son besoin de tout contrôler.

Il l'avait laissée s'immiscer dans leur mariage. Voilà, en fin de compte, ce qui s'était passé.

Il examina sa fille, son profil, ses cheveux souples tombant sur ses épaules. Elle était si délicate, si vulnérable. Claudia aussi avait été comme ça, autrefois. Cette pensée explosa en lui avec une intensité effrayante. Son estomac se noua sous l'effet de la peur. Et si Jonas avait raison ? Si tout ce qui était arrivé était sa faute, et uniquement sa faute ? Il n'avait pas su comprendre sa femme, et avait choisi une solution de facilité.

La voix du capitaine annonçant l'atterrissage le fit revenir à la réalité mais, en aidant Iris à attraper ses valises, il sentit à nouveau le doute l'étreindre. Et, tandis qu'ils traversaient le hall en silence, l'incertitude envahit tout son être.

Bianca

La pierre est partout. Dure, immobile, éternelle. Sa mère lui dit que c'est le premier des Donati, Goffredo, qui a choisi cette matière robuste pour bâtir sa demeure.

Bianca n'y avait encore jamais prêté attention. C'est avec des yeux d'adulte qu'elle observe à présent, étonnée, son immense maison. Le seul mot qui lui vient à l'esprit est « majestueuse ». Les bancs, les fontaines, les arches et les logements pour les travailleurs ont été réalisés dans la même pierre. Bianca fait glisser son doigt le long d'une colonne et soudain écarquille les yeux : il y a une fissure. Puis une autre, et encore une autre. La solidité n'est qu'une illusion. Alors elle sourit. Elle est heureuse, car dans chacune de ces brèches une plante a poussé, le jardin a repris ses droits. Le jardin, c'est la vie, pas la pierre, qui n'est que le souvenir de celui qui a eu peur de sombrer dans l'oubli. Quel idiot, ce Goffredo, pense-t-elle. Il aurait dû se contenter de créer le jardin. La décadence des réalisations humaines commence au moment même de leur construction ; la seule chose vraiment immortelle, ce sont les plantes, ce sont les fleurs, parce qu'elles se régénèrent. Parce qu'elles vivent, changent, évoluent. Bianca regarde les petits bouquets de roses perchés sur les hauts murs de la villa et sourit, ravie par cette pensée : ce sont elles, les fleurs, qui rendent sa maison immortelle. Parce qu'elles en ont pris possession. Ce sont leurs racines, leurs branches et leurs rameaux qui lui permettent de tenir debout. Il lui semble sentir leur souffle, leur légère oscillation. Les plantes lui parlent.

Elle comprend alors ce qu'elle doit faire. Son père se trompe, ça ne sert à rien de connaître les noms, les espèces, les classifications. Ce qui le rendra immortel, le fera passer à la postérité, c'est le fait de contempler le jardin, de le laisser faire à sa guise. Car lui seul connaît le secret de la vie.

Il est la vie même.

Pour la première fois depuis très longtemps, elle se sent heureuse. Ses bras se lèvent, ses doigts bougent. Elle tourne sur elle-même, virevolte dans la mélodie du vent et le chant du jardin, et sa jupe se déploie comme une corolle.

— Bonjour. Je me souviens de toi. Tu es Bianca, la fille de M. Lorenzo.

12

Travailler la terre, se réapproprier les rythmes de la vie dictés par la nature, aide à retrouver l'équilibre jusque dans sa propre intimité.
Le camélia du Japon – Camellia japonica *–, splendide arbuste facile à cultiver, peut donner de grandes satisfactions, si l'on y met un peu de jugeote et de soin. Il aime être à l'abri du vent et des rayons directs du soleil, qu'il ne supporte qu'aux heures les plus fraîches. Il a besoin d'un terrain riche, sableux et très bien drainé. Il faut l'arroser souvent mais modérément, afin de ne pas laisser l'eau stagner.*
Il symbolise le raffinement.

Le regard de Giulia Donati était tourné vers l'horizon. Le jardin avait un éclat émeraude, le ciel était d'un bleu cobalt. De toute sa vie, elle avait rarement eu aussi peur qu'en cet instant, alors qu'elle se tenait à une colonne du porche, guettant l'apparition d'une voiture dans l'allée. Ses petites-filles n'allaient pas tarder à arriver. Plus qu'une certitude, c'était un espoir, et elle le savait parfaitement. Elle leva la tête, essayant de rassembler ses forces.

Le jardin était en plein déclin. Il n'avait pas donné de fleurs ce printemps. Pas une seule. Giulia les avait cherchées désespérément, inspectant le gazon, les dizaines de rosiers plantés sur la propriété, et les arbres. En vain. Elle se faisait un sang d'encre pour le jardin. Elle n'était pas idiote, elle savait déchiffrer les signes, et c'en était un : un long cri d'agonie. Et si par le passé elle avait été capable de tout oublier, jusqu'à elle-même, à présent elle n'y parvenait plus. Le sentiment d'urgence qui s'agitait en elle la poussait à agir, l'angoisse oppressait sa respiration, ses pensées. Elle vacilla, les contours des objets devinrent flous et elle faillit s'évanouir. Quand elle réussit à reprendre son souffle, une main était là, tendue devant elle.

— Stefan.

— Je suis là.

Elle tenta d'ignorer la douleur qui lui martelait le crâne, prit une longue inspiration, saisit la main tendue et ressentit aussitôt un immense soulagement.

— Ça va ? Tu veux t'asseoir ?

— J'ai juste eu un petit vertige.

— Tu devrais faire attention, le docteur a dit que tu avais besoin de repos.

C'était une des choses qu'elle avait toujours aimées chez lui : sa gentillesse. Stefan était grand, le regard franc et direct ; et il avait de la poigne.

— Ça fait des mois que je me repose. Le moment d'agir est venu.

— Tu as été malade pendant des mois, Giulia. Ne confonds pas tout.

— Je ne peux pas rester là les bras croisés. J'ai fait ça trop longtemps… Tu sais ce que j'ai traversé, Stefan. Tu sais ce que j'ai été capable de faire. Je dois… je dois trouver une solution. Et je suis seule, tu comprends ? Je l'ai toujours été !

Elle crut voir comme un éclair de douleur passer dans ses yeux. Depuis son accident, elle était devenue très douée pour ça : comprendre les gens à leur regard, à leurs gestes.

Et c'était une nouveauté. Elle n'avait jamais vraiment prêté attention aux autres, jusqu'alors. Ce qui était un autre problème ; pour elle, le temps d'avant était lourd de peurs, de reproches et de regrets. À chaque fois que le passé resurgissait dans son esprit, elle le repoussait de toutes ses forces. Mais les choses avaient changé. *Elle* avait changé. C'était comme si, après la maladie, elle était née une seconde fois.

— Non, Giulia, tu n'es pas seule.

— Tu resteras avec moi ?

— Oui.

Elle l'observa encore, attentivement. Elle connaissait Stefan, elle connaissait la main qui tenait la sienne. Elle connaissait sa peau. Et si par le passé elle avait rejeté ce souvenir, aujourd'hui elle s'y agrippait de toutes ses forces, consciente que seules les jolies choses donnent la force d'aller de l'avant.

— J'ai fait une erreur, Stefan, dit-elle d'une voix si basse qu'elle n'était plus qu'un murmure.

— On en fait tous.

Elle ne répondit pas. Elle n'en avait ni l'énergie ni le courage. Elle laissa son regard se perdre au-delà des haies.

— Elles ne se souviennent de rien, c'est sûr. Elles étaient si petites quand elles sont parties. Pourquoi tiendraient-elles à ce jardin ? Tout s'effondre, comme un château de cartes.

Elle se tut, puis on entendit son rire, pareil à une branche que l'on casse. Elle reprit :

— Si elles viennent je leur dirai tout sur cet endroit. Je leur parlerai des Donati, sans rien leur cacher. Et si ensuite elles souhaitent rester, elles seront les bienvenues.

— Alors pourquoi tu continues à te faire du souci ?

Les yeux rivés sur le jardin elle attendit un peu avant de demander :

— Ton expert a trouvé quelque chose ?

— Non, les résultats d'analyses sont négatifs. Gabriel étudie d'autres hypothèses. Ça prend du temps.

Giulia ferma les yeux. Quand elle les rouvrit, ils étaient pleins de larmes.

— Ce n'est pas la seule raison pour laquelle j'espère que mes petites-filles viendront. Et puis, ce sont des jumelles Donati, non ? Peut-être qu'elles pourront vraiment faire quelque chose. Ou bien peut-être est-il tout simplement trop tard.

— Au moins, tu auras fait tout ce qui était en ton pouvoir.

— Mais, tout ce qui est arrivé, c'est ma faute.

— C'est vrai. Et à présent, tu répares ton erreur. C'est ce qu'on fait quand on s'aperçoit qu'on s'est trompé. Aie confiance.

Il s'éloigna. Giulia ne voulait pas qu'il s'en aille, mais elle ne pouvait pas exiger plus de lui. Alors elle resta ainsi, seule, à écouter le vent et ses histoires.

La réalité dépassait tout ce qu'Iris avait imaginé. La campagne était dense, peuplée d'acacias chargés de grosses grappes blanches. Leur doux parfum se mêlait à celui de la terre mouillée. Les champs étaient d'un vert émeraude pur, et c'était la première fois qu'elle voyait des cyprès aussi élancés que ceux qui flanquaient les allées de terre battue et se dressaient vers le ciel turquoise. Çà et là, une cabane de pierre et quelques vaches en train de paître agrémentaient le tableau.

À l'aéroport de Pise, ils avaient pris un taxi pour Volterra, qu'elle n'avait vue que de loin. Son père avait immédiatement donné des indications précises au chauffeur, qui s'était engagé sur une petite route contournant la ville. Quand la voiture avait stoppé devant un gigantesque portail en fer forgé soutenu par deux énormes piliers de brique, Iris avait été charmée par les feuilles qui s'enroulaient autour. Elle n'avait jamais vu de rosiers si sauvages, si épineux. Mais sans le moindre bouton. Étrange, vraiment.

« On est arrivés ? » avait-elle alors demandé.

Son père ne lui avait pas répondu. Iris avait compris qu'il était trop absorbé dans ses pensées, trop pris par ce qu'il voyait, pour faire attention à sa question. Il ne l'avait même pas entendue. Elle était donc demeurée assise à côté de lui, sans rien ajouter. Soudain, un homme d'un âge indéfinissable au visage sévère était apparu et avait ouvert un battant du portail.

Quand ils passèrent près de lui, l'inconnu arrêta la voiture et adressa quelques mots au chauffeur. Puis il se tourna et prit un instant pour les observer, un petit sourire satisfait aux lèvres.

— À la bonne heure, mon garçon !

Mon garçon ? Iris regarda Francesco puis, à nouveau, l'homme, qui ouvrit grande la portière. Quand il tira son père hors du véhicule, elle eut presque peur, mais elle vit les deux hommes se tomber dans les bras en se donnant de grandes tapes dans le dos. Elle ne parvint pas à saisir ce qu'ils se chuchotaient, mais une chose était sûre : ils se connaissaient. Très bien, même.

— Tu te souviens d'Iris ?

À présent, Stefan – c'était ainsi que son père l'avait appelé – la dévisageait. Il avait les yeux brillants et tenait son béret dans sa main.

— Giulia sera heureuse de vous voir.

Elle savait qu'entre son père et sa grand-mère quelque chose de sérieux avait dû se produire, mais elle s'étonna tout de même de l'expression glaciale de Francesco, et du ton distant de sa voix.

— Comment va-t-elle ?

Stefan lui fit face de nouveau.

— Elle n'est plus la même.

— Fiorenza est restée très vague concernant son état. Elle a seulement dit que c'était grave.

— Elle a passé un mauvais moment. Je ne te cache pas que nous avons craint le pire.

— Vous auriez pu m'appeler plus tôt.

— Non, elle avait laissé des instructions très claires. Tu sais comment elle est. Mais elle a beaucoup changé. Elle veut te voir, elle ne parle plus que de ça.

— Je me demande bien pourquoi.

— Ça fait vingt ans que vous ne vous êtes pas vus, ça ne te suffit pas comme raison ?

Sa voix était devenue froide, son visage aussi. Iris eut l'impression qu'il voulait ajouter quelque chose, mais non, l'homme se contenta de lancer à Francesco un regard sévère. Puis il se retourna et indiqua vaguement l'étendue derrière les cyprès.

— L'important maintenant, c'est que tu sois revenu. Le reste ne compte pas. Je ne t'accompagne pas, tu connais le chemin.

Il n'attendit pas la réponse. Iris le vit emprunter un sentier et disparaître derrière une rangée d'arbres.

Elle mourait d'envie de demander à son père qui était cet homme, vêtu comme un paysan, mais qui se comportait en maître des lieux. Agacée, elle ne cessait de remuer sur son siège. Elle était encore très en colère contre lui. Aussi ne dit-elle rien quand Francesco se rassit à côté d'elle et que le taxi redémarra pour remonter l'allée pavée. Mais quand il chercha sa main elle le laissa la serrer.

La route gravissait une colline. Iris observait tout en silence, le cœur battant la chamade ; plus ils s'enfonçaient dans le domaine, plus ses attentes grandissaient. Ce lieu avait quelque chose d'étrange. Les prés étaient séparés par des rangées de cyprès, les haies couvertes de plantes grimpantes. De part et d'autre de l'allée, les ronces étaient si hautes et touffues qu'on aurait dit un mur d'épines. La lumière filtrait entre les arbres, créant des recoins sombres transpercés çà et là par un rayon de soleil. L'ensemble lui évoquait la forêt enchantée d'une fable que lui racontait Antonia, une de ses nounous, quand elle était petite.

— On y est.

La voix étranglée de son père surprit Iris. Il était ému, bouleversé par un sentiment qu'Iris ne parvenait pas à identifier. La voiture secouée de cahots prit un dernier virage et se retrouva sur une esplanade bordée de grands chênes.

Iris écarquilla les yeux. En haut de la colline trônait un édifice de pierre flanqué de deux tours dont les chapeaux semblaient faits de dentelle. La villa de trois étages s'ouvrait au centre sur une terrasse d'où partait un double escalier. Deux autres terrasses en pente menaient au jardin. Iris serra la main de son père puis la secoua.

— Papa, mais qu'est-ce que c'est que ça ?

Francesco ne quittait pas des yeux le bâtiment qui devenait de plus en plus grand au fur et à mesure de l'avancée de leur taxi. *Une prison.* Le mot se forma dans son esprit, où se bousculaient les souvenirs. La vieille demeure de sa famille n'avait pas changé, mais rien dans ces hauts murs surmontés de mansardes, de tuiles de terre cuite et de plaques de marbre ne suscitait son admiration.

Il se retourna vers sa fille, se demandant s'il avait bien fait de la ramener là.

— Ça, ma chérie, c'est La Spinosa.

Iris était comme hypnotisée par l'immense bâtisse.

— C'est un château, papa. Tu... tu as grandi dans un château et tu ne me l'as jamais dit !

Francesco fit une grimace.

— Ne te fie pas aux apparences, Iris. Cette partie-là menace de s'écrouler, dit-il en désignant le centre de la villa. Elle était déjà condamnée quand je suis né. Les tours ne sont pas habitables non plus, la seule partie de la maison qui le soit est bien plus modeste. Le jardin, qui a toujours été la seule chose intéressante de ce domaine, est lui aussi en piteux état. Autrefois, nous étions très riches, tu sais. Aujourd'hui, il ne reste plus que ça.

— Moi, je trouve que tout est magnifique. Et puis avoir quelque chose, même une ruine, c'est toujours mieux que rien.

Francesco se tut. Il reconnaissait le regard enflammé que lui avait lancé sa fille. Claudia lui jetait exactement le même quand elle était en colère contre lui. Il soupira en espérant qu'Iris n'aurait jamais à regretter ce qu'elle venait de dire. Il prit une longue inspiration, puis se tourna à nouveau vers l'extérieur. Une femme vêtue de noir patientait au bout de l'esplanade.

Quand la voiture s'arrêta, il tendit la main à sa fille.

— Viens, Iris. Voici Fiorenza, une cousine. C'est elle qui s'est occupée de la maison et de ta grand-mère durant toutes ces années. Dépêche-toi, elle n'aime pas attendre.

13

Prendre soin des plantes et des arbustes nous place devant le vrai rythme de la vie, nous fait apprécier la lenteur et nous aide à comprendre que le sens de l'existence ne réside ni dans la hâte ni dans l'angoisse, mais dans le calme et la contemplation. Le caroubier – Ceratonia siliqua *– est un petit arbre qui peut être mâle ou femelle. Sempervirent, il vit très longtemps. Ses fleurs donnent de grandes gousses comestibles à maturité. Il préfère les sols pauvres et bien drainés, il aime les emplacements ensoleillés.*

S'il avait été de meilleure humeur, Francesco aurait ri de l'air abasourdi de sa fille. Iris regardait autour d'elle, bouche bée. Les interminables couloirs qui longeaient latéralement la villa, dans lesquels Fiorenza les avait précédés après les avoir tour à tour serrés dans ses bras, avaient été son terrain de jeu ; il en connaissait la moindre fissure, le moindre recoin ; au fond, cette demeure ne l'avait jamais vraiment impressionné. Mais il parvenait tout de même à imaginer l'effet qu'elle devait produire sur Iris qui, elle, la voyait en quelque sorte pour la première fois. Ils débouchèrent enfin sur la cour intérieure.

— Voilà, on est presque arrivés.

Fiorenza poussa une autre lourde porte ornée de marqueterie.

— À partir de là, c'est facile. Iris, mémorise tout de même le chemin, sinon tu risques de te perdre.

— Oui, balbutia-t-elle, le regard attiré par les tableaux, les meubles et les objets anciens disséminés un peu partout.

Ils passèrent devant un hall au plafond très haut pourvu de croisées d'ogive. Iris en fut éblouie. Elle demanda :

— Mais... on est toujours à l'intérieur de la villa ?

Fiorenza ricana.

— Bien sûr que oui, mais on ne peut pas accéder à cette partie depuis l'entrée principale. On ne l'ouvre jamais, elle menace de s'effondrer. Ta grand-mère a fait condamner les portes et, avec le temps, on a perdu les clés. Va savoir où elles sont. On finit par s'y habituer, tu verras, lui dit-elle en souriant. Ta chambre est à l'étage. Bien sûr, il va falloir faire quelques aménagements. Ah, si seulement on avait eu le temps de s'organiser...

— Tout sera parfait, comme toujours, répondit Francesco d'une voix plate.

Fiorenza s'arrêta.

— Tu sais, Iris, je t'aurais reconnue n'importe où. C'est vraiment incroyable. Vous vous ressemblez comme deux gouttes d'eau.

— C'est normal, on est jumelles avec Viola.

La vieille femme haussa les sourcils.

— Je parlais de ta grand-mère, Giulia. Tu es son portrait craché au même âge. Elle était si belle… Elle vous attend dans la serre. Par ici.

Elle ne fit que quelques pas et s'arrêta subitement. Elle leur lança un regard inquiet et les prit à part discrètement. Elle ne parlait plus : elle chuchotait.

— Francesco, il ne faut surtout pas qu'elle s'agite. Ça ne lui vaut rien. Et toi, Iris, sois patiente avec elle. Ta grand-mère a un peu de mal à parler.

Après un dernier regard qui voulait dire « Faites attention », Fiorenza ouvrit la porte.

— Giulietta, regarde un peu qui est là.

Une femme menue, portant les cheveux attachés et une robe bleu ciel, tourna lentement la tête vers eux. La couverture étalée sur ses jambes et le léger tremblement de ses lèvres trahissaient son état de santé précaire. Elle tendit les mains puis, s'agrippant aux accoudoirs du fauteuil, se pencha en avant. On aurait dit qu'elle voulait courir à leur rencontre. Soudain, elle baissa la garde, et une grimace de douleur apparut sur son visage.

— Francesco.

— Je suis là, maman. Je suis là.

Sa voix n'était même pas un murmure, elle était plus ténue encore que le bruit du vent. Comme une pensée retenue trop longtemps.

Giulia tendit la main vers son fils.

— Enfin, tu es revenu !

Ce n'est qu'à ce moment-là, en la voyant de près, que Francesco remarqua à quel point sa mère avait changé. Sa peau était devenue si transparente qu'on distinguait le bleu de ses veines. Elle avait le regard éteint.

— Comment vas-tu, maman ?

— Maintenant que tu es revenu, je vais mieux. Je t'attendais, tu sais ?

— Je suis là.

Elle lui caressa doucement les cheveux.

— J'ai tant de choses à te dire, souffla-t-elle en écrasant une larme, que je ne sais par où commencer.

Elle fit une pause et lui caressa de nouveau la tête. Puis elle regarda autour d'elle.

— Où sont les filles ? Elles sont avec toi, hein ?

Francesco sentit son cœur se serrer. Sa mère ne savait rien de ce qui s'était passé entre lui et Claudia, elle ignorait que les jumelles avaient été séparées. Tout à coup, tout cela lui sembla absurde. Comment avaient-ils pu se comporter de la sorte ?

Plus tard, il lui expliquerait tout plus tard. Le soir, ou le lendemain.

— Juste Iris.

— Pourquoi ? Où est Viola ?

Giulia s'agita nerveusement, les yeux scrutant le moindre recoin de la serre.

— Je croyais que tu les amènerais toutes les deux. Je croyais que vous viendriez tous, dit-elle en le saisissant par la chemise pour l'attirer vers elle. Sans les jumelles, tout ça ne sert à rien. Le jardin a besoin d'elles.

Francesco pensa avoir mal compris. Depuis combien de temps ne s'étaient-ils pas vus, sa mère et lui ? Vingt ans. Vingt longues années. Et les premiers mots qu'ils échangeaient, les premières paroles qu'elle lui adressait, étaient liés à ce maudit jardin des Donati.

Son obsession pour La Spinosa ne s'était pas atténuée avec le temps. C'était toujours un obstacle. D'un côté il y avait le domaine et elle, de l'autre le reste du monde. Une profonde amertume le poussa à se lever. Il considéra la main à nouveau tendue vers lui, les yeux suppliants, et ravala sa douleur. Il se retourna, le regard fixé droit devant lui.

— On parlera de Viola plus tard. Je vais chercher les bagages.

Il sortit de la serre, sourd à la voix de sa mère qui le priait de rester. Il était trop occupé à regretter d'être venu pour y prêter attention. Il aurait mieux fait d'emmener Iris chez Claudia, mais non : il avait cru que… Bon sang, comment avait-il pu être aussi bête ? Il avait donc vraiment imaginé que sa mère lui sauterait au cou, qu'elle lui demanderait pardon ? Non, il n'était pas si naïf. Il savait que jamais Giulia ne ferait une chose pareille. Alors pourquoi était-il revenu ?

Il le comprit à cet instant précis : c'était à cause de ce vide qui le dévorait de l'intérieur, de cette prise de conscience que, parfois, la vie est injuste et cruelle, et qu'elle vous met face à des choix absurdes.

Il s'était précipité chez sa mère parce que, plus que tout au monde, il avait besoin de se confier à elle. Parce qu'il était seul.

Et parce que, malgré tout ce qui s'était passé entre eux autrefois, il l'aimait.

Iris était stupéfiée par la réaction de son père, elle ne l'avait jamais vu se comporter de la sorte. Elle envisagea un moment de lui courir après, puis elle observa sa grand-mère et décida qu'elle le rejoindrait plus tard.

Elle s'approcha d'elle, les yeux rivés aux siens.

— Bonsoir, grand-mère, moi c'est Iris.

Elle n'était pas aussi vieille qu'elle l'avait cru de prime abord, et la jeune fille en fut surprise. C'était son regard qui la faisait paraître plus âgée qu'elle ne l'était.

— Je savais que tu deviendrais comme ça en grandissant.

Iris sentit une grande émotion l'envahir ; dans sa poitrine à présent, son cœur galopait.

— Comment « comme ça » ?

— Forte et douce, répondit Giulia d'une voix faible. Et ta sœur ? Parle-moi d'elle. Quand est-ce qu'elle arrive ?

— Je ne sais pas, fit-elle en secouant la tête, je ne la connais même pas.

— Je… je ne comprends pas. Qu'est-ce que tu veux dire ?

Alors, elle n'était pas au courant ? Comment sa grand-mère pouvait-elle ignorer ce qu'avaient fait leurs parents ?

— C'est compliqué. Je demanderai à papa de te raconter tout ça.

— Oui, oui. Va voir ton père, je t'en prie. Dis-lui que je suis désolée, que je ne voulais pas lui faire de peine, mais que le temps presse. Il doit appeler Viola, c'est très important. Il ne veut pas comprendre, mais c'est important. Le jardin a besoin de vous. J'ai besoin de vous.

Sa voix faiblissait de plus en plus, jusqu'à changer de timbre. Elle ferma les yeux et pencha la tête.

— *Une pour les voyageurs, afin que le jardin prospère et s'étende, une pour le rosier de mille ans. Ce n'est qu'avec les jumelles qu'il pourra guérir et redevenir celui qu'il était autrefois.*

En entendant ces mots sans queue ni tête, Iris fut parcourue d'un frisson.

— Qui, grand-mère ? Qui pourra guérir ?

Giulia leva la tête, les yeux embués de larmes, l'air tendu.

— Le jardin. Il est malade, tu as vu ? Il a cessé de fleurir, bientôt il va perdre ses feuilles, murmura-t-elle de sa voix presque éteinte. Tout ça, c'est ma faute. Si ta sœur ne revient pas, il mourra.

Dans le silence qui suivit, rythmé uniquement par le bruissement du vent et les cris des oiseaux qui s'étaient réfugiés parmi les plantes de la serre, Iris tenta de donner un sens aux paroles de sa grand-mère, sans toutefois y parvenir.

Fiorenza lui sourit, très gênée.

— Ne fais pas attention, ma petite, ta grand-mère est encore faible. Quand elle a ses nerfs, elle dit des choses tout à fait étranges. Et aujourd'hui a été une journée riche en émotions.

— Ne parle pas de moi comme si je n'étais pas là, tu sais que je ne le supporte pas !

— Eh bien alors, arrête de dire des bêtises, tu fais peur à la petite.

— La petite ? Quelle petite ? Je ne vois pas d'enfant ici. Je ne vois que deux vieilles et une fée des fleurs.

Une *fée des fleurs* ? Iris n'était pas sûre d'avoir bien entendu. C'était le nom de sa chronique dans *Onze Tuin*, mais comment sa grand-mère l'avait-elle su ?

Devant l'air étonné d'Iris, le visage de Giulia s'illumina.

— Tu te souviens ? Toi, tu sais de quoi je parle.

Elle plissa les yeux et se mit à chantonner. Au début, ce n'était qu'une suite de mots sans queue ni tête, puis, petit à petit, elle trouva le rythme.

— Les arbres étaient devenus d'argent, et les fleurs d'or. Des graines pour les voyageurs, de l'eau pour le rosier. Le jardin déploiera ses ailes blanches, sans se soucier du temps. Il vivra tant qu'il y aura un jardinier pour les voyageurs et un pour le rosier. Le pouvoir des fées des fleurs est immense.

— Je m'en souviens, c'est ma comptine !

— Je la chantais tout le temps à ton père, quand il était petit, et puis à toi et à ta sœur, comme ma mère l'avait chantée pour moi.

Son regard s'était perdu dans le vague.

— Ce n'est pas une comptine, c'est bien plus que ça. C'est l'histoire de notre famille. Et aussi son secret, ajouta-t-elle *in petto*. Et toi, Iris Donati, dis-moi, de qui t'occuperas-tu ? Des voyageurs ou du rosier ?

— Oh, ça suffit maintenant, ta petite-fille a fait un long voyage, elle est fatiguée. Et si tu continues comme ça, elle va finir par retourner d'où elle est venue. Crois-moi, tu me fais peur à moi aussi avec tes bêtises. Viens, rentrons à l'intérieur, tu dois te reposer, ordonna Fiorenza, qui s'était mise entre elles deux.

Giulia se tut. Ses lèvres tremblaient, elle lançait des regards désespérés autour d'elle.

— Je suis désolée, murmura-t-elle, désolée.

Lentement, elle se dirigea vers la porte puis disparut dans la maison.

— De quoi elle parlait ?

Iris n'en revenait pas : elle s'était rendue à La Spinosa convaincue d'y trouver une famille. Mais ce qui l'attendait était une bâtisse en ruine, un jardin sans fleurs et une vieille femme complètement folle. Était-ce pour cela que son père l'avait éloignée de cet endroit ?

— Ce n'est qu'une légende, une vieille histoire de famille.

— C'est-à-dire ?

Fiorenza s'arrêta sur le pas de la porte.

— Il y est question d'un pacte.

— Un pacte ? Quel pacte ? Et avec qui ?

La vieille dame poussa un long soupir avant de lui répondre :

— Entre les Donati et leur jardin. Tant qu'il y aura un jardinier pour les voyageurs et un pour le rosier, La Spinosa résistera à tout, même au temps. Tu as entendu ta grand-mère, non ? C'est cela qui a fait leur fortune.

— Je ne comprends pas.

— Tu ignores tout de toute cette histoire, hein ?

Iris haussa les épaules.

— J'ai entendu parler de vous et de cette demeure pour la première fois hier.

Fiorenza écarquilla les yeux.

— Mais c'est de la folie ! Que voulait-il prouver en se comportant de la sorte, ce mauvais sujet ! s'écria-t-elle avant de secouer la tête puis de s'éclaircir la gorge pour reprendre : Les Donati, tes grands-parents et tous ceux qui les ont précédés, ont toujours été jardiniers. Ils savent tout sur les plantes, ils leur parlent, même. Je veux dire, autrefois… c'est ce qu'on disait d'eux. Ce sont des bêtises évidemment, moi, par exemple, je n'ai jamais entendu Giulia leur dire quoi que ce soit.

Elle rit de bon cœur à sa propre plaisanterie, mais son rire s'éteignit dès qu'elle croisa le regard sérieux de la jeune fille.

— Ne m'en demande pas plus, je ne sais rien. Si elle le souhaite, Giulia t'en parlera. Pour l'instant, comme tu as vu, elle ne se sent pas très bien. Mais attends encore quelques jours et tu verras qu'elle te racontera toutes les histoires de la famille.

Après une pause, elle ajouta :

— Parce que tout ça, ma petite, ce n'est rien d'autre : des histoires et des légendes. C'est clair ?

— Bien sûr.

Des histoires, des légendes, la fée des fleurs… son monde était chamboulé : que se passait-il ?

— Ah, et s'il te plaît, ne va pas t'aventurer dans l'autre aile de la villa, c'est dangereux.

Elle acquiesça, ne sachant quoi faire d'autre. Immobile au centre du hall, sous le haut plafond voûté, elle suivit du regard Fiorenza qui s'éloignait avec un petit signe de la main.

Iris se dirigea vers la sortie, un millier de pensées se bousculaient dans son esprit. Car, si pour n'importe qui d'autre les histoires de sa grand-mère et des Donati n'étaient que des légendes, pour elle elles avaient un sens. Pas un sens précis, bien sûr, mais en les entendant quelque chose s'était agité en elle. Quand elle sortit, curieuse d'explorer le jardin, des épisodes de son enfance lui revinrent en mémoire. Carmen, sa nounou espagnole, lui avait interdit de rapporter à la maison les fleurs en piteux état que les gens lui confiaient. « Les enfants doivent jouer avec les autres enfants, pas parler avec les plantes. » Mais elle aimait parler avec les fleurs, elles lui tenaient compagnie, la mettaient de bonne humeur. Elle les comprenait, elle savait en prendre soin, et en retour les fleurs l'avaient toujours rendue heureuse. Près d'elle, n'importe quelle plante se remettait à fleurir : les feuilles reverdissaient, même les plus frêles donnaient de nouveaux bourgeons, devenaient plus fortes. Sa nounou s'était mise à la considérer d'un œil méfiant, et se plaignait auprès de son père de son comportement bizarre. Francesco lui avait alors suggéré de garder ses plantes dehors, pour ne pas embêter Carmen.

Et ses premiers jardins étaient nés.

À ce moment-là elle avait compris qu'elle était différente.

Mais peut-être y avait-il une autre explication, peut-être avait-elle la main verte parce qu'elle était une Donati. Mais était-ce vraiment possible ?

14

Les premiers témoignages historiques de la culture de la rose remontent à l'époque sumérienne. D'après les poètes grecs, elle est née des larmes de la déesse Aphrodite mêlées au sang d'Adonis. Reine des jardins, elle présente une infinie variété de dimensions et d'usages. Elle s'adapte facilement, mais a une préférence pour les terrains riches et bien drainés. Bien que la mi-ombre soit pour elle l'exposition idéale, elle a toutefois besoin de quelques heures de soleil direct. Il faut l'arroser fréquemment, mais de façon modérée, car elle craint l'eau stagnante. C'est une des fleurs les plus utilisées en cuisine. Elle donne une touche raffinée à vos boissons ; ses pétales servent de base à de délicieux cocktails et liqueurs.

Dans cette partie de la propriété, le parc était plus ordonné, on y trouvait des sentiers recouverts de gravier, le long desquels étaient alignés des citronniers et des mandariniers japonais dans de vieilles jarres en terre cuite. Iris continua à marcher, les bras croisés sur la poitrine, les yeux incapables de se fixer sur quoi que ce soit, le cœur serré. Les buissons lui frôlaient les jambes, comme pour la retenir. Ils la caressaient. Elle persistait à regarder droit devant elle, les pensées se bousculaient dans sa tête, des fragments de souvenirs lui revenaient à l'esprit.

C'est alors qu'elle le vit.

C'était un petit rosier ; il était étouffé par les mauvaises herbes, mais il se dressait, fier, orgueilleux. Un petit poing de pétales. Elle se fraya un chemin, écartant les hautes tiges, ignorant l'humidité qui s'accrochait à ses vêtements et pénétrait l'étoffe. Elle se laissa glisser au sol. À genoux, elle plongea les mains entre les ronces.

Quand elle commença à libérer le rosier, l'air se fit plus léger, son souffle plus régulier.

Il était là, magnifique, avec ses sarments tendres et verts. De loin, elle n'avait pas remarqué qu'il était si élancé, que ses ramifications étaient si luxuriantes. Elle serra les dents à chaque griffure : elle s'en fichait, elle ne voyait rien d'autre, elle ne sentait même pas sa peau se déchirer, le sang mouiller ses doigts. Son monde commençait et finissait entre les pétales magenta de cette rose, dans son parfum intense, dans l'admiration qu'elle avait pour le courage qui avait poussé cette petite fleur à lutter pour la lumière, l'espace, la vie.

Elle laissa ses doigts se refermer sur les tiges dures de la mauve et des pissenlits, elle arracha, extirpa, serrant l'herbe dans ses paumes qui la brûlaient, les lèvres pincées, le visage tendu. Air, lumière. À chaque touffe d'herbe qu'elle déracinait, à chaque centimètre de terrain qu'elle éclaircissait, il lui semblait voir elle-même le ciel, percevoir l'air frais sur son visage, retrouver l'espoir.

L'espoir, c'était cette rose : c'était un possible, un futur. Ce qu'elle avait cru trouver dans cette nouvelle famille où elle n'avait découvert que de nouvelles questions, de nouveaux mystères.

Pourquoi ne pouvait-elle pas être comme tout le monde, avoir une mère, un père, une sœur, un rêve dans la vie ? Son impuissance était comme une morsure qui soudain la broyait.

Elle tendit une main, puis l'autre, elle tira et arracha jusqu'à ce qu'un gant épais se referme autour de son poignet.

— Non.

Elle leva la tête tout à coup.

Au-dessus d'une longue barbe blonde, deux yeux gris et froids, parfaitement inexpressifs, la fixaient. Elle tenta de se soustraire à son emprise, mais l'homme lui saisit l'autre poignet et l'obligea à se lever.

— Arrête, maintenant.

— T'es qui, toi ? Lâche-moi, t'as compris ? Lâche-moi !

D'instinct, elle essaya de se dégager, mais il était fort.

— Pour que tu détruises mon jardin ? Tu rêves. Je vais te désinfecter les mains et t'accompagner jusqu'au portail mais, si jamais je te revois ici, je ne serai pas aussi gentil. Et puis d'abord, comment tu es entrée ?

— J'étais pas en train de détruire le jardin, la rose étouffait, j'étais en train de la libérer.

— C'est ça, elle étouffait. Et tu t'es dit que tu lui rendrais service en te lacérant les mains. Mais qu'est-ce que vous avez, vous autres, les gens de la ville ? Vous croyez que les fleurs sont des soupapes pour vos névroses ? Un beau jour vous débarquez, vous détruisez tout, et le lendemain vous rentrez chez vous comme si de rien n'était. Faut que tu voies un psy. Et un bon.

— Je suis pas folle, c'est clair ? Et me traîne pas comme ça.

— J'ai du désinfectant dans le cabanon. Et si tu as de la chance, il doit aussi rester quelques pansements.

Iris frissonna de peur, ses yeux allaient du garçon au cabanon, tout proche.

— Hors de question que je te suive là-dedans.

Il haussa les épaules.

— T'as pas le choix. C'est une propriété privée, t'aurais même pas dû entrer. C'est mon problème, donc, je le résous : je te soigne, tu rentres chez toi, et tout le monde sera content.

Mais en voilà des façons ! Avant qu'Iris ait eu le temps de formuler la moindre pensée, le garçon lui indiqua un petit fauteuil de jardin.

— Assieds-toi là, je reviens tout de suite.

Sur le pas de la porte, il s'arrêta et se retourna pour ajouter :

— Si tu t'échappes, je te retrouverai et je te remettrai à la police. Crois-moi, eux, ils te mettront pas de désinfectant.

Était-ce une menace ? Croyait-il vraiment qu'il allait lui faire peur comme ça ? Mais qui était donc ce géant barbu ? Depuis son arrivée à La Spinosa, elle avait l'impression de se trouver dans un univers parallèle où la réalité n'avait plus cours. Une douleur intense lui arracha une grimace. Elle tourna ses paumes vers le haut et contempla le désastre : mais qu'est-ce qu'elle s'était fait aux mains ?

L'inconnu revint presque tout de suite. Il portait une chemise à carreaux rouges et noirs. Une partie de son crâne était rasée et une longue mèche blonde tombait sur son épaule. Quand il saisit le bord de son gant avec les dents pour le retirer, elle le fixa, fascinée. Elle avait pas mal voyagé et avait rencontré beaucoup de gens qui portaient des tatouages pour être originaux, mais elle n'en avait jamais vu de semblables. Ils partaient des poignets et se terminaient sur les doigts. Elle leva la tête et, s'apercevant qu'il était en train de faire fondre quelque chose dans l'eau, elle se pencha pour mieux voir.

— Pourquoi tu mets du bicarbonate ?

— Ça désinfecte sans brûler. L'eau est tiède, mets-y les mains.

Elle regarda la bassine, circonspecte. L'idée de plonger les mains là-dedans ne l'enthousiasmait pas franchement. Elle effleura lentement la surface de l'eau. Il appuya sur sa main pour immerger ses doigts, et elle poussa un cri.

— Tu avais dit que ça brûlait pas !

— Laisse tremper. Et il faut bien que ça fasse un peu mal : ça te servira de leçon. C'est en faisant des erreurs qu'on progresse.

— Ben voyons.

Il avait un air buté et ne la quittait pas des yeux.

— C'est Stefan qui dit ça, et j'aime bien cette idée : faut se tromper pour apprendre. Les gens confondent les erreurs et les échecs. Mais ils ont tort : si on décide de changer, une erreur n'est qu'un point de départ.

Stefan, l'homme avec lequel avait parlé son père à leur arrivée.

— Tu es de sa famille ?

— À Stefan ? Non. Je m'occupe des plantes. De la terre. Je suis une sorte de jardinier.

Il avait des gestes rapides et sûrs, puissants mais délicats.

— Alors, t'es qui ?

Il haussa un sourcil.

— J'ai déjà répondu. Et toi ?

— Iris Donati.

— Ah, fit-il avec un petit regard étonné.

Quelqu'un lui avait parlé d'elle, Stefan, probablement. Elle se demandait ce qu'il avait bien pu dire. Elle ne tenait pas en place sur sa chaise. Elle n'aimait pas être dévisagée, surtout par un inconnu qui lui tenait les mains.

— Tu n'es pas une petite fille.

— Tu t'attendais à quoi ?

Il ignora sa question et poursuivit :

— Ni une intruse.

— Ah, ça non.

— Et alors pourquoi tu abîmais les plantes ?

Elle ouvrit grande la bouche, éberluée.

— Je n'abîmais rien du tout ! Je te l'ai dit : je libérais la rose.

— Mais tu la libérais de quoi ? Elle a grandi avec ces herbes folles. Elles se connaissent, elles ont l'habitude d'être ensemble.

— Mais elles l'étouffaient !

— Ne crie pas. T'es sûre que c'est la rose que tu voulais libérer ? Ou toi-même ?

Iris se leva d'un bond.

— Tu ne sais rien de moi.

Elle retira les mains de l'eau et s'éloigna. Elle était arrivée sur le pré quand elle entendit la voix du jeune homme qui l'appelait. Instinctivement, elle se retourna.

— Gabriel.

— Quoi ?

— Je m'appelle Gabriel Petrović.

Elle resta indécise un instant, puis le salua de la main.

— Fais-toi un bandage avec de la gaze pour la nuit. Demain ça ira mieux. Ça passe vite, les griffures.

Elle acquiesça sans dire un mot et se dirigea vers la maison, désormais enveloppée d'ombres ; le soir tombait brusquement. Les arbres comme tout le reste se paraient de couleurs sombres. Un peu intimidée, elle courba la tête, les yeux rivés au sol tandis que son esprit divaguait. Elle se retrouva sous une épaisse canopée. Les branches évoquaient les doigts d'une gigantesque main. Elle tourna un peu avant de trouver l'endroit d'où elle était arrivée. La lumière filtrait à travers les volets de la villa : elle poussa un soupir de soulagement.

— Où étais-tu passée ?

Elle sursauta. Francesco était assis sur une marche, les cheveux en bataille, l'air tendu, sa pâleur accentuée par la lumière qui tombait sur lui.

Iris sentit sa gorge se nouer. Le ciel était noir à présent. Elle était fatiguée, et sa déception commençait à affleurer à la surface. Puis, en regardant son père, elle constata qu'il était peut-être la seule personne capable de vraiment la comprendre, car elle lisait dans ses yeux une détresse identique à la sienne.

— Tout est tellement bizarre, tu sais. Je cherchais des réponses et je n'ai trouvé que de nouvelles questions. Et puis, je ne me souviens de rien, papa. Comment ai-je pu oublier ?

Elle ne termina pas sa phrase car Francesco l'avait rejointe et la serrait contre son cœur. À cet instant précis, c'était comme si tout ce qui les avait séparés les jours précédents s'était évaporé.

— Tu étais toute petite quand on est partis. C'est normal que tu ne te souviennes de rien.

Il enfouit les lèvres dans les cheveux de sa fille et ferma les yeux.

— Rentrons, on ne va pas tarder à dîner.

Iris acquiesça et se força à sourire.

— C'est un drôle d'endroit. Tout a l'air beau, mais certaines plantes sont sèches, et il n'y a pas de fleurs. Je n'ai vu qu'une rose : elle était étouffée par les mauvaises herbes.

Francesco lui prit une main.

— Et tu as essayé de la secourir ?

— J'ai rencontré un garçon. Il m'a… aidée.

— Ici, au domaine ?

— Oui. Il m'a dit qu'il était… J'ai pas bien compris. Mais il s'occupe du parc. Et il connaît Stefan.

Le visage de Francesco se détendit immédiatement.

— Si Stefan est d'accord, alors tout va bien. Personne ne tient à ce jardin plus que ce vieil homme. Il le connaît dans ses moindres recoins. Il vit ici depuis toujours. Maintenant, allons manger : je meurs de faim et ta grand-mère veut te voir.

Ils n'avaient fait que quelques pas quand, soudain, il s'arrêta.

— Je suis désolé, Iris. J'aurais dû t'emmener voir ta mère et ta sœur d'abord, puis venir ici tout seul. Mais elle… votre grand-mère vous adorait et l'idée qu'elle puisse partir sans vous avoir revues, sans revoir au moins l'une de vous deux… était insupportable.

— Pour elle, papa ? Ou pour toi ?

— Pour tous les deux.

Bianca

— Pourquoi coupes-tu les roses ? Es-tu devenu fou ?

Bianca court vers Stefan et lui arrache la caisse de fleurs des mains, les yeux pleins de colère. Depuis qu'il l'a surprise dans le jardin, ils se sont croisés de nombreuses fois. Impossible de se débarrasser de lui, des regards qu'il lui lance, qui lui piquent la peau comme autant de petites aiguilles et la font frissonner. Elle ne veut pas qu'il la regarde, elle ne veut pas qu'il lui parle. Mais c'est un élève de son père, alors Bianca doit le supporter, comme les autres.

— Ce sont les mères pour les nouvelles plantes. Le professeur Donati veut essayer une nouvelle hybridation, tu ne le savais pas ?

Stefan se penche, ramasse les fleurs et les range à nouveau dans la caisse. Bianca ne le quitte pas des yeux.

— Pourquoi ?

Il lui sourit.

— Je ne discute pas les ordres. Ça n'apporte jamais rien de bon. Sans la générosité de ton père, je... Quoi qu'il en soit, j'aime voir naître de nouvelles plantes. Créer une rose, ça a quelque chose de magique.

Qui sait combien elle aura de pétales, quel sera son parfum, quelle forme auront ses feuilles... Je te les montre, si tu veux.

Bianca acquiesce, avant même de comprendre qu'elle ne devrait pas. Il abandonne la caisse dans un coin du jardin et lui prend la main. À présent ils courent ensemble dans l'allée bordée de cyprès. Tout au bout, il y a une cabane. Stefan s'arrête, ouvre lentement la porte. À l'intérieur règne une lumière diffuse.

— Les pousses sont là-derrière, viens.

Il tient toujours sa main. Sa peau est chaude, rugueuse. Les murs sont hauts, il fait lourd. Bianca est étourdie. Elle contemple le vivier de plants de roses et des larmes lui montent aux yeux.

Il y a une telle beauté dans ces pétales tendres, une telle douceur dans leurs formes et une telle fragilité qu'elle en a le souffle coupé. Il n'existe pas de mots assez forts pour décrire ce qu'elle ressent. Bianca pense à sa sœur, elle serait heureuse de voir ces roses, elle aussi. Elle le sait, elle le sent au fond d'elle-même. Souvent la nuit, quand tout le monde dort, Bianca se glisse hors de sa chambre pour la rejoindre. Elle passerait des heures à l'écouter. Elle a l'impression de vivre elle aussi ce que raconte Giulia. Elle est si forte, tellement douée pour tout. Elle connaît chaque recoin de la maison. Elle lui a montré un passage entre les couloirs, qui mène au grenier, de là, on a la sensation d'être plus près du ciel. Et des étoiles. C'est son endroit préféré de la maison.

Mais il est à Giulia, c'est elle qui l'a trouvé.

Une vilaine pensée se fraye un chemin dans son esprit : tout ce qu'elle aime appartient à Giulia, tout.

Mais elle possède une chose qui n'appartient qu'à elle : un rêve. Alors, elle regarde Stefan. Elle peut lui dire, à lui. Il la comprend.

— J'ai une fleur à l'intérieur, dit-elle en touchant son cœur. Elle est blanche comme les nuages au printemps et son parfum rend heureux.

Le garçon s'agenouille près d'elle.

— Les fleurs sont comme ça : elles fleurissent d'abord dans l'âme de qui sait les voir. Même les roses.

Il a un sourire doux. Bianca le lui rend. Le silence est sérénité, bourdonnement des abeilles, doux chant du vent.

— Faisons-la ensemble, ta fleur, toi et moi.

— Oui, mais comment ?

— Comme ça.

D'un geste du bras il lui montre les jeunes pousses.

— Avec une plante mère et un père. C'est ainsi que naissent les fleurs.

Ça, elle le sait, bien sûr. Elle connaît tout le processus d'hybridation, de la préparation des fleurs au traitement des graines. Elle sait aussi d'autres choses. Elle sait où trouver les plantes.

Dans le labyrinthe de son rosier. Là, il y a des centaines de fleurs.

Tout à coup, Stefan se fige. Bianca le voit s'agiter, revenir vers la porte.

— Voilà ton père. S'il nous trouve ici, on va avoir de gros ennuis.

Elle sent la morsure de la peur. Et si on l'éloignait à nouveau de La Spinosa ?

— On ne peut pas lui échapper ?

Stefan vient vers elle.

— Tu me fais confiance ?

— Oui, je te fais confiance.

Ils s'enfuient en courant, main dans la main, un même rêve au cœur, qui les unira pour toujours.

15

Planter des graines nous réconforte pendant les longs mois d'hiver. La perspective du retour du printemps nous redonne l'espoir. Le géranium – Pelargonium *– doit être mis en terre avant toutes les autres plantes annuelles. Les mois de janvier et février sont les plus adaptés. Connu aussi sous le nom de roi des balcons, il est facile à cultiver et peut donner de grandes satisfactions. Il aime les emplacements ensoleillés. On veillera à couper les fleurs et feuilles sèches avec des ciseaux et à ne l'arroser que quand la terre est bien sèche.*

Claudia allait mal prendre ce changement de programme.

Francesco le savait, mais il ne pouvait rien y faire. Il avait bien réfléchi avant de se décider. Il aurait été facile de laisser Giulia comme ça et de s'en aller. En fait, il n'aurait même pas dû défaire sa valise.

Mais ensuite, aurait-il été capable d'en assumer les conséquences ? Sa mère était gravement malade, c'était indéniable. Elle n'était plus que l'ombre d'elle-même, une ombre qui poursuivait une obsession, inlassablement.

Ils avaient longuement parlé après le dîner. Elle lui avait plusieurs fois demandé de rester. Elle était très heureuse de le voir, elle avait tant de choses à lui raconter.

On aurait dit qu'elle avait fait disparaître le passé : les années écoulées, les mots pleins de fiel qu'elle lui avait adressés étaient comme envolés.

Giulia avait besoin de lui et des filles, c'était évident. Mais Francesco ne s'attendait certainement pas à ce qu'elle lui demande des nouvelles de Claudia : « Je suis désolée pour ce qui est arrivé. »

Il se passa la main dans les cheveux. Et maintenant ? Il avait presque envie de rire. Au fond, il avait l'habitude. L'histoire se répétait. Au cours des deux ans qu'il avait vécu à La Spinosa après la naissance des jumelles, bru et belle-mère n'avaient jamais réussi à s'entendre. Claudia voulait de l'autonomie, de l'indépendance, une maison à elle. Giulia mettait son grain de sel partout et dictait ses règles. Discussions, plaintes, disputes… Son visage se durcit et sa bouche prit un pli amer. Il n'avait trouvé la paix que loin de cet endroit. Quand il avait entrepris de suivre son propre chemin, il n'avait plus accepté que les propositions de travail qui nécessitaient une présence constante, si possible à l'autre bout du monde. Il lui fallait assez d'argent pour emmener sa femme et ses filles loin de La Spinosa. Si Claudia, au départ, était d'accord avec lui, elle n'avait pas tardé à devenir irritable, à se plaindre en permanence. De son côté, Giulia la détestait.

À présent, tandis qu'il parcourait les allées entourant la maison, celles-là mêmes qu'il avait arpentées avec Claudia dans une autre vie, tout lui fut soudain douloureusement clair. Il avait minimisé trop de choses par le passé. Parfois, il avait même sciemment regardé ailleurs. Jusqu'à ce qu'il soit trop tard.

Désormais, il s'en mordait les doigts.

Il sortit son téléphone. Heureusement, il avait du réseau. Il prit une grande inspiration puis composa le numéro de sa femme.

— Bonjour, Claudia.

Le silence qui suivit n'augurait rien de bon.

— Tu es là ? murmura-t-il.

— Oui, je suis là. Où êtes-vous ? demanda-t-elle sèchement.

— À La Spinosa. Vous pouvez nous y rejoindre ? formula-t-il très vite, car il savait qu'elle détestait le domaine.

— Quoi ? Dis-moi que c'est une blague ! Tu as emmené Iris chez ta mère ? On avait décidé qu'on se retrouverait à Londres ! Qu'est-ce que tu manigances, Francesco ?

Claudia ferma les yeux et sa mémoire fut envahie par des images terrifiantes. Elle eut la sensation d'être violemment projetée dans le passé.

— Tu ne peux pas me demander une chose pareille.

— Ça n'était pas prévu. J'ai dû faire un choix.

— Giulia passe avant tout, hein ? Comment ai-je pu oublier ?

— Écoute-moi, bon sang ! Elle est malade, tu comprends ? Ma mère n'est plus la même.

Il fit une pause pour lui laisser le temps d'assimiler ce qu'il venait de dire.

— Tu sais bien que je n'aurais pas modifié ce qui était convenu si ce n'était pas si grave, et qu'à cette heure-ci je serais avec toi.

— Avec moi ? Tu as perdu la tête. Non, pas « avec moi ». Plus jamais « avec moi ». C'est pour les filles qu'on doit se voir, ne mélange pas tout.

— J'ai pas envie qu'on se dispute. Écoute-moi, les choses ne sont plus comme avant, tout a changé. Nous devons régler cette affaire. Et le plus tôt sera le mieux.

S'il avait eu le choix, il ne se serait pas mis dans cette situation. Mais cette histoire avait commencé là, à La Spinosa, et c'était là qu'elle devait se terminer. Ou plutôt non : c'était là qu'ils devaient la changer. Ils avaient fait l'erreur de séparer les filles, à présent ils devaient la réparer. Giulia aussi aurait un rôle à jouer dans tout ça. Les doigts de Francesco se crispèrent autour du téléphone. Quand il reprit la parole, sa voix était calme à nouveau.

— On va tout arranger. Ensemble. Tu ne comprends donc pas que c'est mieux pour tout le monde ?

— Ta mère ne te le permettra pas.

— Ma mère n'a plus voix au chapitre. Crois-moi quand je te dis que c'est une autre femme. Tu ne la reconnaîtrais pas.

Le rire qui lui répondit sentait l'amertume, l'incrédulité et le ressentiment à plein nez.

— Elle ne te le permettra pas, je peux te l'assurer.

— Tu ne m'écoutais pas, hein ? Elle est au plus mal. Ce n'est plus la même. Ici, tout est en ruine. Quant à ma mère… je ne sais même pas combien de temps il lui reste à vivre.

Claudia essuya rageusement ses larmes, ses lèvres tremblaient. Puis, petit à petit, les mots de Francesco ouvrirent une brèche qui lui permit de saisir. La Spinosa était en ruine, Giulia était malade. Quelque part en elle, elle sentit éclore une sorte de soulagement. Elle avait tant espéré cela. Depuis combien de temps attendait-elle ce moment ? À présent, Giulia Donati ne pourrait plus rien lui faire. Mais aussitôt, elle enfouit son visage dans ses mains. Comment pouvait-elle penser une chose pareille ? Giulia était là, tapie en elle, chaque jour de sa vie. Elle avait été l'ombre, l'obscurité, le noir, le mal. Elle avait été tristesse, mélancolie, menace et colère. C'était le prix à payer pour la faute qu'elle avait commise, un soir, des années plus tôt.

— Que veux-tu que je fasse ?

— Viens. Venez toutes les deux. Iris… Iris a besoin de toi. Elle veut voir sa famille réunie.

Elle eut la nausée. *Non.* Le mot explosa en elle, dans toute son intensité. Non, elle ne retournerait pas dans cet endroit tant que cette femme vivrait. Elle se fichait bien qu'elle soit malade, ce n'était pas son problème.

Tout ça, c'était la faute de Giulia. Tout ce qui était arrivé était sa faute.

Et à présent sa fille, sa précieuse petite, était chez cette femme, qui lui servait sans doute sa version de l'histoire. Giulia allait la manipuler. Elle la monterait contre elle, lui ferait croire… Elle se couvrit la bouche. Elle avait passé ces dernières heures à regarder des photos d'Iris, à lire les lettres que l'avocat lui avait envoyées. À chercher les mots justes pour lui demander pardon. En vain, sans doute. Iris ne lui pardonnerait jamais. Pas si elle était sous l'influence de Giulia. Tout cela était inutile. Elle étouffa un sanglot de désespoir.

Francesco reprit :

— De l'eau a coulé sous les ponts… Les choses ont changé, tout a changé. Et moi aussi j'ai besoin de voir Viola. Viens à Volterra. Parlons. Réparons notre erreur une bonne fois pour toutes.

Claudia avait le souffle court, l'esprit troublé.

— J'ai changé d'avis. Je ne veux plus te voir.

— Claudia, il ne s'agit plus de toi ni de moi. Il n'y a plus qu'elles deux, nos filles. J'ai beau te comprendre et être d'accord avec toi, je crois qu'elles ne le seront pas. Iris veut te connaître et je lui ai promis que je l'y aiderais. Et je veux voir Viola, je veux lui parler. Elle n'a jamais revu sa grand-mère… Bref, Claudia, soit tu viens, soit c'est moi qui viendrai chercher notre fille.

— Non.

Elle fit une pause, balayant le jardin du regard, comme si elle pouvait y trouver une solution. Elle entendait Francesco respirer, elle savait ce qu'il pensait. Une vive émotion la secoua. Elle ne voulait plus partager ce genre d'intimité avec lui, elle ne voulait pas savoir. Mais peu importait. Ils avaient été amis, amants. Ils s'étaient mariés et avaient eu deux filles. Elle avait peut-être par la suite maudit chaque instant passé avec lui, mais ça ne modifiait pas la réalité d'un iota. Elle le connaissait, elle savait comment il réagissait. Elle finit par se décider.

— Je demanderai à Viola. Si elle accepte, tu devras te contenter d'elle. Moi, je ne veux rien avoir à faire ni avec toi ni avec ta mère.

— Et Iris ? Elle veut rencontrer sa mère, bon sang !

— On aura bien le temps. Après.

Francesco se rembrunit.

— Après quoi ?

Il attendit une réponse de Claudia, mais alors il s'aperçut qu'elle avait raccroché.
Quelle tête de mule !

Ce matin-là, Iris fit le tour de la villa, monta le grand escalier et s'arrêta sur la terrasse. Les quelques bancs de pierre étaient verts de mousse, les colonnes et les rampes étaient recouvertes d'une sorte de lichen qui faisait comme des écailles grises. Elle étudiait chaque détail de cette immense demeure tandis que l'air se réchauffait. Elle mourait d'envie de l'explorer. Combien de mystères, combien d'histoires recelait-elle ? Dans chaque recoin, une curiosité attirait l'œil, comme ce pavillon avec pour seule toiture une grille métallique. « Mais qui a bien pu vivre dans une pièce sans toit ? » se demanda-t-elle. Plus elle observait la villa, plus les questions se multipliaient dans son esprit. Après avoir examiné l'extérieur, elle emprunta l'allée qu'elle avait parcourue la veille. À présent qu'elle les voyait mieux, les jarres de terre cuite lui semblaient encore plus anciennes. Elle les dépassa et continua à marcher jusqu'à ce qu'elle arrive à sa rose. Elle était toujours là, et encore plus belle que la veille. Elle se pencha et, après avoir plongé le visage dans son parfum, elle se dit que sa grand-mère aimerait la voir. Elle saisit la fleur et fit descendre ses doigts le long de la tige. Mais elle la relâcha aussitôt. Non, elle ne la cueillerait pas. Elle regarda autour d'elle : cette rose semblait bien être la seule fleur du jardin. « Je dirai à grand-mère que tu es là, murmura-t-elle. Elle aura peut-être envie de venir te voir. » Elle sourit, et retourna vers la maison. Elle venait à peine d'entrer quand Fiorenza vint à sa rencontre.

— Ton père te cherchait, je lui ai dit d'attendre à l'intérieur.

— J'arrive tout de suite, dit-elle, espérant qu'il avait des nouvelles de sa sœur et de sa mère. Grand-mère est debout ?

— Oui, elle petit-déjeune dans la serre. J'allais justement y aller, viens avec moi.

Quand elles entrèrent, Iris remarqua l'étrange tenue de sa grand-mère : elle portait une robe verte qui paraissait dater de ses jeunes années, ses cheveux étaient toujours relevés en un chignon et elle avait un air vif, alerte.

— Bonjour, grand-mère.

— Iris, viens t'asseoir à côté de moi. Tu as fait une petite balade ?

Ce matin-là, Giulia donnait l'impression d'être en forme, il ne restait plus trace de la femme confuse de la veille. Fiorenza avait sans doute raison : l'émotion de les voir, elle et son père, avait dû lui jouer un vilain tour. Elle sourit.

— La villa est magnifique ; dommage qu'elle soit en partie fermée.

— Je suis contente qu'elle te plaise. Malheureusement, certaines structures sont endommagées et menacent de s'écrouler, répondit-elle après avoir délicatement essuyé sa bouche avec une serviette.

— Tu n'as jamais pensé à la faire restaurer ?

— Ça coûterait trop cher. Nous avons tout juste de quoi vivre.

— Oh, je suis désolée. Tu en as parlé avec papa ? Il pourrait peut-être t'aider ?

Giulia éclata de rire.

— Ne t'inquiète pas, Iris, nous ne sommes pas encore dans la misère. Autrefois, nous étions très riches, la villa était pleine de monde, ma mère organisait de grandes fêtes.

Elle soupira, haussa les épaules.

— Nous avons encore quelques rentes, tu sais. Mais pas de quoi rouvrir la maison. Et puis, qu'est-ce qu'on en ferait ?

Iris avait bien une ou deux idées. Mais ce n'était pas sa maison, elle se souvint qu'elle était venue à La Spinosa pour rencontrer sa grand-mère. Bientôt, elle repartirait. Cette pensée l'attrista.

— Quelque chose ne va pas ?

Elle fit non de la tête.

— Je suis heureuse d'avoir fait ta connaissance, grand-mère.

Les yeux de la vieille dame se remplirent de larmes.

— Moi aussi, ma chérie. Et nous avons encore beaucoup de temps à passer ensemble. À ce propos, je voulais te faire des excuses.

— Pour quoi, grand-mère ?

Giulia détourna les yeux.

— Pour hier, dit-elle en posant sa tasse sur la table avec un sourire. Vois-tu, il y a quelques mois, j'ai eu une attaque. Maintenant, je me sens mieux. Cependant, de temps en temps, j'ai des moments d'égarement.

Iris soupesa ses mots avant de répondre :

— Tu sais, grand-mère, au début j'ai eu peur. Et puis, dans ce que tu as dit, certaines choses m'ont fait réfléchir.

— Comme quoi ?

Elle sourit. Comment avouer à sa grand-mère qu'elle savait à présent que, si elle se sentait parfois un peu bizarre, c'était à cause de ses ancêtres ?

— J'aime parler avec les plantes. Je sais que le géranium rouge donne du courage, que la tulipe bleue apaise, que la rose rend optimiste. Aujourd'hui, je commence à comprendre pourquoi je me suis toujours intéressée à tout ça.

Giulia ne perdait pas une miette de ce discours. Elle sentait son cœur s'emballer. Cependant, les Donati avaient toujours eu un certain talent pour le jardinage, ça pouvait tout aussi bien ne rien vouloir dire de spécial. Elle fit appel à sa raison et se força à ne pas faire de commentaire, même si elle mourait d'envie de poser mille questions à sa petite-fille.

— Alors comme ça, tu aimes les fleurs ? C'est une excellente nouvelle. Mais dis-moi, as-tu vu le parc ?

Iris prit un gâteau dans l'assiette que lui tendait sa grand-mère.

— Oui. J'ai remarqué qu'il n'était pas fleuri. Quel dommage.

— Le jardin souffre, soupira-t-elle, il n'a plus envie de sourire.

— Pourquoi dis-tu cela ?

— Les fleurs sont les sourires des plantes, non ?

En entendant cette belle phrase, Iris se félicita encore plus de ne pas avoir cueilli la rose.

— C'est peut-être dû à un manque de nutriments dans le sol, ou à une gelée qui aurait abîmé les bourgeons ? Quoi qu'il en soit, je crois que c'est une situation temporaire. Hier, j'ai vu un buisson qui m'avait tout l'air d'un rosier multiflore. Il avait donné une rose, d'un beau rouge magenta. Très parfumée. J'aurais voulu te l'apporter, mais ça aurait été dommage de la cueillir.

— Une rose ? Quelle rose ? demanda Giulia, soudain très pâle.

— Elle était étouffée par les mauvaises herbes, je l'ai un peu dégagée, maintenant on la voit de loin, répondit la jeune fille en lui faisant voir ses mains, où les griffures commençaient à cicatriser.

— Montre-la-moi.

— Tout de suite ?

— Tout de suite !

Iris acquiesça.

— D'accord, mais tu es sûre ? Ce n'est pas à côté…

— Ça ne fait rien. J'ai ma canne. Fiorenza, viens m'aider. J'ai envie de faire une petite promenade.

— Sans finir de petit-déjeuner ? Tu ne changeras jamais…

Elle ne se donna même pas la peine de répondre. Fiorenza l'avait vivement rabrouée la veille au soir : « Tu t'es comportée comme une folle devant cette petite. Si tu continues, elle va partir, tête de mule ! C'est ce que tu veux ? » C'était vrai, elle s'était laissé emporter par la peur, par l'urgence de dire à Iris ce qu'elle avait sur le cœur depuis des mois. « Et mets-toi dans le crâne que cette histoire de jumelles, de jardinier et de rosier, ce n'est qu'une légende ! »

En écoutant les reproches de Fiorenza, Giulia s'en était voulu d'avoir parlé de façon inconsidérée. Mais seulement parce que ce n'était pas la meilleure façon de transmettre à la petite l'héritage de la famille. L'histoire des jumelles était vraie, elle le savait, elle en avait l'intime conviction. Sinon, comment sauverait-elle le jardin ?

« C'est bien plus qu'une légende, et tu le sais.

— Qu'est-ce que je sais ? Que ni toi ni moi n'étions là pour voir le fameux miracle des jumelles Donati de nos propres yeux ? Giulia, ne sois pas bête, ce ne sont que de vieilles légendes. Autrefois, les gens croyaient n'importe quoi. Tu veux que je te rappelle ce que dit la légende ? »

Les objections de Fiorenza tenaient parfaitement la route, certes, mais elle ignorait tant de choses. Elle ne savait pas que le jardin dépérissait depuis de nombreuses années. Seule Giulia connaissait la mesure de sa souffrance.

Mais à présent, une des jumelles Donati était là.

Et, après un long printemps où le jardin avait refusé de fleurir, la première rose avait éclos.

Il ne pouvait pas s'agir d'une simple coïncidence.

Tout en s'appuyant sur sa canne, Iris à côté d'elle et Fiorenza les suivant de près, Giulia sentit renaître l'espoir pour son jardin, pour sa famille. Pour elle-même. Et quand elle vit la fleur briller comme un soleil entre le vert émeraude des feuilles du rosier, elle sut qu'elle avait vu juste. Une question se forma dans son esprit : si une seule jumelle avait suffi à faire refleurir le jardin, quels prodiges accompliraient-elles ensemble ?

— La voilà, grand-mère ! N'est-elle pas magnifique ?

Giulia jeta sa canne et s'agenouilla devant la rose. Elle respira son parfum, les yeux fermés, pour la voir avec son cœur.

— Oui, Iris, elle est superbe, dit-elle avant de se tourner vers Fiorenza et d'ajouter : Et maintenant, que dis-tu ? Ça aussi, c'est une illusion ?

— Non, c'est une rose, qui a éclos sur un rosier. Ça me semble plutôt normal, siffla Fiorenza.

— Regarde autour de toi. Vois-tu d'autres fleurs ? Et avant son retour, il n'y en avait aucune !

Iris frissonna. On aurait dit que sa grand-mère l'accusait de quelque chose.

— Je l'ai trouvée, c'est tout, balbutia-t-elle.

Fiorenza agita la main.

— Voilà, c'est ce que je disais, tu n'as rien à voir avec ça.

— C'est ce qu'on verra. Iris, viens, on rentre à la maison. Aide-moi, nous avons beaucoup à faire avant l'arrivée de ta sœur.

Giulia observait sa petite-fille qui marchait à côté d'elle. Elle était la clé de tout. Les jumelles étaient la clé de tout. Mais leur seule présence ne suffirait pas à redonner vie au jardin. Les filles ne savaient pas qui elles étaient en réalité. Elles ne savaient rien du passé des Donati, de leur héritage. « Nous avons beaucoup de travail », pensa-t-elle. Elle devait les instruire, tout leur transmettre. Et vite. Le jardin n'en avait plus pour longtemps. Elle regarda devant elle, une prière dans le cœur. *Je ferai tout ce qu'il faudra pour réparer les erreurs que j'ai commises. Mais toi, tu dois tenir encore un peu. Tu dois résister.* Elle n'attendait pas de réponse, cela faisait des années que le jardin ne lui parlait plus, pourtant, ce matin-là, Giulia se sentit pleine d'espoir, pour la première fois depuis des années.

16

L'agapanthe – Agapanthus *– est la fleur de l'amour,*
c'est ce que signifie son nom en grec.
Plante aux racines rhizomeuses, elle produit
de grands et riants buissons, d'où sortent
de hautes tiges et des inflorescences vivaces.
Qu'elle soit blanche, bleu ciel ou bleu foncé,
sa couleur diffuse paix et harmonie.
Plantée en longueur, elle crée des sentiers
inoubliables. Le sol doit être sableux
et bien drainé. Elle aime le soleil,
dont elle supporte sans peine la lumière directe.
L'arrosage doit être mesuré. Elle fleurit tout l'été.

Pendant trois heures, Viola avait impatiemment attendu que sa mère l'appelle et, à présent que Claudia s'était décidée à lui parler, elle était morte de peur. Elle prit une longue inspiration et entra.

— Maman ?

— Je suis là, ma chérie.

Elle la trouva dans la cuisine.

— Comment ça va, maman ?

Claudia réfléchit un peu. Comment ça allait ? Ce n'était pas la première fois que son monde s'effondrait, mais elle ne s'était jamais sentie aussi seule et désespérée.

— S'il te plaît, Viola, assieds-toi.

Elle obéit d'autant plus volontiers que ses jambes tremblaient.

— J'ai fait des choses terribles. Je ne sais pas comment y faire face, ma chérie. Je ne sais pas comment…

L'émotion lui serra la gorge.

— Ton père vient de me demander de le rejoindre en Italie, mais je ne peux pas. Je n'y arrive pas.

Elle fondit en larmes et Viola se précipita pour la prendre dans ses bras.

— Maman, je t'en prie, ne fais pas ça.

— Je suis désolée. Vraiment désolée. Je ne peux pas y retourner.

Elle s'essuya le visage.

— Calme-toi et essaie de tout m'expliquer depuis le début.

Claudia acquiesça.

— Ton père s'appelle Francesco Donati, ça, tu le sais. Nous nous sommes connus à Pise. Il étudiait l'agronomie à l'université, moi je sortais juste du lycée. Il était doux, gentil, il savait des tas de choses, il me faisait rire. À ses côtés, le monde était plus intéressant, plus beau, plus coloré. Je me sentais bien… Je suis tombée enceinte tout de suite. Mon père était un homme intransigeant et très fier de moi. Ma mère et lui m'avaient eue assez tard. J'étais terrorisée. Tu sais ce que ça veut dire, de décevoir les gens qui t'aiment ? Pardon… bien sûr que non, tu ne peux pas le savoir, mais moi oui. Pour mes parents, ce fut un coup dur. Je ne savais plus quoi faire. Francesco a voulu m'épouser tout de suite, même s'il n'était alors qu'un tout jeune homme. D'ailleurs, nous étions très jeunes tous les deux.

Claudia avait les yeux rivés au mur. Elle reprit :

— Nous nous aimions beaucoup.

Elle émit un léger rire.

— L'amour, ça n'a jamais été un problème. Mais ça ne suffit pas, ma fille, l'amour ça ne remplit pas le frigo, ça ne paye pas le loyer ni les factures. Ça complique les choses, c'est tout. Mais vous deux, vous étiez merveilleuses, ce furent les jours les plus heureux de ma vie.

Son sourire s'éteignit à ce moment précis.

— Malheureusement, nous avons vite découvert que nous ne pouvions pas tout contrôler. Francesco avait abandonné ses études, il n'avait pas eu le choix. Lui non plus n'était pas riche, et il n'était pas en bons termes avec sa famille. Il devenait inquiet, nerveux, amer. Il ne parvenait à trouver que des petits boulots, toujours temporaires. C'est à cette période que mon père est mort. Ma mère était déjà malade. Alors, quand Giulia Donati, ta grand-mère, nous a proposé de venir vivre avec elle, j'ai supplié Francesco d'accepter. Ce qui a été une terrible erreur. Sa mère est spéciale, c'est une femme difficile. Nous ne nous sommes jamais entendues. Et entre ton père et moi, petit à petit, les choses se sont dégradées. Puis il s'est passé quelque chose…

— Vous ne pouviez pas partir ?

— On l'a fait, mais il était trop tard.

Viola voulait acquiescer, dire qu'elle comprenait, mais elle n'y arrivait pas. En vérité, pour elle, rien n'avait de sens dans cette histoire. Et son jugement impitoyable se lisait sur son visage.

Claudia leva les yeux et en prit conscience. Une vague d'épouvante la submergea. Bien sûr que Viola ne comprenait pas. Elle ne se comprenait pas elle-même, d'ailleurs. Elle ne pouvait pas s'expliquer l'injustifiable. Il fallait avoir vécu certaines situations pour comprendre comment on peut être poussé à faire de mauvais choix. Elle ferma les yeux et pencha la tête, écrasée par le poids de cette erreur.

— Toutes les réponses que tu souhaites sont à Volterra. Si tu décides d'y aller, ton père viendra te chercher à l'aéroport de Pise, dit-elle en lui tendant un papier. Il t'a réservé un vol pour demain matin.

Tout à coup, Viola fut saisie de terreur, la peur lui nouait la gorge. Elle ne s'attendait pas à une chose pareille. Elle secoua la tête.

— Impossible ! C'est trop soudain. Et la fac ? Et mon travail ? Il croit que je peux tout planter comme ça pour me rendre sur-le-champ dans un endroit où on ne veut pas de moi ? Et pour faire quoi, d'ailleurs ?

Claudia s'humecta les lèvres.

— Il t'aime beaucoup. Tu devrais avoir plus confiance en toi, mon trésor.

— J'ai confiance en moi, maman.

Elle tendit la main, effleurant les doigts de sa fille. Ce fut un contact bref, qui ne dura pas même une seconde.

— Quand nous nous sommes séparés il savait que je n'aurais pas pu survivre sans au moins une de mes deux petites. Il m'a laissée te garder parce que tu étais… tu étais… délicate. Tu ne dormais pas bien et tu étais toujours dans mes bras… Mais ton père non plus n'aurait pas supporté d'être seul. C'est l'unique raison qui nous a conduits à agir comme nous l'avons fait.

Elle enfouit son visage dans ses mains puis releva la tête. Elle s'approcha du feu où l'eau pour le thé avait commencé à bouillir.

— Mais il ne t'a jamais abandonnée. Quand j'ai cessé de lui donner de tes nouvelles, il a engagé un détective. Il aurait pu porter plainte contre moi, mais il ne l'a pas fait. Et il nous a aidées, financièrement. Tu n'es pas riche, mais j'ai mis de côté l'argent qu'il a envoyé pour toi ; un jour, il te servira à vivre ta vie. Une belle vie heureuse.

Les yeux de Viola se remplirent de larmes.

— Pourquoi tu ne m'as jamais rien dit ?

Claudia mit des sachets de thé dans l'eau. Elle contempla un instant les volutes qui s'élevaient des tasses. Elle ressentit à nouveau ce sentiment d'impuissance. Alors, les mots sortirent, poussés par la résignation :

— Il n'y a pas de réponse. C'est la vie. Elle t'écrase et tu t'arranges comme tu peux pour rester à flot. Il n'y a pas de recette miracle. Il n'y a pas de bonne ou de mauvaise façon de faire.

— Tu m'as privée de ma sœur et de mon père. Tu ne vas pas t'en tirer avec cette pirouette.

— Une pirouette ? Parce que tu crois que ça a été facile ? Qu'est-ce que tu en sais ? Tu sais ce que ça fait de trancher dans le vif de son existence pour repartir de zéro ?

Viola saisit son billet et le glissa dans son sac.

— Non. C'est pour ça que je vais y aller. Rien que pour ça.

Claudia suivit sa fille du regard, le cœur serré.

— Attends, Viola, ne pars pas comme ça ! Attends !

Elle sursauta en entendant claquer la porte d'entrée. Elle se laissa tomber sur sa chaise, honteuse. Tôt ou tard, ça devait arriver, elle le savait. Pourtant, rien ne l'avait préparée à cette douleur qui lui déchirait l'âme.

Ce n'était pas comme vingt ans plus tôt. À l'époque, il y avait eu les regrets, le désespoir, puis la colère. Mais Viola l'avait empêchée de partir à la dérive. Pour elle, pour son avenir, elle avait lutté. À présent qu'elle s'éloignait d'elle, à quoi se raccrocher ? Elle essuya ses larmes et tenta d'avaler la boule qui s'était formée dans sa gorge et l'étouffait. Son regard courut vers le jardin. Elle se leva, alla jusqu'à la porte-fenêtre et sortit. Un instant plus tard, elle était à genoux, les mains sur le sol. Il fallait qu'elle réfléchisse, qu'elle trouve un moyen d'arranger les choses avec Viola et avec Iris. Mais avant, elle devait se calmer.

Elle caressa la terre et y plongea les mains. C'était comme les enfouir dans quelque chose d'accueillant, de vivant. Tandis qu'elle commençait à répandre les semences qu'elle avait préparées un peu plus tôt, elle sentit les tensions l'abandonner. Son cœur et son âme s'unirent à ses mains. Dans ce nid grouillant de vie, les petites graines germeraient et deviendraient des plantes.

Elle leva les yeux vers le ciel. Il s'était mis à pleuvoir, les gouttes devenaient des larmes sur sa peau.

Il y avait toujours eu dans son âme quelque chose d'incontrôlable, qui l'incitait à faire des choses absurdes. Ce même instinct qui à présent la poussait à se mettre dans une situation qui l'effrayait. Le soubresaut de l'avion qui touchait terre la força à s'agripper au fauteuil. Elle attendit que tous les passagers aient débarqué, puis elle se décida à prendre sa valise. Un pas après l'autre, elle pouvait y arriver. Une fois dans le terminal, elle se dirigea vers la sortie.

Puis elle s'arrêta devant le mur de gens qui patientaient. Elle balaya la foule du regard, cherchant un homme qu'elle n'était pas sûre de reconnaître. De lui, elle n'avait eu qu'une description sommaire. Grand, les yeux et les cheveux foncés. Séduisant. Voilà comment sa mère avait décrit Francesco Donati. Elle n'avait pas conservé la moindre photo de lui et n'avait rien voulu lui dire d'autre. Elle continuait à scruter la foule, tandis que les autres passagers retrouvaient leurs amis et parents. Elle regardait les gens se tomber dans les bras, il y avait même un garçon qui embrassait fougueusement une fille, une rose rouge à la main.

Elle fut troublée par la façon dont leurs doigts se frôlaient, dont leurs corps se cherchaient à travers l'étoffe, comme s'ils étaient seuls au monde et que rien d'autre ne comptait. Quel cliché ! Deux amoureux qui s'embrassent. Une rose rouge. Rien de bien original. Mais alors pourquoi ne parvenait-elle pas à les quitter des yeux ? Peut-être parce qu'elle était fascinée par l'élan qui les poussait, par la confiance qu'ils avaient placée dans ce geste, par leur façon de se donner complètement. L'espace d'un instant, elle pensa à William : était-ce cela qu'il lui voulait ? Mais elle avait déjà fait une expérience de ce genre-là, et ça ne lui avait apporté que douleur et humiliation. Elle ferma les yeux un instant. Quand elle les rouvrit, elle le vit.

Ou plutôt : elle les vit. Ils étaient là, devant elle, pétrifiés.

Son père était comme Claudia l'avait décrit : grand, les yeux et les cheveux bruns. Beau. Mais sa mère ne lui avait pas dit qu'il avait cette expression si particulière. Elle dut se tenir à son chariot car ses genoux, soudain, la lâchaient. Puis elle se tourna vers sa sœur. Son cœur s'emballa. Elles se ressemblaient comme deux gouttes d'eau, elle avait l'impression de se contempler dans un miroir. Sa sœur pleurait, agrippée à la veste de son père. Elle porta la main à sa bouche et s'aperçut alors qu'elle aussi avait le visage mouillé. Elle l'essuya rageusement. Elle ne devait pas pleurer. *Elle ne devait pas pleurer.*

Un pas, puis un autre. Elle se forçait à avancer et, quand Iris se jeta à son cou, elle se laissa embrasser.

— Je ne savais pas, Viola, je ne savais pas…

Elle essaya de lui répondre, mais les mots devenaient poussière dans sa bouche. L'autre continuait à l'observer, à attendre. Elle se concentra et finit par réussir à formuler une réponse :

— Moi non plus, Iris.

Francesco était là, devant elles, les yeux pleins de larmes, incapable de lâcher ses filles des yeux, incapable de prononcer les mots qui lui brûlaient la gorge. Il tendit une main, qu'il laissa aussitôt retomber le long de son corps dès qu'il croisa le regard de Viola. Ses épaules devinrent lourdes. Certes, il ne s'attendait pas à ce que cela soit facile, mais la réalité était encore plus cruelle, car elle balayait ses derniers espoirs. Sa fille lui avait lancé un regard lourd de haine et il savait qu'elle avait toutes les raisons au monde de le détester.

— Venez, on y va. Votre grand-mère doit être impatiente de vous serrer dans ses bras. Dans une heure, on sera à La Spinosa.

Giulia scrutait toujours l'allée. On ne voyait pas plus loin que le virage et les haies, mais elle était incapable de s'en détacher.

— Couvre-toi, ça se rafraîchit.

Elle accepta la veste que Fiorenza lui posa sur les épaules, sans quitter l'allée des yeux une seule seconde. Elles n'avaient pas reparlé de la rose qu'Iris avait trouvée, ni du fait que Giulia avait passé des heures plongée dans ses livres, à la recherche d'informations sur les jumelles Donati. Fiorenza était une femme au sens pratique aiguisé, elle n'avait pas pour habitude de se monter la tête. Et elles s'appréciaient depuis trop longtemps, elle et Giulia, pour permettre à une discussion un peu animée de gâcher leur amitié.

— Elle doit me haïr, Claudia a dû lui parler de moi, de ce que je lui ai fait.

— Arrête de te tourmenter avec ces histoires. À présent, tout est entre les mains du Seigneur. Il sait quoi faire, lui, qu'est-ce que tu crois ? En attendant, toi, décide-toi enfin à parler à ton fils une bonne fois pour toutes. Dis-lui que tu l'aimes. L'amour, ça ne se vit pas en imagination, il faut des preuves, et des mots pour les accompagner.

Giulia acquiesça, le visage tendu ; ses lèvres tremblaient à nouveau.

— Que de temps perdu ! Que d'erreurs !

— Tout va bien se passer. Ne t'inquiète pas.

— Les voilà, ils arrivent !

Fiorenza la vit chercher sa canne et se précipita pour la soutenir.

— Maintenant, assieds-toi, si tu ne veux pas qu'ils aient à te ramasser par terre. Mais pourquoi fallait-il que tu t'entêtes à venir jusqu'ici ? Tu ne pouvais pas les attendre à l'intérieur ?

Giulia ne releva pas. Elle sourit car elle était heureuse, même si devant elle tout devenait liquide.

— Tu te permets bien des familiarités, je trouve. Quand tout cela sera fini, tu verras !

— Elle est bien bonne, celle-là, je la raconterai à Stefan.

La main de Giulia trouva celle de sa cousine et les deux femmes se serrèrent un instant l'une contre l'autre, pour se donner du courage.

— Ils sont là !

Giulia descendit les marches en s'aidant de sa canne, toujours soutenue par Fiorenza, et attendit. Les portières s'ouvrirent et les deux jeunes filles absolument identiques s'avancèrent ; elle les dévisageait avec impatience, son cœur battait à tout rompre, elle avait du mal à contrôler ses émotions.

Elles faisaient un sacré effet, ensemble. Un souvenir s'insinua en elle, la transportant dans le passé. Elle s'efforça de l'ignorer, de revenir à la réalité. Elle devait se concentrer sur le présent.

— Bonjour, madame.

Giulia avait la gorge serrée. Les mots qu'elle avait mis des heures à choisir et qu'elle avait longuement répétés s'étaient comme dissous. C'était de la méfiance qu'elle lisait dans les yeux de Viola. Des ronces, sa petite-fille était comme prise dans un enchevêtrement de ronces.

— Bon retour parmi nous, ma petite. Mais il ne faut pas m'appeler « madame », je suis ta grand-mère. Tu penses que tu arriveras à m'appeler comme ça ?

— C'est normal qu'elle t'appelle comme ça, elle ne te connaît pas, intervint Francesco, qui venait de les rejoindre.

— Oui, murmura-t-elle.

Il fallait qu'elle soit patiente, son fils avait raison. Viola ne savait pas que Giulia aurait fait n'importe quoi pour elle. Elle ignorait que sa sœur et elle lui avaient manqué chaque jour de sa vie. Elle n'imaginait pas que le destin du domaine, l'avenir de la famille dépendaient d'elles. Si elle parvenait à retenir les jumelles à La Spinosa, à leur transmettre leur mission, tout serait réglé, le jardin serait sauvé. Elle en était de plus en plus persuadée.

Viola se décida enfin à s'approcher d'elle.

— Tu as raison, grand-mère. C'est que… tout cela est si soudain pour moi. Je ne savais pas que tu existais. Que tout ça existait, dit-elle en montrant la villa.

— Si quelqu'un doit s'excuser, ici, c'est moi, répondit Giulia, feignant de ne pas remarquer les regards étonnés de Fiorenza et Francesco.

À cet instant, c'était pour Viola qu'elle se faisait du souci.

Elle avait observé attentivement sa petite-fille, épiant le moindre de ses mouvements. Ses doigts dans ses cheveux, son coup d'œil furtif à son père, la distance qu'elle avait mise entre elle et sa sœur. Pour Giulia ces gestes étaient plus explicites qu'un long discours, et cela l'avait profondément troublée. Il y avait chez Viola quelque chose de fuyant, une méfiance instinctive, que l'on ne retrouvait pas chez la lumineuse Iris.

Elle se reconnaissait en Viola, qui était comme elle : une rose avec des épines.

Il faudrait être prudent, avec cette fille, pensa-t-elle en lui donnant le bras.

— Pour le moment, asseyons-nous, je suis fatiguée.

— Ici, ça te va, grand-mère ? demanda Iris.

— Oui, c'est très bien.

Elle la suivit, se tenant toujours à Viola. Elle voulait avoir les jumelles auprès d'elle, une de chaque côté. Elle resta ainsi un instant, en silence. Le soleil lui caressait la peau, la réchauffait. C'était tellement agréable ! Elle contempla le pré : les hauts buissons semblaient des pelotes de laine posées sur un tapis d'émeraudes. Elle tendit la main et eut l'impression de capturer un rayon de soleil. Il dansait entre ses doigts, les traversait. Elle respirait bien, à présent, l'air lui était doux, il n'oppressait plus sa gorge et ses poumons. L'espoir avait réchauffé sa poitrine jusqu'alors gelée.

— Grand-mère, qu'est-ce que tu voulais nous dire ?

Giulia leva la tête, son regard se fit distant. L'urgence la poussait à nouveau à parler. Mais elle ne commettrait pas deux fois la même erreur. Elle se racla la gorge et sourit.

— Mon père, votre arrière-grand-père, s'appelait Lorenzo, et ma mère Ines. Ils vivaient ici, dit-elle en montrant la villa. Tout était différent, à l'époque. Au printemps, les champs se couvraient de cyclamens, et il y avait toujours beaucoup de monde à la maison. Les gens venaient admirer le parc, demander conseil. C'était un va-et-vient permanent d'enfants, qui jouaient entre les rangées d'arbres sous le regard bienveillant des adultes. Le jardin écoutait les secrets de ceux qui étaient capables de les lui confier. Il accueillait la douleur des hommes et la transformait en sourires et en espoir. Les femmes lui avouaient leurs rêves d'amour, et il les écoutait.

La voix de Giulia faiblissait.

— Il y a tant à dire que je ne sais par où commencer.

Les jumelles échangèrent un regard perplexe.

— Ça ne fait rien, grand-mère.

Giulia ne voulait pas s'arrêter, les mots étaient là, sur ses lèvres.

— C'est un homme qui a fondé La Spinosa, Goffredo Donati. Il l'a créée pour sa femme. Il a planté le premier rosier là où il n'y avait encore que des hauts plateaux battus par le vent et des bois. Elle s'appelait Seraphina et il l'avait ramenée de Damas. C'était une princesse et le rosier faisait partie de sa dot. Nous autres, Donati, nous l'appelons le rosier de mille ans. Il appartenait à…

Sa voix mourut sur ses lèvres.

— Un rosier de mille ans ? Grand-mère, tu as vraiment un rosier aussi ancien ?

— Lui aussi a cessé de fleurir. Autrefois, son parfum embaumait jusqu'aux limites du domaine, et attirait les voyageurs.

Dans son esprit, tout devint confus. Elle s'aperçut que ses mots sortaient au compte-gouttes. Elle fixa Fiorenza, qui s'empressa de venir la rejoindre.

— On rentre ?

— Je suis fatiguée.

— On aura bien le temps plus tard pour les vieilles histoires de famille. Tu n'as pas besoin de tout leur raconter tout de suite. Laisse-les respirer, ces pauvres petites !

Elle acquiesça et se cramponna aux bras de ses petites-filles. La fatigue pesait sur ses épaules, ses jambes étaient en plomb. À présent qu'elles étaient rentrées, elle pouvait se reposer un peu.

— On continuera demain. Maintenant que vous êtes là, rien ne presse.

17

Le bégonia – Begonia semperflorens –
est une délicieuse plante annuelle idéale
pour les bordures, les jardins et les balcons.
Ses feuilles sont légèrement charnues.
C'est une plante monoïque, c'est-à-dire
qu'elle possède des fleurs mâles
et femelles. Il aime les sols riches, humides,
et a besoin de profondeur pour étendre ses racines.
L'arrosage doit être soigneusement dosé.
Il craint les rayons directs du soleil. En intérieur,
il purifie l'air et dégage un léger parfum.
Il fait partie des cinquante plantes reconnues
pour leurs vertus purifiantes par les scientifiques
de la NASA. Comestibles, ses fleurs sont utilisées
pour décorer boissons et desserts.

Perchée au sommet d'une colline, Volterra se dressait vers le ciel de cobalt avec ses hautes tours ouvragées comme de la dentelle. Massive et imposante, la vieille ville portait son histoire comme un habit taillé sur mesure. À ses pieds, les ruines des civilisations qui l'avaient rendue unique racontaient les splendeurs du passé, les féroces batailles, les longs sièges et le courage. Volterra s'était défendue et avait prospéré. Sa culture s'incarnait dans chaque marche, dans chaque fissure de ses gigantesques murs, le long des routes pavées qui traversaient les arcades et les portes. Les mêmes qui avaient vu défiler des générations d'hommes, amis et ennemis, qui avaient pénétré dans son enceinte. Malgré tout, malgré le feu, le sang et le temps, l'antique Velathri était encore debout, là où les Étrusques l'avaient érigée des milliers d'années plus tôt, en faisant de la cité le symbole de leur puissance.

Iris pédalait sur la route qui montait jusqu'à la ville, le nez en l'air. Elle était entourée de douces collines entaillées d'allées bordées de cyprès qui évoquaient de longs pinceaux tendus vers le ciel clair et limpide.

Jamais elle n'avait ressenti avec une telle force ce que cette phrase avait de vrai. Alors qu'elle attaquait un virage, elle en vit un auquel elle ne sut résister. Elle gara le vieux vélo qu'elle avait trouvé dans un des cabanons du domaine et s'approcha. Heureusement, l'herbe était assez épaisse pour lui éviter de se couvrir de boue, car elle avait l'intention, ensuite, d'aller se promener en ville. Elle atteignit le cyprès. À présent qu'elle était assez près de lui pour sentir son frais parfum de résine, elle pouvait enfin faire ce dont elle rêvait depuis qu'elle était passée devant ces arbres en voiture.

Iris posa les mains sur son écorce tiède et rugueuse et écarta les bras pour ceindre son tronc. Elle sourit, approcha son visage et ferma les yeux, la joue contre le bois. Puis elle laissa une sensation de paix absolue l'envahir. C'était toujours comme ça. C'était ça, pour elle, les plantes, les arbres et les fleurs : de petits instants de bonheur. Un lien qui ne se briserait jamais, car il était le symbole de la continuité. Les plantes étaient ce qui unissait la terre au ciel, combien de fois avait-elle entendu les vieux du village des roses répéter cela ? Au fond, cela valait aussi pour les humains : les pieds sont leurs racines, le corps est leur tronc, les bras sont comme des feuilles tendues vers le ciel, capables de l'effleurer.

Elle resta encore un instant comme ça, les mains sur l'écorce, les cheveux pris dans les branches fines, qui semblaient la caresser. Son téléphone vibra dans sa poche, elle s'empressa de décrocher.

— Allô, papa ?

— Où es-tu ?

Iris leva les yeux : la ville était proche, mais il lui fallait encore un peu de temps pour y arriver.

— À Volterra.

— Et tu y es allée comment ?

— J'ai trouvé un vélo dans une cabane de la propriété.

Francesco se passa une main sur les yeux. Derrière lui, Viola, Fiorenza et même Giulia attendaient, les yeux rivés sur le portable que l'homme tenait entre ses mains.

— Et il ne t'est pas venu à l'idée de nous prévenir ?

— Tu sais que j'aime bien me lever tôt. Et personne n'était réveillé. De toute façon, j'ai pris mon téléphone. Si tu t'inquiétais tellement, tu n'avais qu'à m'appeler.

— Et je fais quoi, là ? J'essaie de te joindre depuis ce matin ! À partir de maintenant, préviens quand tu pars, on était tous morts d'inquiétude.

— Vraiment ? Ah ben, celle-là, c'est la meilleure ! lança-t-elle, amère.

La veille au dîner, ils avaient à peine échangé trois mots. Même Fiorenza, d'habitude si loquace, s'était contentée de quelques phrases anodines. Ses tentatives pour apprendre quelque chose sur sa mère s'étaient écrasées contre le mur d'indifférence qu'avait érigé sa sœur. Pourquoi Viola l'ignorait-elle ostensiblement ? En plus, sa grand-mère n'avait d'yeux que pour elle.

— Désolé, on n'est pas la famille idéale dont tu rêvais, Iris. Mais c'est la vie. On ne choisit pas ses parents. Et puis, c'est toi qui as voulu prendre ce chemin, alors tu le feras avec moi. Fiorenza garde ton repas au chaud. On poursuivra cette conversation quand tu rentreras.

— Tu es injuste et ce que tu dis n'a pas de sens !

Elle ne comptait pas se laisser gronder comme une petite fille.

— T'as compris, papa ? demanda-t-elle avant de se rendre compte qu'il avait déjà raccroché.

Furieuse, elle dut se retenir de lancer le téléphone dans un bosquet. Ses yeux se remplirent de larmes. Comment osait-il lui parler sur ce ton ? Il avait toujours été de son côté, toujours ! Il l'avait soutenue, encouragée et même consolée. Jamais il ne lui avait parlé aussi durement. Iris prit une longue inspiration et tenta de remettre de l'ordre dans ses pensées. « Pourquoi tu me traites comme ça ? » Elle regarda le ciel et une moue apparut sur son visage. Les mots de son père résonnaient encore dans sa tête.

Désolé, on n'est pas la famille idéale dont tu rêvais...

Mais elle ne voulait pas d'une famille idéale. Ou peut-être que si. Était-ce cela qui la mettait de si mauvaise humeur ? La déception ? Avait-elle vraiment projeté ses rêves et ses espoirs sur sa famille ? L'avait-elle idéalisée ? Elle aurait pourtant dû savoir que la vie n'était pas ainsi.

Mais cela ne changeait rien à rien, songea-t-elle, encore très en colère. Elle comprit tout à coup qu'elle était lasse de tout. Elle était fatiguée d'être raisonnable, fatiguée d'être gentille. Elle commençait à en avoir marre. Elle refusait d'être perturbée par ces reproches. Son père était injuste.

Elle regagna la route d'un pas martial. En enfourchant son vélo, elle décida qu'une fois rentrée elle mettrait les choses au clair.

Elle se mit à pédaler furieusement. La pente était raide, mais elle se força à continuer. Elle arriverait tout en haut, et elle verrait la ville. Exactement comme elle l'avait prévu. Elle était fatiguée de s'entendre dire comment elle devait mener sa vie. Fatiguée et agacée.

Elle franchit une porte de la ville surmontée d'un arc de pierre et poursuivit sur une route qui se resserrait jusqu'à devenir une ruelle pavée, où seule une rangée de cyprès la séparait des hauts murs des édifices. Elle ne savait plus où donner de la tête, fascinée par tout ce qu'elle voyait : des maisons, des arbres, la vallée qui s'étendait à perte de vue entre les potagers et les cours des maisons. De temps en temps, on lui adressait un sourire ou un salut qu'elle ne manquait pas de rendre. Tandis qu'elle s'enfonçait dans le centre-ville, son irritation s'apaisa, jusqu'à disparaître complètement. Quand la vieille ville apparut, dans toute sa splendeur et son histoire, elle s'arrêta. Les maisons avaient fait place à de majestueux palais et, dans les vitrines, Iris admira des vases d'albâtre, des assiettes, des bols, des soupières et des animaux, des chevaux et des cygnes. La lumière filtrait à travers les sculptures lisses et soyeuses. « On dirait des pétales de magnolia », murmura-t-elle pour elle-même.

Elle déboucha soudain sur la vaste place des Prieurs, où des dizaines de touristes munis d'appareils photo se mêlaient aux résidents. Les maisons bourgeoises avec leurs fenêtres en ogive rappelaient la puissance des temps passés. Les tours ouvragées et les murs massifs révélaient que ce n'étaient pas de simples maisons, mais des bâtiments imprenables : « On dirait des forteresses », pensa-t-elle. Comme les tours de la villa. Avait-on aussi livré bataille à La Spinosa ?

Elle quitta la place et, en levant les yeux, découvrit un escalier. Il était étroit, raide, et deux personnes ne pouvaient s'y croiser. Tout en haut se trouvait une vieille porte en bois sur laquelle on avait collé une affiche. Mais ce qui piqua sa curiosité, ce furent les pots de fleurs : il y en avait un sur chaque marche. Dedans, il ne restait que quelques touffes jaunies et quelques branches. Quelle tristesse, pensa-t-elle. Quel gâchis. Elle allait se retourner quand elle se rendit compte que dans un des pots il y avait encore une feuille. Sur une tige maigrichonne s'ouvraient les pétales de ce qui lui sembla être une campanule. Elle tendit la main et effleura les pétales du bout des doigts. Un léger parfum se dégagea de la fleur, comme pour la saluer. Son rythme cardiaque s'accéléra. Elle sortit sa bouteille d'eau de son sac et donna immédiatement à boire à la petite plante. Elle jeta un coup d'œil au bâtiment. L'entrée était condamnée, comme les fenêtres. Tout semblait à l'abandon. Mais cela ne justifiait pas ce qui était arrivé aux fleurs. Seule celle qui recevait un peu d'eau de pluie avait survécu. Elle regarda tristement la fleur et prit le pot qu'elle serra contre son cœur. Elle ne pourrait pas revenir l'arroser tous les jours. Le domaine n'était pas très loin de la ville mais elle ignorait combien de temps encore elle y resterait. Repenser à La Spinosa avait réveillé sa mauvaise humeur.

Elle inspecta les alentours puis glissa rapidement le pot dans le panier de son vélo. Elle allait partir quand elle croisa le regard d'une vieille dame à son balcon.

Quelle honte ! Que faire ? Elle prit les devants et s'adressa à la femme :

— Personne ne s'est occupé de ces fleurs. Regardez, elles sont toutes mortes ! C'est pas bien de faire ça.

Puis la justification se fit accusatrice :

— Il ne faut pas prendre de fleurs si on n'est pas capable de s'en occuper.

La femme acquiesça.

— Oui, ma petite, tu as raison. Avant, elles étaient belles, Caterina y tenait beaucoup. Regarde les jolis pots qu'elle avait choisis pour les planter. Au printemps, c'était magnifique, ça recouvrait tout l'escalier, on aurait dit que les fleurs poussaient à même la pierre. Magnifique, je te dis !

Iris fixa la porte condamnée.

— C'est donc Mme Caterina qui s'en occupe ?

— Qui s'en occupait. À présent, elle est morte.

Iris considéra la petite fleur, les yeux embués de larmes.

— Et vous, vous ne pouviez pas les arroser ?

La vieille haussa les épaules et montra sa canne, posée contre la rambarde.

— Si seulement je pouvais, ma jolie, si seulement ! Prends-les, va ! Ça lui aurait fait plaisir, à Caterina. Personne ne s'en soucie plus.

Elle fit une pause puis montra le pot :

— Ces fleurs, c'est un peu elle, non ?

— Oui, c'est un peu elle.

— Elle les avait reçues en cadeau, vois-tu. Et du jour où elles avaient fleuri, Caterina s'était remise à parler avec les gens. Tu sais, le Seigneur ne l'avait pas vraiment gâtée, la pauvre Caterina.

— Comment ça ? s'enquit Iris en caressant distraitement la fleur.

La femme regarda autour d'elle, puis se pencha et murmura :

— Son mari est mort quand son fils était encore tout petit. Et puis, quelques années plus tard, le garçon a tout quitté pour partir vivre Dieu sait où. Caterina passait ses journées à côté du téléphone. Puis elle s'est résignée, la pauvre femme. Pendant quelques jours, elle a même disparu, on se demandait où elle était passée. Les gens ont cru qu'elle avait fait une bêtise, et on s'est mis à la chercher dans les crevasses, sur le bord des torrents. Et puis elle est revenue, comme si de rien n'était. Elle avait un sac plein de graines, qu'elle a plantées. Au printemps, les gens s'arrêtaient pour admirer ces fleurs et ils en restaient bouche bée, tellement elles étaient belles. Elle en offrait à qui lui en réclamait. Comme avait fait Bianca Donati avec elle.

— Vous voulez dire Giulia ?

— Non, Bianca ! Je m'emmêle un peu les pinceaux de temps en temps, mais ça j'en suis sûre, elle s'appelait Bianca, *blanche.* Comme les fleurs.

— Elle vivait ici, à Volterra ? demanda Iris en fronçant les sourcils.

— Caterina ? Bien sûr que oui ! Je viens de te le dire, elle habitait là ! répondit la vieille en tendant le bras vers la maison.

— Non, je veux dire Bianca, elle habite encore à Volterra ?

— Qu'est-ce que j'en sais ? Ça fait des années que je ne sors plus de chez moi. J'ai trop de mal à descendre l'escalier et il n'y a pas d'ascenseur. C'est un vieil immeuble, et on ne va pas faire de travaux juste pour moi.

— Je comprends.

Elle installa un peu mieux le pot dans le panier de son vélo, puis salua la vieille femme qui continuait à l'observer de son balcon. Elle était arrivée au coin de la rue quand elle l'entendit l'appeler. Elle descendit de son vélo et se retourna.

— Je n'y connais pas grand-chose en fleurs, mais celles de Caterina venaient d'un jardin, ou d'une serre. C'était peut-être là que vivait cette Bianca.

— Oui, merci.

Elle fit un dernier signe de la main à la vieille dame et repartit sur son vélo, tenant fermement le guidon ; ses yeux faisaient d'incessants va-et-vient de la route à la fleur. Une question ne cessait de lui trotter dans la tête : qui était Bianca Donati ?

Bianca

Le bruit de la cloche retentit dans la vallée, dans les bois, le long du torrent et remonte jusqu'à la villa. Bianca finit d'arroser les plantes qu'elle a créées avec Stefan puis les cache. Ce sont encore des bébés.

Protégées par les épines du rosier de mille ans, ses fleurs sont à l'abri. C'est tout ce qu'elle possède. Elles sont toute sa vie, chacune en raconte un moment. Elles parlent d'elle et de Stefan, du temps passé à les élaborer, à les choisir, à les voir grandir. Elles parlent des rires, des mots qu'ils se sont dits, de ce qui les unit. Elle caresse du bout des doigts leurs pétales délicats, puis elle lève la tête, l'air contrarié. La cloche résonne toujours, elle insiste. C'est à présent un appel désespéré. Elle regarde autour d'elle, puis se décide : elle ne devrait jamais quitter le cocon du domaine. Au-delà, c'est le sentier des voyageurs. La cloche continue de l'appeler. Les autres sont trop loin, certes, mais elle n'a pas à y aller, ce n'est pas son rôle, son père a été très ferme sur cette question : ce n'est pas à elle de recevoir les visiteurs. C'est à sa sœur que revient cette tâche.

Une pour les voyageurs, une pour le rosier, la règle est claire. Et c'est pour le rosier qu'elle a été choisie.

Ou plutôt : elle a été choisie par le rosier, dès sa plus tendre enfance.

Mais Bianca sait comment on fait, elle a observé la scène plus d'une fois, de derrière les arbres.

Elle voit une femme au fond du bois, au centre de la clairière. Elle s'agrippe à la corde et fait tanguer la cloche, tirant de tout son poids.

— Dis-moi, voyageuse, que cherches-tu dans ce jardin ?

— La paix.

— Alors, assieds-toi et laisse le vent te raconter ses histoires.

La femme secoue la tête.

— C'est la voix de mon fils que je veux entendre. C'est lui qui me manque.

— Je ne peux pas t'aider, je ne connais pas ton fils.

Bianca la regarde se laisser glisser sur l'herbe. La corde ondule. Petit à petit, la cloche cesse de bouger.

— Il est parti loin d'ici. Loin de moi. Il ne reviendra pas.

— Va le rejoindre.

Elle fait encore non de la tête. Les larmes qu'elle a retenues jusqu'alors se libèrent. Elles sont pleines de douleur. Bianca ne sait pas quoi faire. De toute évidence, on ne peut pas confier des fleurs du domaine à cette femme.

« Avant de donner des graines du jardin à un voyageur, tu dois t'assurer qu'il pourra s'en occuper, car c'est son devoir. » Combien de fois a-t-elle entendu cette recommandation ? Elle l'a apprise, même si elle ne lui était pas destinée.

Mais elle non plus n'est pas capable de s'occuper des fleurs, elle l'a lu plus d'une fois dans les yeux de son père, dans ses soupirs chargés de déception. Elle a entendu Lorenzo le dire, même s'il parlait bas, elle l'a entendu. Chaque mot est imprimé dans son esprit.

Pourtant, il se trompe. Un jour, elle lui montrera ses fleurs, et elle lui prouvera qu'elle est une Donati, elle aussi. Un sourire illumine son visage, elle va lui donner une de ses fleurs secrètes, une des fleurs qu'elle a créées avec Stefan.

— La paix est une fleur. Tu peux la cultiver.

La femme s'essuie les yeux puis la dévisage.

— Je n'ai pas de jardin. Là où je vis, il n'y a que de la pierre.

— Alors crée-le, ton jardin.

La femme regarde autour d'elle. Il règne dans ce lieu une telle sérénité. C'est facile de prendre une décision quand on n'a plus rien à perdre.

— D'accord.

Bianca la prend par le bras et l'aide à s'asseoir sur le banc au pied de l'arche qui soutient la cloche. Puis elle lui essuie les yeux avec l'étoffe de sa robe.

— Attends-moi, je reviens tout de suite.

Le sentier recouvert de feuilles est comme du velours sous ses pieds nus, il la caresse. Elle met un peu de temps à revenir, mais Bianca porte alors un petit pot et un sachet de graines. La femme va à sa rencontre.

— Merci... comment t'appelles-tu ?

— Je m'appelle Bianca Donati.

La femme acquiesce et, après avoir pris une longue inspiration, elle s'éloigne. Arrivée à la route, elle se retourne :

— Je ne t'oublierai pas.

18

La violette odorante – Viola odorata *– est l'emblème de l'humilité et de la modestie. Celle-là même que nous devrions avoir quand nous nous mesurons à l'immensité de la nature. C'est une des fleurs les plus célébrées dans les mythes et les poèmes. Elle a besoin d'une terre argileuse et bien drainée. Elle contient un alcaloïde utile dans le traitement de la dermatose. Elle aime le soleil. En cuisine, elle apporte une saveur délicate.*

Il y avait des bois et des collines à perte de vue. Les champs jaunis par le soleil étaient interrompus par des rangées d'arbres hauts et élégants comme des pinceaux. Viola reprit son souffle après la longue montée et s'assit sur l'herbe, jambes croisées. Elle aimait cet endroit, il avait quelque chose de spécial. L'atmosphère, voilà. Et ce n'était pas un effet de son imagination : elle n'avait pas eu le temps de s'en servir depuis son arrivée.

De là où elle se trouvait, elle distinguait à peine le haut mur d'enceinte qui séparait le domaine de la route, tant le parc était immense. Et la villa était incroyable ! Elle ferma les yeux, essayant de se représenter à quoi elle devait ressembler un ou deux siècles plus tôt, et elle sourit. Elle s'allongea sur l'herbe tendre, le soleil réchauffait sa peau et, de temps en temps, une petite bise la rafraîchissait.

Elle ne savait que penser de sa sœur qui avait laissé tout le monde en plan pour partir explorer les alentours à vélo. Au début, elle avait pris Iris pour une de ces enfants gâtées dont la simple vue lui donnait envie de hurler. Voilà pourquoi elle avait délibérément ignoré ses questions. Et qu'avait fait Iris ? Eh bien, au lieu de réagir elle l'avait contemplée avec des yeux de chien battu. Pff ! Et que dire de ce dîner interminable ? Y repenser la faisait grincer des dents. Si ce n'avait été pour sa grand-mère et ses histoires délirantes, elle les aurait tous plantés là et elle serait allée manger dans sa chambre. Et son père ? C'était un homme triste, point. Mais cette tristesse ne l'intéressait pas. Elle connaissait bien ce sentiment : depuis le temps qu'il lui collait à la peau, elle était même devenue experte en la matière. C'était poisseux, impossible de s'en débarrasser, ou d'oublier ceux qui en étaient la cause. Avec son père, elle ne savait pas encore à quoi s'en tenir. Il était trop tôt pour l'aimer, pourtant, elle devait bien admettre que le regarder suffisait à la troubler. Mais ça ne voulait rien dire, au fond. La seule chose qui l'intriguait et l'agaçait en même temps était Iris.

Elle, au contraire, elle adorait Francesco Donati. Entre eux, tout n'était pas rose pour autant. On sentait une certaine tension, ils avaient dû se disputer récemment. Comme sa mère et elle, d'ailleurs. Mais ces bisbilles ne changeaient rien ; au fond, qu'était une dispute ?

L'espace d'un instant, Viola envia leur façon de se chercher du regard, de s'effleurer. Puis elle rejeta cette pensée ; elle avait eu sa mère pour elle toute seule.

Mais elle ne se sentait pas mieux à cette idée.

Une fois hors de la ville, tout sembla plus facile. Iris prit de la vitesse en abordant le virage et dut se ranger sur le bas-côté pour laisser la priorité à un camion sur une portion de route particulièrement étroite. C'est alors qu'elle vit un homme devant elle. Il marchait vite, les bras le long du corps, ses cheveux ondulaient à chaque pas. Elle plissa les yeux : c'était Gabriel. Elle recommença à pédaler et le dépassa.

— Hé, bonjour, Iris !

Elle se décida à freiner.

— Ah, c'est toi ?

— Tu peux dire que tu ne m'as pas reconnu, si tu veux. Et je ferai semblant d'y croire, comme ça, les apparences sont sauves et tout le monde est content.

Elle l'avait bien cherché. La honte lui empourpra le visage. Elle descendit de son vélo et le rejoignit.

— Excuse-moi. Bien sûr que je t'avais reconnu.

— On rentre ensemble ? C'est moi qui pédale, dit-il sans lui laisser le temps de répondre. Allez, monte à l'arrière.

— Tu sais, je m'en sors très bien.

— En cas de chute, il vaut mieux que je sois dessous et toi dessus !

L'image de la scène se forma dans la tête d'Iris et lui arracha un sourire.

— Le mieux, ce serait que tu sois prudent et qu'on ne tombe pas. Je n'ai aucune envie de rouler sur l'asphalte et ma fleur ne le supporterait pas.

— Elle est très belle. Où l'as-tu trouvée ?

Elle se laissa charmer par le paysage : les collines encore vertes où brillait parfois l'éclat jaune du blé qui commençait à mûrir. Le vent couchait l'herbe et transportait les parfums de l'après-midi.

— Je l'ai volée !

Le garçon tourna la tête, regarda successivement Iris, puis le petit pot dans le panier, et il éclata de rire.

— Raconte, parce que, je te jure, c'est la première fois que j'entends parler de vol de fleur.

Iris prit son temps, les bras enroulés autour de la taille du jeune homme, qui ne quittait pas la route des yeux et tenait fermement le guidon. Elle se laissa contaminer par le petit soubresaut de ses épaules et sourit elle aussi.

— Je l'ai trouvée à Volterra. Elle a survécu grâce à l'eau de pluie, sur une marche d'un escalier. Les pots abrités par le toit de l'immeuble étaient tous pleins de fleurs sèches. C'était affreux. Je ne pouvais pas la laisser là, elle aurait connu le même sort. T'es pas d'accord ?

— Si, bien sûr ! Mais évite de retourner en ville pendant quelques jours.

— Oh non, tu crois que je suis recherchée ? demanda-t-elle, les yeux écarquillés.

— Bien sûr. C'est grave ce que tu as fait.

Il fit une pause puis éclata de nouveau de rire.

— Tu ne ris jamais toi, hein ? Je plaisantais.

Elle ferma les yeux et lui donna une petite tape sur l'épaule.

— Tu m'as fait peur !

Gabriel continuait à rire en zigzaguant, l'obligeant ainsi à le serrer plus fort.

Le reste du trajet ne fut que couleurs, images de cartes postales et pensées légères sans importance, comme les quelques mots qu'ils échangèrent durant ce moment qui leur sembla spécial, irréel. Iris ne se souvenait pas avoir jamais autant ri de toute sa vie sans aucune raison précise, ni avoir jamais discuté si volontiers avec qui que ce soit. Puis elle se rappela ces jeunes gens qu'elle avait vus une nuit à Amsterdam. Riaient-ils pour rien, eux aussi ? Elle prit une longue inspiration, l'air s'était réchauffé. De temps en temps Gabriel brisait le silence avec son drôle d'accent.

— D'où viens-tu ? demanda-t-elle.

Elle le sentit se raidir. Durant quelques instants, on n'entendit plus que le bruit des cloches et des voitures qu'ils croisaient.

— De Bosnie.

— J'y suis jamais allée. C'est beau ?

Il haussa les épaules, mais la tension était encore là, palpable, dans la rigidité de ses mouvements, dans sa façon brusque de pédaler.

— Oui, si on veut. Ça dépend.

— T'es pas obligé d'en parler, si t'as pas envie.

— C'est pas très intéressant. Parle-moi plutôt de toi. Pourquoi tu n'étais jamais venue voir Mme Donati. C'est ta grand-mère, non ?

Cette fois, ce fut au tour d'Iris de se figer.

— Oui, mais je ne le savais pas. Je ne savais même pas qu'elle existait.

— Ta grand-mère ?

Elle acquiesça, la joue appuyée contre le dos de Gabriel. Soudain, elle s'écarta de lui, le visage rouge de honte.

— Tiens-toi bien, sinon, on va tomber et tu pourras dire adieu à ta jolie fleur.

Elle ferma les yeux un moment et inspira profondément. Elle n'était pas sûre que c'était par sécurité qu'elle s'était à nouveau collée à lui. Tout ce qu'elle savait, c'était que comme ça elle se sentait bien.

— J'ai… j'ai entendu parler d'elle pour la première fois il y a quelques jours. Je croyais que mon père et moi nous n'avions personne. Et puis, tout a changé. J'ai une mère, une sœur, et une grand-mère. Mais je ne me souviens pas d'elles. Je ne les connais même pas. Pour être honnête, je ne suis pas sûre que ma mère ait envie de me voir.

Il y eut un silence gêné.

— Désolée, je ne devrais pas t'embêter avec mes problèmes.

— J'ai l'air embêté ?

Elle sourit et leva le nez vers le ciel.

— Je ne te connais pas assez pour le savoir.

— Alors tu n'as pas le choix, il faut me croire. Et je t'assure que ça ne m'embête pas du tout.

Cette affirmation la troubla. Mais ce qui la troubla plus que tout, ce fut le ton léger du garçon, et sa confiance en lui. Elle lui avait parlé d'elle, de ce qui la faisait souffrir. Elle n'en revenait pas. C'était la première fois qu'elle se livrait à quelqu'un. Même à Jonas, elle ne montrait qu'une petite partie d'elle-même. Les seules véritables gardiennes de ses secrets étaient les plantes auxquelles elle racontait ses douleurs et ses joies.

Mais Gabriel ne s'était pas contenté de l'écouter, et ses mots lui firent l'effet d'une caresse.

— C'est bien d'avoir quelqu'un. Pense à avant, quand tu étais seule.

Iris resta silencieuse. Elle n'avait jamais vu les choses sous cet angle. Jusqu'alors, elle n'avait éprouvé que colère, douleur, frustration. Elle n'avait jamais songé à construire. Elle se mordilla la lèvre inférieure, tandis que ses pensées suivaient le chemin indiqué par Gabriel. Quand ils arrivèrent au domaine, le portail était fermé. Gabriel descendit du vélo et lui fit signe de le suivre.

— On va prendre un raccourci, viens.

Elle était curieuse et en fut la première surprise. Elle voulait lui poser des tas de questions sur La Spinosa, sur lui. À son grand étonnement, car jamais encore elle n'avait éprouvé un tel intérêt pour quiconque. Mais elle ferma la bouche et ravala ses questions. Tout cela ne la regardait pas.

Ils montèrent vers la villa. Gabriel poussait le vélo et entretenait la conversation. Ils étaient presque arrivés devant la maison quand il s'arrêta.

— Il vaut mieux que tu y ailles seule.

Iris leva la tête vers lui, interdite.

— Pourquoi ? C'est après moi qu'ils en ont, ça n'a rien à voir avec toi.

— Tu comprends pas, hein ? demanda-t-il en haussant les sourcils, avant de faire une pause puis d'ajouter : Pourquoi est-ce qu'ils sont en colère ?

— Parce que je suis partie sans les prévenir. Mais je ne pensais pas qu'ils s'inquiéteraient comme ça…

L'air confus disparut du visage de Gabriel et laissa place à un large sourire. De la main, il indiqua la villa.

— Stefan dit que ton père est un brave type. Tu vas avoir droit à quelques reproches affectueux, c'est pas si grave. Le silence est bien pire. Crois-moi.

Il sortit le pot du panier et le lui tendit.

— Je vais ranger le vélo.

— Merci.

En faisant demi-tour, ils virent Francesco et Giulia les observer depuis l'esplanade.

— Grand-mère ! cria Iris en agitant la main.

— Et ce vélo, il existe encore ? Ça alors, je n'y crois pas ! Il existe encore !

Iris se mordilla la lèvre.

— Je l'ai trouvé dans la cabane, là-bas. J'ai fait attention, je ne l'ai pas abîmé.

Giulia lui lança un regard perplexe.

— Ce qui me sidère, c'est que tu sois parvenue à le faire rouler. Je ne me souviens même pas de la dernière fois où il a servi.

Gabriel se pencha et salua Giulia de façon protocolaire.

— Bonne soirée à tous. Iris, ça a été un plaisir.

Elle le rattrapa, le saisissant du bout des doigts par la chemise.

— Merci, Gabriel.

— Non, Iris, merci à toi.

19

Se consacrer à la culture des plantes sans rien demander en retour si ce n'est la joie de les voir pousser rend l'âme légère. Dignité et persévérance, voilà ce que symbolise le magnolia à grandes fleurs. Le Magnolia grandiflora *est une des plantes les plus décoratives. Délicate, elle demande un soin tout particulier : elle doit être plantée au printemps, dans un terrain riche en nutriments et bien drainé. Ses fleurs offrent au jardin un charme ancien. De croissance lente, elle aime qu'on lui raconte des histoires et qu'on lui fasse des confidences.*

Viola se réveilla allongée dans le pré, au milieu de l'herbe ondulant sous le vent. Elle battit des paupières, un peu perdue. Puis elle se souvint. Elle se trouvait en Italie, où elle était venue faire la connaissance de sa famille. Elle couvrit ses yeux de son bras, un gémissement aux lèvres. Elle devrait bientôt rentrer. Elle ne voulait pas que son père vienne la chercher, il avait failli le faire pour Iris l'autre jour, et elle n'avait aucune intention de le voir surgir devant elle.

Elle soupira en s'étirant. En réalité, elle n'avait pas la moindre envie de se lever. Elle décida de rester encore un peu dans le pré, il était si beau ! Tandis qu'elle cherchait une position plus confortable, une ombre passa devant elle.

— Salut.

Viola se redressa. Elle plissa les paupières, agacée.

— Qu'est-ce que tu veux ?

Iris se demanda encore une fois d'où venait l'animosité qu'elle lisait dans les yeux de sa sœur.

— J'ai fait quelque chose qui t'a fait de la peine ?

Viola haussa les épaules.

— Non.

— Alors, je ne comprends pas.

— Tu sais ce qu'on dit sur les liens du sang ? Eh bien, pour moi, c'est des conneries.

— Comment ça ? balbutia Iris.

Après sa conversation avec Gabriel, elle s'était dit qu'elle devrait insister auprès de Viola. Une approche directe et franche lui semblait une excellente solution. Sa sœur devait être une personne réservée. Aussi avait-elle décidé de retenter sa chance auprès d'elle. Malheureusement, cette nouvelle prise de contact se révélait bien décevante. Elle ne comptait pas abandonner pour autant. Elle soutint fièrement le regard de Viola.

— On est jumelles. Homozygotes, ce qui veut dire qu'on partage…

— Le même patrimoine génétique, bla bla bla. Tu me prends pour qui ?

Elle avait légèrement haussé le ton, sa voix était devenue âpre.

— J'ai une licence de botanique et je suis en master de *garden therapy*. Ne viens pas m'expliquer ce que veut dire « homozygote » parce que c'est peut-être moi qui pourrais te donner des leçons.

Iris sentit monter en elle une émotion indéfinissable. Ce n'était pas la première fois qu'on la rejetait, mais elle ne s'était jamais sentie blessée de la sorte. Elle déglutit et, une fois certaine qu'elle n'allait pas éclater en sanglots, elle répondit calmement :

— Je te félicite pour ton succès universitaire. Au passage, je n'ai jamais donné de leçons à personne, moi. Mais je connais les règles élémentaires de politesse, ce qui semble te faire cruellement défaut, malgré tes brillantes études. Excuse-moi pour le dérangement.

À cet endroit de la colline, l'herbe était haute, mais Iris s'en fichait. Elle continua à y glisser, comme une petite barque. Sa sœur n'était pas du tout comme elle l'avait imaginée. Elle était suffisante, antipathique. Elles étaient peut-être identiques, mais elles n'avaient rien en commun. Car elle n'aurait jamais même envisagé de s'adresser à quiconque comme sa sœur venait de le faire. Elle s'arrêta près de la rose qu'elle avait libérée quelques jours plus tôt. Elle paraissait indifférente à tout, dans sa placide sérénité. Gabriel avait bien fait de la dissuader de la dégager davantage : la rose avait grandi avec les herbes, elle ne les craignait pas. C'était elle qui s'était inquiétée pour rien. Elle qui avait eu l'impression d'étouffer. C'était comme si elle avait projeté son propre malaise sur la rose.

Et en fin de compte, le cœur du sujet était là. Dans les plantes, dans le jardin, c'était son propre reflet qu'on voyait. Chaque geste, chaque fleur, chaque travail de la terre était une expression de l'âme de celui qui l'avait effectué.

Elle avait libéré la rose. Et elle ? Avait-elle besoin d'air, elle aussi ? D'espace ? Depuis quand se sentait-elle oppressée ? Elle était confuse, comme fatiguée de tout. Puis elle regarda autour d'elle : qu'était-elle venue faire ici ? Rien n'était comme elle l'avait imaginé. Rien.

Elle pencha la tête, pressée par un besoin irrépressible de quitter cet endroit.

Mais pour aller où ? Elle ne trouvait pas de réponse, ce qui la désarçonnait.

« Il faudrait avoir un endroit où rentrer se réfugier chaque fois qu'on en a besoin. » La rose ondula sous le vent, Iris ferma les yeux un instant. C'était bien ça, une maison, non ? Elle considéra la villa, et un désir aigu lui transperça le cœur. Puis elle pencha la tête. « Mais moi, je n'ai pas de maison, je n'ai plus rien. »

La vérité était qu'elle n'avait aucun autre endroit où aller. Elle n'avait pas de travail, elle n'avait même plus vraiment d'appartement : elle n'aurait bientôt plus de quoi payer le loyer de son logement dans le Béguinage.

Elle s'agenouilla devant sa rose, les yeux pleins de larmes.

Giulia serra l'étoffe du rideau dans son poing. Heureusement, la journée avait été bonne et ses douleurs, tout compte fait, supportables. Elle inspira profondément et, par-delà la fenêtre, scruta l'horizon. Était-ce bien Iris qu'elle voyait là-bas, assise par terre ? À cette distance, elle ne pouvait pas l'affirmer avec certitude, et d'ailleurs ses deux petites-filles se ressemblaient comme deux gouttes d'eau. Mais elle avait l'intime conviction que c'était elle. Elle le lisait dans sa façon de courber les épaules, de pencher la tête. Elle était si délicate, cette petite.

Elle eut soudain l'air lointain, le regard absent. Puis elle revint sur Iris, qui paraissait désolée, seule. Tout comme Viola, malgré ses airs bravaches et son sourire méprisant. Elle sentit son cœur se serrer. Les deux jeunes filles auraient dû se soutenir l'une l'autre : n'avaient-elles pas subi la même chose ? Elle se concentra sur elles. Sur la façon dont elles s'étaient adressées l'une à l'autre, sur l'hostilité dans leurs regards, dans leur comportement.

Elle n'avait pas prévu cela. Trop occupée par ses espoirs de voir les jumelles Donati faire renaître le domaine, elle avait négligé tout le reste.

Leur présence à La Spinosa serait inutile si elles persistaient à se détester, c'était une évidence. Il ne suffisait pas qu'elles vivent toutes les deux sous le même toit. Il fallait bien plus que ça pour modifier le cours des choses et rendre au domaine sa splendeur d'autrefois. Quoi, exactement ? Giulia l'ignorait, car les récits de famille ne le précisaient pas. Mais tous s'accordaient sur une chose : les jumelles Donati étaient très unies et complémentaires. Elle eut soudain comme un éclair de lucidité : si elle ne s'était pas immiscée dans la vie de son fils, Viola et Iris auraient grandi ensemble, et aujourd'hui elles s'aimeraient.

Elle soupira, découragée. Tout était tellement confus.

— Elles ne sont pas prêtes, elles se supportent à peine.

Fiorenza s'approcha, les doigts sur le rideau, les yeux sur la frêle silhouette d'Iris.

— Avec le temps, elles apprendront à s'aimer. Tout de même, elles sont sœurs. Tu verras.

— Mais nous n'avons pas le temps d'attendre. Le jardin n'a pas le temps.

Fiorenza pinça les lèvres.

— Tu sais ce que j'en pense. Continue ta fixette sur cette histoire, et tout ce que tu obtiendras c'est leur départ. Crois-moi.

Giulia se laissa tomber dans le fauteuil à côté du lit, la tête entre les mains.

— Je ne sais plus quoi faire.

Fiorenza lui coula un regard plein de compassion. Puis, son visage s'illumina.

— Et si tu leur racontais l'histoire de tes parents ? Parle-leur de l'histoire des Donati, mais sans trop en faire : les jeunes n'aiment pas qu'on tresse des lauriers à leurs glorieux aïeuls. Raconte-leur comme ils ont souffert, dis-leur ce qu'ils ont enduré pour se faire une place dans ce monde. Dis-leur aussi les erreurs qu'ils ont commises, et parle-leur de leurs amours.

Rigide comme une statue, Giulia écoutait Fiorenza. Elle leva enfin la tête.

— Alors là, aucun doute, elles s'enfuiront.

— Bah ! Parfois, on ne dirait pas que tu es mère ! Tu ne comprends pas les jeunes. Ils ont besoin d'exemples, pas de leçons. Et savoir que l'on peut tomber et se relever, c'est un exemple édifiant.

Giulia dut faire un effort pour s'agripper à la réalité. Les mots de Fiorenza l'avaient ébranlée au plus profond d'elle-même. Comment réagiraient ses petites-filles si elle leur racontait ce qu'elle avait été capable de faire ? Si elle leur livrait son secret ?

— Non, ce n'est pas de cela qu'elles ont besoin. Ce ne sont pas de vieilles histoires qui vont les réunir.

Fiorenza fit une grimace puis secoua la tête.

— Eh bien, fais donc comme tu veux. Mais pourquoi tu me poses des questions si tu as déjà décidé de ce que tu voulais faire ? Tu pourrais leur parler de ta tante Matelda et de son soldat. Ou de quand tu as chassé du domaine ce Cosimo Baci qui voulait prendre possession de La Spinosa. Je regrette de ne pas avoir été là, j'aurais aimé voir ça.

— Ne parle pas de cet homme. Tu sais que je ne veux pas que l'on prononce son nom dans cette maison. De toute façon, il est mort et enterré depuis des dizaines d'années.

Elle se leva et se dirigea vers la fenêtre, l'air inquiet. Sa petite-fille était encore là.

— Elle a un regard si doux, émerveillé. On dirait une enfant.

— Sa sœur ne va en faire qu'une bouchée.

— Ne sois pas si sûre de toi. Ce sont les circonstances qui révèlent la vraie force. On ne peut jamais dire avec certitude de quoi une personne serait capable.

Un souvenir affleura dans sa mémoire et la fit tressaillir. Non, vraiment, personne ne savait de quoi un individu était capable. Elle repoussa cette émotion qui l'avait assaillie à l'improviste et s'essuya les yeux furtivement.

Fiorenza s'approcha d'elle. Elle sentait le biscuit à la rose, le pain tout juste sorti du four. Elle se frotta les mains sur son tablier.

— Chaque fois que je regarde cette petite, mon cœur se serre.

Giulia sentit un courant obscur s'agiter en elle.

— Tu ne devrais pas avoir pitié d'elle. Elle est forte, c'est une vraie Donati. Tu ne le sais pas encore, c'est tout, répondit Giulia d'une voix basse et tourmentée.

— Je voulais seulement dire que ce n'était qu'une enfant. Et la souffrance est comme imprimée sur son visage.

— Nous souffrons tous, dès notre naissance. C'est la vie. De même nous rions, répliqua Giulia. Il faut qu'elle cesse d'importuner ce pauvre rosier et qu'elle s'occupe de choses plus importantes.

Puis elle tendit le bras en ajoutant :

— J'ai décidé de suivre tes conseils : prends le sac de graines. Vérifie que les sachets sont pleins. Je lui parlerai de ma mère qui l'a fait confectionner tout spécialement.

Fiorenza sourit.

— Je prends les outils de jardin rouges, leurs manches sont assez petits. Comme ça elle arrêtera de s'écorcher les mains.

Giulia acquiesça.

Elle avait été impressionnée par le comportement d'Iris. Ce désir de toucher la terre, les plantes, d'utiliser ses mains pour faire ce que des outils auraient fait vite et mieux, mais avec moins de fougue et de sentiments. C'était ce lien profond qui unissait la jeune fille à la terre et aux plantes qui l'intéressait.

— D'accord, mais dépêche-toi, le soir va bientôt tomber et je n'aime pas rester dehors après le coucher du soleil.

— J'arrive tout de suite.

À son retour, Giulia attendait Fiorenza sur le pas de la porte.

— Tu es venue seule jusqu'ici ? Mais tu es folle !

— Je me sens bien, je t'assure. Et maintenant aide-moi, plutôt. J'ai des choses à raconter à ma petite-fille. Immédiatement.

20

L'utilisation des fleurs en cuisine remonte à des milliers d'années : les Grecs et les Romains s'en servaient déjà dans leurs préparations. Le freesia – Freesia *– peut constituer une base de sirops, et décorer les soupes et les risottos. Le parfum intense et frais et la vaste gamme de couleurs de cette plante vivace bulbeuse apportent une touche de gaieté, qui transforme les parterres et les balcons en des explosions de plaisir. Facile à cultiver, il aime les sols légers, sableux, toujours bien drainés. Il lui faut un emplacement à mi-ombre mais lumineux. Dans son immense générosité, il continue à fleurir jusqu'en été. Il symbolise l'amitié.*

Cela faisait un bout de temps que Viola regardait sa sœur. Depuis sa cachette sur la colline en surplomb de la villa, elle la voyait bien. Mais que faisait-elle, agenouillée sur l'herbe ? Et voilà que leur grand-mère et sa vague parente, Fiorenza, l'avaient rejointe. Qu'est-ce qu'elles pouvaient bien se raconter ? Elle s'approcha un peu, en prenant soin de rester dissimulée ; quand elle se rendit compte qu'il était presque impossible de les entendre, elle soupira, puis s'assit sur une pierre. Elle sortit son téléphone de sa poche et ouvrit les contacts. Le sourire de William se matérialisa devant elle. Le jour de son départ, il avait insisté pour l'accompagner à l'aéroport et, un instant avant l'embarquement, il l'avait serrée contre lui en disant « Je meurs d'envie de t'embrasser ». Mais il ne l'avait pas fait. Il savait qu'elle n'était pas prête. Ce qui l'avait encore plus bouleversée que n'importe quel baiser. Elle sourit en se remémorant ce doux moment. Certaines personnes ont le don de vous rendre heureux par le simple fait d'exister, et William en faisait partie. Elle était tentée de lui passer un coup de fil. Elle lui avait expliqué qu'elle ne savait pas bien ce qu'il attendait, mais qu'elle l'appellerait dès que possible. Elle appuya sur la touche, puis patienta. Silence. Depuis qu'elle était arrivée en Italie, elle avait l'impression d'être à l'écart du monde. Puis elle réfléchit un peu. Cela n'avait pas commencé à son arrivée en Italie, mais au moment où elle avait franchi le portail du domaine.

C'étaient les champs, les arbres et la villa qui avaient fait naître cette sensation. Chaque fois qu'elle pensait à cette demeure, elle ressentait ce même désarroi qui l'avait cueillie quand elle l'avait vue pour la première fois. La majesté de ses dimensions, ses deux ailes latérales semblables à des bastions, qui lui donnaient des allures de forteresse trônant sur la colline. Si les fenêtres anciennes mais encore intactes étaient ornées de pierres et de plaques d'albâtre, d'autres, moins bien conservées, étaient comme des orbites vides, et les frises et les cadres qui les décoraient ne faisaient que souligner leur aspect terrifiant. Viola n'avait pas eu peur, cependant. Elle avait continué à la contempler, fascinée, tout en laissant libre cours à sa fantaisie : qui avait habité en ces lieux, qu'avait-il pu s'y passer ? Son imagination était un fleuve en crue. Des chevaux. Elle avait cru entendre les hennissements, les sabots sur les pavés, les exhortations des cavaliers. Des hommes et des femmes s'étaient promenés entre les haies de buis qui divisaient géométriquement le jardin à l'italienne. En faisant attention on pouvait encore apercevoir leurs traces. Viola les avait tout de suite reconnues. La fontaine toute ronde était indemne, juste recouverte d'herbe. Elle paraissait récente. Au cours des siècles, on avait dû ajouter des chambres, des cours, des tourelles, des écuries et des cabanes au corps principal de la villa. Le résultat était un mélange de styles, comme si personne ne s'était jamais vraiment soucié de l'aspect général de la construction. Il y avait un peu de tout : de la pierre, du bois, des briques et du ciment. En Angleterre aussi elle avait vu des juxtapositions similaires, mais là-bas il y avait toujours un fil rouge qui reliait entre eux les différents éléments. La demeure des Donati, au contraire, semblait plutôt s'être adaptée aux exigences, comme si la maison s'était transformée en même temps que la famille.

Les plantes aussi avaient apporté leur contribution. Elles ne s'étaient pas simplement limitées à recouvrir les hauts murs en s'infiltrant à l'intérieur ; de temps en temps, le feuillage d'un arbre dépassait entre les brèches d'un toit à moitié effondré.

Et puis il y avait le jardin.

Lui aussi avait ses secrets. Il y avait comme une ombre qui l'engloutissait. C'était avant tout une atmosphère ; on aurait dit qu'il souffrait d'une maladie inconnue. On n'y voyait pas la moindre fleur, comment était-ce possible ? C'était le printemps, les champs auraient dû être couverts de pâquerettes. Et elle n'avait pas vu non plus le moindre papillon, pas même une abeille…

Elle cessa de regarder le ciel pour se concentrer à nouveau sur son téléphone. La batterie était déchargée. Elle soupira de déception. Elle appellerait William une autre fois, pensa-t-elle, en cherchant à nouveau les trois femmes des yeux. Mue par la curiosité, elle se dirigea vers le sentier et les rejoignit en quelques minutes.

— Bonjour.

Viola les salua de la main. Quand toutes trois se retournèrent, mal à l'aise, elle se mit à se balancer d'un pied sur l'autre.

— Qu'est-ce que vous faites ?

— J'ai trouvé quelque chose et j'ai pensé que ta sœur serait contente de l'avoir, répondit Giulia.

— Ah oui ?

— Ce sont des graines, regarde comme elles sont belles !

Le sourire d'Iris la cloua sur place. Elle aurait au moins dû lui faire la tête. Mais comment Francesco l'avait-il donc élevée ? Cette fille ne possédait pas une goutte d'amour-propre. Voilà, à cause d'elle elle se mettait à parler comme sa mère… Des émotions s'agitèrent en elle. Elle les repoussa fermement. Et quand Iris lui montra le vieux sac plein de graines, elle vit ses yeux : ils brillaient comme ceux d'une petite fille. Et ce sourire, bon sang ! Quand avait-elle souri ainsi pour la dernière fois, elle ? Sa mauvaise humeur disparut et laissa place à une envie absurde de demander pardon à sa sœur. Et de la serrer dans ses bras.

— Tu avais déjà vu une telle récolte ?

La question d'Iris la ramena à la réalité.

Elle s'efforça de prendre un air intéressé. C'était des graines, quoi ! Sa sœur s'enthousiasmait vraiment pour rien. Puis elle fronça les sourcils. Non, non, ce n'était pas exactement « rien ».

— Fais-moi voir ça un peu !

— Tiens, voilà. Tu savais qu'il existait des delphiniums rouges ? dit-elle en montrant l'illustration sur le sachet. Et regarde, là, ce sont des anémones. Mais je n'en avais jamais vu de semblables. Leur couleur est particulière, et leur taille aussi… Qu'est-ce que ça peut être d'après toi ? Moi je trouve qu'elles ressemblent aux fleurs de Caterina.

Viola leva la tête.

— Caterina ? Qui c'est, celle-là ?

— La dame aux fleurs blanches, celles que j'ai trouvées à Volterra… Comme personne ne s'en occupait, je les ai prises.

Le premier moment de stupeur passée, elles se mirent à parler toutes en même temps, intriguées par cet épisode. Francesco, qui venait d'arriver, se glissa lui aussi dans cette discussion à bâtons rompus.

Viola sentit se dissoudre le poids qui pesait sur elle depuis le matin, il se transforma en un fourmillement, presque une chatouille. Puis elle sourit et, quand elle vit qu'Iris riait, elle se rendit compte qu'elle mourait d'envie d'en faire autant.

— Bref, je ne pouvais pas laisser ces fleurs mourir de soif là-bas, dit Iris pour conclure son récit.

Giulia ne répondit rien ; elle se tut, les yeux rivés sur le buisson de rhododendrons derrière les jumelles. Elle s'approcha de la plante et tendit une main. Les bourgeons étaient gros et gonflés. Elle se retourna vers Fiorenza et demanda :

— Tu as vu ?

— Tu crois que les mixtures de Gabriel ont fini par faire effet ?

— Ce sont des engrais naturels, Fiorenza. Un mélange efficace et simple. Pas des « mixtures ». Ce garçon est agronome, il sait ce qu'il fait, précisa Francesco.

Le lendemain de leur arrivée au domaine, il avait demandé à Stefan qui était le jeune homme qu'avait rencontré Iris, et quel était son rôle à la villa. Il le lui avait présenté et ils avaient discuté un peu. Ce qui l'avait le plus marqué était le respect de Gabriel pour les plantes et pour les sols. Son approche ne prévoyait aucun pesticide, aucun composé chimique. Le jeune homme avait mis au point une stratégie fondée sur de vieux remèdes traditionnels, modifiés d'après les dernières découvertes scientifiques. Francesco s'était retrouvé dans ces projets. À la différence que lui avait jeté l'éponge depuis de nombreuses années.

Giulia les ignora. Ils pouvaient bien dire ce qu'ils voulaient. Elle savait qu'il fallait chercher ailleurs les raisons de ce changement. Elle sourit sous cape, et une joie irrésistible la poussa à serrer dans ses bras ses deux petites-filles en leur disant :

— Je suis heureuse que vous soyez revenues.

Alors qu'elles allaient rentrer dans la villa, Viola s'arrêta devant la porte.

— C'est quoi cette inscription gravée dans la pierre ?

Tous levèrent les yeux. Sur le linteau étaient gravés quelques mots que le temps avait rendus presque illisibles.

Giulia les connaissait par cœur. Elle leur jeta un regard furtif et son sourire s'agrandit.

— Cette partie de la maison est plus récente que le reste de la villa. Elle a été construite par Fulvio Donati. Je vous parlerai de lui un de ces jours. À présent il est tard, il est l'heure de dîner.

Ils furent accueillis par la fraîcheur de la villa, et un parfum mêlé de cire et d'herbes séchées au soleil. Dans la cuisine, une soupe de légumes du jardin préparée par Francesco mijotait à feu très doux.

— Ça vous dirait de manger ici ?

D'habitude les repas étaient pris dans l'austère salle à manger, autour de la table massive, longue de plusieurs mètres, qui accueillait depuis toujours la famille Donati et ses hôtes ; les immenses buffets, fabriqués sur mesure quelques siècles plus tôt et entretenus avec un soin rigoureux, abritaient assez de vaisselle fine pour recevoir des dizaines de convives. Tout le monde, sauf Giulia, accepta la proposition avec enthousiasme.

Francesco servit la soupe dans les assiettes de terre cuite et ajouta un filet d'huile ; les jumelles dressèrent la table, Fiorenza coupa le pain. Giulia s'était assise un peu plus loin.

Francesco regarda autour de lui. À quand remontait la dernière fois où il avait cuisiné pour ses deux filles ? À la place des deux jeunes femmes, il vit les visages des petites curieuses qu'elles étaient alors : leurs museaux tachés de sauce tomate, des vermicelles jusque dans les cheveux. Leurs babillages incessants et leurs rires. Les coups d'œil indulgents de Giulia, et les regards pleins de ressentiment de Claudia. Et le sourire disparut de son visage.

Iris leva la tête.

— Quelque chose ne va pas ?

— Non, non, tout va bien.

Il recommença à manger, les yeux sur son assiette. Mais cette bouchée était bien amère, elle avait un goût de regrets, d'erreurs, de colère et de douleur. Quand il releva les yeux, et rencontra à nouveau le regard d'Iris, il se dépêcha de lui sourire. Sa fille était bien trop perspicace, et il n'était pas encore prêt à les affronter, Viola et elle. Le moment de leur raconter toute l'histoire n'était pas encore venu. Existait-il vraiment un bon moment pour cela ? Il en doutait, mais préféra ne pas y penser.

— Donc, en arrivant à Volterra, tu es tombée sur… un parterre, un jardin abandonné ?

— Mais non, c'était juste des marches pleines de vieux pots de fleurs.

Iris tint un instant sa cuillère au-dessus de son assiette, comme pour faire durer le suspense.

— La propriétaire est morte, et on ne sait pas où est son fils. Sa voisine m'a dit qu'à présent plus personne ne s'occupait de ces fleurs, dit-elle, l'air triste. Elles étaient toutes sèches. Je ne sais même pas si je vais parvenir à sauver celle que j'ai rapportée avec moi, et c'est dommage, parce que derrière il y a une histoire captivante.

— Comment ça ?

Viola ne quittait pas sa sœur des yeux, si bien que, quand elle se servit une autre portion de soupe, Fiorenza dut l'aider à ne pas en renverser.

Giulia se redressa en prenant appui sur la table.

— Caterina… je vous ai dit que la femme s'appelait comme ça, non ? Donc, Caterina s'était retrouvée seule et elle en souffrait terriblement. Un jour, elle est rentrée chez elle avec des semences qu'on lui avait offertes. Quand les plantes sont nées et que les fleurs ont éclos, elles étaient si belles et parfumées que tout le monde s'arrêtait pour les admirer. Un peu comme moi, quand je vais voir Jonas.

Viola tendit le cou.

— Jonas ? Qui c'est ?

— Un ami de la fam… un ami de papa, bredouilla Iris en regardant Francesco.

Viola les dévisagea. D'abord Francesco, puis Iris. Le nom de Jonas semblait cacher une dispute entre son père et sa sœur. La douleur furtive qu'elle avait lue sur les traits d'Iris lui fit comprendre qu'il s'agissait de quelque chose d'important. Elle en prit note mentalement en se promettant de lui demander des précisions plus tard.

— Ça fait très longtemps que je n'ai pas vu Jonas, comment va-t-il ?

Francesco posa sa cuillère sur la table tout en continuant de fixer Giulia. Elle ne s'était jamais intéressée à ses amis.

— Il a déménagé, à présent il vit sur une péniche, sur un canal d'Amsterdam.

— Pleine de fleurs et de chats, précisa Iris.

Viola se versa un verre de vin et enchaîna :

— Donc cette Caterina cultivait ses fleurs et tout le monde s'arrêtait pour les admirer. Eh bien, je ne vois pas ce qu'il y a de captivant dans ton histoire.

Iris déglutit, s'essuya les lèvres et acquiesça.

— Attends, c'est pas fini.

Elle se tourna vers Giulia, qui avait bu la moindre de ses paroles, les doigts crispés sur la table.

— Les fleurs sont très belles, mais le plus important ce sont les graines.

— Et pourquoi cela ? demanda Giulia d'un ton sec qui surprit la jeune fille.

— La voisine de cette dame, à Volterra, m'a donné le nom de quelqu'un. Et je crois que ça nous concerne.

— Explique-toi.

— C'était une certaine Bianca Donati qui avait offert les graines à Caterina.

— Bianca Donati..., répéta Francesco, songeur. Je ne me souviens pas avoir connu quiconque portant ce nom-là. Maman ?

Giulia ne répondit pas, les yeux baissés. Puis soudain elle se leva, s'appuyant à la table d'une main tremblante. Fiorenza lui apporta sa canne.

— Je suis fatiguée, je vais me coucher.

Quand les deux vieilles femmes eurent quitté la cuisine, Francesco, Iris et Viola échangèrent des regards perplexes.

— J'ai dit quelque chose de mal ? demanda Iris

Francesco lui effleura la main.

— Non, ma chérie. Ta grand-mère est simplement fatiguée.

Elle acquiesça, peu convaincue. Elle était confuse et ne savait plus quoi penser.

— D'après toi, papa, qui ça peut être, cette Bianca ? Tu crois que c'est quelqu'un de notre famille ? La dame de Volterra m'a suggéré de chercher du côté d'un jardin ou d'une serre. Je dois dire que tout cela m'intrigue beaucoup.

Francesco, absorbé dans ses pensées, ne quittait pas la porte des yeux.

— Peut-être, Iris. Ta grand-mère a toujours rechigné à raconter le passé. Moi-même je ne sais rien ou pas grand-chose sur notre famille. Bien sûr, je sais que nous descendons des Donati de Pise, et que le domaine est très ancien, qu'il a été transmis de génération en génération. Que cette propriété a été offerte à Goffredo Donati, en récompense de sa bravoure en Terre sainte. Mais pas grand-chose d'autre. Le passé était pour ma mère un sujet sensible, je crois que c'est à cause de mon père. Ça n'a pas dû être facile de m'élever toute seule.

— Toute seule ? Pourquoi ?

Francesco serra les dents.

— Je n'ai jamais connu mon père, d'ailleurs, je porte le nom de famille de ma mère. Votre grand-mère n'a jamais rien voulu me révéler, malgré mon insistance.

En réalité, l'obstination de Giulia à lui cacher jusqu'au nom de son père avait été la raison de la première grande rupture entre eux.

— Il l'a abandonnée avant ma naissance. La seule chose dont je sois sûr, c'est que, pour elle, aborder ce sujet a toujours été trop douloureux.

Les jumelles le dévisageaient, bouche bée.

L'espace d'un instant Francesco envisagea d'expliquer à ses filles qu'il n'avait jamais ressenti le manque de père, car, dans sa vie, Stefan Mannu avait rempli ce rôle. Il vivait au domaine, même s'il n'était que jardinier, et il avait toujours été là quand il avait eu besoin de lui. Parfois, il s'était même convaincu que c'était lui, son père, et franchement, aujourd'hui encore, il avait quelques doutes à ce sujet. Les rapports entre sa mère et lui avaient toujours semblé compliqués. Mais ils avaient une façon de se regarder qui n'échappait pas à un œil attentif. Cette intimité, cette familiarité dans les gestes qui parfois échappaient à leur contrôle, racontait qu'il y avait eu quelque chose entre eux.

Il se passa une main dans les cheveux. Il s'était même demandé si les choses auraient été différentes si Stefan avait été là le jour où il s'était disputé avec Giulia, et où il avait quitté La Spinosa avec femme et enfants. Mais il se rendit compte qu'il n'avait aucune envie de creuser cette idée.

— Je suis fatigué, moi aussi, je vais me coucher. Vous devriez en faire autant.

Les filles le suivirent du regard, jusqu'à ce qu'il disparaisse derrière la porte.

— Et si papa était vraiment le fils de Stefan ? demanda Iris.

— Pourquoi il ne le dirait pas, si c'était le cas ?

— J'en sais rien. C'est juste une impression. Quand Stefan l'a serré dans ses bras à notre arrivée, il avait les yeux brillants, il arrêtait pas de le regarder. Il était ému. Et papa aussi, tu sais. On voit qu'ils s'aiment beaucoup tous les deux. Et puis la façon dont ils se sont parlé… c'est pour ça que j'ai pensé que c'était peut-être son père.

Elles restèrent sans rien dire, chacune plongée dans ses pensées. Et quand Iris commença à débarrasser, Viola posa les assiettes dans l'évier pour les rincer.

— Viola, dis-moi… comment elle est, maman ?

C'était la question qu'elle redoutait depuis son arrivée au domaine. Viola déglutit. « Qu'est-ce que je vais bien pouvoir lui répondre ? » Ses réflexions furent immédiatement remplacées par des images. Elle prit un torchon et y posa les couverts.

— Elle a les yeux les plus grands et les plus doux que j'aie jamais vus. Et les plus tristes, aussi. Les cheveux courts, noirs, une grande bouche. Quand elle sourit, on croirait voir toute la joie du monde sur son visage.

« Dommage que ça n'arrive pas souvent », pensa-t-elle sans le dire.

Iris la fixait, avide d'en savoir plus. Mais Viola reposa violemment la louche sur la table et se pencha vers sa sœur.

— Toi, tu as papa, et tu as fait le tour du monde avec lui. Ça te suffit pas ?

Elle la planta là et partit en courant.

Une fois dans l'escalier, elle s'arrêta, le front collé au mur, écrasée par un poids qui ne cessait de croître. L'espace d'un instant, elle envisagea de faire demi-tour et de s'excuser, mais c'était impossible. Alors, elle se précipita dans sa chambre, montant les marches deux à deux, et claqua la porte derrière elle. Elle resta assise par terre, adossée à la porte, le souffle court, les bras autour des genoux, durant un temps qui lui sembla très long.

Quand elle entendit un bruissement dans la chambre à côté de la sienne, elle retint son souffle.

Iris en avait mis du temps, pour aller se coucher. Soudain, elle vit en pensée le visage de sa sœur, identique au sien, avec ses tout petits sillons qui se creusaient autour de la bouche et des yeux quand elle était sur le point de pleurer. Elle connaissait bien cette expression, elle l'avait vue mille fois dans la glace. Et tout à coup, elle ne sut plus qui était Iris et qui était Viola.

Elle chassa cette image dans un accès de colère. Mais elle avait beau tenter de diriger son attention ailleurs, tout faire pour ne pas songer à Iris, au fait qu'elles étaient parfaitement identiques, elle avait à présent l'impression de la porter en elle, de partager avec elle la moindre angoisse, la moindre émotion. Alors, elle courut à la fenêtre, qu'elle ouvrit en grand, mais cela ne servit à rien : Iris était plantée en elle comme un clou. Ses grimaces, ses sourires, ses peines, Viola les comprenait car elle les ressentait elle aussi, et les partageait intimement.

C'était comme se regarder dans un miroir, à la différence près qu'à la place du verre il y avait une autre elle-même.

Et soudain, c'en fut trop. Elle se déshabilla, donna un coup de poing à son oreiller et se glissa sous les draps tandis qu'une brise légère agitait les rideaux. Elle allait s'endormir quand le nom de Bianca Donati lui revint à l'esprit. Ça ne pouvait pas être une inconnue : en entendant ce nom, sa grand-mère avait failli s'étouffer et avait quitté la cuisine presque en courant.

La famille de son père cachait un tas de secrets. Le lendemain, elle appellerait Claudia.

Bianca

Cela fait des jours que les acheteurs vont et viennent dans les allées pour choisir les plantes que Lorenzo a hybridées. Bianca les déteste. À chaque pot qu'ils emportent, elle voudrait hurler.

— Pourquoi papa vend-il les rosiers ?

Sa mère lève les yeux de son registre et lui sourit.

— Nous avons beaucoup de dépenses à régler, nous ne pouvons pas compter uniquement sur nos recettes habituelles, dit-elle en se tournant vers la baie vitrée du salon. Nous avons eu des problèmes.

Sa voix s'adoucit.

— Tu ne veux pas poursuivre tes études ? Voyager ? L'année prochaine, tu auras vingt ans, tu es une femme à présent.

La simple pensée de quitter un jour le domaine l'emplit de terreur. Bianca court vers elle, lui saisit le bras.

— Ne me chasse pas, maman, je t'en prie.

— Ne dis donc pas de bêtises ! Tu es mon trésor, jamais je ne pourrais me séparer de toi.

De sa main douce, elle lui donne une caresse. Bianca se dégage brusquement.

Ines laisse retomber sa main. Une ombre passe dans son regard.

— Tous les enfants doivent aller à l'école et, toi, tu as fréquenté une des meilleures.

C'est vrai, certes, mais cela n'a rien de positif à ses yeux. Sa sœur, elle, n'est pas allée en pension ; elle est restée à la villa. Elle a suivi les leçons de son père. C'est elle son héritière.

Ines plisse le front, inquiète.

— Il faut que tu apprennes à être plus sociable, tu devrais sortir avec tes amis. Avec...

— Non, je ne veux pas. Tout ce que je désire est ici.

Elle n'aurait pas dû interrompre sa mère. Mais ces souvenirs sont comme un courant chaud sous sa peau, qui lui brûle la tête et embue ses yeux. Elle ne veut pas être aimable avec les gens, elle ne veut pas parler avec eux. Elle n'aime pas la façon dont les étudiants qui viennent suivre les leçons de son père la regardent, elle n'aime pas les amis de sa sœur. Ils la mettent mal à l'aise.

Elle pense à Stefan ; lui, c'est son ami.

Le seul. Ensemble, ils ont créé des fleurs secrètes.

Il la comprend, lui, ils n'ont pas besoin de longs discours, quand elle est avec lui, elle n'a pas besoin d'être une autre. Il connaît ses secrets, elle lui a même raconté cette fois où elle a jeté le livre dans le feu, puis a essayé de le récupérer, brûlant sa robe. Juste avant d'être envoyée en pension.

21

Le troène de Californie – Ligustrum ovalifolium *– est un arbuste sempervirent. Grâce à ses grappes de fleurs blanches, il crée de remarquables haies décoratives. Sa floraison estivale dégage un parfum délicat qui attire les abeilles. Facile d'entretien, il s'adapte à tous les sols et aime le soleil. Son arrosage doit être régulier. Ses branches sont souvent utilisées en vannerie. Dans le langage des fleurs, il symbolise la jeunesse.*

Giulia referma le livre, l'air pensif. Elle avait trouvé d'autres histoires dans ces vieux textes. Elle devait en remercier Fiorenza, c'était elle qui lui avait suggéré de raconter aux jumelles les secrets de famille.

Elle soupira et sentit son estomac se nouer.

Quand elle ne serait plus là, Viola et Iris pourraient découvrir tout ce qu'elles voulaient ; d'ailleurs, elle veillerait à leur fournir tous les papiers et documents nécessaires. Elle ferma les yeux un instant. Elle allait même faire plus que ça.

L'image d'une boîte pleine de lettres se forma dans son esprit : elle les leur remettrait. À la fin de cette histoire, si tout se déroulait comme elle l'escomptait, elles seraient définitivement débarrassées d'elle. Alors, et pas avant, elle ferait en sorte qu'elles trouvent tout. Ce serait son cadeau d'adieu.

Elle ne s'attendait pas à ce qu'on la comprenne, c'était tout bonnement impossible. Elle-même, quand elle repensait à ce qu'elle avait été capable de faire, elle ne parvenait pas à comprendre. Au fond, c'était presque une chance pour elle d'avoir été malade. Comme si, durant cette période où elle avait oublié qui elle était, une autre Giulia était née. Et cela l'avait rassérénée. Elle espérait seulement que les jumelles trouveraient un jour la force de lui pardonner ; pour l'heure, l'important était de remettre les choses en ordre. Après avoir tout détruit, elle allait réparer ses erreurs.

Elle s'approcha de la bibliothèque et rangea le gros volume à sa place. Derrière une étagère, une porte cachée menait à un couloir de service depuis lequel on pouvait accéder à toute la maison. Elle passa à côté des chambres des jumelles et s'arrêta un instant, les yeux rivés sur la paroi qui la séparait d'elles.

La veille au soir, quand elle avait confié le sac de graines à Iris, quelque chose s'était produit qui l'avait bouleversée. Le jardin avait commencé à réagir. Elle en était sûre. Il répondait à leur présence. Non, se corrigea-t-elle, pas à leur simple présence, mais à leur réunion. Et c'était prévisible, car c'était déjà arrivé par le passé. Elle ferma les yeux et revit le parc comme il était quand elle était petite : des fleurs, des parfums. Et des couleurs !

Il fallait que ces deux-là apprennent à s'entendre, à s'aimer. Une fois qu'elles auraient trouvé l'harmonie, le jardin ferait le reste. Entre-temps, elle leur donnerait à toutes les deux certaines informations capitales pour comprendre la nature et les plantes. Elle décida qu'elle avancerait doucement, un pas après l'autre. D'abord, elle ferait en sorte que les deux jeunes filles passent le plus de temps possible ensemble. Découvrir que les jumelles possédaient des compétences dans le domaine botanique lui avait procuré un grand soulagement, mais ce n'était pas suffisant. Elles manquaient de pratique, de volonté, elles n'avaient jamais considéré le jardin comme un ami. Elle devait faire en sorte que ses petites-filles s'attachent à lui, qu'elles l'aiment. Et elle devait parfaire leur instruction. La seule façon de réussir à se rapprocher d'elles était de les impliquer dans un projet commun. Pour cela, elle pouvait remercier Viola, et peut-être Fulvio Donati, qui avait fait graver ces mots au-dessus de l'entrée menant à la partie de la villa où Giulia avait choisi de vivre.

Elle jeta un coup d'œil à son bureau. Le parchemin était là, bien en vue.

Elle sourit en elle-même. Il lui avait fallu un peu de temps pour le dénicher. Il avait fini dans un des classeurs de la bibliothèque. Elle avait dû retourner là-dedans pour le récupérer. Elle n'aurait aucun secret pour ses petites-filles, elle leur raconterait une histoire particulière, dans laquelle elles devraient s'impliquer, sur laquelle elles pourraient projeter leurs rêves et leurs désirs. Si son plan se déroulait comme elle l'avait prévu, les jumelles commenceraient alors à collaborer.

Depuis des siècles, tous les Donati apprenaient, au cours de leur première année d'instruction, les « cinq étapes de la connaissance du jardin ». Mais pas Francesco. Pour son fils, elle avait voulu une éducation classique, normale. De sa famille, elle ne lui avait raconté que l'essentiel. Mais c'était un Donati, lui aussi, et bon sang ne saurait mentir. Ainsi, contre son avis, il était devenu botaniste, comme son grand-père Lorenzo, alors qu'elle avait tout fait pour l'en empêcher. Elle se passa une main sur le visage. « Mon Dieu, combien d'erreurs commises vais-je encore devoir regretter ? »

Iris n'avait jamais été du genre à ressasser les choses. Pourtant, ce matin-là, elle ne parvenait pas à se débarrasser des pensées qui l'avaient empêchée de dormir une bonne partie de la nuit. La mystérieuse Bianca Donati et ses étranges fleurs. L'hostilité de Viola. La réticence de son père. Où était passé cet homme qui l'avait élevée et lui avait enseigné le concept de justice ? Sans parler de sa mère… Pourquoi n'était-elle pas venue à La Spinosa ? À tout cela s'ajoutait son inquiétude pour l'état de santé de Giulia.

Sa grand-mère avait conquis son cœur au premier coup d'œil. Elle ne comprenait pas comment c'était arrivé, mais elle avait instinctivement éprouvé le besoin de la serrer dans ses bras, de la protéger, comme une plante trouvée à la fin d'un marché, abandonnée dans un coin. C'était absurde. Giulia Donati n'était pas fragile, ni pauvre, mais derrière son regard dur et plein d'orgueil elle avait aperçu quelque chose qui l'avait émue. C'était peut-être à cause des histoires qu'elle lui avait racontées ; au fond, ces histoires lui faisaient du bien. Pendant des années, elle avait cru qu'elle était bizarre, différente. Beaucoup de gens avaient des affinités avec les animaux, mais ceux qui parlaient avec les plantes étaient tenus, dans le meilleur des cas, pour des excentriques. De temps en temps, elle repensait à la fée des fleurs. Les femmes de la famille Donati avaient toujours nourri une passion instinctive pour les plantes, elle tenait peut-être la sienne d'elles.

Elle finit de s'habiller et descendit. En quelques jours, sa vie avait changé, elle avait l'impression d'être une pale d'un moulin à vent de Zaanse Schans. C'était un des seuls souvenirs qu'elle gardait de ce petit village hollandais, qu'elle avait visité quand elle avait huit ans. Ça, et la sensation de monter et de descendre. Elle ferma les paupières en s'accrochant à cette image, qui lui revint en mémoire avec une clarté déconcertante. Du domaine, en revanche, elle n'avait gardé aucun souvenir, pas plus que de sa mère ou de sa sœur. Et cela l'emplissait de tristesse.

Elle n'aimait pas le silence qui régnait dans la maison, elle avait l'impression d'avancer dans le vide. Elle se dépêcha d'atteindre la cuisine. Elle regarda autour d'elle ; dans la pièce flottait un vague parfum de café.

— Je suis là !

Elle se retourna tout à coup et vit sa sœur assise à table.

— Salut.

Viola leva les yeux vers le vaste plafond.

— Cette maison est merveilleuse, hein ?

Elle tenait dans une main une tasse de porcelaine, dans l'autre un biscuit.

— Ça te dirait de partir en exploration ?

— On n'a pas le droit, tu as entendu ce qu'a dit notre grand-mère.

Elle détesta le regard que lui jeta sa sœur. Elle se servit du café. Il était encore chaud.

— Je vois, tu es du genre à écouter ce qu'on te dit.

— Alors que toi tu es du genre à te moquer éperdument des gens qui t'entourent, pas vrai ?

Viola plissa les yeux.

— Tu ne sais rien de moi, ne parle pas de ce que tu ne connais pas.

— Ça vaut pour toutes les deux, non ?

— Touché.

Viola sourit d'un air si mélancolique qu'Iris regretta de s'être laissé entraîner dans cette discussion. Elle tenta d'ignorer la sensation pénible qui commençait à naître dans sa poitrine. Elle mourait d'envie de visiter la villa, mais elle était en colère. Quand on est en colère, on dit des choses idiotes, et on en fait de plus idiotes encore. Une bonne raison d'éviter soigneusement de s'impliquer dans les disputes, comment avait-elle pu oublier ça ? C'était d'ailleurs une querelle idiote qui lui avait coûté sa première véritable amitié. Ensuite, son père et elle avaient quitté le Brésil, et elle n'avait jamais pu tirer au clair ce différend avec Lucinda. Elle inspira profondément et sourit.

— Excuse-moi, je ne voulais pas être désagréable.

Viola la considéra longuement, puis elle pencha la tête sur le côté et sourit.

— Ça fait drôle de voir quelqu'un qui te ressemble autant, mais qui est si différent de toi. Vraiment, à part le physique, on n'a rien en commun, toi et moi. Rien. Moi, je ne me serais jamais excusée. Tu devrais arrêter, tu sais, ça te donne l'air stupide.

Toutes les bonnes intentions d'Iris se volatilisèrent en un instant.

— Tu fais partie de ces gens qui confondent la gentillesse et la bêtise, Viola ? Tu me déçois, je te croyais plus intelligente que ça.

Sa sœur pointa un doigt dans sa direction, l'air narquois.

— On n'avait pas dit qu'il ne fallait pas juger les gens trop vite ?

Mais pourquoi diable continuait-elle à lui montrer une telle hostilité ? Elle n'était pas simplement en train de la charrier, non, c'était plus sérieux que ça. Iris se regarda avec les yeux de Viola, et ce qu'elle vit ne lui plut guère. Car, contrairement à sa sœur, elle voulait plaire. On pouvait même dire que c'était ce qu'elle désirait le plus.

— Tu n'es pas vraiment quelqu'un d'aimable, tu sais ? Et puis de toute façon, tout ce qui est arrivé, c'est pas ma faute. Moi je ne t'ai rien fait, tu n'as aucune raison de m'en vouloir. On est toutes les deux dans le même bateau, t'as déjà oublié ?

Viola se leva d'un bond.

— Eh bien, dis-moi, petite sœur, qu'est-ce que ça change, exactement ?

Iris ne voulait pas de ces yeux pleins de colère dardés sur elle, elle ne les supportait pas, elle leva les mains devant elle, en signe de reddition.

— Je n'ai aucune envie de me disputer avec toi.

Pour elle, la discussion était close ; elle se tourna vers la porte et passa à autre chose.

— Où sont les autres ?

— Ton père est sorti avec Stefan, je n'ai pas vu notre grand-mère.

Une vague de colère la cloua sur place.

— C'est aussi *ton* père, Viola !

— Non, Iris, tu te trompes. Un père, c'est quelqu'un qui s'occupe de toi tous les jours, qui te console, qui t'accompagne, qui te guide, et qui, parfois, te gronde. Personne n'a fait ça pour moi, personne.

Elle baissa la voix jusqu'à ce qu'elle ne soit plus qu'un murmure :

— Je n'avais pas de père pour me prendre dans ses bras quand je me réveillais en pleine nuit. Personne ne m'attendait devant le portail les premiers jours d'école, ni pour les anniversaires, ni aucun de tous les autres jours où j'avais besoin de comprendre, de savoir que les erreurs peuvent avoir des yeux magnifiques et un sourire charmeur, plein de fausses promesses. Il aurait dû être là et, au lieu de ça, il m'a abandonnée. C'est comme ça. C'est ton père, pas le mien, il ne l'a jamais été !

Elles se fixèrent un instant, puis Iris se jeta dans ses bras et la serra contre elle.

— Je suis désolée.

Viola se raidit, mais au lieu de la repousser elle se blottit contre elle.

— Je ne sais pas ce qui m'a pris, ne fais pas attention.

— C'est pas grave, ça m'arrive aussi.

« Je sais », pensa Viola, troublée par ces mots qu'elle n'avait pas prononcés. Elle ne dit rien, se contentant d'afficher, comme toujours, un sourire ironique.

— Si vous avez fini de déjeuner, votre grand-mère vous attend dans la serre.

Surprises, elles se retournèrent. D'où était donc sortie Fiorenza ?

— Oui, bien sûr. Comment va-t-elle ? demanda Iris en la fixant d'un air étonné.

— Elle a connu des jours meilleurs. Allez-y, c'est la première porte à droite, au fond du couloir, dit-elle en montrant le chemin du doigt.

— Et toi, tu ne viens pas ? demanda Viola.

Fiorenza secoua la tête.

— Elle a quelque chose d'important à vous dire, rien qu'à vous deux.

Elle enfila et noua rapidement un tablier qu'elle venait de sortir d'un tiroir du buffet.

— Et maintenant, allez-y, dépêchez-vous.

Les filles s'empressèrent de débarrasser, puis elles prirent le couloir qu'avait indiqué Fiorenza.

— Qu'est-ce qu'elle veut nous dire d'après toi ?

Viola haussa les épaules.

— Elle veut peut-être nous révéler qui est Bianca Donati.

— Tu crois ? Je pense que c'est quelqu'un de la famille.

— Bien sûr qu'elle est de la famille, tu crois qu'il y a beaucoup de Donati dans la région qui ne soient pas de la famille ?

Iris haussa les épaules à son tour.

— Ça, on ne peut pas savoir. D'ailleurs, on ne sait rien du tout. Si ce n'est que la femme dont le portrait est accroché dans la salle à manger s'appelait Matelda et qu'elle a connu une fin tragique.

— C'est vrai ? demanda Viola, les yeux brillants. Comment tu le sais ?

— De temps en temps, Fiorenza laisse échapper une information.

Viola était fascinée. Il fallait qu'elle parle plus avec Fiorenza, qui devait savoir pas mal de choses.

— Peut-être que Bianca a fait quelque chose qu'il ne fallait pas, et qu'elle a été chassée de la maison, qu'est-ce que t'en dis ? Elle était peut-être le mouton noir de la famille. Grand-mère n'est pas spécialement réputée pour sa patience.

— Moi je trouve qu'elle a l'air d'une dame très gentille. Cela dit, c'est vrai qu'elle s'est tout de même brouillée avec papa.

Viola acquiesça. Elle ne voulait pas dire à Iris ce que lui avait confié sa mère au sujet de Giulia, pour une raison qui l'étonna elle-même : elle n'avait pas envie de décevoir sa sœur. Mais au fond, elle aussi avait du mal à reconnaître dans sa grand-mère la femme terrible qui avait fait fuir ses parents.

— Je me demande ce qui a bien pu arriver de si affreux entre eux pour les séparer aussi longtemps.

— Je crois que tout est lié, papa, maman, notre grand-mère…

— Ça a dû être quelque chose de très grave, se contenta de dire Viola. Ils ont abandonné un endroit aussi merveilleux que celui-ci, sans regarder derrière eux… Ici, il y a tout ce qu'on peut désirer.

C'était vrai. Iris ressentit à nouveau une sorte d'affinité avec Viola, qui la surprit autant que la première fois. Jusqu'alors, elle n'avait jamais senti une si grande harmonie avec qui que ce soit. C'était certainement un truc de sœurs, de jumelles.

Il faisait chaud dans la serre, l'air était chargé de parfums. Menthe, rue des jardins, verveine. Il y avait aussi quelques fleurs de cymbidium.

— Bonjour, grand-mère, Fiorenza nous a dit que tu voulais nous parler, dit Viola.

Giulia lisait, assise dans un fauteuil près de la fenêtre. Elle portait une longue robe de soie rouge, ses cheveux étaient lâchés sur ses épaules. Une barrette en forme de rose ornait une de ses tempes. Elle se tourna lentement, et fixa les jeunes filles un long moment.

— J'ai quelque chose à vous dire, approchez.

Les jeunes filles échangèrent un regard complice et obéirent.

— Bien sûr.

— Je voudrais vous montrer le domaine. Puisque vous vous y connaissez en plantes, il y a ici beaucoup de choses que vous pourriez faire…

Iris et Viola la contemplèrent, perplexes.

— Nous ?

Giulia fit de son mieux pour se calmer et mesurer ses paroles.

— J'avais l'intention d'arranger un peu le jardin. Ça fait longtemps que La Spinosa est fermée au public. Moi, je suis trop vieille pour changer la situation mais, vous, ça peut peut-être vous intéresser.

— Qu'est-ce que ça veut dire ? demanda Viola.

Instinctivement, elle avait saisi la main de sa sœur. L'espace d'un instant, Giulia crut entendre leurs pensées, leurs cœurs qui battaient fort et au même rythme.

— Autrefois, ce parc était ouvert au public. C'était un centre d'études botaniques. Il y a ici de nombreuses espèces presque introuvables ailleurs. Au cours des siècles, les Donati ont recueilli tous types de plantes : beaucoup de rosiers, des plantes grasses, grimpantes, des haies, des arbustes… Au fond, tout cela est aussi à vous. Réfléchissez-y, d'accord ?

— Bien sûr.

Iris ne savait que répondre. Elle était tellement émue qu'elle ne parvenait pas à se concentrer. Sa grand-mère était en train de leur demander, à elle et à Viola, de rester à La Spinosa.

22

Le mimosa d'hiver – Acacia dealbata *– est une plante qui donne du courage. Originaire d'Australie, elle peut atteindre des dimensions impressionnantes. Adaptée aux grands jardins ensoleillés, aux sols plutôt acides et bien drainés, elle ne demande pas de soins particuliers, mais elle craint le gel ; elle aime le soleil et les arrosages réguliers. Sa floraison précoce donne des fleurs jaunes et parfumées, qui égayent les mois précédant le printemps.*

Iris s'assit au milieu des feuilles, tandis que le parterre qu'elle voulait créer prenait forme dans son esprit. Il serait simple et ne suivrait pas un ordre géométrique. Elle avait choisi un espace délimité par des arbres, presque une clairière. Une petite canalisation de pierre apportait de l'eau, qui dégringolait ensuite le long du terrain en un dense réseau de rigoles.

La plupart des graines que sa grand-mère lui avait offertes étaient contenues dans des cônes de papier épais décoré. Elle en choisit deux qu'elle déroula précautionneusement dans sa main. Quelque chose était inscrit à l'intérieur de chacun, d'une écriture élégante et serrée.

Ancolie, bleue et violette. Grâce à elles, tu verras loin, elles t'offriront liberté et stabilité.

Qui avait donc écrit ces phrases ?

Marguerite : pureté, bonté. Plante-la où l'air est tiède, la terre forte, et elle te récompensera avec amour et douceur.

Iris ferma le sachet et en prit un autre. Chacun contenait une phrase. Un conseil. C'était comme une voix qui venait de loin. Elle sourit. Et si pour créer son parterre elle écoutait cette voix ?

Elle voulait de la force, pour affronter les épreuves qui l'attendaient. Alors, voici ce qu'il lui fallait : des œillets panachés.

Pour la douceur, elle prit les graines de marguerite, qu'elle plaça à côté des œillets.

Du courage… Y avait-il des fleurs qui donnaient du courage parmi les graines de sa grand-mère ? Elle examina les sachets un à un. Le voilà, le courage : l'hélianthème jaune. Elle se souvenait vaguement de cette fleur. Puis… de la patience, ah oui, il lui en faudrait, car elle sentait qu'il ne lui en restait plus beaucoup. Qu'y avait-il pour la patience ? Une autre marguerite, colorée, cette fois. Elle réfléchit un moment. Après tout, pourquoi pas ? Son jardin aurait l'aspect naturel d'une explosion de fleurs des champs. Elle sourit et chercha encore ; l'amour. Bien sûr, dans son jardin de l'espoir, il fallait qu'il y ait de l'amour. Alors elle planterait du genêt, symbole de l'amour éternel. Le genêt mettrait une vie entière à pousser. Mais c'était très bien ainsi. Subitement, elle fronça les sourcils. Elle n'avait jamais envisagé l'amour comme quelque chose qui pouvait durer toujours. L'idée même lui tordait le ventre. Mais enfin, que faisait-elle ? L'amour qui dure toujours, c'était un rêve, une chimère, une utopie qui n'apportait que souffrance. Elle savait parfaitement que les choses ne se passaient pas comme ça. Tout avait une fin. Elle tendit la main pour mettre de côté les graines de genêt. Mais le sachet s'ouvrit. Inquiète, elle regarda le parterre, pour vérifier qu'aucune graine n'y était tombée. « Mais qu'est-ce que je fais ? » Sa soudaine inquiétude la fit rire. Elle était vraiment en train de se laisser emporter par l'atmosphère du jardin. Qu'allait-elle y mettre d'autre ? Hum… un coquelicot ! Un rouge, symbole du souvenir… non, merci. Elle n'avait pas besoin de cela. Un coquelicot jaune, décida-t-elle. Un peu de richesse ne ferait pas de mal. Un peu de sérénité non plus, d'ailleurs : donc, un coquelicot rose. Elle eut un petit rire et se sentit légère.

Des fleurs, encore des fleurs, elle en voulait plus ! Des asters, pour la luminosité. La lumière, c'était toujours une bonne chose, pensa-t-elle. Et des lunaires, car il est fondamental d'être honnête, surtout avec soi-même. Elle ajouterait de la morelle noire, pour la vérité, et elle en planterait plus d'une graine : leur famille avait trop de secrets. Et enfin de la sauge : pour la santé, car on n'est jamais trop prudent.

Elle prépara le sol : elle bêcha, sarcla et nivela le terrain. Puis, suivant le plan qu'elle avait créé dans son esprit, elle commença à planter.

— Salut, Iris. Je peux t'aider ?

Elle leva la tête.

— Salut, Gabriel, je ne t'ai pas entendu arriver.

Il lui rendit son sourire.

— Tu étais trop occupée. Qu'est-ce que tu as planté ?

— Un peu de tout. Regarde, dit-elle fièrement en brandissant le sac de graines, c'est ma grand-mère qui me l'a offert.

Elle lui tendit les cônes de papier, qu'il ouvrit avec délicatesse.

— Tout cela semble très ancien et très bien entretenu.

— J'ai fait un parterre avec ces graines. Et cette fois, j'ai pensé à moi.

Gabriel observa le terrain, puis les graines. D'un geste rapide, il en fit glisser une poignée dans sa main.

— Les graines ont le même âge que le sac ?

Iris frissonna en saisissant ce que Gabriel sous-entendait. Elle considéra le parterre, et se sentit ridicule : ces plantes fleuriraient-elles jamais ?

— Je vais en ville, tu veux venir avec moi ?

— Je ne peux pas.

Elle aurait vraiment voulu l'accompagner, mais elle avait rendez-vous avec Viola et sa grand-mère.

Gabriel acquiesça.

— Bien sûr, excuse-moi. Il faut que j'y aille.

Iris le salua de la main. Pourquoi s'était-il excusé ? Elle haussa les épaules, ramassa ses outils et se dirigea vers la villa.

Viola et Iris pénétraient dans les appartements de Giulia pour la première fois. Dans l'entrée, il y avait un vaste salon avec un divan, des étagères aux murs, des tables basses et un bureau. La chambre à coucher donnait de l'autre côté. Au centre de la pièce débordant de livres trônait un lit à baldaquin. Assise dans un fauteuil, Giulia semblait tendue.

— Merci d'être venues me voir.

Ce jour-là, elles étaient censées se lancer dans l'exploration du domaine ensemble. Mais la vieille dame s'était soudain sentie mal.

— Comment vas-tu, grand-mère ?

— Je me sens faible. Mais heureuse, ajouta-t-elle en faisant un effort pour se redresser. Je voulais vous montrer quelque chose.

Elle avait envie de leur parler de son passé, de ce qu'elles devaient absolument savoir pour prendre soin au mieux du rosier de mille ans, des questions à poser aux voyageurs pour s'assurer qu'ils étaient en mesure d'emporter l'esprit du jardin hors des murs du domaine… mais c'était impossible. Il fallait qu'elles comprennent seules. Elle devait être prudente, sans quoi elle gâcherait tout.

— Vous voyez ce parchemin, sur la table basse ?

— Celui-là ?

— Oui, Iris, celui-là. Merci, maintenant va t'asseoir à côté de ta sœur. Tu veux bien lire la première ligne ?

— Contemplation, conscience, action, plaisir, vie.

Giulia ferma les yeux, sa voix accompagnant la voix délicate d'Iris, lui donnant de la force, et dans le silence de la chambre ces simples mots semblèrent acquérir de la profondeur.

— Qu'est-ce que ça veut dire ?

Elle s'enfonça dans son fauteuil, la tête penchée sur le côté, les yeux rivés sur Viola.

— Tu te souviens quand tu m'as demandé ce que signifiaient les mots gravés au-dessus de la porte d'entrée ?

— Oui, bien sûr.

— Eh bien, ce sont ces mots-là. On leur accordait une grande importance, c'était la devise de la famille. Cela vous plaît ?

Iris hocha la tête, sans cesser de sourire.

— Tu plaisantes, grand-mère ? Il n'y a pas si longtemps, nous étions seules au monde, et voilà que maintenant nous avons un château, un parc, et même une devise de famille !

— Quand j'étais petite fille, j'ai reçu un livre à l'intérieur duquel se trouvait ce parchemin, reprit Giulia en le montrant du doigt. À onze ans, ce sont des concepts difficiles à appréhender. D'ailleurs, personne n'exigeait de moi que je les comprenne. Mais moi, je ne le savais pas, j'ai donc passé des nuits entières à essayer de le faire. Je les détestais, mais je n'avais pas droit à l'échec. C'était une question d'honneur et d'orgueil. J'ai mis longtemps à saisir que le sens de ce qui nous arrive peut être long à se révéler. Souvent, nos actions peuvent sembler absurdes tant qu'elles ne sont pas terminées, mais il faut faire ce que l'on a à faire, et avancer pour découvrir leur signification.

Iris et Viola la fixaient en silence.

Giulia sourit.

— J'ai pensé que vous aimeriez avoir ce parchemin.

Elles la contemplèrent, étonnées et heureuses. Iris parla pour elles deux :

— Merci, grand-mère, il est magnifique.

Quand elles quittèrent l'appartement de Giulia, les jumelles étaient songeuses. Viola attendit un peu avant de s'adresser à sa sœur :

— Tu sais, Iris, quand j'ai vu le parchemin, ça m'a fait comme un choc. J'ai cru que notre grand-mère avait pris une feuille dans un vieil herbier et y avait griffonné quelques mots. Puis j'ai compris. Ce n'est pas elle qui les a écrits : on dirait plutôt un code très ancien.

— Et d'après toi, à quoi se réfère-t-il ?

Viola pénétra dans le hall, tenant toujours la feuille bien serrée entre ses doigts.

— Je n'en ai pas la moindre idée. Mais, dit-elle en désignant le parchemin, ce truc est vieux de plusieurs siècles. Si seulement j'avais mon ordinateur avec moi... Je ne pense pas réussir à entrer dans la base de données de l'université juste avec mon téléphone portable.

Elles sortirent, épaule contre épaule, les yeux rivés sur la feuille. Elles s'installèrent sur un banc derrière la villa.

— Sous la devise, il y a le plan d'un jardin divisé en plusieurs parties. On dirait une carte pour trouver quelque chose, non ?

Viola soupira.

— Regarde mieux, ce n'est pas si simple. Chaque section contient une série de plantes et de symboles...

Elle se tut un instant, puis examina les alentours.

— Non, c'est pas possible !

— Quoi ?

Viola se mordilla la lèvre.

— Rien. Si tu ne sais pas de quoi je parle, ça ne sert à rien que je t'explique.

— Tu sais ce que tu es, Viola ? Une idiote ! lança Iris, les joues empourprées, avant de s'éloigner.

— Non mais qu'est-ce qui te prend ? rétorqua Viola, abasourdie.

Iris ne se retourna même pas, submergée par la colère et un terrible sentiment d'humiliation.

Elle savait bien qu'elle n'avait pas fait de grandes études, mais était-il possible que même sa sœur ne la croie pas capable de comprendre une explication ? Elle commençait vraiment à en avoir assez.

Viola suivit Iris des yeux, bouche bée. Quand elle remarqua Gabriel, elle se leva. Leurs regards se croisèrent, et il lui fit un signe de la main. Viola fit semblant de ne pas l'avoir vu et rentra dans la maison. Elle n'aimait pas ce type, et surtout elle n'aimait pas la façon dont il regardait sa sœur.

Iris s'arrêta, le cœur prêt à exploser, penchée en avant, les mains sur les cuisses. Elle avait couru sans but, tentant d'oublier Viola, sa grand-mère, tout. Sa sœur était comme les autres, elle ne pouvait pas s'empêcher de tailler des costumes aux gens, en se fondant sur ses préjugés. Elle se remit en marche, emprunta un sentier pavé de pierres recouvertes d'une mousse sèche, et déboucha sur un petit plateau. Elle était triste et en colère. Elle prit un chemin qui montait. Devant elle, la colline s'étendait à perte de vue : des prés, des haies, quelques clairières entre les arbres. De temps en temps elle en remarquait un vraiment particulier, par sa forme ou ses dimensions extraordinaires. Des platanes, des peupliers, les chênes les plus communs, mais aussi des chênes verts, des chênes rouvres, des chênes chevelus. Et puis des saules, des sapins, des châtaigniers. Pourtant, quelque chose sonnait faux… Elle se concentra et vit enfin ce qui lui avait échappé au premier regard. Chaque plante, chaque buisson manquait de vigueur, et presque partout il y avait des feuilles et des branches sèches.

Après sa prise de bec avec Iris, Viola était retournée dans sa chambre. Elle avait lu un moment, l'oreille tendue, incapable de se débarrasser de la désagréable sensation d'avoir donné un coup de pied à un chaton. Pourquoi sa sœur était-elle si affreusement sensible ? Elle n'avait pas voulu la vexer, bon sang ! Elle avait attendu encore un peu qu'Iris revienne, puis elle avait fini par sortir. Elle voulait passer quelques coups de fil et dans la maison elle n'avait pas de réseau. Macérer dans son sentiment de culpabilité n'aurait servi à rien.

Parcourir les couloirs de la villa continuait à lui faire un certain effet. Elle déboucha à l'arrière de la maison ; de là, elle longea ce qui avait tout l'air d'avoir été un jardin à l'italienne et descendit le long de la route qu'elle avait empruntée avec Iris et son père lors de leur arrivée à La Spinosa. Il ne s'était écoulé que quelques jours, qui ressemblaient pour elle à une éternité. Le pré devint un sous-bois. Elle sortit son téléphone et s'arrêta un peu avant le mur d'enceinte, à côté d'un arc de pierre. Elle leva la tête et écarquilla les yeux. « Qu'est-ce que c'est que ça ? » s'exclama-t-elle en avisant la grosse cloche qui pendait sous l'arc. Viola connaissait toutes les constructions typiques des jardins antiques, mais elle n'arrivait pas à s'expliquer la présence de cette chose. La cloche était très éloignée de la villa, on ne l'utilisait donc pas pour appeler ses habitants. Mais à quoi pouvait-elle bien servir ? Le vent parvenait à la faire bouger un peu, mais il était trop faible pour la faire sonner. Les pierres de l'arc étaient sombres, couvertes de larges cercles de lichen. À côté, on remarquait un rosier tige, qui suivait en hauteur toute la structure.

Viola posa son doigt sur le tronc dont partaient de longs rameaux. Elle continua à tourner autour de l'arc, ses yeux faisant un va-et-vient incessant entre la cloche et le vieux rosier. Lequel des Donati l'avait donc planté là ? Elle s'assit par terre, les genoux contre la poitrine, laissant errer son regard devant elle. Puis elle se figea.

— Qui est là ?

Il lui avait semblé voir quelqu'un derrière les arbres. Elle resta sans rien dire, le regard fixe. Soudain, son téléphone sonna et la fit sursauter. Elle consulta l'écran et laissa échapper un soupir de soulagement.

— Maman, c'est toi, enfin !

— Bonjour, ma chérie, comment ça va ?

Viola ferma les yeux, son cœur battait fort. Sur ses lèvres apparut un sourire.

— J'ai failli mourir de peur, maman.

— Qu'est-ce qui se passe ? Qu'est-ce qu'elle a fait ? J'avais dit à ton père que c'était une erreur. Je le savais, je le savais !

Mais qu'est-ce qu'elle racontait ?

— Calme-toi, j'ai juste eu peur quand mon téléphone a sonné, parce que je ne m'y attendais pas. C'est tout. Cet endroit est incroyable.

— Tu veux dire horrible.

Viola était abasourdie.

— Mais qu'est-ce que tu racontes ? Je n'ai jamais vu un endroit pareil. La villa, le parc, les champs, le torrent et ces arbres séculaires. Ici, tout est tellement particulier. Tu sais, on dirait que ce jardin est une personne. Tu te souviens des fables que tu me racontais quand j'étais petite ? Celles qui parlaient des follets qui habitaient la forêt…

— Je ne vois pas le rapport.

— Eh bien, je ne sais pas, cet endroit m'y fait penser. Ça fait rien, laisse tomber.

— Tu es sûre que tout va bien ?

— Pourquoi je te mentirais ? Maman, ma grand-mère est adorable, elle est gentille avec moi.

Giulia l'avait prise dans ses bras, le soir où elle l'avait rencontrée. Et quand elles étaient restées seules toutes les deux, elle avait pris la chaînette où pendait une clé ciselée incrustée de petits diamants qu'elle portait au cou et la lui avait offerte. Viola en avait éprouvé un plaisir diffus, qui tenait à cette impression nouvelle de faire partie d'une famille. Elle effleura le bijou du bout des doigts. Elle aimait le porter, il devait être très ancien, à en juger par sa facture. C'était un objet chargé d'histoire, qui parlait du passé.

« Comme ça, je parviendrai à te distinguer de ta sœur », lui avait dit sa grand-mère. C'était vrai, elles se ressemblaient tellement, toutes les deux, que même leur père avait du mal à les reconnaître.

La voix de Claudia vint bousculer ses pensées.

— Méfie-toi de cette femme. Elle n'est pas celle qu'elle semble être. Je savais bien que cette histoire de maladie n'était qu'une excuse.

— Non ! Tu te trompes, rétorqua Viola en secouant la tête. Quand je suis arrivée, elle tenait tout juste sur ses jambes, et aujourd'hui encore elle a besoin d'aide. Parfois, elle a l'air complètement absente. Elle ne va pas bien, maman.

Elle fit une pause, l'hostilité de Claudia était presque palpable, malgré la distance.

— Pourquoi ne veux-tu pas me raconter ce qui s'est passé entre vous ? Au moins, je pourrais comprendre.

Le silence se dilata. Elle savait que sa mère n'avait pas raccroché, car elle entendait son souffle.

— Je te l'ai dit, elle me déteste, et c'est réciproque.

— Tu ne m'aides pas beaucoup, tu ne pourrais pas être plus précise ?

— C'est une histoire terrible, ça me fait mal d'en parler. Crois-moi, je n'ai pas besoin de ça.

Elle soupira, et après un autre long silence elle ajouta :

— Et… et elle, ta sœur ?

La réponse que lui avait donnée sa mère ne lui plaisait pas. Viola essaya de garder son calme, mais les réticences de sa mère commençaient à sérieusement l'agacer.

— Quoi, ma sœur ?

— Comment va-t-elle ?

— Elle m'a demandé de lui parler de toi. Et moi, je ne savais pas quoi répondre.

— Tu n'aurais jamais dû retourner dans cet horrible endroit.

Cet endroit n'avait rien d'horrible, pas plus que sa grand-mère. Le peu de patience qui restait à Viola disparut tout à coup.

— Maintenant ça suffit, maman ! Prends l'avion et rejoins-moi. Ta fille veut te connaître. Tu crois que c'est facile pour moi ? Et cet homme qui me tourne autour avec ses yeux de chien battu… Mon père n'a pas le courage de me regarder en face, tu comprends ? Il ne m'adresse quasiment pas la parole. Il se contente de m'observer quand il croit que je ne le vois pas. Et il pleure. Tu te rends compte, maman ? Tu sais ce que ça veut dire d'entendre un homme de cet âge-là pleurer en cachette ? Moi, oui. Je le sais, et ce n'est pas une sensation agréable, je te le garantis. Alors, ou tu prends l'avion et tu viens ici, ou bien moi je prends ma grand-mère, Iris et papa sous le bras, et c'est nous qui venons chez toi !

Quand elle entendit le signal sonore annonçant la fin de la communication, elle écarquilla les yeux.

— Quelle tête de mule !

Elle étouffa un geste de colère. Elle n'en pouvait plus de toute cette histoire. Pas un pour rattraper l'autre ! Elle prit une grande inspiration, la tête appuyée contre le mur, les paupières baissées. Elle lâcha prise quelques minutes. Elle suivit le vol d'un oiseau, le vent entre les branches, le souffle du bois. Qu'est-ce qui avait bien pu se passer entre sa mère et sa grand-mère ?

— Bonjour, qui es-tu ? Violetta ou Iris ?

Elle ne l'avait pas entendu arriver. Surprise, elle se redressa. On ne l'avait jamais interpellée de cette façon. Elle était troublée, et pas mécontente.

— Moi, je sais qui vous êtes ! Vous êtes Stefan. Et moi, je suis Viola.

Un sourire adoucit l'expression sévère de l'homme, les rides autour de sa bouche et de ses yeux se firent moins profondes. C'était la première fois qu'ils se retrouvaient face à face. Viola plissa les yeux franchement, elle ne voyait aucune ressemblance entre cet homme et son père. Mais ça ne voulait rien dire.

— Tu te souviens de moi ?

La question l'étonna. Comment aurait-elle pu se souvenir de lui ? Quand elle était partie, elle était si petite ! Elle ne se souvenait même pas d'Iris ! Mais à cet instant, elle s'aperçut que ce n'était pas tout à fait vrai, car, maintenant qu'elle savait, elle était certaine que sa sœur lui avait toujours manqué. Elle avait toujours été à la recherche de quelque chose, de quelqu'un à qui s'accrocher. Il y avait des moments où elle était heureuse tout à coup, puis, sans raison, terriblement triste. Sa sœur lui avait manqué : elle avait beau ne pas se la rappeler consciemment, elles étaient liées, c'était un fait.

L'homme semblait à présent concentré sur la cloche. Viola suivit son regard.

— D'après vous, à quoi pouvait bien servir cette cloche, à cet endroit-là ?

— À appeler.

Certes, elle était arrivée d'elle-même à cette conclusion.

— Oui, c'est évident. Mais qui ? Parce que la maison est loin. Et la cloche est à l'intérieur du mur d'enceinte, pas à l'extérieur…

Stefan regarda la base du rosier. Il se pencha et effleura le tronc.

— Tu ne te poses pas la bonne question.

Du doigt, il désigna la cloche.

— Elle existait bien avant le mur, d'ailleurs, ce mur, c'est la dernière chose qui ait été construite par ici.

Eh bien, ça alors ! Viola le fixa. Il y avait quelque chose d'indéfinissable chez cet homme. Elle remarqua soudain qu'il portait un seau.

— Qu'est-ce que vous avez là-dedans ?

Stefan sourit en lui montrant un bouquet de boutures.

— Je vais greffer les rosiers sauvages. Ce sont des roses blanches. Tu veux venir avec moi ?

Mais quelle question !

— Bien sûr, mais il n'est pas un peu tard ? C'est déjà le mois de juin.

— Tout dépend de la température, et la vallée près du lac est fraîche. La greffe prend quand le thermomètre avoisine les vingt-cinq, vingt-six degrés. Et nous y sommes. C'est le bon moment. Tu sais faire des greffes en écusson ?

— Oui, enfin, disons plutôt que je connais le principe : après avoir incisé l'arbre en T, on soulève à peine l'écorce pour y insérer la bouture de rose que l'on veut propager, on la fixe avec du raphia, enfin, on applique du mastic, et voilà.

— Exact. Mais surtout, il faut faire cela avec amour, et beaucoup de délicatesse.

Stefan enveloppa soigneusement les boutures dans un sac humide et les reposa à l'intérieur du saut.

— Viens, c'est par là.

Viola regarda en direction de la villa.

— C'est presque l'heure de dîner.

— On en a pour une demi-heure, tu seras rentrée à temps.

Son calme et son assurance étaient contagieux, et Viola le suivit sans hésiter.

23

Le myrte – Myrtus communis *–, aussi appelé herbe du lagui, est un petit arbuste sempervirent aux feuilles aromatiques, très apprécié des Grecs et des Romains : les arbustes de myrte étaient cultivés devant les temples du dieu Quirinus. Plus tard, la plante fut consacrée à Vénus. En été, le myrte se couvre de fleurs blanches et parfumées. Les baies hivernales sont utilisées en médecine populaire et pour aromatiser des liqueurs ou les rôtis, dans lesquels on apprécie son goût astringent. Il aime beaucoup le soleil, s'adapte au sol rocailleux et craint l'eau stagnante.*

Viola entra en courant dans la salle à manger ; elle était en retard. Elle chercha sa sœur du regard ; Iris était en train de discuter avec Fiorenza et ne jeta même pas un coup d'œil dans sa direction. Tant pis pour elle, si c'étaient des excuses qu'elle voulait, elle risquait d'attendre longtemps. Elle rejoignit sa grand-mère et s'assit à côté d'elle, le sourire aux lèvres.

— Que se passe-t-il ?

Giulia leva les yeux vers elle.

— On t'a cherchée partout.

— Elle était avec moi. Je lui ai montré comment greffer les rosiers, déclara Stefan d'une voix calme.

Il s'installa à l'immense table de la salle à manger. Tout le monde avait les yeux rivés sur lui.

— Pourquoi as-tu demandé à nous voir ?

Giulia les considéra un par un.

— Je vous ai réunis ici car j'ai quelque chose de très important à vous dire.

— Depuis notre arrivée, tu ne fais que ça, maman.

Francesco descendit cul sec son verre de liqueur, et le reposa devant lui. Il était pâle, les joues creusées par de profonds sillons. Il n'avait fait aucun progrès avec Viola, sa fille refusait même de le regarder. Et il avait l'impression qu'Iris aussi s'était éloignée de lui. Ce qu'il redoutait le plus était en train de se produire : il perdait ses deux filles. Il avait peur, une sensation d'échec pesait sur lui comme une énorme pierre.

— Je me demande bien quel sens ça a, tout ça, marmonna-t-il.

L'espace d'un instant, Giulia sentit le courage lui manquer. Elle ne pouvait pourtant pas renoncer. Elle avait fait sa proposition à Viola et Iris, mais ses projets ne s'arrêtaient pas là. Elle devait demander pardon à son fils, et elle devait le faire avant d'aller plus loin. Les choses avançaient rapidement : ce n'était pas un hasard si le nom de Bianca avait été prononcé, et ce n'était pas non plus un hasard si les jumelles avaient remarqué l'inscription des cinq étapes de la connaissance. Tout se mettait en place.

Giulia arborait encore la même robe de soie rouge que le matin, mais elle avait noué ses cheveux et ne portait plus sa barrette. Son expression aussi avait changé.

— Je t'ai prié de venir à La Spinosa pour une raison précise. Vous êtes tous là pour une raison précise. Vous avez une mission à accomplir, une mission de la plus haute importance.

Le rire de Francesco fit voler le silence en éclats. Avant de se décider à parler, il contempla sa mère un long moment.

— Et moi qui croyais que tu nous avais fait venir pour clarifier les choses entre nous. Quel idiot !

Iris saisit la main de son père, comme pour lui intimer l'ordre de se taire. Il lui caressa la main, avant de la serrer fort.

Giulia lança autour d'elle des coups d'œil désespérés, le tremblement de ses lèvres s'accentua.

— Le jardin et le domaine sont sous ta responsabilité, Francesco. Tu as un rôle à jouer, tu es un Donati. Le moment est venu, tu dois m'aider.

— On a déjà eu cette conversation, maman. Tu as tes idées, moi j'ai les miennes.

Giulia trancha l'air d'un geste sec de la main.

— Ne m'interromps pas ! assena-t-elle d'une voix perçante, le souffle court. Les filles auront un devoir à accomplir, car il en a toujours été ainsi pour les jumelles Donati. Elles sauront quoi faire, c'est moi qui les guiderai. Tout doit redevenir comme autrefois. Écoute-moi, une bonne fois pour toutes !

— Assez !

Le cri de Francesco fit sursauter tout le monde.

— Je ne te dois rien, maman. Je me suis précipité ici parce que je croyais que tu voulais mettre fin à toute cette… Comment veux-tu appeler cela ? De l'hostilité ?

Il enfouit son visage dans ses mains. Puis il la chercha du regard.

— Bon sang, mais qu'est-ce que je t'ai fait pour mériter ta froideur, ton indifférence ?

Giulia se cramponna à la table, les doigts blanchis par l'effort.

— Tu ne comprends rien… il ne s'agit pas de toi.

— Non ! C'est toi qui ne comprends rien ! répondit-il tandis que ses lèvres s'élargissaient lentement en un sourire plein de désespoir. Tu ne m'as rien demandé depuis que je suis arrivé. Comment j'ai vécu, ce que j'ai fait, comment c'était de supporter tout ça jour après jour. J'ai détruit ma vie, maman. Le remords et le regret ont accompagné chaque seconde de chacune de mes nuits. Mes jours sont devenus si terribles que la seule façon que j'ai trouvée pour survivre a été d'ignorer tout cela, d'oublier.

— Mais tu es ici, à présent. Et le jardin…

— Arrête ! hurla-t-il sèchement. Tu n'as toujours pas compris ? Tu ne sais que dresser la liste de biens dont il faut s'occuper, de choses qui doivent être faites pour ton maudit jardin. Mais toi et moi, on est où dans tes plans, maman ? Pourquoi as-tu voulu que je revienne ?

Il la suppliait. Mais dans ce regard qui la clouait sur place, Giulia ne sentait que la force qui la mettait à nu. Alors elle chercha en elle les mots justes, la tendresse, la douceur. Elles étaient dans la peau douce d'un enfant qui passait ses petits bras autour de son cou et la regardait, plein d'espoir, un petit garçon qui faisait ses premiers pas et trébuchait dans ses bras, en toute confiance. Et dans le souffle qu'elle avait écouté durant les longues nuits passées à veiller son sommeil, ses rêves, terrorisée à l'idée que quelque chose, quelqu'un, puisse le lui enlever. Elle ouvrit la bouche, alors, pour faire sortir cet éclair de tendresse qu'elle avait soudain retrouvé dans ses souvenirs. Elle essaya, encore et encore. Mais que fallait-il dire ? Quels mots, exactement ? La panique la paralysait. Elle lui lança un regard découragé. Elle ne pouvait pas faire ça. Ça n'aurait pas été juste. Facile, peut-être, mais pas juste. Elle ne pouvait pas, elle n'avait pas le droit... elle inspira profondément.

— Je t'ai demandé de revenir ici afin que tu prennes ta place. Je me suis débrouillée toute seule tant que j'ai pu. Mais tu ne comprends donc pas que tu dois t'occuper de La Spinosa ?

Francesco serra les dents. Ce n'était pas ce qu'il voulait entendre, prendre la relève ne l'avait jamais intéressé. Il passa en revue tous les convives de cette réunion ridicule. Fiorenza gardait les mains serrées sur ses genoux, Stefan fixait le mur avec insistance. Viola ne l'avait probablement jamais autant détesté qu'à ce moment précis. Iris le dévisageait, horrifiée. Tout à coup, les forces lui manquèrent.

Sa mère venait de lui offrir ce qu'il avait toujours désiré, car, malgré tout, il n'avait pas seulement haï La Spinosa. Elle avait aussi été son terrain de jeu, les grands prés où il courait en liberté, où il rêvait ; elle avait été son château avec ses passages secrets, les portraits de ses ancêtres le long des interminables couloirs, les petits faucons tombés du nid qu'il avait recueillis et nourris. Il se souvenait encore avec précision du jour où il avait découvert le monte-charge et où il avait pénétré dans les souterrains. Il avait failli mourir de peur. Les sous-sols de la villa étaient creusés de gigantesques galeries, soutenues par des colonnes d'albâtre et des couches de roches dans lesquelles plongeaient des fondations vieilles de plusieurs siècles. Bien sûr qu'il l'aimait, son immense et étrange maison. Il y avait fait tant de projets, il avait même pensé qu'elle pourrait être un point de départ pour lui, sa jeune épouse et ses filles. Il retourna en pensée à la première fois où il y avait emmené Claudia, et se remémora la fierté qu'il avait ressentie en montrant à sa femme ce que ses ancêtres avaient créé. Une vague de douleur l'emporta. Tout lui était tombé dessus, il était enseveli. Comment cela avait-il pu arriver ?

— En ce qui me concerne, ce maudit domaine peut bien pourrir. Je subviendrai tout seul aux besoins de mes filles, ne t'inquiète pas. Vends-le, fais-en ce que tu veux. Brûle-le, tiens ! Parce que, si par malheur La Spinosa finissait entre mes mains, c'est exactement ce que je ferais. Je la ferais disparaître de la surface de la Terre. Donc, avant de me demander encore une fois de te seconder dans sa gestion, ma chère petite maman, réfléchis bien.

Ignorant les exclamations de tout le monde, il s'adressa à ses filles :

— J'ai eu tort de vous amener ici. Et je vous en demande pardon. D'ailleurs, la liste des choses pour lesquelles je vous dois des excuses ne cesse de s'allonger. Votre grand-mère trouvera sans peine un moyen de continuer à tourmenter ceux qui auront le courage de rester auprès d'elle. Pour ma part, j'abandonne. Préparez vos affaires, on s'en va immédiatement.

Il faisait nuit quand Giulia sortit de la villa. Elle emprunta le sentier, l'herbe lui chatouillait les jambes. Dans son esprit, c'était une longue ligne entre les arbres et les hautes haies. Elle avait encore du mal à se déplacer, et souvent ses pensées devenaient confuses. Le jardin était d'argent, la lumière pâle de la lune émoussait les contours des arbres et les rendait plus doux. L'espace d'un instant, elle éprouva une joie si intense à leur vue qu'elle dut s'arrêter. Mais cela ne dura pas : elle se rappela qu'elle devait atteindre la colline. Elle suivit le sentier puis s'enfonça dans le bois.

Il était là.

Combien de fois avait-elle parcouru ce chemin ? Deux. Elle se souvenait précisément de chacune d'elles. Une fois pour lui donner son amour, l'autre pour le lui reprendre. Elle aperçut la petite maison. Elle n'avait pas changé. Le parfum de la menthe l'étourdit. Les souvenirs explosèrent dans son esprit. Soudain, le silence s'unit à la nuit, éteignant tout. Comme une grande vague noire qui emportait tout sur son passage. Giulia se pencha en avant, cherchant à se soutenir avec sa canne ; ses jambes flageolaient.

— Je t'attendais.

Une main puissante se referma sur son bras.

Elle resta un moment sans rien dire avant de prononcer ces mots :

— J'ai besoin…

— De moi ?

C'était un mélange d'incrédulité, de soupçon, de joie. Cette voix contenait toutes ces émotions tellement opposées entre elles, et cela l'empêcha de répondre. Stefan avait raison de se méfier d'elle.

— D'un ami.

Il eut un petit rire.

— Viens, entrons. La nuit est fraîche, tu risques de prendre froid.

Elle le suivit comme elle l'avait fait par le passé, avec le même trouble. Sa main était chaude, et elle la serra fort. Quand Stefan alluma la lampe, la lumière aveuglante l'obligea à mettre la main devant son visage.

— Assieds-toi, je te prépare un thé.

— Non, je ne veux rien.

Il la jaugea du regard, et elle le laissa faire. Parce que c'était Stefan, l'homme qu'elle aimait.

— Francesco est parti.

Les filles étaient restées avec elle mais, même si cette décision l'avait remplie de joie, l'absence de son fils provoquait une douleur aiguë qui lui déchirait la poitrine.

— Tu croyais vraiment qu'il resterait après ce que tu lui as dit ? Ou que tu ne lui as pas dit… ce qui revient au même.

Giulia joignit les mains.

— Ce que je crois n'a aucune importance. J'ai besoin de lui. Il doit revenir, il doit prendre sa place. Je n'ai pas réussi à lui dire ce que je voulais.

Elle posa un doigt sur sa tempe.

— Tout est encore là-dedans. S'il ne m'écoute pas, tout disparaîtra avec moi. Et ça, je ne peux pas le supporter.

— Tu aurais pu lui dire qu'il t'a manqué chaque jour, que tu aurais voulu qu'il soit près de toi durant toutes ces années. Ou tout simplement que tu l'aimes. Et il ne serait pas parti.

Giulia se tut, secouée.

— Tu sais tout, tu sais ce qui s'est passé. Je n'en ai pas le droit.

— Tu te trompes. Tu aurais dû lui parler. Tu as fait un choix il y a très longtemps et il a eu des conséquences pour tout le monde. Tu n'étais pas la seule impliquée, mais tu as pris ta décision pour toi, pour nous, et surtout pour Francesco. La moindre des choses était d'en assumer l'entière responsabilité. L'aimer, le protéger.

— J'ai tout fait pour lui !

Il la dévisagea.

— Si tu en es tellement convaincue, qu'est-ce que tu fais ici ? Qu'est-ce que tu veux de moi ?

Giulia recula tout à coup. Elle soupira, et laissa passer un autre silence avant de trouver les mots :

— J'ai besoin de t'entendre dire qu'il reviendra.

— Ça changerait quelque chose ? demanda-t-il d'une voix qui laissait transparaître son étonnement.

Giulia ferma les yeux un instant. Elle était fatiguée, terriblement fatiguée.

— C'est l'espoir qui donne la force de regarder l'avenir.

— Tu veux vraiment que je te rassure là-dessus ? Le fait de m'entendre dire qu'il reviendra te rendrait vraiment heureuse ?

Elle ne lui répondit pas, son cœur battait fort.

— Tu as beaucoup changé.

Les yeux de Stefan brillèrent d'émotion. Il continua de la fixer, comme si ses yeux pouvaient réussir là où ses mots avaient échoué. Puis il se passa une main sur le visage

— Tu veux que je t'offre une illusion ? Ça ne te ressemble pas, je ne te reconnais pas, lâcha-t-il avec un sourire amer. Francesco est un homme, tu ne peux pas le forcer à faire ce que tu veux. Ce n'est pas comme ça que ça marche. Il faut que les gens restent auprès de toi parce qu'ils en ont envie, parce qu'il n'existe aucun autre endroit au monde où ils voudraient se trouver. Et ça vaut aussi pour les filles. Si tu leur fais du mal, elles partiront.

— Je fais ce que j'ai à faire. Seuls nos actes comptent et nous définissent, tu te souviens ? C'est toi qui me l'as dit.

— Entre autres choses…

Giulia fit une moue.

— Gabriel a reçu les résultats des analyses du sol ?

— Oui.

— Alors ?

— Il dit que tout est normal. Rien n'explique pourquoi les plantes ont cessé de fleurir.

Elle ne dit rien, et sentit comme une morsure lui déchirer les entrailles.

— Ce n'est qu'un signe avant-coureur. Le sol de la forêt est couvert de feuilles mortes, et l'automne est encore loin.

Un froid glacial l'envahit ; elle n'avait jamais eu aussi froid.

Stefan mit la bouilloire sur le feu et reprit :

— Le problème ne vient ni d'un champignon ni d'une bactérie. Il meurt, c'est tout.

— Ne dis pas ça, je ne peux pas entendre une chose pareille.

— Comme tu veux, je ne le dirai pas, mais ça ne changera rien. Les plantes sont vieilles, elles n'arrivent plus à se défendre. À réagir. Elles ne se régénèrent pas.

Elle détestait cette peur qui lui nouait le ventre, qui faisait surgir du fond de sa mémoire des images et des mots qu'elle voulait oublier. Giulia leva la tête.

— Il doit pourtant bien y avoir une explication. Dis-lui de se dépêcher. Je veux savoir ce qui arrive à mon jardin ! Je dois trouver comment combattre cette maladie.

Il était habitué à ce ton impérieux, cela faisait bien longtemps qu'il ne l'impressionnait plus. Stefan montra du doigt la tasse qu'il venait de remplir.

— Assieds-toi, et bois ton thé.

— Et s'il ne s'agissait pas d'une maladie, mais d'un parasite ?

— C'est la première chose qu'il a vérifiée. Gabriel n'est pas un imbécile. Nous l'avons choisi ensemble parce qu'il était le meilleur dans son domaine, tu te souviens ? Il faut te faire une raison : La Spinosa a cessé de lutter.

— Non, Stefan, soupira-t-elle, je ne peux pas accepter cette idée. Ça voudrait dire que j'aurais fait tout cela pour rien, que j'aurais renoncé à tout, et pour quoi ? Dis-moi, pour quoi ? Pour la voir mourir sous mes yeux ? Non, jamais. Je ne peux pas m'y résoudre.

Il ne répondit pas, on pouvait lire dans ses yeux que certaines blessures ne s'étaient pas refermées. Soudain, le rire de Giulia lacéra le silence qui s'était posé sur leurs pensées.

— C'est une punition. Pour ce que j'ai fait, murmura-t-elle, d'une voix si faible qu'elle était presque éteinte. C'est ma faute.

Elle le quitta sans un mot, se traîna jusqu'à la villa. Elle ne pensait plus qu'à une chose : la légende des jumelles Donati.

Deux mois plus tôt, elle avait embauché Gabriel Petrović pour qu'il guérisse La Spinosa, dans l'espoir qu'il sauverait le jardin. C'était un spécialiste de la stérilité des sols. Il savait rééquilibrer un terrain. Mais même lui n'était pas parvenu à découvrir quel mal affligeait le domaine. Et alors elle sut, avec une impitoyable lucidité, que les seules qui pouvaient vraiment faire quelque chose étaient ses petites-filles. Elle devait agir vite, terminer leur instruction. Il n'y avait plus de temps à perdre.

Bianca

« Bianca, Bianca, où es-tu ? »

La voix tourbillonne dans sa tête, elle tourne, elle tourne. Bianca se bouche les oreilles, mais la voix continue, plaintive, chargée de douleur.

« J'ai besoin de toi, rentre à la maison, je t'en supplie. »

— Laisse-moi tranquille, laisse-moi tranquille !

Elle se frappe la tempe une fois, puis une autre, les lèvres serrées, le souffle court. Elle ne veut plus l'entendre, cette voix. Elle ne veut plus entendre Giulia et ses pleurs. Elle ne veut pas de son désespoir. Elle a assez à faire avec le sien.

Alors, elle se lève et elle part en courant, comme quand elle était petite. Ses bras à présent sont des ailes, elle vole comme un oiseau dans la forêt au-dessus des feuilles brillantes et des fleurs. La cabane apparaît soudain devant elle. Elle s'y glisse et va jusqu'à la petite porte au fond. De ses deux mains, elle la pousse et enfin son rosier l'accueille. Mais elle ne peut plus se réfugier entre les ramifications de la plante, car à présent elle est grande, elle est devenue femme. Et là, dans ce qui a été pendant des années sa cachette, poussent aujourd'hui ses fleurs secrètes. Et maintenant ? À qui les montrera-t-elle ? Elle les a créées pour Lorenzo, pour qu'il soit fier d'elle. Son père aurait dû les voir. Ces fleurs qu'elle a créées avec Stefan étaient pour lui, elles devaient lui prouver qu'elle était aussi douée que Giulia.

Mais elle n'en a pas eu le temps.

Pourquoi sa mère et lui avaient-ils dû mourir ?

La douleur la submerge, elle serre ses genoux contre sa poitrine. Il n'y a pas d'échappatoire, aucun endroit où se réfugier.

— Tout le monde te cherche.

Elle ne l'a pas entendu arriver, mais ça ne fait rien. Elle reste ainsi, recroquevillée sur elle-même, au pied du rosier, jusqu'à ce que Stefan passe ses mains sous ses bras, et l'attire à lui pour la bercer contre son cœur. Ses mains sont douces dans ses cheveux, sur son visage. Bianca s'accroche à son cou, il sèche ses larmes. Quand leurs bouches se rencontrent, elle tremble.

— Viens, il faut y aller, la cérémonie funèbre ne va pas tarder à commencer, il faut que tu y sois, c'est ta place. Tu dois être aux côtés de Giulia.

24

Dès les premiers rayons, le calendula – Calendula officinalis *– déploie ses pétales, puis il suit le soleil toute la journée avant de se refermer au crépuscule.*
En macérat dans les huiles et les pommades,
il a des qualités remarquables pour la peau :
il est émollient, apaisant et rafraîchissant.
L'infusion des fleurs de calendula
est un anti-inflammatoire et cicatrisant naturel.
C'est une plante rustique qui s'adapte à différents
terrains et différents milieux, du moment
qu'elle est exposée à la lumière directe du soleil.
Il faut l'arroser régulièrement afin que le sol
reste toujours humide. Il fleurit dès l'été
jusqu'à la fin de l'automne.

Chaque jour était pire que le précédent. Le temps qui passait inexorablement semblait l'arracher à sa propre vie. Claudia avait essayé d'appeler Viola, en vain. Depuis que sa fille était en Italie, elle ne lui avait parlé qu'une fois. Bien sûr, elles avaient échangé quelques messages, mais ce silence prolongé la rendait folle. Elle se frotta le front et se mit à faire les cent pas en se demandant à quoi Viola pouvait bien être occupée.

Elles n'habitaient plus ensemble depuis un an, et Claudia ne se faisait pas à cette séparation. Mais elle n'avait jamais éprouvé une angoisse aussi profonde, qui devint vite insupportable. Elle courut à l'étage. Tant pis ! Elle se rendait ! Cette femme était parvenue, une fois encore, à détruire sa vie. Maudite Giulia Donati ! Elle prit un sac de voyage, le jeta sur le lit et y fourra quelques vêtements. Pas grand-chose, car elle ne comptait pas rester longtemps. Elle n'avait pas le courage de penser à Iris, mais elle était sûre d'une chose : Viola rentrerait en Angleterre avec elle. Elle termina sa valise puis s'assit sur le lit, les yeux rivés sur son téléphone portable. Elle appela le numéro et attendit.

— Lilian ? Bonjour, c'est Claudia. Si tu es libre, pourrais-tu prendre la relève au magasin quelques jours ?

— Avec plaisir… mais, dis-moi, tout va bien ?

Elle n'avait pas le temps de se répandre en politesses, mais elle ravala son anxiété et sa frustration et se força à être agréable.

— Oui, je vais juste me mettre au vert quelques jours. Tu peux passer chez moi et gérer mes commandes ? J'ai quelques livraisons à faire, ce genre de choses. Ça te va ?

— Bien sûr, on fait comme d'habitude ?

— Oui, je te laisse les clés de la camionnette sur la table ; pour le reste, tu sais tout. S'il y a quoi que ce soit, appelle-moi sur mon portable.

— Ne t'inquiète pas, je m'occupe de tout. Et amuse-toi bien ! Je suis contente que tu aies enfin décidé de prendre un peu de vacances.

— Merci, tu es adorable. À bientôt.

Quand elle eut raccroché, l'appréhension lui noua le ventre. À présent, plus rien ne la retenait. Elle prit une longue inspiration et descendit sa valise. Elle ne pouvait pas s'arrêter, sans quoi elle risquait de changer d'avis.

Tu dois revenir à La Spinosa. Son mari avait été catégorique. Mais elle n'avait rien voulu entendre. Depuis elle n'avait parlé ni à son mari ni à Viola. Et elle devenait dingue.

Elle remplit un arrosoir. Ce n'était pas nécessaire, Lilian soignerait très bien ses plantes, mais c'était plus fort qu'elle, c'était sa façon de leur dire au revoir. Et puis, ça lui ferait du bien, ça la calmerait. Ensuite, elle passerait ce coup de fil qu'elle redoutait tant. Elle espérait seulement que Francesco lui répondrait.

La Spinosa. Ce lieu maudit était comme coupé du reste du monde. Elle déplaça ses plantes et finit de les arroser. Des souvenirs de son ancienne vie, ceux-là mêmes qu'elle avait si soigneusement refoulés pendant vingt longues années, resurgirent tout à coup. Elle sursauta en entendant la sonnette. Elle regarda la porte, se demandant qui cela pouvait bien être. Elle voyait peu de gens, et généralement ils sonnaient plutôt à son atelier, de l'autre côté. Elle s'essuya les mains sur une serviette et alla ouvrir.

— Bonjour, Claudia, comment vas-tu ?

La stupeur la cloua sur place. Elle s'attendait à n'importe qui, sauf à son mari. Elle l'avait reconnu immédiatement, et ce n'est qu'au deuxième coup d'œil, plus attentif, qu'elle remarqua à quel point il avait changé.

— Qu'est-ce que tu fais là, Francesco ? réussit-elle à dire avant de sentir la panique l'envahir. Je croyais que tu étais avec les filles, tu avais promis de rester avec elles !

Il soutint son regard.

— Tu me fais entrer ?

Elle s'écarta, son cœur était sur le point d'exploser, et une peur folle, irrationnelle, montait en elle.

— Tu as laissé Viola et Iris toutes seules avec ta mère ? Mais tu es fou ?

Il l'ignora et se dirigea vers le centre du salon, son imperméable entre les mains. Dans son regard dur on lisait un mélange de sérénité et d'assurance. Non, il ne ressemblait décidément pas à celui qu'il était autrefois. Il y avait un vrai changement dans sa posture, dans sa façon de bouger, dans son expression. Claudia déglutit, et lui indiqua le canapé. Tant qu'à faire, autant être polie.

— Je t'en prie, assieds-toi.

— Il faut qu'on parle, la situation est devenue intenable. Le moment est venu de régler cette histoire une bonne fois pour toutes.

Les doigts de Claudia se contractèrent en deux poings serrés. Elle lui tourna le dos, elle ne voulait pas sentir son regard sur elle.

— Je vais te faire un café.

Mais elle ne bougea pas, comme si tout à coup elle ne savait plus quoi faire. Le silence se fit de plus en plus lourd, chargé de non-dits. La cuisine était à quelques mètres, elle n'avait qu'à convaincre ses jambes de bien vouloir bouger.

Il y avait une douceur, dans la façon dont il posa les mains sur ses épaules, qui l'étonna.

— Je suis désolé.

Elle écarquilla les yeux, laissant la stupeur l'envahir tout à fait. Elle essaya de se calmer.

— Moi aussi. Mais ça ne change rien, Francesco. Toi tu peux t'en sortir, c'est moi qui ai détruit notre famille.

À travers son chemisier, elle sentait le léger tremblement des mains de Francesco et en éprouva de la peine, de la douleur, du désespoir, mêlés à une envie de fuir.

— Quand tout cela est arrivé, quand nous les avons séparées, nous étions jeunes, aussi jeunes que nos filles le sont aujourd'hui. Si l'une d'elles se retrouvait dans cette situation, serais-tu aussi sévère ?

Elle se retourna, les lèvres entrouvertes, et siffla entre ses dents :

— Non, mais nous aurions peut-être pu trouver une autre solution, même si ta mère voulait que je m'en aille en lui laissant les filles.

Il y avait de la colère dans ces mots, quelque chose qui s'était ancré profondément en Claudia et qui lui avait permis de ne pas porter seule cette responsabilité, de trouver un autre coupable. Le reste était écrit sur son visage, dans son expression mélancolique, dans ses yeux noirs, immenses, dans les rides autour de ses yeux et de sa bouche, creusées comme des sillons de douleur.

— Maintenant, on peut tout arranger. On doit le faire.

Elle fit un pas en arrière, sa peur était palpable.

— Elle va me détester, elles vont me détester toutes les deux.

— Non, tu te trompes. C'est toi qui te détestes, Claudia…

Elle se tut un instant, laissant les mots de Francesco résonner en elle. Elle devait sortir de là, ou elle allait se mettre à hurler. Elle le planta au milieu du séjour, ouvrit grandes les portes-fenêtres et s'enfuit en courant.

Une fois dans le jardin, elle eut l'impression de respirer à nouveau. Les gouttes de pluie se posaient sur elle, lentement, collant le tissu à sa peau. Elle enroula les bras autour de son buste et contempla le ciel. Il lui fallut un peu de temps pour s'apaiser, pour se retrouver dans ce tourbillon d'émotions. Quand elle rentra elle fut accueillie par le parfum du café que Francesco était en train de verser dans les tasses.

— Assieds-toi, Claudia, il faut qu'on parle. Notre seule façon de nous sortir de cette histoire, c'est de le faire ensemble.

— Je me demande ce qui t'a fait changer d'avis sur moi.

Il leva la tête.

— Tu te trompes, ce n'est pas sur toi que j'ai changé d'avis. J'ai seulement pensé à ce que je ferais si Iris ou Viola se retrouvaient abandonnées par leur mari pendant des mois, avec pour unique compagnie une femme comme ma mère.

L'image se forma dans l'esprit de Claudia, elle était claire, et mettait en évidence l'absurdité d'une situation qu'elle envisageait sous cet angle pour la première fois. Durant toutes ces années elle n'avait jamais éprouvé pour elle-même autre chose que du mépris. Cette sensation était si étrange, si soudaine, qu'elle la laissa sans voix.

Et si Iris ou Viola avait été à sa place ? Elle formula mentalement des tas de justifications. Puis elle secoua la tête : trop de choses à prendre en compte, trop de *si*, trop de *mais*. Elle devait rester concentrée : ils avaient commis des actes qui avaient eu des conséquences. Ce n'étaient pas des mots, des concepts, mais des choses concrètes qui avaient influencé des vies. Francesco lui sourit, pourtant il n'y avait pas de joie dans son regard, rien qu'une profonde peine.

— Ça n'a pas été facile, rien ne l'est. Mais j'ai commencé à comprendre. D'une certaine façon, c'est moi qui t'ai trahie le premier.

Une autre pause, un autre long silence dans lequel l'émotion et le trouble se frayèrent un chemin. Elle ne lui répondit pas, incapable de saisir une pensée, un mot.

— Alors maintenant, tous les deux, on doit réparer ce qu'on a fait, dit-il d'une voix juste un peu plus profonde et sûre. Rentrons en Italie, clarifions les choses et reprenons nos vies.

Claudia joignit ses deux mains, entrelaçant ses doigts. Réparer ses erreurs… elle ne pensait qu'à ça, depuis toujours. Elle ferma les yeux un instant. Le café était brûlant et amer. Elle n'aurait jamais cru qu'il se souviendrait que c'était comme ça qu'elle le préférait. En réalité, de nombreuses choses l'avaient surprise ce matin-là. Elle pensa à la valise qu'elle avait préparée. Puis elle chercha son mari du regard.

— Si tu étais arrivé quelques minutes plus tard, tu ne m'aurais pas trouvée.

Elle le vit se figer, les narines dilatées.

— Tu fuyais, Claudia ? Je pourrais le comprendre. Je l'ai toujours fait. D'ailleurs, cette fois aussi, j'ai fui. Je ne savais pas comment affronter Viola, comment expliquer à Iris pourquoi je n'avais aucune intention de m'occuper de La Spinosa… Ma mère m'a demandé de reprendre le domaine, et j'ai refusé. Elles n'ont pas voulu me suivre, alors je les ai laissées là-bas, avec l'intention de me remettre au travail. Mais finalement j'ai rompu le contrat que j'avais… Je ne sais pas ce que je vais faire après. Je sais seulement que j'ai besoin de mettre un point final à cette partie de ma vie. Pour le meilleur ou pour le pire, il faut que cette question soit réglée maintenant. C'est pour ça que je suis ici.

Il n'eut pas besoin d'ajouter quoi que ce soit d'autre. Claudia lisait la suite dans ses yeux, dans le pli sévère de sa bouche. Certes, il avait pris la fuite, mais il était aussi capable de faire preuve d'une grande détermination. Elle le savait bien, elle en avait fait l'expérience.

Puis la peur fit place à une sorte de calme. Elle ne craignait plus rien, car elle n'avait plus rien à perdre. Elle voulait être elle-même, elle voulait qu'il la comprenne, qu'il la comprenne vraiment.

— Ne sois pas aussi condescendant, je t'en prie. Ce qu'il y a eu entre nous, c'est comme une gigantesque montagne, et tu crois pouvoir l'aplanir avec une petite cuillère. Moi, je ne me pardonne pas, Francesco. Et je ne te pardonnerai jamais. Alors reprends ton empathie, je n'en ai pas besoin. Tout ce que je veux, c'est sauver mes filles des griffes de ta mère, les emmener loin de cet endroit maudit. Je peux supporter leur haine, leur mépris, mais pas leur souffrance. Et si ta mère fait du mal à mes filles, cette fois, elle aura affaire à moi !

Elle n'attendit pas sa réponse. Elle gagna le vestibule et prit sa valise. Quand il s'approcha pour l'aider, elle le foudroya du regard.

— Sors, je dois fermer à clé.

Elle ne prit même pas la peine d'analyser le regard étonné que lui adressa son mari. En fermant la porte, elle se sentit plus sûre d'elle, plus courageuse. Elle retournait en Italie, à La Spinosa. Et elle avait du mal à y croire.

25

Originaire du Brésil, la bougainvillée
– Bougainvillea *– est une magnifique*
et vigoureuse plante grimpante.
Bien qu'il s'agisse d'une plante exotique,
elle s'adapte bien aux pays chauds d'Europe,
mais elle craint le gel. Elle est très appréciée
pour le vert intense de ses feuilles, qui contraste
avec les bractées flamboyantes entourant
ses petites fleurs. Pour l'accueillir au mieux,
le terrain doit être riche et très bien drainé,
et l'arrosage régulier.

Le sentier déboucha soudain sur une clairière. Viola regarda le dessin sur le parchemin, puis reporta son attention sur le cercle de pierres devant elle.

— Alors c'est ici ?

Iris, qui l'avait précédée, scrutait les alentours, une main en visière pour se protéger du soleil.

— Je n'en suis pas sûre, attends.

Elle jeta un nouveau coup d'œil à la carte et au paysage avant d'acquiescer :

— Oui, c'est là.

Il y avait bien eu quelques petits changements, mais c'était plutôt normal, dès lors que des siècles s'étaient écoulés depuis le jour où quelqu'un avait établi une carte de l'endroit. Cependant, elle se posait une autre question : que signifiait ce cercle de pierres ?

— Ça doit être la partie la plus haute du domaine.

Son murmure se perdit dans une rafale imprévue, qui arracha des cheveux de Viola l'élastique qu'elle portait, les faisant retomber sur ses épaules et son dos. Elle tendit un bras, pour essayer de le rattraper. Iris courut après et le rapporta à sa sœur. Viola se rattacha les cheveux, un sourire aux lèvres.

Sa jumelle agita une main.

— Viens, dépêche-toi ! Faut que tu voies ça !

Elle se demanda ce qu'elle avait de si important à lui montrer. Quand elle suivit la direction indiquée par son bras, ses pensées se dispersèrent à la vue des collines parsemées de taches rouges et jaunes, des champs de blé et des dizaines de cyprès alignés pour délimiter les contours des terrains et le long des allées. Les buissons avaient pris l'avantage sur la muraille de pierre que quelqu'un avait érigée pour protéger ses rêves et son avenir. Viola prit une longue inspiration, et elle eut l'impression de se dissoudre, de se fondre en ce lieu. Son émotion était intense, elle sentit son cœur s'emballer.

— Et là-haut, c'est Volterra.

— C'est une très belle ville, tu sais.

Viola calcula mentalement la distance qui les en séparait. C'était plus près qu'elle ne pensait. Elle contempla encore un peu le panorama, puis fit volte-face.

— Ça te dirait qu'on y retourne toutes les deux ?

— Vraiment ?

— Bien sûr.

Iris lui sourit puis alla s'asseoir.

— Oui, j'aimerais bien. Je ne sais pas s'il y a un autre vélo ; on demandera à Gabriel.

Viola fit une grimace.

— Qu'est-ce que tu lui trouves ?

Sa sœur la regarda, surprise.

— À part ce qui saute aux yeux, tu veux dire ? demanda-t-elle, l'air narquois. Il est gentil, intelligent, et il a une belle barbe.

— Arrête, s'il te plaît, je crois que je vais vomir.

Iris plissa les yeux, vexée.

— Tais-toi ! Tu dis n'importe quoi.

— Sur lui, ou sur sa barbe ?

— C'est pas marrant. Pense bien ce que tu veux. Moi il me plaît, c'est tout.

Viola se laissa glisser à côté d'elle, en proie à une sensation de malaise. Elle avait l'impression de toujours trouver les pires phrases à dire à sa sœur.

— Qu'est-ce que tu manges ?

Iris ouvrit son poing.

— Un bonbon au citron.

— Et c'est bon ?

Elle lui en tendit un, que Viola saisit et sortit de son papier. Elles restèrent un moment à faire rouler le bonbon dans leur bouche, l'esprit encombré par de trop nombreuses pensées.

— Tu crois qu'il reviendra ?

— Papa ? Je ne sais pas, il n'a pas bien pris notre décision de rester avec notre grand-mère.

— Eh bien, tu sais ce que ça me fait ? Rien. Vraiment, rien du tout, mentit Viola. Il n'a aucun droit sur moi. Avec toi, c'est une autre histoire. Tu aurais pu le suivre.

Iris se leva et enfonça les mains dans ses poches.

— Je suis restée pour notre grand-mère. Et aussi pour moi. Il y a trop de choses que je ne comprends pas… Je veux dire : tu trouves ça normal de vivre comme ils l'ont fait, chacun de leur côté ? On a le droit de savoir. Et même notre grand-mère, on dirait qu'elle vit cachée, avec ce mur qui clôt la propriété. Tu crois que c'est notre faute ?

Viola la foudroya du regard.

— Ça va pas ? On n'avait que deux ans ! Comment deux gamines de cet âge-là pourraient être tenues pour responsables de quoi que ce soit ? demanda-t-elle en se passant nerveusement les doigts dans les cheveux. Comment une chose pareille a bien pu te venir à l'esprit ? C'est absurde, assena-t-elle, agacée.

Iris regarda ailleurs.

— Il ne faut négliger aucune piste.

— Je crois que ces histoires de jumelles te sont montées à la tête.

— D'après moi, tout est lié. Tu te souviens de ce que nous a dit notre grand-mère ? Les jumelles et l'histoire du voyageur et du rosier de mille ans ? Tu crois qu'il existe vraiment ? Je veux dire, mille ans, ça fait quand même beaucoup…

— Ce n'est peut-être qu'une façon de dire, mais ce n'est pas impossible. Les rosiers peuvent atteindre une longévité remarquable. Depuis la tige originelle, chaque année, partent de nouveaux bourgeons, des rameaux qui remplacent ceux qui ont séché. Et de ces rameaux poussent ensuite de nouvelles branches. Si ce rosier existe, c'est certainement un arbuste à la base très large et noueuse…

Elle écarquilla les yeux : elle venait de se souvenir de quelque chose.

— Tu sais qu'au fond du domaine, près du mur d'enceinte, il y a une cloche ?

— Non, je l'ignorais.

Viola traça un dessin sur le sol.

— Elle est suspendue à un arc de pierre qui ressemble à peu près à ça, et sur lequel grimpe un rosier très ancien. Autrefois, il devait y avoir une corde pour faire sonner la cloche, mais elle a disparu. Elle est très vieille, tu sais. Elle existait avant le mur d'enceinte.

— Et comment tu le sais ?

— C'est Stefan qui me l'a dit.

— Celui-là, je crois qu'il sait tout. Sur papa, sur notre grand-mère. C'est à lui qu'on devrait poser des questions.

Viola secoua la tête

— Il ne nous dira rien, j'ai déjà essayé.

Stefan était très proche de Giulia Donati, c'était une évidence pour toutes les deux. Elles restèrent un moment sans rien dire, chacune plongée dans ses pensées. Viola brisa la petite branche avec laquelle elle avait continué à tracer des traits par terre.

— Et si tout était lié au jardin ? dit-elle.

— Quoi ?

— Les problèmes de Giulia, ceux de nos parents… Pense au parchemin qu'elle nous a donné : le plus important, ce n'est pas la devise de la famille, c'est le plan du jardin. Peut-être nous raconte-t-il à quoi il ressemblait il y a plusieurs siècles.

— Oui, tu as raison.

Iris tourna les yeux vers la villa, puis indiqua une silhouette.

— Tiens, regarde, c'est notre grand-mère sur le sentier.

— Et où elle va ?

— J'en sais rien. On n'a qu'à la suivre.

Gabriel surveillait le va-et-vient des gens dans le couloir. Il s'agita sur sa chaise, puis reporta son attention sur les feuilles qu'il tenait entre les mains. Il ne parvenait pas à comprendre quel mal mystérieux affligeait La Spinosa. Toutes les analyses n'avaient servi à rien : le déclin se poursuivait, inexorablement.

Pendant des mois, il avait soumis le jardin à tous les examens possibles, en vain. En apparence, il n'y avait aucun problème ; il devait se rendre à l'évidence : c'était au-delà de ses compétences.

Reconnaître son échec n'avait pas été chose facile. Admettre ses propres limites n'était jamais agréable mais, plutôt que de mettre en péril le jardin, il préférait demander de l'aide au professeur Giovanni Martelli, le meilleur dans son domaine.

— Petrović ?

— C'est moi.

Il se leva d'un bond et regarda par-dessus l'épaule de l'assistant du professeur. Il le connaissait : c'était Antonio Landini. Et ce n'était pas son ami.

— Si c'est le professeur que tu cherches, ne te fatigue pas.

Pas de chance, ce n'était pas du tout ce qu'il avait imaginé.

— Comment ça ?

Landini haussa un sourcil. Il avait de petits yeux rapprochés, un air méprisant, et affichait un sourire froid. Chez lui, tout était carré, de ses cheveux coupés en brosse jusqu'à sa veste.

Gabriel se demanda s'il amidonnait jusqu'à sa cravate et se retint de rire en repensant aux moqueries dont les chemises de Landini faisaient l'objet quand ils étaient étudiants. Rejeton d'une des plus grandes familles de Florence, il incarnait à la perfection le jeune homme bien sous tous rapports. C'était pour un type comme lui que, quelques années plus tôt, la jeune fille qu'il avait cru aimer l'avait quitté. Et, d'une certaine façon, il la comprenait. Les gens comme Landini étaient insérés dans une société qui ne tolérait pas ce qui sortait du rang. Pour eux, il était si simple et facile de suivre le courant.

Mais lui, il n'aurait jamais pu vivre comme ça.

Il soutint le regard de l'assistant, se demandant combien de temps mettrait Landini à lui dicter des règles qu'il n'avait aucune intention de suivre.

— Le temps du professeur est précieux…

« Il ne va certainement pas le gâcher auprès de toi. » La phrase ne fut pas prononcée, mais resta en suspens entre eux.

Gabriel continuait à fixer Landini. Puis il se leva et, après avoir gratifié l'assistant d'un demi-sourire, il lui tourna le dos. Il ne comptait pas laisser ce type le faire sortir de ses gonds. Contrairement à ce que beaucoup de gens pensaient de lui à cause de ses cheveux longs et de ses tatouages, Gabriel n'aimait pas l'arrogance, et il détestait que l'on manque à ses devoirs. Malgré tout, il garderait son calme, car la violence n'était jamais une bonne réponse ; pour se défendre, d'accord, mais seulement dans des cas extrêmes.

Il était presque dehors quand l'assistant se planta devant lui.

— Si tu persistes à ignorer la hiérarchie et à n'en faire qu'à ta tête, tu n'arriveras jamais à rien, Petrović.

— Peut-être que ça m'est égal.

— Si c'était vrai, tu ne serais pas ici

L'assistant fit une longue pause, puis tendit une main.

— Martelli a parlé d'un problème de sols, tu as les résultats d'analyses ?

S'il pensait lui souffler si facilement son travail, il se fourrait le doigt dans l'œil. Gabriel ne se laisserait pas faire. Il fit un pas en arrière, les traits durcis par un sourire froid.

— Si le professeur est trop occupé, j'attendrai. Salut, Antonio, et bonne journée.

Une fois dehors, l'air chaud lui sembla épais comme un bouillon. Il serra les mâchoires. Il sentait encore sur lui le regard de Landini. Quel sale type ! Pourquoi le professeur avait-il envoyé son assistant au lieu de le recevoir en personne ? Il devait trouver le moyen de lui parler, de lui exposer les faits. Il avait besoin de son aide pour guérir La Spinosa.

Il arriva au parking et monta dans sa voiture. Au bout de quelques minutes, sa colère s'était apaisée. Il ferait mieux de patienter, et de demander un autre rendez-vous. Et d'ici là ? Ce retard compromettait ses plans. Il savait que le temps était un facteur essentiel. Il devait trouver un remède pour empêcher le domaine de mourir. Après cela, il quitterait l'Italie.

Il repensa à l'invitation de sa mère. L'Argentine ne faisait pas franchement partie de ses projets, mais après tout, quand il aurait terminé sa mission à La Spinosa, il y réfléchirait. Depuis combien d'années n'avait-il pas vu sa mère ? Une nostalgie aiguë s'empara soudain de lui. Il avait l'impression qu'une éternité s'était écoulée.

Sa mère était une battante. Elle avait recommencé sa vie à zéro, loin de Sarajevo, de l'homme qu'elle avait perdu, de tout ce qu'elle avait été. Elle s'était remariée, elle avait une petite fille, un avenir. Elle avait été capable de faire ce qu'il n'arrivait même pas à imaginer. Lui, il s'était ancré si profondément dans son passé qu'il en portait les traces sur sa peau : les tatouages qui ornaient ses mains et ses bras racontaient son histoire. Il ne voulait pas oublier.

Gabriel, fils de Luban Petrović, mort avec ses rêves un soir de printemps à cause d'une guerre insensée à laquelle il s'était opposé de toutes ses forces. Il fit démarrer la voiture et se faufila dans le trafic. Il quitta Florence, en pensant au petit pot dans son sac à dos, qu'il avait récupéré ce matin-là dans un laboratoire de l'université : il contenait une poignée de graines qu'il avait prises dans le sac d'Iris, une dizaine d'entre elles avaient germé. Bientôt, il les transplanterait.

26

Le jardin est un système vivant, et certaines plantes peuvent aider à en prendre soin de façon naturelle. Le cotonéaster – Cotoneaster *– est un arbuste idéal pour la composition de haies fleuries qui en été se couvrent de baies rouges ; il constitue un antidote simple à une trop grande nidification de guêpes. Il a une prédilection pour le plein soleil et aime les terrains argileux, mais bien drainés. L'arrosage doit être mesuré.*

Le mur d'enceinte qui séparait la route du domaine était haut de deux mètres. Giulia l'avait fait construire pour protéger son secret. Et dès lors, tout avait changé à La Spinosa, elle en était intimement convaincue. Ce matin-là, elle s'était rendue sur la terrasse de la villa pour l'observer, ce qu'elle évitait soigneusement de faire depuis quelques mois. Mais aujourd'hui, il l'appelait. Dans ses cauchemars, ce mur était une ligne de démarcation nette entre ce qu'elle avait été et ce qu'elle était devenue. Elle le fixa encore quelques minutes, puis, après lui avoir lancé un dernier regard, descendit les marches en s'aidant de sa canne, dont la pointe s'enfonça dans l'herbe une fois en bas de l'escalier. Elle parcourut ce qui était autrefois le jardin à l'italienne, devant la villa, et faillit perdre l'équilibre plus d'une fois, pour atteindre la fontaine de pierre. Il faisait chaud, dans l'air flottait la trace d'anciens parfums.

Jadis magnifique, le jardin à l'italienne n'était plus à présent que l'ombre de lui-même. Cette pensée lui serra la gorge. Elle se souvint de cette femme de Volterra, Caterina, et de ses fleurs. Après sa mort, les plantes qu'elle avait tant aimées étaient mortes à leur tour. La même chose arriverait à La Spinosa ; c'était justement pour conjurer cela que ses ancêtres veillaient à préparer à chaque génération de nouveaux jardiniers. Elle avait mis un terme à la transmission de cet héritage et, désormais, elle ne savait pas comment rattraper cette funeste décision. Chacune de ses tentatives, de l'embauche de Gabriel à l'appel à l'aide lancé à Francesco, s'était révélée inutile. Ses deux petites-filles restaient son seul espoir.

Elle tourna autour de la vasque couverte de mousse aux bords arrondis. Elle commença à déplacer quelques pierres de la pointe de sa chaussure, puis jeta sa canne et se pencha. Les herbes sauvages se laissaient facilement arracher et, au bout de quelques minutes, Giulia s'aperçut que les petites feuilles qui sortaient du sol étaient des pousses de buis.

— Bonjour, grand-mère, qu'est-ce que tu fais ?

Elle se tourna vers ses petites-filles : elles avaient de l'allure, toutes les deux. Elles ne s'habillaient pas pareil, évidemment, mais un observateur attentif aurait constaté que la coupe et les couleurs de leurs vêtements étaient très proches.

— J’arrachais des mauvaises herbes. Ça m’aide à réfléchir.

Viola s’accroupit à côté d’elle, l’air sérieux.

— On peut t’aider ?

— Bien sûr ; je vous l’ai déjà dit : vous pouvez faire ce que vous voulez. Cet endroit est aussi le vôtre.

Elle remarqua avec plaisir le sourire incrédule de ses petites-filles.

— Tu sais, le parchemin que tu nous as donné… Eh bien, on a trouvé un endroit qui y est indiqué : le cercle de pierres, dit Iris en montrant la feuille.

— Vraiment ?

Elle baissa les paupières, son cœur se mit à battre la chamade. Elle avait l’impression de les voir à nouveau faire leurs premiers pas. Et comme à l’époque, elle éprouva une immense fierté.

— Qui a construit ce cercle ? reprit Iris. Et surtout, pourquoi ? C’est un travail incroyable, il est splendide, une véritable œuvre d’art. Et il doit avoir son importance, sinon, pourquoi se donner tant de mal ?

Giulia sourit.

— Bien sûr qu’il est important. Vous savez, tout le monde peut cultiver un jardin, tout le monde peut planter des fleurs, mais rares sont ceux qui comprennent la véritable signification de ce qu’ils font. Pourtant, cette conscience fait grandir le plaisir de jardiner, lui donne un sens plus profond. Cela rend l’expérience plus complète, vous ne croyez pas ? Notre devise en est la clé.

— La clé de quoi, grand-mère ? demanda Viola.

— De la connaissance du jardin. Tu te souviens de la deuxième étape ? La contemplation, la conscience, l’action, le plaisir, la vie.

— J'y comprends rien ! s'écrièrent-elles en même temps.

Leur curiosité naïve arracha un sourire à leur grand-mère.

— Prenez une pierre chacune, là, dans ce tas.

— Une pierre ?

— C'est un vieux truc, qui va m'aider à mieux vous expliquer ce que je veux dire. Voilà, c'est bien, maintenant lancez-la, et fixez le point où elle atterrit.

Viola et Iris échangèrent un regard perplexe.

— Alors, qu'est-ce que vous attendez ?

Viola lança sa pierre la première. Après avoir dessiné un grand arc, elle atterrit au pied d'un magnolia. Celle d'Iris choisit un vieil if.

— Maintenant, regardez bien où a atterri votre pierre, concentrez-vous sur ce point et lâchez prise.

Elle prit congé des jeunes filles et s'éloigna.

— Mais où tu vas ? demanda Iris, lui emboîtant le pas.

Giulia lui interdit de la suivre.

— La contemplation doit se faire en silence. Je vous laisse à votre exercice.

— Grand-mère, le silence n'existe pas dans ce jardin, même le vent parle ; alors, si nous avons besoin de silence, nous perdons notre temps, c'est tout.

Pétrifiée, Giulia se tourna vers la vallée. *Le silence n'existe pas dans ce jardin.* Une émotion intense la parcourut, l'obligeant à s'asseoir. Depuis combien de temps n'avait-elle pas entendu une chose pareille ? Elle retourna près de ses petites-filles.

— Certaines choses ne sont visibles que pour qui sait lcs regarder avec la plus grande attention.

— C'est-à-dire ?

La question de Viola était simple, pourtant Giulia mit quelques minutes à y répondre. Elle dut chercher dans sa mémoire, rassembler chaque souvenir puis le reconstituer.

— De tout ce que vous voyez, vous ne parviendrez à percevoir que quelques aspects, qui seuls vous resteront en mémoire. Le reste se perdra.

— C'est-à-dire ?

Comment leur expliquer un concept à la fois si simple et si complexe ? Leur esprit choisirait pour elles, ne retenant que les images familières, mais pour apprendre elles devaient tâtonner, elles devaient *avoir confiance.*

— Observez ce qui vous entoure. Écoutez le jardin, touchez l'herbe à vos pieds, la roche, l'écorce des arbres, les feuilles. Respirez le parfum, l'odeur de l'eau, celle du jour qui passe. Suçotez les fleurs de mauve et de bourrache pour connaître leur goût. Le jardin, c'est tout cela. Vos sens, tous vos sens, sont nécessaires pour le voir vraiment. Ce n'est que comme ça que la contemplation peut avoir une signification. Laissez le jardin faire partie de vous, et entrez en lui.

Quelqu'un lui avait dit, dans une autre vie, ces mots qu'aujourd'hui elle répétait à ses petites-filles. Et cela lui secouait le cœur.

— Pour moi, tout ça, ce ne sont que des bêtises, répliqua Viola sèchement.

Giulia frémit ; depuis qu'elle était adulte plus personne ne lui avait parlé sur ce ton. Mais ce n'étaient pas des jeunes filles comme les autres, c'étaient les jumelles Donati. Elle essaya de se souvenir de ce qu'elle savait. Si elle voulait avoir une chance que ses petites-filles comprennent, elle devait être patiente.

— Avant tout, asseyez-vous, et regardez où est tombée la pierre. Puis laissez-vous aller.

Le vent agitait l'herbe, portant avec lui l'odeur du petit lac en amont et des jacinthes d'eau qui avaient envahi ses berges. Lentement, il s'insinua dans les pensées des trois femmes.

Viola avait toujours aimé les magnolias. Mais au bout de quelques minutes, elle se lassa d'examiner l'arbre. Sa grand-mère était complètement folle. Le fait de lancer la pierre lui avait déjà semblé une absurdité. Mais elle détestait l'idée de lui déplaire et puis elle lui avait promis de passer un peu de temps avec elle. Au fond, Giulia lui avait simplement demandé de fixer un arbre. D'ailleurs, pour être exacte, c'était Iris qui avait commencé, en lui réclamant des explications sur le parchemin. Elle posa le menton sur ses mains. C'était un arbre commun, aux feuilles brillantes. Sous la caresse du vent, elles bougeaient à peine, lourdes, lentes. On aurait dit un vêtement trempé de pluie, de gouttes d'eau semblables à celles qu'elle regardait tomber du grenadier devant sa fenêtre, enfant, quand elle vivait encore en Toscane avec sa mère. Elle tendit ses mains ouvertes. De grosses gouttes s'écrasaient sur sa peau. Étaient-ce des souvenirs ou la réalité ? Elle reposa les yeux sur le magnolia. À présent, il brillait, comme si le soleil resplendissait en son cœur. Comme l'étoffe de la robe de sa mère, cachée au fond de l'armoire, que Claudia n'avait jamais le courage de porter… Comme il était facile d'oublier. Comme il avait été facile de la juger. Viola regarda les gouttes qui glissaient sur le pré. Une profonde sensation de honte lui nouait la gorge.

Iris connaissait ce jeu. Elle l'avait fait des milliers de fois. C'était le ciel qu'elle aimait regarder avec ses amis du village des roses, il était d'un bleu clair ou foncé, limpide, uni. Mais soudain, dans ce ciel serein, des nuages faisaient irruption, et l'azur se teintait de violet et de rouge.

« Ça, c'est une girafe, et ça, un éléphant.

— Moi, je trouve qu'on dirait une baleine.

— C'est quoi, une baleine ?

— Un gros poisson qui vit dans la mer, même qu'une fois il a mangé un enfant. Il s'appelait Pinocchio, c'était une marionnette en bois. »

Ils avaient tous éclaté de rire. Aucun de ses amis ne croyait qu'un animal pouvait être bête au point de manger un morceau de bois.

Les visages de ses amis de Ziway, en Éthiopie, lui revinrent à l'esprit, si parfaitement nets qu'elle aurait cru les avoir quittés quelques minutes plus tôt. Iris sentit leurs doigts serrer ses mains, l'entraîner vers la forêt. Elle entendit les murmures suffoqués qui naissaient derrière les grillages, quand, cachés dans les buissons, ils attendaient que les travailleurs quittent la plantation de roses, puis s'y glissaient et cueillaient les plus grosses pour en faire des colliers. Colliers qu'ils jetaient dans un des torrents tout proches, avant de se lancer à leur poursuite, à grandes brassées pleines de rire. Quand Iris rentrait chez elle, dégoulinante et transie, Francesco l'enveloppait dans une grande serviette et lui demandait de lui narrer en détail sa journée. Plus tard, devant un bon feu, ils écoutaient Labaan raconter des histoires. Elle aimait particulièrement la fable qui disait qu'un jour le soleil et la lune invitèrent l'eau chez eux ; l'eau en entrant prit toute la place et les recouvrit. Alors pour tenir leur parole et ne pas la chasser de leur maison, ils durent monter au ciel, et y restèrent.

— Et toi, grand-mère, qu'est-ce que tu vois ? demanda Viola.

Giulia ne disait rien, absorbée qu'elle était dans la contemplation de ses petites-filles. Quand elle se décida à parler, Iris et Viola s'étonnèrent de la douceur de sa voix :

— J'avais oublié le parfum si intense des pétales de mon rosier. Et j'avais oublié que ses épines avaient protégé mes fleurs secrètes. J'avais oublié comme il était facile de se refléter dans le regard de celui qu'on aime. J'avais oublié le bonheur que peut offrir un sourire.

— Tu parles du rosier de mille ans ?

Giulia sursauta. Elle se demanda où Iris avait pu en entendre parler, avant de se souvenir que c'était elle qui l'avait évoqué.

— Oui, c'est une belle histoire liée aux origines de ce jardin, et de notre famille. Voulez-vous que je vous la raconte ?

— Oui, s'il te plaît, répondit Viola.

Elle était de plus en plus convaincue que le parchemin était une carte très précise de l'ancien jardin et que, si ce rosier millénaire existait vraiment, la seule façon de le trouver était de suivre les indications qui s'y trouvaient. Mais pour cela, elle devait en savoir plus.

— Raconte, grand-mère, ajouta Iris.

— Je vous ai dit que le domaine avait été fondé par Goffredo Donati, et que les premières roses qu'il planta faisaient partie de la dot de son épouse. Seraphina et lui eurent de nombreux enfants. Deux de leurs filles demeurèrent auprès d'eux. Elles étaient jumelles, et s'occupaient du jardin. Après leur mariage, toutes deux continuèrent à vivre à La Spinosa. Et par la suite, chaque fois que des jumeaux naissaient dans la famille, cette tradition se répétait.

— Pourquoi ? Je veux dire, grand-mère, les autres Donati pouvaient s'occuper du jardin, eux aussi. Pourquoi cette tâche était-elle réservée aux jumeaux ?

Viola était toujours si logique et pragmatique.

— C'était une façon de célébrer le pacte entre les Donati et la nature. C'était la dualité et l'unité des jumelles qui faisaient la différence. L'une continuerait à s'occuper du jardin et du rosier qui en était le symbole. Le labyrinthe du rosier était un endroit très spécial, qui conservait la mémoire de la famille. Chaque fois qu'un Donati venait au monde, on plantait un arbre, raconta Giulia.

— C'est magnifique. J'avais déjà entendu parler de cette tradition. Et l'autre ? Que devait faire l'autre jumelle ?

— Elle s'occupait des voyageurs.

— C'est-à-dire ?

Giulia s'arrêta, comment pouvait-elle s'expliquer ? Elle réfléchit un instant.

— À travers les boutures, les graines, les jeunes pousses… Chaque personne qui en faisait la demande, qui avait besoin du jardin, recevait en cadeau une partie de lui. De cette façon, le jardin quittait les limites du domaine de La Spinosa, et répandait ailleurs sa magie.

— Et cette Bianca qui a donné les fleurs à Caterina de Volterra, grand-mère, elle était de notre famille ?

Elle savait bien que ce n'était qu'une question de temps avant que ses petites-filles ne lui posent des questions sur Bianca. Elle ferma la main, pour en faire cesser le tremblement, et inspira lentement. Quand elle fut assez sûre de parvenir à articuler sa phrase, elle répondit :

— Oui, bien sûr. Mais c'est une autre histoire. Maintenant, rentrons à la maison. Fiorenza doit se demander où nous sommes passées.

Bianca

Cela fait des jours qu'elle n'a pas mis un pied dans le jardin. Bianca ouvre grandes les fenêtres, ses doigts fins s'agrippent à la balustrade. Brusquement, quelque chose ne va pas. C'est une sensation qui papillonne dans son ventre. La perte, voilà. C'est une sensation de perte. Le vent agite ses cheveux et la décoiffe, alors elle les attache. Elle frissonne à nouveau, car soudain, autour d'elle, tout n'est que silence.

Quand le jardin a-t-il cessé de parler ?

Bianca scrute attentivement chaque recoin, chaque haie. Tout est comme avant, sans l'être vraiment. Elle ne voit que des parterres désordonnés, des endroits à l'ombre, des plantes à tailler, des allées à réorganiser. Et lui ? Où est-il ? Où sont partis son sourire, sa voix ?

— Tu es prête ? On doit y aller, il se fait tard.

Giulia est très belle, élégante. On dirait une actrice. Elle la contemple un instant, elle sait qu'elle ne sera jamais comme sa sœur. Depuis la mort de leurs parents, cette conviction s'est enracinée en elle, la rendant de plus en plus taciturne et malheureuse. Chaque succès de Giulia lui donne l'exacte mesure de ses propres échecs.

— J'arrive.

Son murmure résonne comme un écho dans ce silence ; lentement, elle atteint la porte. Elle la referme, gardant dans les yeux l'image qu'elle a vue reflétée dans le miroir de sa chambre.

Sa tenue est impeccable, tout comme ses cheveux. Tout en elle l'est, à ce moment précis. Mais ce n'est qu'une illusion. Sans Giulia pour la guider, elle ne saurait ni quoi faire ni quoi dire, elle en est consciente. Sans elle, elle n'arriverait à rien. Elle serre son sac contre sa poitrine, et pense à ses parents. Ils lui manquent terriblement, c'est une douleur qui lui déchire le cœur. Et une nouvelle souffrance s'est ajoutée à cette douleur.

Le jardin a cessé de lui parler. Cela fait des jours maintenant qu'elle n'a pas entendu sa voix.

27

La lavande – Lavandula angustifolia – *aide à prévenir l'insomnie, la nervosité et l'incertitude. Cet arbuste sempervirent très rustique prospère en plein soleil et supporte le froid. Il s'adapte à tout type de sol, tant que celui-ci est bien drainé : la lavande craint l'eau stagnante, aussi faut-il l'arroser avec modération. Son parfum de propreté intense séduit les papillons et les abeilles. Elle fleurit en longs épis dont les nuances vont du bleu clair au bleu foncé en passant par le violet et le rose. Trois cuillères à café pleines de fleurs de lavande ajoutées dans le thé permettent de bénéficier pleinement de ses vertus.*

Viola attendit que chacun se soit retiré dans sa chambre, puis elle se faufila hors de la sienne. Il ne lui fallut que quelques minutes pour atteindre la terrasse. À côté de l'entrée principale, une fenêtre était entrouverte. Elle l'avait remarquée quelques jours plus tôt, en cherchant comment pénétrer dans l'aile fermée de la demeure. Elle n'avait pas encore eu l'occasion d'en profiter ; Iris ou Stefan était toujours dans les parages. Et sa sœur ne lui avait pas semblé être du genre aventureux, au contraire : elle aurait fait n'importe quoi pour ne pas contrarier sa grand-mère. Eh bien, tant pis, elle irait seule explorer la villa. Elle avait attendu la nuit pour mener à bien sa tentative. Heureusement, même enfant, elle n'avait jamais eu peur du noir.

Si sa grand-mère leur avait interdit, à elle et à sa sœur, d'entrer dans la partie condamnée de la villa, ce n'était sans doute pas uniquement à cause des risques d'effondrement. Ça l'embêtait un peu de désobéir ; un peu seulement. Elle sentait que cet endroit cachait des secrets en lien avec son passé. Et elle avait bien l'intention de les découvrir.

Une fois à l'intérieur, plongée dans la pénombre, elle se demanda si elle avait bien fait d'exclure Iris de cette expédition. Mais ça ne dura qu'un instant : très vite, elle écarquilla les yeux, subjuguée par la majesté du hall qui s'ouvrait devant elle, avec son double escalier, sa balustrade, ses frises et ses moulures. Il y avait aussi d'immenses tableaux accrochés aux murs.

Elle avança bouche bée, abasourdie, et se retrouva au pied de l'escalier. Elle monta les marches une à une. Le marbre de la balustrade était lisse et frais sous ses doigts. Arrivée à l'étage, elle s'arrêta devant une imposante porte marquetée à double battant. Elle resta un instant immobile, et réfléchit. C'était bien ce qu'elle avait imaginé : là-dedans, rien n'était en ruine, aucun risque d'effondrement. À part quelques toiles d'araignée, la villa était en excellent état. Elle poussa les battants de la porte.

Par la double baie vitrée du salon pénétrait un rai de lumière argentée, qui conférait à l'ensemble des airs de conte de fées. L'immense salle était encore entièrement meublée. Dans un coin, il y avait même une extraordinaire mappemonde en bois ; et des murs entiers étaient recouverts de livres.

Elle marchait le nez en l'air, absorbée, sans regarder où elle mettait les pieds. Sa jambe heurta un tabouret, elle lâcha un juron, dents serrées, et perdit l'équilibre. Quand elle tomba sur le sol, l'impact lui coupa le souffle.

Puis tout devint noir.

Étendue sur son lit, Iris contemplait le plafond. Elle venait de passer une soirée incroyable, car sa grand-mère avait continué à parler du passé de leur famille tout au long du dîner. Elle ignorait que ses ancêtres aimaient tant l'aventure ! En réalité, elle ne savait absolument rien d'eux et accueillait chaque nouvelle révélation comme un trésor. L'histoire de la très jeune Matelda et de son amour malheureux pour un soldat allemand, qu'elle avait payé de sa vie ; Sidonia, la femme qui avait été accusée de sorcellerie et avait échappé de justesse au bûcher ; les rosiers créés pour la serre de Joséphine de Beauharnais. Même Viola était fascinée par ces histoires. Bien sûr, elle ne lui en avait rien dit, mais cela n'avait pas empêché Iris de le deviner. C'était comme si, tout à coup, une étrange émotion lui donnait accès aux pensées de sa sœur.

Quand il lui sembla que toute la maisonnée était endormie, elle se leva. Elle enfila les chaussures les plus légères qu'elle possédait et sortit. Le couloir était sombre, elle utilisa la lumière de son téléphone portable pour descendre l'escalier. Dos à la porte d'entrée, elle regarda attentivement autour d'elle.

Les portes qui conduisaient au corps central de la maison étaient situées le long des couloirs extérieurs et, de toute façon, elles étaient fermées. Elle en était sûre, car elle avait vérifié avec Viola. Il n'y avait aucun moyen de passer par là, à moins de forcer ces portes, et franchement elle ne s'en sentait pas capable. Il devait bien y avoir une autre façon. Elle se rendit dans la cuisine et alluma. Dans un des hauts murs de la pièce s'ouvrait un large foyer, qui pouvait contenir plusieurs récipients. Une marmite en cuivre brillait dans un coin. Iris fit glisser un de ses doigts sur le dessus de la table, elle était si lisse. Ses yeux passèrent en revue les fenêtres, puis à nouveau les murs, les meubles, le vieux buffet.

— Bon sang, il n'y a vraiment rien ici, pas le moindre passage secret ! s'écria-t-elle.

Elle se servit un verre d'eau, qu'elle rinça et reposa dans l'évier de marbre après avoir bu. Puis elle se dirigea vers la porte, songeuse. Elle devait trouver un autre passage. Elle regagna le hall, et entra dans la salle à manger. Elle évita le couloir qui menait aux appartements de Fiorenza et de sa grand-mère, ainsi que le couloir opposé, où avait séjourné son père. À l'étage il y avait sa chambre et celle de sa sœur. L'espace d'un instant, elle envisagea de remonter, pour demander à Viola si elle voulait se lancer dans cette fameuse exploration dont elles avaient parlé. Puis elle décida que non. Elle voulait faire cela toute seule. Elle jeta un dernier coup d'œil aux murs du hall, avec le sentiment que quelque chose lui échappait.

Elle décida de retourner dans la cuisine pour passer en revue chaque coin, chaque meuble, chaque fissure. Elle contempla même un immense tableau qui représentait un marché médiéval, avec des poules et des ânes. Il était vraiment bizarre. Ne pouvait-il pas couvrir une porte éventuelle ? Cette pensée lui redonna du cœur à l'ouvrage et, de ses doigts, elle suivit le cadre du tableau à la recherche d'une fissure. Mais après avoir parcouru sa surface plusieurs fois, elle dut se rendre à l'évidence : il n'y avait rien. Elle s'assit sur la table et glissa une main dans sa poche. Elle avait dû laisser ses bonbons dans son sac… Trouverait-elle quelque chose de sucré dans le cellier ? Même un peu de confiture ferait l'affaire. Elle ouvrit la porte, plissant les yeux à chaque grincement. L'intérieur était très spacieux. Au fond, il y avait une grande étagère pleine de bocaux. Elle trouva des conserves, des légumes à l'huile, de la sauce tomate, mais rien de ce qu'elle voulait. Elle soupira, s'apprêtant à faire demi-tour. Soudain, un courant d'air froid lui frôla les jambes. Elle se pencha, déplaça de gros récipients en plastique, et fixa le vide.

Il n'y avait pas de mur là-derrière, comment était-ce possible ?

Derrière l'étagère, l'obscurité était si épaisse qu'on aurait pu la couper au couteau. Elle palpa ses poches frénétiquement, puis se retourna, et regarda autour d'elle. Son téléphone portable était resté sur la table ; elle courut le chercher, s'agenouilla au sol et pointa le faisceau en direction des étagères qu'elle avait vidées. La lumière illumina un long couloir. Elle se releva, les yeux brillants et un sourire aux lèvres. La porte avait toujours été là, sous ses yeux. Le garde-manger avait été creusé depuis l'extrémité du couloir qui faisait communiquer la cuisine et la partie condamnée de la villa.

Elle scruta les alentours, en proie à une grande agitation. Que faire à présent ? Elle pouvait rejoindre Viola, et la mettre au courant de sa découverte. Ou bien, elle pouvait s'en sortir toute seule. Elle cessa de réfléchir, se pencha pour passer sous les étagères et déboucha dans le couloir. À sa droite se trouvait un mur très haut, le long duquel s'ouvraient des fenêtres. À gauche, une longue suite de portes. Et dans cette niche… Elle pointa la lampe de son téléphone vers le recoin le plus sombre, et poussa un cri.

Mais qu'est-ce que c'était que ça ? Elle sentit ses poils se hérisser sur sa nuque. Un instant, elle envisagea de retourner immédiatement d'où elle était venue, puis elle se figea. « Ce n'est rien », murmura-t-elle pour se donner du courage. La silhouette était trop haute pour être vraie. À moins que sa grand-mère n'ait caché un géant dans la partie condamnée de la villa. Elle fit encore quelques pas, le faisceau de lumière dirigé droit devant elle, le cœur prêt à exploser. Puis elle se mit à rire. « Mais c'est rien qu'une armure ! » Dans sa voix se mêlaient un soulagement et une joie complètement disproportionnés.

Le métal scintilla, créant une myriade de faisceaux colorés. À présent qu'elle pouvait observer l'armure de plus près, Iris ne comprenait pas comment elle avait pu se laisser tromper. Puis l'absurdité de la situation lui provoqua une sorte de chatouillis dans le ventre. Elle était seule, dans une aile de la maison dont on lui avait interdit l'accès, et elle était passée à deux doigts d'un infarctus. Elle éclata de rire et ne s'arrêta que quand elle sentit des larmes lui mouiller les joues.

Quand de ce moment il ne resta plus que quelques traces humides sur son visage, Iris s'assit par terre, un bras passé autour d'une jambe de l'armure, dans un geste amical : « Je vais t'appeler Alfred. C'est un joli nom, tu ne trouves pas ? » Elle continua à parler à l'armure durant un certain temps, même si elle avait pleinement conscience d'avoir l'air d'une folle. Quand son cœur cessa de lui marteler les tempes et retrouva un rythme acceptable, elle décida de lâcher la jambe de métal. Elle se leva et balaya la salle avec son téléphone. Les rideaux étaient en lambeaux, comme s'ils avaient été arrachés dans un accès de colère, certains gisaient sur le sol comme de petites flaques d'encre. Elle se remit en marche, les yeux rivés sur les tableaux et les quelques meubles qu'elle croisait. Mais tout était tellement étrange et inquiétant que plus d'une fois elle se retourna, comme si elle craignait de ne pas être seule. « Je devrais peut-être revenir demain », se dit-elle. Pourtant, quelque chose la poussait à continuer, à regarder autour d'elle. Par exemple, le fait d'avoir eu raison de chercher dans la cuisine la porte d'accès à la partie condamnée de la villa. C'était de là, en général, que partaient tous les couloirs que le personnel de service pouvait emprunter tranquillement sans déranger ses patrons. La villa des Donati était particulière, bien sûr, mais elle restait après tout une demeure aristocratique, et elle en conservait certains aspects fondamentaux. Elle parcourut plusieurs branches du couloir, gardant en mémoire la direction qu'elle suivait, et veillant bien à toujours tourner à droite. Elle n'entra dans aucune pièce, jusqu'à ce qu'elle se retrouve face à une porte. « D'accord, maintenant, on va jusqu'au bout. » Elle prit une longue inspiration et tourna la poignée. « Et maintenant, où suis-je ? »

Devant elle se trouvait un gigantesque hall à peine illuminé par une rangée de fenêtres. De là partait un grand escalier surmonté de deux statues de lion. Les deux rampes de l'escalier menaient à l'étage supérieur, où l'on entrevoyait une porte à deux battants.

Iris n'en revenait pas. Pourquoi diable sa grand-mère s'était-elle contentée de vivre dans l'autre aile quand elle avait à sa disposition une telle merveille ? Elle avait déjà un pied sur une marche quand elle aperçut un rai de lumière qui filtrait à travers une fente dans la porte devant elle. Elle s'immobilisa. Il y avait quelqu'un là-dedans.

Ça, elle ne s'y attendait pas, et elle n'était pas sûre d'être capable d'affronter la situation.

Lentement, sans quitter des yeux la lumière qui allait et venait, elle recula, jusqu'à ce qu'elle sente la poignée de la porte contre son dos. Elle retourna à toute allure dans le couloir, bien décidée à s'enfuir.

C'est alors qu'elle entendit un cri, puis un grand bruit sourd.

Quelle était donc cette odeur ? Viola ouvrit grands les yeux. Papier, cuir, poussière… et quelque chose d'indéfinissable qui lui rappelait les courses folles dans les prés à la fin de l'été, quand l'herbe sèche s'était transformée en petits tas jaunes qui crissaient sous les chaussures. Elle roula sur un flanc. Une douleur vive lui arracha un gémissement. Elle était tombée et s'était cogné la tête, ainsi qu'une jambe qui à présent la faisait souffrir. « Bon sang ! Qu'est-ce que je fais maintenant ? » Elle frissonna de peur. Elle était seule, et quand bien même elle aurait crié personne ne l'aurait entendue. Elle était trop loin des appartements où tout le monde dormait. Quelle idiote ! Non seulement elle n'avait averti personne qu'elle avait l'intention d'explorer la partie de la maison qui lui était interdite, mais en plus elle l'avait fait en pleine nuit !

Un frisson lui parcourut l'échine. Et si on ne s'apercevait pas tout de suite de sa disparition ? Elle se reprocha à nouveau de n'avoir prévenu personne. L'image d'Iris se forma soudain dans son esprit. Ce qui l'étonna. Elle n'avait pas consciemment voulu penser à elle, elle en était certaine. Et alors, pourquoi la voyait-elle maintenant ? Et avec cette netteté déconcertante ?

— Bon, c'est vrai qu'à elle, j'aurais pu le dire, marmonna-t-elle.

Depuis quand parlait-elle toute seule ? Elle secoua la tête, il valait mieux sortir rapidement de cet endroit. Elle jeta un dernier coup d'œil autour d'elle et se traîna vers la porte. Quand elle était tombée, elle avait perdu ses esprits un instant mais, dans l'obscurité interrompue par la lueur lunaire qui pénétrait par la fenêtre, elle aperçut son téléphone qui avait glissé par terre, tendit un bras et tâtonna pour le saisir.

« Faites qu'il n'y ait pas de rats ici… »

Elle se reprocha mentalement d'avoir créé cette image. S'il y avait bien une chose qu'elle avait en horreur, c'étaient les rats, même les tout-petits. Et naturellement, qu'est-ce que son imagination était allée chercher ? Ce qu'elle craignait le plus !

Elle alluma la lampe de son portable et se releva, les lèvres tordues dans une grimace, la douleur à la jambe lui coupait le souffle. Elle réussit à atteindre un fauteuil et s'y laissa tomber avec un soupir. Puis elle releva la jambe, la plia à peine : ouf, rien de cassé !

Elle en était sûre, car sa mère le lui avait expliqué : « Si ça bouge, c'est qu'il n'y a pas de fracture. »

Claudia l'avait toujours encouragée à jouer partout, sans jamais avoir peur de rien, s'attirant souvent ainsi les critiques des autres mères. À présent qu'elle connaissait la vérité, elle se disait que Claudia avait cru compenser ainsi l'absence de son père. Elle attendit l'habituel accès de colère qui accompagnait ce genre de considérations, mais il ne vint pas, ce qui la surprit. La seule chose qu'elle éprouvait à ce moment précis était un mélange de tendresse douloureuse pour sa mère et de grande envie de pleurer. « C'est à cause de notre grand-mère, pensa-t-elle, et de son drôle d'exercice de méditation. » Elle s'aperçut que le temps passé à contempler le magnolia avait changé quelque chose. Une idée, au fond, était un peu comme une graine : il fallait lui laisser le temps de grandir. Envisager les événements d'un autre point de vue permettait de modifier la perception que l'on en avait.

— Aïe ! s'écria-t-elle avec une grimace en regardant sa jambe. Tu n'es peut-être pas cassée, mais tu me fais un mal de chien.

Puis une lumière aveuglante l'obligea à se couvrir les yeux.

— Viola, Viola, où es-tu ?

Elle écarquilla les yeux, ébahie. Iris ? Mais qu'est-ce qu'elle faisait là ?

— Ici ! Fais attention au tabouret !

Elle la prévint juste à temps. Un bruit sourd fut suivi d'un juron prononcé à voix basse.

— Je suis là, qu'est-ce qui t'est arrivé ?

— Je suis tombée.

— Fais voir !

Elle se pencha, posa ses doigts légers sur sa jambe. Viola se tendit.

— Comment as-tu su ?

— Quoi ?

Elle lui prit la main.

— Comment tu as su que c'était cette jambe qui me faisait mal ?

— Je n'ai pas réfléchi, c'était un hasard.

Elle mentait. Et elles le savaient toutes les deux. Leurs souffles déchiraient le silence. Dans leurs têtes, mille pensées se bousculaient, mêlées de non-dits, de désirs, d'émotions.

— Ça ne t'est jamais arrivé d'avoir l'impression que quelque chose qui ne t'appartenait pas était pourtant un peu à toi ? demanda Iris d'une voix qui n'était qu'un murmure.

Viola se figea. Bien sûr que ça lui était déjà arrivé. Et plus d'une fois depuis qu'elles s'étaient rencontrées, quelques jours plus tôt ; si souvent d'ailleurs que cela finissait par l'agacer et l'inquiéter.

— Je vois pas de quoi tu parles.

Iris lâcha sa jambe et recula. Viola tendit la main pour la retenir, mais ses doigts se refermèrent sur le vide. Elle ferma les yeux en grimaçant de nouveau.

— Qu'est-ce que tu fais ici ?

— Je t'ai entendue, et je suis venue te chercher.

Viola en resta bouche bée. Bon, d'accord, elles venaient de reconnaître toutes les deux qu'il existait entre elles une sorte de connexion, mais là, c'était vraiment trop.

— Tu m'as entendue depuis ta chambre ?

Iris éclata de rire.

— Mais non ! J'étais juste là, en bas.

— Et qu'est-ce que tu y faisais ?

— Je voulais explorer la maison.

Elle s'était donc trompée au sujet de sa sœur. Viola éprouva un sentiment de honte qui la mit mal à l'aise. Elle le repoussa, se concentrant sur Iris.

— Oui, mais par où es-tu entrée ?

— Par la cuisine. C'est de là que partaient tous les couloirs. Toutes les vieilles maisons sont un peu construites sur le même modèle.

— Tu aimes l'histoire, pas vrai ?

— Oui, c'est une des choses qui me fascinent le plus. Je te l'avais dit, tu te souviens ?

Oui, bien sûr qu'elle s'en souvenait. Viola se passa une main sur les yeux. Sa jambe la faisait un peu moins souffrir.

— Je crois que j'ai eu la même idée que toi, poursuivit Iris. Tous ces discours de notre grand-mère sur les Donati, sur leurs recherches, les herbiers… on pourrait en trouver des choses en fouillant un peu ! Une fois, j'ai lu un livre sur une société d'explorateurs qui s'aventuraient en Afrique, en Inde et en Amérique latine. Ils suivaient le cours des fleuves. Ils avaient pour mission de prélever de nouvelles plantes, des graines, des orchidées pour le compte d'un groupe de riches collectionneurs européens. Tu imagines, si on trouvait trace de choses similaires par ici ? Ce serait fantastique.

À ces mots, Viola imagina des forêts luxuriantes où des singes et des perroquets voltigeaient de branche en branche, parmi des cascades de fleurs aux couleurs vives qui attiraient des papillons et des petits colibris.

— En tout cas, il fait drôlement noir là-dedans, reprit Iris. Et toi, par où es-tu entrée ?

— Par la terrasse, il y avait une fenêtre entrouverte. Et maintenant, si j'arrive à me lever, ça te dirait de repartir en exploration ?

— Toutes les deux ?

— Bien sûr.

— Attends, je vais t'aider.

Iris l'aida à se relever, puis Viola passa un bras autour des épaules de sa sœur. Au début, elles sautillaient mais, quand elles arrivèrent au centre de la pièce, leurs corps s'étaient déjà habitués l'un à l'autre et se déplaçaient de façon synchronisée, comme s'ils s'étaient reconnus.

Elles continuèrent à faire le tour du salon, chacune utilisant son téléphone comme une lampe. Les murs étaient tapissés de livres : elles se trouvaient au cœur d'une énorme bibliothèque. Les étagères montaient jusqu'au plafond, protégées par de grandes vitres ; il y avait aussi une immense échelle mobile qui permettait d'atteindre les endroits les plus hauts.

— Tu crois que les herbiers sont là-dedans ? demanda Iris en désignant une armoire.

— On va voir ?

Elles arrivèrent près de l'armoire et tentèrent de l'ouvrir, mais elle était fermée à clé.

— Il nous faudrait de l'huile et des outils. Comme ça, on ne peut rien faire.

— On a rien pour la forcer ? demanda Iris, déçue.

— On risquerait de l'abîmer. Et si on revenait plutôt demain soir ? proposa Viola, qui savait où se procurer le nécessaire.

— D'accord, mais tu ne veux pas plutôt donner un petit coup d'œil au reste de la maison ?

— Mais qui a parlé de retourner se coucher ?

— On commence par où ? demanda Iris, impatiente et heureuse.

Elles parcoururent les anciennes salles du premier étage, où de grands draps recouvraient les meubles tels des suaires. Au deuxième étage, on trouvait des petits salons et des chambres à coucher. Mais ce fut au dernier qu'elles dénichèrent une chose incroyable qui les rendit folles de joie.

Deux grandes pièces rondes parfaitement identiques se faisaient face. Mais tandis que dans l'une se trouvait un berceau, dans l'autre trônait un grand bureau.

— Regarde !

Viola s'éloigna d'Iris, le faisceau de lumière dirigé vers un tableau accroché au mur. Ce qu'elles virent leur coupa le souffle.

— Mais c'est nous !

— Comment est-ce possible ?

Elles s'approchèrent prudemment de l'énorme portrait : deux jeunes filles identiques, leurs visages si près l'un de l'autre que leurs cheveux se mêlaient. L'une souriait, l'autre fixait le vide d'un air de défi.

— Elles nous ressemblent beaucoup. Ou plutôt, nous leur ressemblons beaucoup. Regarde ces vêtements, d'après toi, ils datent de quelle époque ?

Iris ne répondit pas tout de suite, occupée à évaluer les différentes possibilités. Enfin, elle parla :

— Ce sont des jumelles. Comme nous.

Était-ce ainsi que les gens les voyaient ? Dégageaient-elles, elles aussi, cette étrangeté ?

— Oui… Aide-moi, je veux les voir de plus près.

Iris secoua la tête, encore abasourdie, et répéta :

— Des jumelles, identiques. Elles sont même habillées pareil. Ça fait presque peur… Regarde, sur la petite plaque juste sous le cadre, on voit leurs noms.

Viola acquiesça, songeuse.

— Tu te souviens des fleurs de Volterra ?
— Quel rapport ?
— Eh bien, ici, il est écrit… Giulia et Bianca Donati.
— Mais comment ça ? C'est absurde !
— J'ai comme l'impression que nous avons trouvé qui est Bianca Donati. Maintenant, la question est la suivante : pourquoi notre grand-mère ne nous a-t-elle jamais dit qu'elle avait une sœur ? Jumelle, de surcroît…

28

Les jardins sont les gardiens des secrets de la vie, mais aussi de la mort. Le laurier-rose – Nerium oleander *–, arbuste sempervirent, symbolise la prudence : il faut en effet le manipuler avec la plus grande attention, car il est hautement toxique. Ses fleurs sont décoratives et parfumées, ses feuilles brillantes. Il aime la chaleur, les rayons du soleil, et il s'adapte à tout type de terrain. Il craint le gel et, bien que ce soit une plante rustique, il doit être arrosé avec régularité.*

La pluie coulait le long des fenêtres, formant de petites rigoles. Avoir vécu dans une des villes les plus humides d'Europe l'y avait habituée, mais Iris trouvait tout de même quelque chose de profondément irritant à ce mauvais temps ; elle avait pris goût au soleil de Toscane, au vent qui charriait des parfums si différents de ceux d'Amsterdam, aux collines, aux anfractuosités rocheuses. Et ce soleil qui pour l'instant se faisait désirer lui manquait avec une intensité qu'elle n'avait jamais ressentie auparavant. Elle était confinée à l'intérieur, et cela commençait à lui taper sur les nerfs.

Viola au contraire semblait insensible à tout. Elle parlait avec sa grand-mère, et ne cessait de prendre des notes.

— Pour savoir ce que vous devez planter, il faut prendre en compte le soleil, le vent, l'exposition et le sol ; ce n'est qu'après avoir établi un tableau clair de la situation que vous pourrez intervenir. Quand vous préparez l'endroit qui accueillera vos cultures, vous devez veiller à ce qu'il soit adapté aux plantes. En fin de compte, c'est cela l'essentiel. Il y a des façons naturelles d'enrichir les sols pauvres en nutriments ; l'une d'entre elles est de cultiver des plantes fourragères, qui leur apporteront les substances les plus adaptées. Pour rééquilibrer le niveau d'azote, par exemple, on peut planter de la luzerne cultivée, dite « foin de Bourgogne », qu'il convient de faucher avant la floraison. Mais attention, cependant : ses racines vont en profondeur, aussi, si le terrain doit être utilisé rapidement, mieux vaut utiliser du trèfle.

La voix de Giulia était de plus en plus forte. Comme elle, d'ailleurs. L'état de santé de la vieille dame s'était nettement amélioré depuis l'arrivée de ses petites-filles.

Iris les surveillait du coin de l'œil. Chaque jour Giulia leur parlait de culture et de jardinage. Sa sœur était pendue à ses lèvres et tapait tout ce qu'elle disait à l'ordinateur. Iris soupira : elle les connaissait par cœur, toutes ces choses. Les engrais naturels, les techniques de compostage étaient des sujets dont son père lui avait parlé des millions de fois. C'était le reste qu'elle voulait savoir. Par exemple, pourquoi avait-on fermé la villa ? Ce n'était pas vrai qu'elle tombait en ruine. Une petite partie, peut-être, mais certainement pas celle que Viola et elle avaient vue… Soudain, elle eut une idée. Vu que sa grand-mère ce jour-là était bien loquace, elle en profiterait pour lui poser elle aussi quelques questions. Elle la rejoignit et s'assit à côté d'elle.

— Grand-mère, à qui appartenait le sac de graines que tu m'as donné ?

L'espace d'un instant, la vieille dame la fixa, le regard vide.

— C'était un cadeau.

— De qui ? demanda Viola, s'immisçant dans la conversation.

— C'était une reproduction des sacs que l'on portait autrefois aux champs. C'est ma mère, Ines, qui l'avait fait fabriquer.

— Et à quelle occasion te l'a-t-elle offert ? demanda Iris, qui avait du mal à cacher sa déception.

— C'était un cadeau d'anniversaire, pour mes dix ans. Les graines sont magiques car elles sont comme des promesses tenues. Ce sont elles qui font naître les fleurs. Elles marquent la continuité.

Iris calcula mentalement l'âge que devait avoir le sac, et soupira.

— Elles sont beaucoup, beaucoup trop vieilles pour germer. Elles sont sûrement mortes.

Giulia secoua la tête.

— Non, non. Le jardin ne peut pas mourir. Ce serait une catastrophe !

Elle se leva puis, comme si elle venait de se rendre compte de ce qu'elle avait dit, elle pâlit.

— Excusez-moi, je ne me sens pas bien. Demandez à Fiorenza de venir me voir, s'il vous plaît.

Viola lança un coup d'œil inquiet à sa grand-mère et fit un signe à Iris. Elles sortirent du salon et refermèrent la porte derrière elles.

— Tu ne pouvais pas garder ta question pour toi ? Tu as vu dans quel état ça l'a mise ?

L'accusation de sa sœur était tellement injuste qu'Iris en resta bouche bée.

— Parce que tes questions à toi sont plus opportunes, peut-être ?

— Non mais attends, c'est quand tu as parlé des graines qu'elle s'est agitée. Tu avais besoin de lui dire qu'elles étaient mortes ? Tu l'as perturbée, je crois que c'est clair.

— C'est pas vrai ! Je lui ai juste posé une question. Je veux savoir, mais ici personne ne nous dit rien. Pourquoi tu ne lui as pas parlé de Bianca ?

— C'était justement ce que je comptais faire… si quelqu'un ne m'en avait pas empêchée en posant des questions idiotes.

Iris écarquilla les yeux.

— Et comment je pouvais savoir que tu allais le lui demander ? Tu m'as ignorée toute la matinée. Qu'est-ce que je t'ai fait ?

Viola la fixa un long moment, puis s'attacha les cheveux. Tout à coup, elle était nerveuse.

— Je dois m'habituer, c'est tout.

— À quoi ?

Viola écarta les bras et soupira.

— Mais t'as vraiment pas un brin d'imagination ? À toi, Iris. Je dois m'habituer à toi.

Iris ne lui répondit pas, pas tout de suite. Elle avait la sensation qu'un grand vide s'ouvrait sous ses pieds. Ce que Viola venait de déclarer ne lui plaisait pas du tout, ses pensées devinrent confuses. Elle dit la première chose qui lui passa par la tête :

— Tu n'aurais pas, par hasard, découvert quelque chose que je ne sais pas ?

— Du genre ?

— Ce qui s'est vraiment passé, ce qui a poussé nos parents à nous séparer.

Un sourire ironique se dessina sur les lèvres de Viola.

— C'est pas ton truc, les maths, hein ? On était deux, une chacun. Ils ont dû tirer au sort, j'en sais rien, moi. Et puis, même si on trouvait la réponse, tu peux me dire en quoi connaître leurs raisons changerait quoi que ce soit ?

C'en était trop ! Le contrôle qu'Iris s'était imposé depuis des jours vola en éclats sous la logique cruelle de Viola, qui semblait soudain se moquer éperdument de ce qui leur était arrivé à toutes les deux.

— Je ne veux pas savoir ce que je sais déjà. Ce qui m'intéresse, c'est de comprendre pourquoi ils se sont quittés, pourquoi l'un d'eux a fait semblant que l'autre n'existait plus et pourquoi maman n'est pas là pour répondre à mes questions !

Elle ne s'aperçut pas qu'elle était en train de pleurer. Quand elle sentit les doigts de sa sœur sur son visage, elle les écarta d'un geste de la main. Elle recula, horrifiée par sa réaction. Puis elle s'enfuit sans réfléchir. Tout ce qu'elle voulait, c'était de l'air, de l'espace. Aller loin. Elle sortit de la maison en courant et déboucha à l'arrière de la villa. Courant sous la pluie, elle se laissa guider par ses émotions. Des gouttes d'eau glacée roulaient sur son visage. Et cette sensation s'unit à une myriade d'autres. Quand elle ne connaissait pas encore la vérité sur son passé, elle n'agissait qu'après avoir longuement réfléchi. Elle était alors relativement sereine. Pas heureuse, non, ça n'allait pas jusque-là, car il y avait toujours eu comme un vide en elle. Et depuis qu'elle avait associé ses propres souvenirs au passé que son père lui avait raconté, tout avait changé, mais pas forcément pour le mieux. Elle n'était plus la même, elle était nerveuse, pleurait facilement. Et elle se laissait emporter par ses émotions. Depuis son arrivée en Italie, plus rien n'était comme avant. La tranquillité qu'elle avait eu tant de mal à atteindre dans sa vie précédente n'existait plus. Elle passait son temps à regarder des gens et des choses et à s'émerveiller, car tout était si différent de son monde habituel, de ce qu'elle avait toujours imaginé et pensé. Elle était déboussolée, interdite, elle passait de la joie à une profonde tristesse. Elle avait l'impression d'être redevenue enfant, de ne plus avoir voix au chapitre. De devoir s'adapter continuellement, pour ne pas s'exposer à une souffrance qu'elle ne pouvait pas supporter.

Ses poumons étaient en feu ; elle ralentit et s'arrêta enfin. La pluie était un manteau délicat, elle la regarda faiblir jusqu'à n'être plus qu'un tissu de perles brillantes recouvrant le pré. « À Amsterdam, j'étais adulte. » Elle avait des projets, des rêves, un travail… Puis elle se souvint qu'elle avait même perdu ce dernier, qu'elle n'était plus la fée des fleurs : *Onze Tuin,* c'était du passé. Et alors elle eut peur, une peur si grande qu'elle lui coupa le souffle.

— Qu'est-ce que tu as dit ?

Surprise, elle sursauta et se retourna.

— Qu'est-ce que tu fais là ?

— J'étais curieux.

Gabriel se tenait là, les mains dans les poches, les cheveux plaqués sur le visage par la pluie.

Elle plissa les yeux, cherchant à comprendre le sens de ce qu'il venait de dire.

— Curieux de quoi ?

— Je me demandais ce qu'il y avait de si beau dans le bois pour te faire courir comme ça sous la pluie.

— Mais tu n'habites pas dans cette partie du domaine.

— Non, c'est vrai, dit Gabriel en s'approchant d'elle.

Il sentait la peinture et le savon.

— Et alors, comment as-tu pu me voir ?

— Depuis la cabane. Aujourd'hui, c'est le jour de l'entretien des outils. C'est beau, hein ? demanda-t-il en désignant la vallée. La vapeur se forme sous l'effet de la chaleur, et l'eau qui remonte du sol crée ce brouillard. On dirait un film, en mieux.

Iris acquiesça, mais elle avait la tête ailleurs. Elle resta silencieuse, se contentant de scruter le lointain, encore bouleversée par ce qui venait de se produire.

Après un long moment passé à l'observer du coin de l'œil, Gabriel reprit :

— Excuse-moi, j'ai été un peu trop envahissant.

Il allait partir, mais Iris le rattrapa. Elle ne voulait pas qu'il la laisse seule. Cependant, elle n'allait pas lui parler de Giulia, de Bianca, ni de Viola ou de ses parents. Alors, elle décida de lui parler d'une chose qui n'appartenait qu'à elle :

— J'ai planté un parterre avec des graines qui ne pousseront pas.

Gabriel soutint son regard.

Iris continua :

— J'ai parlé avec la terre, je l'ai caressée, j'ai choisi les graines qui avaient un sens pour moi, pour ce que je me souhaitais à moi-même. Je voulais les planter, je voulais contribuer au jardin. Mais tu avais raison, rien ne naîtra de ces graines, parce qu'elles sont trop vieilles.

— Il y a toujours de l'espoir. Les choses ne suivent pas forcément une logique mathématique. Certaines sont uniques, spéciales. Et alors, ce qui était vrai jusqu'à aujourd'hui peut changer, radicalement. C'est la vie. Le plus important, c'est de le savoir, et d'oser prendre des risques.

— Je ne comprends pas.

— Toi, tu es du genre à courir. Et si tu essayais plutôt de marcher et de regarder la route. C'est le chemin qui compte vraiment, le voyage.

Gabriel lui sourit, puis il rejeta la tête en arrière et ouvrit la bouche pour boire la pluie.

— J'adorais faire ça, quand j'étais petit.

Un souvenir se forma dans l'esprit d'Iris.

— Oui, nous aussi. Une fois… la saison des pluies venait de commencer, mais pas la moindre goutte n'était encore tombée. Avec les autres enfants du village des roses, on courait dans tous les sens, on avait de la poussière jusqu'aux genoux. Et puis c'est arrivé. Un éclair, un coup de tonnerre au loin. Le ciel est devenu noir. Et la pluie est tombée si dru qu'on aurait dit une couverture. Tout le monde sautait, criait et buvait l'eau de pluie.

— Qu'est-ce que c'est, le village des roses ?

Ils se mirent à marcher tous les deux, leurs pieds s'enfonçaient dans le sol. Il ne pleuvait presque plus, quelques gouttes qui accompagnaient leurs voix, rien de plus.

— Ce sont des lotissements qui naissent près de là où on cultive les fleurs. En Afrique, en Amérique du Sud, en Asie. Toujours des endroits chauds, où les fleurs poussent plus facilement, sans qu'il soit besoin de chauffer des serres. J'y ai passé toute mon enfance.

— Ça a l'air très beau.

— Ça l'était.

— Mais ça ne te redonne pas le sourire…, fit-il remarquer.

— Je n'ai jamais passé plus d'un an au même endroit, en tout cas pas avant d'emménager à Amsterdam.

Gabriel plissa les yeux. Il commençait à la comprendre, cette fille. La tristesse au fond de ses yeux, son besoin de choses concrètes, sa peur. Autant de choses qu'il avait connues intimement lui aussi, qui faisaient partie de son passé. Et soudain, il eut une idée.

— Viens, je vais te faire voir quelque chose, dit-il en la prenant par la main. Il faut qu'on se dépêche, sinon, on va le rater, ajouta-t-il en accélérant le pas.

Iris était encore troublée par la confidence qu'elle venait de lui faire. Elle n'avait jamais parlé de son enfance à personne. Elle n'y croyait toujours pas.

— Attends-moi !

— Dépêche-toi !

Ils couraient dans l'herbe haute, trempés jusqu'aux os. Le soleil de l'après-midi brillait timidement derrière les nuages, les rendant encore plus sombres et menaçants.

— On y est, maintenant assieds-toi ici.

Il la saisit par les épaules et la poussa doucement.

Iris lui sourit ; intérieurement, elle trépignait d'impatience. Que voulait-il donc lui montrer ? Elle se laissait guider, comme il le lui avait demandé. Elle ne connaissait pas la partie du jardin où il l'avait menée : sur une petite butte se trouvaient les restes d'une cabane, juste quatre murs et quelques tuiles. Mais elle fut saisie par la beauté du paysage. Les champs étaient argentés, les feuilles dorées par les rayons du soleil. Exactement comme dans la comptine de son enfance. En contrebas, il y avait une petite vallée. L'eau de pluie y avait créé un ruisseau qui filait vers ce qui semblait être un bassin, délimité par une paroi rocheuse dans laquelle Iris croyait voir la silhouette d'un géant endormi. Elle regarda Gabriel fixer un point précis sur cette paroi.

— Voilà, ça commence !

Elle se tourna juste à temps. Tout à coup, on aurait dit qu'un frisson parcourait la pierre. Quand l'eau commença à jaillir, elle resta bouche bée. Gabriel à côté d'elle souriait, satisfait.

— C'est magnifique.

Iris ne trouvait pas les mots, elle n'avait jamais rien vu de semblable. L'eau sortait du bassin à travers de petits trous dans la pierre, donnant vie à une cascade bouillonnante. L'effet était saisissant : en quelques secondes la roche était devenue liquide.

— Elle chante, l'eau chante !

— C'est ça ! L'eau chante, et c'est magnifique, répondit-il avec un large sourire.

C'était une expérience tellement incroyable qu'Iris sentit sa gorge se nouer. Puis soudain, tout s'arrêta.

— Oh, mais qu'est-ce qui s'est passé ?

— Ça ne marche qu'après de fortes pluies. Il faut beaucoup d'eau pour que la pression déclenche le mécanisme.

— Mais c'est merveilleux !

Elle trouva devant elle un sourire content et une main tendue. Elle la fixa, perplexe. Quand elle lut la déception sur le visage de Gabriel, elle regretta de ne pas l'avoir saisie. Il avait été si gentil, et puis, il lui plaisait. Mais une main pouvait signifier tant de choses et elle n'était pas sûre de les vouloir. Une vieille peur refit surface à l'improviste : la peur d'être jugée, repoussée. D'ailleurs, n'était-ce pas ce que sa propre sœur venait de faire ?

Puis elle se rendit compte qu'elle était idiote, qu'elle avait tort de s'apitoyer ainsi sur son sort. Elle avait bien plus que ce qu'elle avait jamais possédé par le passé. Et Viola, à part ces moments où elle se comportait comme une sorcière, commençait même à lui plaire. Elle n'avait aucune raison d'être aussi triste, aussi négative. Aucune raison de refuser quelque chose qu'elle mourait d'envie de faire.

— On ferait mieux de rentrer.

— Oui.

Ils marchèrent en silence. Gabriel ne la regarda pas même une seule fois.

Ils étaient tout près de la villa quand Iris posa la main sur son bras.

— Je ne sais pas comment te remercier. Je n'avais jamais rien vu d'aussi merveilleux.

Gabriel la contempla fixement, les mains enfoncées dans les poches.

— De rien. On voyait bien que tu avais besoin de quelque chose de beau.

— Oui, c'est exactement ça.

Et ce spectacle l'avait rendue heureuse. Elle lui tendit la main, les yeux rivés aux siens.

Quand Gabriel plaça sa main dans la sienne, elle la serra et s'approcha de lui. Il était plus grand, et elle dut appuyer la main sur son torse pour ne pas tomber. Sur la pointe des pieds, elle lui arrivait juste au menton. Mais ça pouvait suffire. Ce fut un contact rapide, lèvres et peau. Une légère caresse. Il écarquilla les yeux et demanda :

— Et ça, c'est pour quoi ?

— Pour te dire merci.

Elle le salua d'un geste et s'enfuit en courant, sans lui laisser le temps de répondre.

Ce n'était pas la première fois que Gabriel recevait un baiser. Mais cette fois, ce geste n'avait rien d'anodin, il avait un sens. Il secoua la tête et se dirigea vers la maison.

Bianca

Au pied du rosier de mille ans, Bianca regarde ses fleurs secrètes. Elles ont poussé et ont quitté leur pot pour se répandre dans le champ, et il les a accueillies. Elles sont blanches comme la neige, comme elle. Maintenant, elle n'a plus personne à qui les montrer. Son cœur est gonflé de douleur, ses yeux sont pleins de larmes.

C'est la première fois qu'elle retourne dans le jardin après de longs mois. Les enseignements de son père et les recommandations de sa mère rythment ses pensées et ses occupations, le temps qu'elle dédie à ce qu'elle n'a pas voulu faire plus tôt. Elle a renoncé à tout pour être celle qu'ils voulaient qu'elle soit.

« À présent, tout est comme vous me l'avez demandé, vous savez ? Je suis devenue bonne à quelque chose. »

Ses mots se perdent, emportés par le vent qui s'est mis à souffler fort. Sa robe se soulève sur ses bas de soie. Pas le moindre pétale ne l'atteint. Son rosier l'observe, de loin.

Il sait qu'elle ment, il connaît son cœur, il sait qu'elle voudrait faire autre chose.

« Je suis enfin bonne à quelque chose », répète-t-elle encore une fois, puis une autre. Mais ce ne sont que

des mots. Des mensonges. Elle n'est pas assez douée, elle ne se donne pas assez de mal. Elle n'est pas comme Giulia, elle ne sera jamais comme elle. Elle tombe à genoux, les sanglots l'empêchent de respirer et lui entaillent la gorge comme des lames de rasoir.

Elle ne sera jamais à la hauteur de la mission qui est la sienne.

Elle ne sera jamais comme sa sœur.

Et ça, c'est une certitude.

29

L'arbousier – Arbutus unedo *–, arbuste semperivirent de taille moyenne, apporte joie et couleur aux tristes journées d'automne. À la fin de l'été, il offre des fleurs blanches, égayées de fruits rouges et orange. Apprécié des abeilles, il recèle un nectar précieux, qui donne au miel un goût légèrement amer. Il préfère les endroits ensoleillés et craint les vents froids. Il n'a pas besoin d'un sol spécifique et s'adapte très bien partout.*

Viola lança un coup d'œil impatient à l'horloge accrochée au mur de sa chambre, et continua à arranger les outils. Elle les avait dénichés dans une dépendance de service à côté de la villa, soigneusement posés sur un établi, graissés et époussetés. Elle en avait choisi quelques-uns, puis avait regardé autour d'elle. Autrefois, cet endroit avait dû servir de remise. On y trouvait des fiacres, une calèche et une vieille voiture recouverte de poussière. Elle avait vérifié s'il était encore possible de la conduire, mais elle n'avait ni pneus ni volant. Elle n'avait aucune intention d'aller à Volterra avec la bicyclette d'Iris. Elle n'avait plus d'autre choix que de demander à Stefan de lui prêter sa voiture. Elle avait promis à sa sœur qu'elles iraient en ville et elle tenait toujours ses promesses, s'était-elle dit en se faufilant entre les selles et les divers harnachements pour chevaux. Tout à coup, elle avait eu l'impression d'entendre le hennissement des bêtes de trait, le va-et-vient des garçons d'écurie, le souffle et les rêves de ceux qui avaient travaillé dans ce lieu. À présent, tout était enseveli sous une épaisse couche de poussière et d'oubli. Personne ne connaissait plus leurs noms, personne ne savait plus rien de ce qu'ils avaient fait, de qui ils avaient été aimés. Et ainsi, faute de vivre dans les souvenirs de ceux qui étaient venus après eux, ils étaient vraiment morts. Cette pensée l'avait emplie de tristesse.

Alors elle avait pris une décision. Elle n'attendrait pas qu'on lui donne ce qu'elle voulait, d'ailleurs, elle ne l'avait jamais fait. Son passé était là, dans cette villa, et elle le trouverait par elle-même. Elle se passa une main sur le visage, puis regarda la porte. La maison était silencieuse, mais elle préféra différer encore un peu. Elle saisit son téléphone. Elle se demandait comment allait sa mère. Elle lui avait envoyé un message, auquel Claudia n'avait pas répondu. Elle était probablement encore vexée par l'ultimatum que Viola lui avait posé. Elle pensa aussi à Francesco. Il était parti depuis deux jours, reviendrait-il un jour à la villa ? Quand elle s'aperçut de la direction que ses pensées avaient prise, elle les remit immédiatement dans le droit chemin. Elle n'avait pas de temps à perdre avec ça, elle avait d'autres priorités. Elle parcourut rapidement ses contacts et s'arrêta sur un nom : William Stuart. Elle sentit un désir aigu naître dans sa poitrine. Que faisait-il à ce moment précis ? Avait-il déjà trouvé une fille capable d'apprécier son sens de l'humour ? Elle attendit un moment, et ferma les yeux. La tentation était trop forte. Elle appela son numéro, puis elle patienta, la lèvre inférieure entre les dents, pendant que le téléphone sonnait.

— Viola, c'est toi, enfin !

Elle sentit sa poitrine se réchauffer.

— Salut, William.

— Comment ça va ?

Elle marqua un silence avant de dire :

— Franchement, je sais pas quoi répondre, tout est très compliqué, ici.

— Alors, reviens.

— Je ne peux pas. J'ai des problèmes familiaux à régler, soupira-t-elle.

— Et voilà à quoi ça sert, une famille : à créer des problèmes !

— La tienne est géniale, arrête de dire des bêtises, lui rétorqua-t-elle en riant.

— Tu penses devoir rester encore combien de temps ?

Son impatience fit sourire Viola.

— Je ne sais pas précisément, mais je dirais encore deux semaines.

— Et après, tu rentreras ?

Elle acquiesça, malgré elle.

— Oui, je rentrerai.

Ils parlèrent encore un peu, puis elle raccrocha et demeura un instant à fixer le plafond.

Le temps semblait ce soir-là s'obstiner à passer lentement.

Elle se leva, récupéra le sac où elle avait rangé les outils et sortit dans le couloir, en veillant à bien fermer la porte derrière elle. Elle ne resterait pas une minute de plus seule dans sa chambre, elle n'avait aucune envie de se mettre à pleurnicher. Puis elle prit conscience qu'elle mourait d'envie de parler avec Iris. Ce qui l'effraya plus que tout le reste. Car il y avait fort à parier que sa sœur allait l'envoyer sur les roses.

Elle se planta, résolue, devant sa chambre et frappa. Elle regrettait de s'être si mal comportée avec elle, elle s'en voulait, ça lui faisait comme une pierre au fond de l'estomac. Quand la porte s'ouvrit, elles restèrent face à face sans rien dire un instant. Face à ces yeux parfaitement identiques aux siens, Viola sentit soudain tout un tas d'émotions exploser en elle : bonheur, surprise, espoir. Mais c'était comme si elles étaient sur une autre fréquence.

— Tu as besoin de quelque chose ? demanda Iris d'une voix aussi sereine que son visage.

— On a une armoire à ouvrir, tu as oublié ? riposta Viola en désignant le couloir.

— Je croyais que tu ne voulais pas m'avoir dans les pattes.

« Excuse-moi, je suis une idiote. » C'était facile, elle n'avait qu'à dire ces mots-là. Et tout serait réglé. Iris savait demander pardon, ce qui voulait dire qu'elle savait aussi pardonner. Elle avait même pardonné à leurs parents, malgré ce qu'ils leur avaient fait à toutes les deux, et ce n'était pas rien. Viola, au contraire, s'agrippait de toutes ses forces à sa douleur et au mal qu'on lui avait infligé, comme à des biens précieux. Elle en avait besoin, pour connaître la route à suivre, et surtout pour savoir ce qu'il ne fallait pas faire. Pour la première fois depuis qu'elle avait rencontré sa sœur, Viola éprouva de l'admiration pour elle. Une admiration profonde. Car pour continuer à voir le bon côté des choses, il en fallait, du courage. Refuser, c'était facile : il suffisait de ne jamais franchir ses propres limites, que celles-ci soient constituées de mots, de gestes, ou même de pensées. Mais se mettre en jeu, encore une fois, ça, c'était une autre affaire. Aussi, elle ne prononça pas la phrase qui aurait apaisé les tensions, mais lâcha :

— Eh bien, tu t'es trompée.

— Les relations humaines, c'est vraiment pas ton truc, hein ?

— Alors, tu viens ou pas ? Je peux très bien y aller toute seule, tu sais.

C'est alors qu'elle s'aperçut que sa sœur était habillée et portait des tennis.

— Mais tu m'attendais ?

— Disons plutôt que je me doutais que tu allais venir, répondit Iris en franchissant le seuil.

Viola était déjà sur la première marche quand elle éprouva une étrange sensation.

— Tu veux dire que tu l'espérais ?

Sa sœur la dépassa, descendant rapidement les marches.

— Non. C'est comme si je voyais tes pensées de l'extérieur. Ou plutôt, c'est comme si j'avais en tête des pensées qui n'étaient pas à moi.

— C'est-à-dire ? Tu es en train de me dire que tu sais ce que je pense ?

Viola en resta bouche bée. C'était exactement ce qu'elle ressentait elle-même, et ça la rendait folle.

— Chut ! Tu veux réveiller tout le monde ? demanda Iris en lui faisant signe de se taire.

— Réponds-moi.

— Qu'est-ce qui te prend ? rétorqua Iris, avant d'ajouter d'un air entendu : Ça t'arrive à toi aussi, c'est ça ?

Viola s'appuya contre le mur, son souffle s'était accéléré.

— Ce n'est pas normal.

— Mais attends, tu trouves qu'il y a quoi que ce soit de normal ici ? répliqua Iris dans un éclat de rire, avant de se couvrir la bouche d'une main. Nos parents se sont séparés et ont gardé chacun une fille. Notre grand-mère vit recluse dans un palais qui ferait le bonheur de n'importe qui et passe son temps à nous parler d'une rose millénaire. Et Bianca ? Pourquoi personne ne sait rien d'elle ? Qu'est-ce que cette femme a bien pu faire de si terrible pour être ainsi effacée de l'histoire de la famille ? Bon sang, c'était sa sœur !

C'était vrai, tout était vrai.

— T'as raison, on n'est pas à deux jumelles télépathes près !

Cette affirmation tellement absurde les fit rire.

— Bon, allons-y, il commence à se faire tard et, demain matin, notre grand-mère veut nous emmener nous promener au bord du lac.

— Je sais, elle me l'a dit après le dîner.

Elles étaient arrivées dans la cuisine, où elles retrouvèrent les récipients en plastique bien alignés contre la paroi ; les yeux rivés sur le passage elles sentirent monter en elles un vague sentiment d'euphorie.

— Le parchemin parle d'un miroir d'eau. Tu crois qu'il s'agit du lac ?

— C'est possible. Le torrent qui l'alimente vient de la montagne, dit Viola avant de faire une pause pour réfléchir, puis d'ajouter : C'est de là que partent les canalisations qui irriguent le jardin.

Tout était bien irrigué, et pourtant le jardin semblait souffrant.

— D'après toi, pourquoi n'y a-t-il aucune fleur ici, à part ce rosier près de la maison de Gabriel ?

— J'en sais rien, mais ça n'augure rien de bon.

Viola fit une pause puis saisit soudain la main de sa sœur.

— Et si ça s'était déjà produit autrefois ? On pourrait trouver un remède dans les livres. Je veux dire, quelqu'un a bien dû consigner quelque part les maux qui ont affligé le jardin, tu ne crois pas ?

Iris acquiesça.

— Allez, vite, dépêchons-nous. Mais la prochaine fois, essayons de venir en journée.

— Fiorenza l'apprendrait. Et je ne crois pas que notre grand-mère serait d'accord. D'ailleurs, elles nous ont dit n'importe quoi : la villa ne tombe pas en ruine, ce n'est qu'une excuse pour nous empêcher d'y entrer.

— C'est vrai. Tout ça nous amène à une question : qu'est-ce qu'elles veulent nous cacher ? Moi, je crois que c'est en lien avec Bianca Donati, on verra bien si je me trompe…

Elles avaient déjà atteint le couloir de service ; Viola éclaira l'armure avec sa lampe.

— Mais enfin, qui peut avoir mis cette horreur ici ?

— Ce n'est pas une horreur. Il s'appelle Alfred.

Iris continua à avancer, le faisceau de lumière projeté devant elle.

— Tu lui as donné un nom ? demanda Viola, étonnée.

— Oui, ça m'aide.

— À quoi ?

— À ne pas avoir peur.

Elle s'arrêta, la main sur la poignée de la porte du hall.

— Plus on en apprend sur une personne, plus on la comprend. Si on y réfléchit bien, la peur est comme un récipient vide que chacun remplit à sa façon. Mais si ce récipient est déjà plein de jolies choses, il ne reste pas beaucoup de place pour les choses négatives.

Viola suivit sa sœur en silence, un léger sourire sur les lèvres. Donner un nom aux choses et les connaître le plus possible pour ne pas les craindre. En voilà une idée !

— Et d'où tu tiens ça ?

— Je sais plus trop… D'une de mes nounous, je pense. Papa en choisissait une à chaque endroit où nous allions.

— Vraiment ?

— Oui.

Qu'est-ce que ça voulait dire d'apprendre à vivre chaque fois avec des gens différents ? S'adapter, tolérer, comprendre… Était-ce pour cela que sa sœur était si généreuse ?

— Et vous avez vécu dans beaucoup de pays ?

— J'aurais plus vite fait de te dire où nous ne sommes pas allés, répondit Iris en haussant les épaules. Oh, regarde, la porte de la bibliothèque est ouverte !

— Il me semblait bien l'avoir fermée.

— Eh bien, peut-être que ta mémoire te joue des tours.

Viola regarda autour d'elle, balayant la pièce avec la lampe de son téléphone.

— Ne commence pas à dire n'importe quoi. Il n'y a que nous ici. Nous et quelques centaines de rats.

— Moi, je n'en ai vu aucun.

— Moi non plus, mais ça ne veut pas dire qu'il n'y en a pas.

— Tu veux qu'on revienne une autre fois, en journée peut-être ? demanda Iris, qui avait deviné le malaise de sa sœur.

— Hors de question, je ne me suis pas coltiné ce sac pour rien.

Viola avait la gorge sèche, elle avait du mal à parler. Iris préféra ne pas insister : elle commençait à connaître sa sœur, elle savait qu'elle ne ferait pas demi-tour.

— Dans ce cas, allons-y.

C'était la deuxième fois qu'elles entraient dans la bibliothèque, pourtant, elles ressentirent une sorte de vertige, comme si tout ce qu'elles recherchaient se trouvait là. Toutes les réponses à leurs questions, les raisons qui avaient poussé leurs parents à se séparer, le comportement étrange de leur grand-mère, l'existence même de Bianca.

Et le moyen de sauver le jardin.

Elles arrivèrent ensemble à l'armoire la plus grande, celle devant laquelle elles avaient rebroussé chemin la nuit précédente. Viola prit une petite pince dans son sac.

— Fais bien attention à ne pas l'abîmer, s'il te plaît.

— Éclaire-moi.

— Voilà.

Viola enfila la pince dans la serrure, et fit levier. Elle s'ouvrit immédiatement, sans opposer la moindre résistance.

— C'était ouvert, chuchota-t-elle, étonnée.

— Comment ça ? Ce n'est pas possible, tu te trompes, répondit sa sœur en essayant de dédramatiser, tout en lançant des regards inquiets autour d'elle.

Viola ne lâchait pas l'armoire des yeux, toujours convaincue qu'elle avait cédé trop facilement. Une odeur d'herbes sèches et de camphre les enveloppa et les fit éternuer. Iris projeta le faisceau de lumière à l'intérieur de l'armoire, éclairant les côtes d'une rangée de gros livres et de porte-documents. Ils étaient tous alignés sur trois étagères principales, avec au centre un espace vide, comme un intervalle, une pause. Viola tendit une main vers un des volumes. Il était lourd. Elle l'ouvrit et le feuilleta. Les pages étaient épaisses, faites de cartons rigides, et formaient des poches qui contenaient des échantillons de plantes, des graines dans des petites enveloppes. Il y avait aussi des dessins et des notes dans les marges.

— Regarde, c'est la planimétrie de La Spinosa !

— Fais-moi voir, dit Iris en la lui prenant des mains.

On reconnaissait la villa, avec ses deux tours latérales, ainsi que le petit torrent qui alimentait le lac et assurait l'irrigation du domaine. Le lendemain, c'était là qu'elles devaient accompagner leur grand-mère.

— On dirait que quelqu'un a fait comme un recensement du jardin, cataloguant les plantes année après année.

Elle s'écarta et observa les autres armoires.

— Je me demande à quand remonte le premier.

Viola courut jusqu'au meuble le plus proche et tira la porte, qui s'ouvrit sans effort.

— Regarde, là il est écrit « 1832 ». Mais c'est génial !

— Tu crois que les graines pourraient encore germer ?

— En théorie, non. Mais en laboratoire, qui sait… C'est un vrai trésor !

Un fol enthousiasme s'était emparé d'elles. Elles avaient fait une découverte incroyable : ces armoires conservaient en leur sein l'histoire du jardin des Donati. À chaque page étaient notés les plantes mises en terre, les endroits précis, les commentaires du jardinier. L'écriture était toujours élégante, serrée et régulière.

Viola remit les volumes à leur place et passa aux autres armoires, pour essayer d'avoir une vision d'ensemble.

— Ce n'est pas reporté tous les ans. Tu as vu ?

Iris leva le nez du livre dans lequel elle était plongée.

— Regarde, ici il y a le nom de Bianca Donati.

Viola la rejoignit, les yeux rivés sur les lettres minuscules.

— Fais voir !

Elle parcourut la page, l'air songeur, et ajouta :

— C'est une liste de plantes.

— Ce sont des mères.

Bien sûr le schéma était différent de celui qu'elle connaissait, mais Iris était sûre d'elle ; c'était exactement comme ça que son père élaborait ses nouveaux hybrides : en partant des plantes mères.

— C'est-à-dire ?

— C'est un carnet d'hybridation : là ce sont les plantes obtenues, celles qui sont indiquées à côté ce sont les plantes mères.

Elles feuilletèrent les pages jusqu'à arriver à la mère de toutes les roses.

— C'est un rosier de Damas.

— Bizarre, c'est la seule plante qui n'a pas de nom…

— Et si c'était le rosier de mille ans ? fit Iris.

— Tu crois qu'il existe vraiment ? demanda Viola, sceptique.

— Je n'ai jamais douté de son existence. La seule question que je me pose, c'est s'il existe encore et, si oui, où il est caché.

— Aucune idée : le parc est immense, il pourrait être n'importe où.

— C'est sûr que ce serait un joli coup de le retrouver.

— C'est vrai. Allez, dépêchons-nous, je veux retourner à l'étage supérieur. Je suis sûre que Bianca Donati a encore beaucoup de choses à nous dire.

Iris se hâta de remettre en place le volume.

— Tu te souviens des jardiniers jumeaux, un pour les voyageurs et un pour le rosier de mille ans ?

— Bien sûr que je m'en souviens, ce n'est pas le genre d'histoire que l'on oublie. Je veux dire, ça nous concerne directement, vu que nous sommes nous aussi des jumelles Donati. On n'est pas tous les jours les héroïnes d'une légende.

Cette histoire l'amusait, mais elle lui donnait aussi quelques frissons.

— Pourquoi cette question ?

— Réfléchis bien : Bianca a donné des fleurs à Caterina. Donc, c'était elle le jardinier pour les voyageurs !

Le visage de Viola s'illumina.

— Ce qui veut dire que notre grand-mère devait s'occuper du rosier de mille ans.

— Exact ! Donc, elle sait où il se trouve. Nous n'avons qu'à la convaincre de nous révéler l'emplacement de ce fichu rosier… Elle est quand même bizarre : si elle veut nous faire participer à la vie du jardin, pourquoi fait-elle tant de mystères ?

Elles montèrent les marches deux à deux et arrivèrent à l'étage où se trouvaient les deux chambres rondes.

— La voilà !

Elles entrèrent prudemment, regardant autour d'elles ; puis elles s'arrêtèrent, les yeux rivés sur le tableau.

— Ça fiche vraiment les chocottes, murmura Viola.

— Qu'est-ce qui a bien pu lui arriver d'après toi ?

— Peut-être que Giulia l'a mise en colère et qu'elle est partie, répondit Viola en haussant les épaules. C'est vrai, une sœur, parfois, ça peut être pénible. Je me sens une certaine affinité avec cette pauvre Bianca !

Iris saisit un coussin saturé de poussière et le lança sur Viola.

— Très drôle ! Allez, je suis sérieuse. Elle est triste à mourir, cette pauvre Bianca, regarde-la. Mais qu'est-ce que tu fais ? demanda-t-elle à sa sœur, qui ouvrait les tiroirs des meubles.

— Si on veut des réponses, il va falloir qu'on s'active, parce que ici, sœurette, personne n'a l'intention de nous dire quoi que ce soit.

— Attends, je vais t'aider.

Iris lui prit des mains un tas de papiers, qu'elle posa sur le lit, avant de s'asseoir juste à côté.

— Et comment ça se passe, avec Gabriel ?

— Pourquoi tu me demandes ça ?

Iris cherchait à gagner du temps.

Viola soupira, levant les yeux au ciel.

— Je meurs d'ennui, Iris. Même la nouvelle la plus banale devient un événement intéressant ici.

Mais Iris ne mordit pas à l'hameçon. Elle avait compris comment elle fonctionnait : elle savait très bien que, quand elle était mal à l'aise, Viola pouvait devenir extrêmement blessante. Elle ne comptait pas tout lui passer pour autant.

— Tu as une vie tellement trépidante à Londres que tu regrettes d'être venue passer quelques jours ici ?

Viola la foudroya du regard.

— Je ne vois pas le rapport.

— C'est que tu te donnes de ces airs…

Pour toute réponse, Iris obtint un grognement suivi d'un petit rire. Elles poursuivirent leurs recherches en silence : Iris parcourait les papiers, Viola fouillait.

— Regarde, une invitation pour un bal. Et une photo. Oh, cette robe est magnifique !

— Si tu aimes les belles robes, ouvre l'armoire, il y a des trucs incroyables là-dedans. Ça doit valoir une fortune.

— Je les ai vues, elles sont superbes. Notre famille devait vraiment être très riche quand notre grand-mère était jeune.

— Qu'est-ce qui a bien pu se passer… ? Si je ne me trompe pas, notre grand-mère est née dans les années 1950. On devrait lui demander de nous raconter un peu sa vie. J'aimerais savoir qui était mon grand-père.

— Franchement, je n'ai trouvé aucune ressemblance entre notre père et Stefan, mais je serais très heureuse que ce soit son père. Cet homme me plaît beaucoup, répondit-elle avant de rejoindre sa sœur, de parcourir avec elle les papiers éparpillés sur le lit et de lâcher : Il n'y a rien d'intéressant là-dedans. Quelques photos, quelques billets…

Iris acquiesça.

— Ce n'est peut-être pas ici qu'elle conserve les choses importantes.

— Le truc, c'est qu'on sait même pas ce qu'on cherche.

— Allez, rangeons tout.

Elle ouvrit le tiroir de la commode, et y glissa les papiers. Puis elle le referma avec un soupir de déception. Soudain, elle s'arrêta.

— Tu as fini ?

Iris secoua la tête.

— Il y a un truc de coincé… Attends, voilà, je l'ai.

— Montre !

— Il y a des photos, et un billet.

— Ça, c'est notre grand-mère, regarde ce gros ventre !

Mais Iris ne l'écoutait pas. Elle avait les yeux rivés sur un petit papier cartonné couleur crème, qu'elle tendit lentement à sa sœur.

Nous sommes affligés nous aussi et nous associons à votre douleur. C'était un billet de condoléances.

— Bianca Donati !

— Elle n'est donc pas partie : Bianca est morte.

Elles se regardèrent, étonnées. Iris écarquilla les yeux.

— Oh, mon Dieu, mais c'est terrible ! Bianca Donati est morte un mois après la naissance de notre père.

— Tu en es sûre ? Fais voir. Il est écrit : 20 octobre 1974.

— Il est né le 20 septembre 1974.

Un triste silence tomba sur les deux jeunes filles.

— Notre grand-mère a accouché de son fils et perdu sa sœur en l'espace de un mois. La pauvre, ça a dû être horrible pour elle.

30

Le laurier noble – Laurus nobilis *– est une plante aromatique de grandes dimensions. Son feuillage vert émeraude dégage un parfum frais, qui égaye les longues soirées d'été. Ses feuilles sont depuis toujours utilisées pour parfumer les sauces et les grillades. Lié à la mythologie, il est tressé en couronnes pour les jeunes diplômés. Facile à cultiver, il aime l'exposition en plein soleil et les zones de plaine. Il s'adapte à tout type de sol. L'arrosage doit être régulier. Il fleurit au printemps, attirant les abeilles et les papillons.*

Cela faisait un moment que Viola observait en silence la lumière qui se reflétait sur les eaux du lac, lissant sa superficie.

Iris avait choisi une position plus adaptée pour étudier le panorama, sur le terre-plein qui servait de barrage. Elle en avait assez d'attendre que sa sœur ait à nouveau envie de parler. De temps en temps, elle consultait le parchemin puis reportait son attention vers la villa.

— Et si on allait jeter un coup d'œil sous ces arbres ?

— Pourquoi ?

— Je ne sais pas, j'ai comme une sensation… Alors, qu'est-ce que t'en dis ? On y va plus tard ? Sur le parchemin il y a un dessin que je n'arrive pas à interpréter… Je n'en suis pas sûre, mais on dirait un labyrinthe.

Viola avait très mal à la tête ; elle avait peu dormi et, durant les courts instants où elle avait réussi à fermer l'œil, l'image de sa mère s'était imposée dans son esprit. Plus tard, elle l'appellerait et lui proposerait à nouveau de les rejoindre. Plus gentiment cette fois, peut-être.

— Que dirais-tu de venir à Londres avec moi quand toute cette histoire sera finie ?

Depuis qu'elle avait découvert que Bianca était morte, elle avait commencé à se poser tout un tas de questions sur Iris et elle. Tout à coup, elle avait peur que quelque chose puisse à nouveau les séparer.

— T'es sérieuse ?

— Est-ce que j'ai l'air de plaisanter ? Bien sûr que je suis sérieuse. Si tu veux on pourra partager notre chambre. J'habite en colocation avec d'autres jeunes. Tu verras, ça va bien se passer.

Une vague de plaisir illumina le sourire d'Iris.

— Ce serait génial. Mais ça me ferait de la peine de laisser notre grand-mère. Imagine comme ce serait bien si on pouvait rester ici pour toujours !

— J'en sais rien…

Viola ne parvenait pas à oublier les recommandations de sa mère. Elle avait beau aimer La Spinosa, elle avait peur. Et puis, elle avait promis à William qu'elle reviendrait à Londres. Elle ferma les yeux et se frotta le front.

Iris vint s'asseoir à côté d'elle. Elle plongea les mains dans l'eau claire et en but une gorgée.

— Admettons que notre grand-mère nous donne carte blanche pour le jardin : qu'est-ce que tu ferais, toi ?

Le vent s'était levé, une situation presque naturelle à La Spinosa. Viola laissa les mots de sa sœur rouler dans son esprit.

— Déjà, je commencerais par abattre le mur d'enceinte. Il ne me plaît pas. Je ne sais pas pourquoi, tout ce que je peux te dire c'est qu'il me fiche la chair de poule. Et je créerais plein d'itinéraires différents, comme des sentiers à parcourir pieds nus, ou des sentiers parfumés. Et aussi, un jardin pour les papillons. Et puis, et c'est très important, je restaurerais le jardin à l'italienne devant la villa ; il devait être superbe, autrefois. Imagine un peu l'effet que ça doit faire de voir ça en arrivant. Je crois que c'est un des rares où l'on peut encore lire le tracé et le style d'origine.

— Oui, moi aussi je déteste ce mur. Il n'a rien à faire là, il m'oppresse. En revanche, j'adore le jardin.

Les yeux d'Iris se mirent à briller. Cela faisait un moment qu'une idée lui trottait dans la tête.

— Et si on s'y mettait tout de suite ?

— À quoi ? Au jardin à l'italienne ?

— Oui ! Je vais demander à Gabriel s'il peut nous aider. Il faut bien commencer quelque part. On a les plans originaux, on a même les graines de certaines plantes… Le résultat sera magnifique.

Pourquoi le fait d'entendre le nom de Gabriel irritait-il Viola à ce point ? Il ne lui avait rien fait, se dit-elle, il avait toujours été distant avec elle mais aimable. Elle réfléchit un moment, tout en écoutant les plans de sa sœur pour La Spinosa. Mais elle ne trouvait absolument rien de négatif chez lui, ce qui la troublait. Gabriel lui plaisait, et elle en était la première surprise ; en même temps, il l'énervait au plus haut point, c'était un sentiment intense et viscéral. Tout cela n'avait aucun sens.

— Tiens, voilà notre grand-mère.

Giulia parcourait lentement le sentier, s'appuyant sur sa canne au pommeau d'argent. Elle semblait absorbée dans ses pensées, cependant, de temps en temps, elle s'arrêtait et scrutait longuement les alentours ; les jumelles connaissaient ces regards intenses, qui semblaient lire au plus profond de votre âme. Souvent, tandis qu'elle leur expliquait que les graines avant d'être plantées devaient être réhydratées, ou qu'avant de mettre les rosiers en terre il fallait leur préparer un lit accueillant à base de fumier de cheval composté et de peaux de banane, elles ressentaient le désir de l'étreindre et de la rassurer. Car, malgré sa sévérité et sa façon de faire les gros yeux pour avoir l'air encore plus menaçant, il y avait en elle la fragilité d'une plante tout juste sortie de terre, ou d'une fleur destinée à ne vivre que quelques heures.

— Bonjour, grand-mère !

Giulia salua ses petites-filles d'un sourire, et vint s'asseoir près d'elles. De là où elles étaient, on voyait très bien le profil de la villa, une tour et ce qu'il restait du jardin avec la fontaine en son centre. Les plantes grimpantes en cachaient une bonne partie, mais un morceau était encore visible. Et malgré son état d'abandon, il y avait quelque chose de profondément émouvant dans cette vue.

— C'est un bel endroit, n'est-ce pas ? On dirait qu'on est plus près du ciel, on croirait pouvoir le toucher rien qu'en levant la main. Quand j'étais petite je venais toujours ici, et plus tard aussi.

C'était le lieu de ses rendez-vous avec Stefan, assez loin de la villa pour leur offrir une illusion de liberté.

Viola s'aperçut immédiatement que quelque chose avait changé chez sa grand-mère. Elle était plus loquace, plus ouverte au dialogue. La différence résidait dans cette façon nouvelle de regarder autour d'elle avec émerveillement, d'effleurer les feuilles avec légèreté, de caresser le trèfle et l'herbe tout juste sortis de terre.

— Vous avez des nouvelles de votre père ?

— Non. Tu n'as qu'à l'appeler. Mais ne lui parle pas du jardin, ni du domaine. Dis-lui que tu l'aimes, c'est tout. Certaines choses ont besoin d'être dites clairement.

Giulia laissa échapper un gros éclat de rire. Viola, sa petite-fille, un poussin tout juste sorti de l'œuf, lui donnait des conseils.

— D'accord, je le ferai plus tard. Alors, vous aimez cet endroit ? C'est le point le plus haut du domaine. Le lac est notre réserve d'eau, c'est grâce à lui que nous n'avons jamais souffert de la soif.

— Il est splendide.

— On a dévié le cours du torrent pour le créer. Il n'est pas très grand, mais somme toute suffisant. Il a suffi de construire un barrage, et les pluies de l'automne ont fini par le remplir. Diverses canalisations distribuent l'eau en aval. C'est un système très ingénieux.

L'approvisionnement en eau était un sujet fondamental, pourtant Iris n'arrivait pas à s'intéresser à ce que lui racontait sa grand-mère. Elle finit par sortir le parchemin.

— Il y a déjà eu un labyrinthe à La Spinosa ?

— Pourquoi tu me demandes ça ?

C'est Viola qui répondit :

— C'est quelque chose qui m'a toujours fascinée, moi aussi. Quand j'étais petite j'en rêvais souvent.

Un silence chargé d'espoir tomba sur les trois femmes. Était-il possible que les jumelles en aient gardé le souvenir ? Elles étaient si petites quand elle les avait emmenées voir le rosier de mille ans. Giulia décida de ne pas approfondir le sujet. Le simple fait qu'elles soient intriguées par le vague souvenir qui affleurait dans leur mémoire lui suffisait. Elle ferait en sorte qu'elles découvrent la clé pour entrer dans le labyrinthe le moment venu. Avant, elles devaient connaître les cinq étapes du jardin. Et elles devaient aussi faire seules une partie du chemin.

— Parlez-moi un peu de ce parchemin. Vous avez avancé dans son interprétation ?

— Non, on est bloquées. Le deuxième point c'est la conscience, mais je n'arrive pas à imaginer une application pratique, grand-mère. Pour tout te dire, je trouve cette devise plutôt barbante.

Elle soupira, puis rit. Ses petites-filles étaient si sincères, si surprenantes et courageuses. Giulia leur demanda de se rapprocher d'elle.

— Peut-être que vous n'envisagez pas les choses sous le bon angle.

— Comment ça ? La conscience, c'est un concept abstrait, c'est tout.

Giulia réfléchit un instant, puis montra la villa.

— Quelle est la première chose que vous faites quand vous voulez créer un parterre ou composer un bouquet ?

— Pourquoi cette question ? demanda Iris, troublée.

Tout le monde savait que Viola réalisait de splendides compositions florales, mais Iris n'avait jamais parlé à personne des jardins qu'elle plantait en cachette. Cela n'appartenait qu'à elle. La seule personne avec qui elle avait évoqué son nouveau parterre était Gabriel. Mais sa grand-mère l'avait regardée comme si elle était au courant.

Giulia lui sourit.

— Parce que c'est ce que nous avons toujours fait, nous, les Donati. D'une façon ou d'une autre, nous nous sommes toujours sentis instinctivement proches de la terre, et nous l'avons nourrie, cultivée, servie.

Iris retint son souffle ; les mots de sa grand-mère étaient magnifiques.

— Le vent, la lumière… j'observe toujours tout ça avant de mettre une plante en terre.

— Et ensuite ?

— L'eau et l'exposition. Le sol. Ce n'est qu'ensuite que je pense à la couleur des fleurs, aux buissons qui donneront la forme. Tout ça vient après, avec le parfum.

— Techniques et instincts. Ce sont tes parterres et ta façon de les créer. Mais là, dit Giulia en désignant le parchemin, là-dedans il y a les motivations, les raisons qui nous poussent à faire tout cela. Et tu sais pourquoi c'est important ? Parce que, sans la conscience, la connaissance ne suffit pas et peut même être trompeuse.

Tout en parlant, tout en expliquant à Iris et Viola les concepts inscrits sur le parchemin, Giulia se sentit aspirée par ses souvenirs. Elle n'avait jamais rien ressenti de tel. Elle était à la fois étonnée et troublée.

Tandis qu'elle dévoilait aux jumelles les concepts des cinq étapes de la connaissance du jardin, elle les redécouvrait elle aussi. Qui était le maître et qui était l'élève ? À présent, ces frontières n'existaient plus. Dans ce champ qui surplombait La Spinosa, il n'y avait à présent que trois femmes nées dans une famille qui avait fait du jardinage un art. Elles étaient capables de soigner les fleurs, de comprendre la terre. C'étaient les dernières des Donati.

— Qu'est-ce que tu veux qu'on fasse ?

Giulia sursauta, les regarda. Elles étaient confuses, et elles commençaient à se sentir mal à l'aise. Si elle ne faisait pas attention, elle les perdrait.

— Choisissez un endroit où planter votre jardin. Et puis, demandez-vous pourquoi c'est justement cet endroit-là et pas un autre que vous avez choisi. Mais ne vous contentez pas d'une simple observation. Le vent, l'eau et la lumière sont fondamentaux, ainsi que la terre, le choix des graines, des plantes, des couleurs et des parfums. Mais tout cela ne suffit pas. C'est votre cœur qui compte. C'est lui que vous devez sonder. Si vous avez besoin de vous recueillir, fermez les yeux et respirez jusqu'à ne plus entendre que votre propre souffle, puis, l'un après l'autre, ouvrez vos sens. Vous en avez cinq. Servez-vous-en.

Iris fut la première à atteindre le bord du terre-plein. Derrière elle, le vent ridait la surface du lac, créant de petites vaguelettes brillantes. Elle contempla longuement la vallée, laissant ses yeux se promener sur le domaine, mais ils revenaient toujours au même endroit.

Alors, elle les ferma, comme le lui avait conseillé sa grand-mère.

Le jardin à l'italienne lui sembla plein de lumière, de nuances d'émeraude, luxuriant. Et entre les haies qui créaient un dessin géométrique, des enfants jouaient à se poursuivre. Des gens se promenaient seuls, d'autres en groupe. Quelqu'un lisait sur un banc. D'autres encore se reflétaient dans l'eau de la fontaine, qui lançait de hauts jets. Ceux-ci formaient des arcs et retombaient en cercles concentriques. Quand Iris rouvrit les yeux, l'image qui s'était formée dans son esprit resta nette un instant, effaçant le terrain âpre, couvert de buissons sauvages, de ruines et de lichens qu'elle avait réellement sous les yeux. Elle comprit cependant ce qu'avait voulu lui dire sa grand-mère : c'était ça, la conscience. Voilà, à ce moment précis, elle avait conscience de ce que ce petit jardin géométrique avait été, de ce qu'il avait représenté pour ceux s'y étaient arrêtés pour profiter de son ombre, de ses parfums et de ses formes. Elle avait conscience d'une autre chose aussi : elle voulait que cet endroit redevienne un lieu de paix et de joie. Et c'était elle qui devait le faire. Elle écarta les bras et indiqua l'espace devant la villa.

— Désormais on s'installera là-bas pour discuter. Grand-mère, je veux que le jardin à l'italienne, celui qui se trouve devant la villa, redevienne merveilleux. C'est lui, mon jardin.

Elle lança un coup d'œil à sa sœur et ajouta :

— Notre jardin.

Viola lui rendit son regard complice, les sentiments d'Iris étaient si intenses que, même si elle en était simple spectatrice, elle avait la gorge serrée. Elle répondit :

— Oui, c'est *notre* jardin.

Et c'était vrai. C'était la première fois qu'elle ressentait le besoin de faire quelque chose avec quelqu'un d'autre. Alors, elle s'aperçut qu'Iris n'était pas n'importe qui : elle était sa sœur. Que serait leur vie à l'avenir ? Que deviendraient-elles ? Elle sut dès cet instant que, quoi qu'il arrive, elle garderait toujours au fond d'elle le souvenir de la première expérience qu'elles avaient partagée : le jardin à l'italienne fleurirait, leur rappelant à toutes les deux le temps passé à le réaliser. C'était le lien qu'elles cherchaient depuis qu'elles s'étaient retrouvées, ce lien qui avait été rompu par l'égoïsme et la folie de ceux qui n'avaient pas été capables de penser à leur bien-être. Viola pencha la tête et essuya furtivement une larme sur sa joue. « Et maintenant, fini les accès de sentimentalisme », se dit-elle.

Les voix de ses petites-filles semblaient lui parvenir de très loin. Giulia mit un certain temps pour revenir à la réalité depuis ce recoin de son âme où elle s'était réfugiée. Puis elle comprit. Ça avait marché ! Le plan qu'elle avait élaboré pour convaincre Viola et Iris de travailler ensemble avait fonctionné. Elles s'étaient retrouvées, elles avaient un projet commun. Et même le jardin les avait acceptées. Tout fonctionnait à merveille.

Pourtant, elle eut peur. Tout à coup, quelque chose d'obscur et d'indéfinissable s'agita en elle. Si tout continuait ainsi, elle perdrait le jardin : elles étaient bien plus douées qu'elle et elles étaient innocentes. Elles la remplaceraient. Et d'elle, il ne resterait plus la moindre trace. Cette peur archaïque balaya violemment tout ce qu'elle avait envisagé, tous ses désirs de réparer ses erreurs. Et c'est l'ancienne Giulia, la femme intransigeante qui avait fermé le jardin, qui s'était empêchée de vivre une existence normale, qui s'exprima alors :

— Non. Vous n'en êtes pas capables, vous ne savez même pas ce que ça veut dire. Vous n'en avez pas la moindre idée.

— Pardon ? lâcha Iris en faisant volte-face.

— C'est toi qui nous as demandé de faire un jardin, reprit Viola, les yeux plissés. Eh bien, c'est sur celui-là que nous voulons travailler. C'est toi qui nous as demandé de venir ici ; nous ne sommes plus des enfants, tu ne peux pas nous dire d'aller jouer plus loin, ni nous donner le premier ordre qui te passe par la tête. Ça ne marche pas comme ça, grand-mère.

Iris lui saisit la main. Viola comprit le signal de sa sœur, et se tut. Cependant, elle était encore en colère et ne fit rien pour le cacher.

— Essaie de comprendre : nous avons été séparées toute notre vie, c'est la première fois que nous faisons quelque chose ensemble.

Giulia ne répondit pas, c'était au-dessus de ses forces. Son désir de les voir réunies s'était réalisé. Alors, qu'est-ce qui lui prenait maintenant ? Elle se leva et emprunta sans dire un mot le chemin qui descendait vers la villa.

— Réfléchis bien, grand-mère, pendant ce temps, nous, on va prendre des vacances.

Viola prit la main d'Iris avant que sa sœur ne change d'avis et l'entraîna vers l'autre côté du domaine.

— Viens, on va à Volterra.

— Maintenant ?

— Oui, maintenant. Si je reste ici une seconde de plus, je vais finir par dire des choses que je regretterai plus tard, j'en suis certaine.

— Tu crois que tu sais conduire cette vieille guimbarde ? demanda Iris, inquiète, en regardant la voiture de Stefan que Viola était parvenue à se faire prêter.

Ce n'était pas un modèle dernier cri, loin de là. Elle reprit :

— Est-ce qu'il y a des ceintures, au moins ? C'est pas une voiture, c'est une antiquité, ce truc !

— Arrête de râler et dépêche-toi de monter ! rétorqua Viola en faisant ronfler le moteur.

Iris fit un pas en arrière : la fumée noire qui sortait du pot d'échappement était peut-être plus alarmante encore que le véhicule lui-même.

— Tu es sûre que tu ne veux pas y aller à vélo ?

Viola soupira.

— Monte, je t'ai dit ! J'ai pas envie d'arriver en sueur à Volterra. Il fait une chaleur pas possible.

Viola conduisait, comme absorbée dans ses pensées. Quand elles approchèrent du mur, elle sortit de son silence :

— Tu n'as pas l'impression que cet endroit a quelque chose de particulier ?

— Comment ça, « particulier » ? demanda Iris.

— Eh bien, différent du reste du monde, comme dans une dimension parallèle.

— Je vois ce que tu veux dire, moi aussi j'ai eu cette impression en arrivant. Mais honnêtement ça ne m'embête pas. Enfin, si, ça m'a fait drôle au début, mais on s'y habitue. En tout cas tu as raison : ici, les choses semblent suivre leurs propres règles.

Iris descendit pour ouvrir le portail. Quand elle le referma, elle se sentit soudain écrasée par une sensation désagréable. Les doigts serrés autour des barres, elle survola du regard toute la zone. Quelque chose clochait : ce portail et ce mur n'avaient rien à faire là. Le jardin était un endroit magnifique, dont tout le monde devait pouvoir profiter. Et, tandis que Viola redémarrait, elle regarda derrière elle jusqu'à ce que La Spinosa disparaisse.

— Moi, je dis qu'il faudrait rouvrir le domaine.

Viola acquiesça.

— Tu as raison. D'ailleurs, il n'y avait pas de mur, à l'origine.

— C'est Stefan qui te l'a dit ?

— Oui, quand nous avons parlé de la cloche… Le mur a été construit après, je ne sais pas pourquoi. Parfois, Stefan peut être muet comme une carpe et têtu comme une mule.

Iris s'accorda un moment de réflexion.

— Peut-être que le mur a été construit récemment pour empêcher quelqu'un d'entrer.

— Et si c'était le contraire ? S'il avait été construit pour empêcher quelqu'un de sortir ? répliqua Viola. Il faut qu'on pense à la chose la plus évidente, et la plus simple. Par exemple, la cloche servait à appeler. Tu appellerais qui, toi, dans un jardin ?

— Le jardinier.

Viola sourit. Elles étaient parvenues à la même conclusion. À présent, une autre question se posait. Pourquoi Giulia s'était-elle enfermée dans la villa ?

— Notre grand-mère ne sort jamais du domaine et, s'il n'y avait pas Fiorenza et Stefan pour aller faire les courses une fois par semaine, je ne sais pas ce qu'elle serait devenue. C'est comme si elle voulait se couper du reste du monde. C'est probablement une des raisons qui l'ont amenée à se disputer avec papa et maman. Mais on ne peut pas vivre loin de tout. Il faut trouver un compromis.

En approchant de la ville, elles furent toutes deux émerveillées par le paysage : les montées très raides que parcouraient lentement des touristes, les champs dorés qui venaient d'être fauchés, les hauts cyprès qui semblaient unir la terre et le ciel. Volterra était haute et fière, comme ses murs. C'étaient des parenthèses sur fond de ciel azur, qui semblaient protéger les maisons et les hauts palais. Viola s'engagea un peu trop vite dans un virage et répondit par un sourire aux jurons lancés par un passant.

Elles laissèrent la voiture dans un parking surveillé et poursuivirent à pied. Les pavés sous leurs chaussures parlaient du temps passé, où tout était fait pour durer et célébrer la grandeur des maîtres des lieux, comme les maisons bourgeoises aux fenêtres en ogive. Le *palazzo dei Priori* donnait sur une vaste place à côté du *Duomo.* On y trouvait aussi le *palazzo pretorio,* le *palazzo vescovile* et les immenses demeures des familles nobles qui avaient dirigé la ville. Elles continuèrent à se promener dans les ruelles du centre historique en mangeant une glace et en riant ensemble comme elles n'avaient encore jamais eu l'occasion de le faire.

31

Le lys – Lilium *– sait créer une atmosphère romantique au parfum de nostalgie. Plante bulbeuse pérenne, elle fleurit en bouquets aux nuances délicieuses qui vont du blanc pur au rouge intense, et symbolise la dévotion. Dans le jardin, le lys doit être planté en nombre impair, mais toujours supérieur à trois. Facile à cultiver, il aime les sols riches en humus, acides et bien drainés. Il préfère la mi-ombre et, bien abrité, il fleurit continuellement. Son parfum est à la fois doux et intense.*

Giulia fixait le portrait sur le mur, les yeux pleins de larmes. Elle était jeune quand son père l'avait fait réaliser. Il était si fier de sa famille et de leur héritage.

Elle se passa une main sur les yeux, puis regarda de nouveau le tableau. C'était elle qui l'avait fait installer dans sa chambre. Avant, il trônait dans le salon, à côté du portrait de ses parents. Mais le cacher n'avait servi à rien, car cette image était gravée en elle. Où qu'elle aille, ce portrait d'elle et de sa sœur hantait ses pensées. Elle sentait ses yeux, son jugement peser sur elle.

C'est pour cela qu'elle avait fini par décider de fermer la partie centrale de la maison. Elle avait pris ses quartiers dans la partie la plus éloignée de la villa, la plus moderne et confortable, où Francesco pourrait grandir sans danger.

Mais rien n'avait protégé son fils d'elle-même.

Elle espérait que sa colère était retombée, et qu'il trouverait la force de revenir au domaine. Pas pour elle, non, elle savait que Francesco était furieux. Mais peut-être le ferait-il pour ses filles. Elle ferma les yeux, déchirée par le remords. Avec lui, elle avait échoué sur toute la ligne.

Elle se leva et descendit l'escalier. Elle était dans la bibliothèque quand elle entendit une voix. Elle se figea, puis se tourna vers la porte. Qui était-ce ? Qui avait osé pénétrer en ces lieux ? L'espace d'un instant, elle songea à Stefan. Quand elle entendit les pas dans l'escalier elle retint son souffle, puis se faufila entre une étagère et un divan.

Ce n'était pas Stefan.

C'étaient les jumelles. Que faisaient-elles ici ? Elle pensa immédiatement à la toile dans la chambre à coucher. L'avaient-elles vue ? Elle sentit la peur lui nouer l'estomac.

— Tu crois que notre grand-mère finira par nous laisser restaurer le jardin ? demanda Iris en se dirigeant droit vers l'armoire contenant les registres.

— Oui, répondit Viola en s'agenouillant à côté d'elle.

— Comment peux-tu en être aussi sûre ?

— Parce que, sinon, on partira d'ici toutes les deux. Tu sais, Iris, j'adore cet endroit, mais franchement je commence en avoir ma claque. Les secrets de cette famille me tapent sur les nerfs. Cette histoire de

Bianca Donati… Pourquoi notre grand-mère tient-elle à nous cacher qu'elle avait une sœur ? Quarante ans sont passés depuis la mort de cette pauvre femme.

— Quasiment quarante-deux.

— C'est de l'histoire ancienne, comme celle de Matelda.

— Souviens-toi que notre grand-mère venait juste d'avoir notre père quand elle a perdu sa sœur. Réfléchis-y, Viola. D'abord l'homme qui l'avait mise enceinte l'a abandonnée, puis elle a accouché d'un enfant et, quelques semaines plus tard, sa sœur est morte. Ça rendrait n'importe qui fou de douleur. Et puis, elle était jeune, sans personne pour l'aider, vu que ses parents n'étaient déjà plus là.

— Et Fiorenza ?

— Je crois qu'elle est arrivée plus tard à La Spinosa.

— Mais tu n'en es pas certaine. Et de toute façon ce ne sont que des hypothèses, Iris. À part ce billet de condoléances pour la disparition soudaine et tragique de Bianca Donati, la date de naissance de notre père et celle de la mort de notre grand-tante, nous n'avons aucun élément en main. Mais bon, d'accord, admettons que les choses se soient passées comme tu dis : explique-moi en quoi cette histoire pourrait avoir des répercussions sur le présent.

— Je n'ai jamais dit ça.

— Bien sûr que non, puisque c'est impossible.

Le silence se fit et, dans la bibliothèque, on n'entendit plus que le bruissement du papier et la respiration des deux jeunes filles.

À l'autre bout de la pièce, assise par terre, Giulia était pâle, elle fouillait la salle du regard, ses doigts s'agitaient sur l'étoffe de sa robe. Iris et Viola avaient tout découvert. Elle s'essuya le visage et se força à respirer lentement ; elle ne voulait pas que ses petites-filles la découvrent, alors elle resta cachée. Son cœur battait si fort qu'il lui faisait mal. Un bourdonnement aigu se mit à vibrer dans sa tête. Et maintenant ? Qu'allait-elle faire ? Elle avait cru qu'elle aurait plus de temps pour leur enseigner leur mission, pour leur faire aimer le jardin afin qu'elles prennent soin de lui. Mais si elles avaient découvert son secret, tout était perdu. Elles ne lui pardonneraient jamais. Il ne lui restait plus qu'à agir vite. Elle leur dirait le plus de choses possible, elle finirait de leur expliquer les cinq étapes de la connaissance, puis elle partirait.

Viola posa le dessin qu'elle tenait à la main.

— Je ne suis arrivée que depuis quelques jours et j'ai l'impression que cela fait un an, et puis… maman me manque. La dernière fois que je lui ai parlé, on s'est disputées.

— Pourquoi ? Qu'est-ce qui s'est passé ?

Viola resta un moment sans rien dire, suivant du bout des doigts le motif du tapis.

— Rien d'important.

— Pourquoi tu me mens ?

Elle soupira.

— Mais tu vas arrêter de te glisser dans ma tête, oui ?

— J'aimerais bien pouvoir me glisser dans ta tête, figure-toi, au moins, je comprendrais tes sautes d'humeur !

— Je suis énervée, c'est tout. Et maintenant aide-moi à chercher les plans du jardin à l'italienne. Il nous les faut absolument, si on veut le reproduire. Ils doivent bien être quelque part.

— Je ne veux pas que ce soit une copie.
— C'est-à-dire ?
— Les plans ont leur utilité, ils nous aideront à comprendre à quoi ressemblait le jardin à l'origine et quel était le projet de celui qui l'a créé. Mais ce que nous ferons toutes les deux, ce sera quelque chose de nouveau.
— Bon sang, Iris, tu vas me rendre chèvre. Qu'est-ce que tu racontes ? Tu étais bien d'accord pour le restaurer, non ?
— Tu as bien regardé autour de toi ? As-tu vraiment vu ce jardin pour ce qu'il est ? C'est un livre d'histoires. Les plantes racontent la vie de ceux qui se sont occupés d'elles. Comme l'a fait Caterina avec les graines de Bianca. Chaque parterre porte en lui un peu de la personne qui l'a planté. Et moi, je veux que ce jardin soit aussi cela. Il parlera de nous, de nos désirs et de nos rêves.
— Pourquoi est-ce si important pour toi ?
— Quand je croyais que je n'avais personne, que j'étais seule, je sortais la nuit et je plantais des parterres. Je le faisais en cachette. J'obéissais surtout à une impulsion. Puis j'ai découvert que c'était ce que les Donati avaient toujours fait. Et pour la première fois, j'ai eu l'impression de faire partie de quelque chose.
— Tu plantais des parterres en cachette ? Dis-moi que tu plaisantes ! s'exclama Viola dans un éclat de rire. Avec toi, on va de surprise en surprise, je te jure !
Viola s'essuya les yeux et s'allongea sur le vieux tapis.
— Moi en revanche, je veux faire ce jardin parce que ce sera un premier pas vers le futur dont je rêve.

Tu sais pourquoi je viens ici tous les jours et pourquoi je lis tout ce qui me tombe sous la main ? Pour la connaissance, Iris. Les idées, les vieux trucs, les plans, les systèmes d'irrigation, la fertilisation… tu te rends compte de la quantité de savoirs regroupés dans cette pièce ? Et ça n'a rien à voir avec ce qu'on étudie à l'université. Bien sûr, si de temps en temps je tombe sur une vieille histoire de famille, ça ne me déplaît pas. Mais ce que je veux, c'est apprendre. Un jour je réaliserai des parcs et des jardins où les gens pourront oublier leurs problèmes et retrouver du courage. Où ceux qui ont perdu espoir pourront trouver un peu de lumière pour égayer à nouveau leur journée.

— C'est merveilleux !

Viola se redressa.

— Et si on le faisait ensemble ? Je veux dire, on peut partir de ce projet de jardin à l'italienne et voir ce que ça donne. Si ça nous plaît, et qu'on est satisfaites du résultat, on pourrait aussi travailler ensemble.

— Tu voudrais travailler avec moi ? Tu es sûre ?

— Mais bien sûr que j'en suis sûre ! Cesse donc de toujours marcher sur des œufs, de toujours penser que tu n'es pas assez bien. Vis, Iris, cours, crie, mets-toi en colère et ris à gorge déployée !

Giulia les écoutait discuter, faire des projets, rêver. Et elle se souvint de ce que c'était que d'avoir quelqu'un qui vous comprenait intimement. Elle se souvint de cette sensation unique que lui avait procurée la présence de sa sœur. Et de ce qu'elle avait éprouvé après sa mort. Il lui manquerait toujours quelque chose désormais, elle serait à jamais incomplète. Une douleur aiguë lui déchira la poitrine. Elle ferma les yeux, les doigts sur ses lèvres qui n'avaient pas cessé de trembler. Ce désespoir, cette souffrance… elle ne voulait pas les ressentir, elle ne voulait pas les éprouver. Elle tenta de les chasser, mais ils revenaient, toujours plus fort.

Les voix des filles lui firent quitter ce lieu obscur où elle avait glissé. Elle retourna au présent, à ses petites-filles qu'elle avait désespérément voulu retrouver, et qui étaient assises au milieu de la bibliothèque.

Peut-être que tout n'était pas perdu. Elles savaient qui était Bianca. Elles savaient aussi qu'elle était morte. Mais rien de plus. Elle devait être plus prudente avec elles. Elles étaient malignes. Viola avait analysé les différents éléments avec logique et méthode. Mais c'était Iris qui avait donné un sens à tout cela. Ensemble, elles ne tarderaient pas à tout comprendre. Les jumelles se plaignaient de ne pas avoir de réponses. Très bien, elle leur accorderait ce qu'elles voulaient. Mais à sa façon.

Iris et Viola sortirent de la bibliothèque, et Giulia attendit encore un peu avant d'en faire autant.

Elle devait se dépêcher de terminer leur instruction : elle n'avait plus beaucoup de temps à sa disposition.

Bianca

Des colonnes de chiffres, des sommes, des soustractions. Ce sont les résultats d'un mois de vérifications. Voilà sa mission : Bianca travaille sur les registres, les cheveux tirés en arrière ; une ride lui creuse le front. On frappe doucement à la porte, mais elle ralentit à peine. Elle ne lève même pas les yeux.

— Entrez.

— Je vais en ville. Tu veux venir avec moi ?

Son stylo cesse de bouger. Elle tremble légèrement, puis recommence à écrire.

— Et pour faire quoi ? Ne sois pas ridicule. Il n'y a rien qui pourrait m'intéresser.

— Tu ne peux pas rester enfermée ici. Ce n'est pas une vie, répond-elle avec un sourire patient.

— Pourtant, il faut bien que quelqu'un fasse tenir La Spinosa, tu ne crois pas ? Il y a des factures à payer, des dettes, les salaires... Mais toi, vas-y, amuse-toi, je t'en prie.

Elle a été volontairement méchante avec Giulia. Les mots sont sortis avant qu'elle puisse les arrêter. Elle est pleine de rancœur, de ressentiment.

De désespoir.

Un soupir, puis le grincement de la porte qui se referme lentement.

— Fais comme tu veux. Si tu changes d'avis, tu sais où me trouver.

Elle ne lui répond pas, elle continue à lacérer la feuille de la pointe de sa plume. Puis tout à coup, d'un geste sec du poignet, elle l'envoie contre la cheminée éteinte, et sent la colère monter par vagues. Elle court à la fenêtre, serre les rideaux dans ses poings.

Stefan tient la portière, Giulia lui sourit. Elle est très belle, tout en elle est parfait. Bianca épie chacun de ses gestes, le mouvement de ses cheveux qui retombent sur ses épaules, son maquillage léger, son allure.

Un souvenir explose dans sa mémoire. « Prends exemple sur ta sœur. » La voix de son père est devenue un cri dans sa tête. Elle se bouche les oreilles et ferme les yeux. Mais la voix ne se tait pas, elle ne veut pas la laisser en paix. Alors elle se précipite vers la porte, puis descend l'escalier en courant. Elle se fiche des regards étonnés des domestiques. Quand elle pousse la porte, elle sait qu'elle peut y arriver. Elle sait qu'elle peut le faire.

Elle court vers l'esplanade, puis elle s'arrête. Il n'y a rien, rien. C'est trop tard, ils sont partis. Giulia et Stefan, ensemble.

Elle aurait dû s'en douter, elle aurait dû savoir que tôt ou tard lui aussi s'apercevrait que sa sœur était parfaite. La jalousie est un monstre qui lui griffe la peau, un gouffre qui s'ouvre dans son ventre. Lentement, elle rentre à la maison. Il ne lui reste plus que la colère.

32

Le fuchsia est un ami timide et délicat,
qui réclame de l'attention. Mais si on lui prodigue
les soins adaptés, ses fleurs éclosent et dansent
comme autant de ballerines colorées.
Il aime l'exposition à mi-ombre.
Ses fleurs sont appréciées des colibris,
qui se chargent de sa pollinisation. Il demande
un arrosage constant, un sol meuble et bien drainé ;
il craint le gel. Il fleurit du printemps à l'automne.
Comestible, le fuchsia donne aux salades
une touche raffinée.

Viola aimait accompagner Stefan dans la vallée. La clairière exposée au soleil chaud du matin abritait le verger, où les arbres donnaient leurs premiers fruits. Des poires, des pommes, des citrons, des oranges, des mandarines. Ce matin-là, ils contrôleraient les greffes et vérifieraient si les boutures avaient bien pris.

— Comment ça va, avec ta sœur ?

Cette question la surprit et, d'une certaine façon, lui fit plaisir. Il y avait tant de choses à dire. Elle réfléchit un peu et puis sourit.

— Tu savais qu'on dormait ensemble quand on était petites ? lui confia-t-elle avant de regretter aussitôt cet aveu.

Ce n'était pas ce qu'elle aurait voulu lui dire. En réalité, elle aurait voulu lui parler de leurs échanges récents, du jardin qu'elles avaient l'intention d'aménager ensemble. Elle voulait lui demander s'il savait quelque chose à propos de Bianca Donati, et s'il était au courant des circonstances de sa mort. Mais elle aurait aussi voulu lui demander s'il savait ce qui s'était passé entre sa grand-mère et ses parents.

— Avec elle, tu peux être toi-même. Ton cœur la connaît.

Viola baissa la tête et donna un coup de pied dans l'herbe. Bien sûr que son cœur, et toute son âme, la connaissait.

— Quand je suis arrivée j'étais furieuse. Elle avait été choisie, papa l'avait prise avec lui… Je fais peur quand je parle comme ça, hein ?

L'homme lui lança un regard amusé.

— Oui, terriblement !

Elle fronça les sourcils, elle n'appréciait pas son ton ironique. Mais au lieu de s'énerver, elle sourit de nouveau. Et elle en fut la première étonnée. Elle le regarda travailler et, plus le temps passait, plus elle se sentait légère.

— Dis-moi, ma petite Viola, tu es encore en colère contre elle ?

Elle haussa les épaules.

— En fait, je l'ai jamais vraiment été. Elle me plaît bien, elle me fait rire…

Elle ne termina pas sa phrase. Stefan lui était sympathique, mais l'espèce de télépathie qu'elle partageait avec sa sœur était une chose qui n'appartenait qu'à elles.

— Je ne sais pas trop quoi penser. Elle me pose plein de questions sur notre mère. Je crois qu'elle souffre beaucoup, murmura-t-elle d'une voix si faible qu'elle finit par s'éteindre. Je lui ai montré des photos, elle a beaucoup pleuré, je ne savais plus quoi faire, Stefan, je n'arrivais pas à la calmer. Alors je me suis mise à pleurer moi aussi. C'était une vraie tragédie. Mais au moins, elle a fini par s'arrêter.

Elle rit nerveusement, puis se rendit compte que Stefan aussi riait.

— Peut-être que vous avez plus de points communs que vous ne le pensez, toutes les deux. Iris aussi pourrait croire que ta mère n'a voulu que toi : et ça ne doit pas être facile pour elle, tu ne crois pas ?

Oui, c'était exactement ça. Elle allait le dire à Stefan, quand elle le vit se figer.

— On a de la visite, dit-il en lui indiquant un point au loin.

Ils s'approchèrent des limites de la clairière. De là on apercevait la villa, le torrent et, plus bas, le mur qui clôturait le domaine et le séparait de la route. Un taxi remontait lentement le chemin. Il stoppa devant le portail et un homme en sortit.

— Ton père est de retour.

Une vive émotion la saisit par surprise.

— Eh ben, c'est pas trop tôt, marmonna-t-elle.

Stefan retira son chapeau, le frappa contre sa cuisse comme pour le dépoussiérer.

— Chacun affronte les événements comme il le peut, ma petite.

Elle ne lui répondit pas, mais écarquilla tout à coup les yeux. Elle remarqua que Stefan aussi semblait sur le qui-vive. Elle fit un pas en avant, comme pour découvrir qui était la femme descendue du taxi, qui à présent attendait elle aussi devant le portail.

— Tu la connais ?

Viola tendit le cou. Elle n'arrivait pas à distinguer le visage de la femme à cette distance. Mais elle sentit brusquement un frisson lui parcourir l'échine.

— Maman !

— Ah ben, ça alors, Claudia Bruni ! Elle a fini par revenir.

— Ma mère ne t'est pas très sympathique, hein ?

— Je n'ai jamais rien dit de tel.

Viola écouta à peine sa réponse ; soudain, elle se mit à courir, la tête pleine de mille pensées contradictoires et une peur de plus en plus grande chevillée au corps, qui lui coupait le souffle. Iris ce jour-là avait décidé de travailler au jardin devant la villa. Leur jardin. Elles allaient se rencontrer d'un moment à l'autre.

Il était là, le portail qu'elle avait vu dans tous ses cauchemars. Des pierres, des briques, du fer battu. Et un rosier qui avait pris ses aises.

Claudia effleura ses feuilles du bout des doigts. Il était magnifique. Elle avait beau vouloir détester ce lieu, elle n'y parvenait pas. Elle ne ressentait que de la peine. Pour elle-même, pour les choses telles qu'elles auraient pu être. Elle ferma les yeux un moment, prenant une longue inspiration. Il lui avait fallu plus de temps que prévu pour rentrer en Italie. Ils étaient à l'aéroport quand Lilian l'avait appelée, elle était sur le point de prendre son billet. Elle avait complètement oublié une livraison importante et, bien sûr, il y avait des problèmes. Elle avait dû faire demi-tour, et tout régler, reportant leur départ.

Mais à présent elle était là, elle retrouverait bientôt ses filles. Elle remonta dans la voiture, Francesco la suivait. Elle ne s'était pas sentie bien durant le vol et il l'avait soutenue à chaque instant. Elle ne savait pas si c'était la grippe, et sincèrement elle s'en moquait. Mais pour l'heure elle était trop fatiguée pour même ressentir de la colère : ce sentiment l'avait quittée en cours de route, quand Francesco lui passait des serviettes humides sur le visage en lui parlant d'Iris.

Elle ne voulait pas avoir ce genre d'intimité avec lui.

Elle ne voulait pas de sa pitié, elle ne voulait pas de son absurde condescendance.

Elle ne voulait rien accepter de cet homme.

Et plus tôt les choses seraient réglées, mieux ce serait pour tout le monde.

— On est arrivés, tu verras, tout va bien se passer. Ne t'inquiète pas, Claudia.

La sorte de trêve qui s'était instaurée entre eux prit fin brusquement, quand elle s'aperçut, horrifiée, qu'elle éprouvait un certain plaisir à être auprès de lui. Mais quel genre de femme était-elle ? Avait-elle déjà oublié ce que Francesco lui avait fait ? Le rôle qu'il avait joué dans sa vie ?

— Épargne-moi ta compassion, je ne veux rien de toi, lui répondit-elle à voix basse.

Chaque mot lui griffait la gorge. Il pouvait bien pâlir, elle s'en moquait, il ne l'intéressait pas. Elle gardait les yeux rivés sur le pare-brise, la gorge nouée, les doigts enfoncés dans le côté du siège avant.

Le taxi remontait lentement l'allée, avec des petits soubresauts qui semblaient augmenter encore son agitation et la nausée qui la tourmentait à nouveau. Ils avaient encore de la route et des souvenirs à parcourir. Le taxi franchit un dernier virage et, quand elle vit la petite silhouette agenouillée près de la fontaine de pierre, elle éprouva un grand soulagement.

— Arrêtez-vous immédiatement !

Elle descendit en toute hâte, courut à la rencontre de sa fille qui venait de lever le visage vers elle, puis la serra contre son cœur.

— Oh mon Dieu, Viola, comment as-tu pu me laisser comme ça, sans me donner de nouvelles ? J'ai cru devenir folle.

Claudia fronça les sourcils, les mains encore posées sur les épaules de la jeune fille. Elle recula d'un pas pour mieux l'observer, les yeux plissés.

— Tu as maigri, non ?

Elle ne reçut qu'un long silence pour toute réponse.

— Qu'est-ce qui t'arrive ? Pourquoi tu me fixes comme ça ? Mon trésor, pourquoi tu pleures ?

Un autre long silence suivit. Claudia entrouvrit les lèvres. Elle laissa ses bras retomber le long de son corps, son cœur battait très fort dans sa poitrine et un bourdonnement aigu sifflait dans ses oreilles. Ce n'était pas Viola. Ce n'était pas elle. Pourquoi n'avait-elle pas envisagé que la première personne qu'elle verrait en arrivant à La Spinosa pourrait être Iris ? C'était pourtant ce qu'elle désirait plus que tout, mais aussi sa plus grande peur.

Elle fit un pas en arrière, puis un autre.

— Maman ?

Iris. Ce nom explosa dans son esprit, balayant tout le reste. C'était Iris, sa fille, et elle n'était même pas parvenue à la reconnaître.

Quel genre de mère était incapable de distinguer entre elles les jumelles qu'elle avait mises au monde ? Soudain, tout devint flou. Le bourdonnement devint un vacarme, des milliers de bruits résonnèrent dans sa tête.

Quand deux bras se refermèrent sur elle, l'empêchant de tomber, elle s'y agrippa de toutes ses forces.

— Calme-toi, Claudia, calme-toi ou tu vas faire un malaise.

— C'est Iris, c'est ma fille. Et je ne l'ai même pas reconnue. Je ne l'ai pas reconnue !

Francesco la soutenait toujours.

— Viens, entrons.

Ce n'était pas la première fois qu'il ressentait du désespoir, mais il n'était pas préparé à éprouver un trouble si profond. Claudia n'était que douleur, elle était dévastée. Tout en elle le criait à pleins poumons.

Ce n'était pas un concept, ni une idée. C'était un fait.

C'était la preuve qu'ils avaient commis une erreur monumentale.

Ils arrivèrent dans le salon, où Viola venait de rejoindre Iris, contre laquelle elle restait blottie. Claudia s'assit, épuisée. Puis elle tendit les bras vers les jumelles, et ses filles lui prirent les mains, une chacune.

— Je suis désolée, vraiment désolée.

Il n'y eut ni accolade ni baiser. Rien qu'une infinité de regards, de légères caresses, de phrases non dites et de respirations. C'était le moment des émotions, des sensations tactiles, le moment de se reconnaître après une longue séparation.

Au bout de quelques minutes, Claudia reprit des couleurs et observa son environnement. Quand elle croisa le regard de sa belle-mère, elle recula instinctivement, s'agrippant à la main de Francesco posée sur son épaule depuis tout ce temps.

Giulia pencha puis redressa la tête et s'adressa à ses petites-filles :

— Et si vous alliez préparer quelque chose à manger pour votre mère ? Je parie qu'elle meurt de faim.

Les jumelles se levèrent à contrecœur, mais elles lurent sur le visage de leur grand-mère qu'il serait vain de regimber. Si grande soit leur envie d'assister à cette conversation, elles étaient trop secouées, trop émues. Alors, cette trêve leur apparut à elles aussi comme la meilleure solution. Elles auraient bien le temps plus tard. Elles poseraient directement leurs questions à Claudia à ce moment-là. Car elles en étaient toutes les deux intimement convaincues : elle leur raconterait toute la vérité.

Et maintenant, qu'allait-il se passer ? Giulia s'humecta les lèvres, les yeux errant sur les murs.

Elle connaissait ce salon depuis qu'elle était née. C'était celui d'Ines, où elle avait passé de longues soirées avec sa mère. Et ensuite, avec Francesco quand il était petit. Elle soupira et s'appuya de ses deux mains à sa canne.

— Tu te sens mieux ? demanda-t-elle à Claudia.

Elle ne fut pas surprise du silence de sa belle-fille, ni de voir ses doigts se crisper sur la main de Francesco.

C'était elle, Giulia Donati, le monstre dans cette histoire. N'importe qui d'autre valait mieux qu'elle.

— Tu as tout à fait le droit de me mépriser, ma petite. Mais n'insulte ni ta force ni ton intelligence en restant prisonnière du passé. Regarde-moi, je suis une femme faible et malade. Si tu le voulais, tu n'aurais qu'à me pousser légèrement pour me mettre à terre. Ouvre les yeux et regarde-moi pour ce que je suis, pour ce que je suis devenue. Tiens un peu la bride à ton imagination.

Elle avait peut-être échoué à se faire pardonner de son fils, mais avec Claudia il fallait qu'elle réussisse. Elle se força à prononcer la phrase qu'elle avait préparée soigneusement :

— Je suis profondément désolée pour tout ce qui s'est passé.

Petit à petit, ces mots agirent sur sa belle-fille. Claudia se détendit, elle la jaugea des pieds à la tête. Alors, Giulia s'autorisa à espérer et, doucement, avec une infinie précaution, elle ajouta :

— Tu étais si jeune, et je t'ai fait beaucoup de mal. Pardonne-moi, s'il te plaît.

Elle avait essayé de faire disparaître de sa voix la moindre inflexion autoritaire. Elle voulait que Claudia entende la sincérité de ses paroles.

Claudia se redressa, lâcha la main de Francesco et acquiesça.

Voilà, elle était prête, à présent, elle pourrait supporter toutes les insultes que sa belle-fille lui adresserait. Mais il lui restait une dernière chose à faire.

— Tu peux nous laisser seules, Francesco ?

— Claudia ? demanda-t-il à sa femme en la regardant.

— Tu peux y aller.

Giulia attendit que Francesco et Fiorenza aient quitté la pièce. Quand elle entendit le bruit de la porte, elle soupira.

— Il faut qu'on parle.

— Non. Je suis venue voir mes filles. Et maintenant, on s'en va.

— Je ne ferai jamais de mal à mes petites-filles, tu le sais, et tu l'as toujours su. Quoi qu'il en soit, si c'est ce que tu as décidé, alors fais comme tu veux. Je n'essaierai pas de t'en empêcher. Mais tu priverais alors tes filles de tout. Et rien de ce qui a été brisé ne pourrait être réparé.

— N'importe quoi ! Ce sont encore des manœuvres pour arriver à tes fins.

Elle ne répondit pas, cela n'aurait servi à rien.

Quand elle s'était remise de sa maladie, en plus de ses souvenirs du passé et des mauvaises actions qu'elle avait commises, Giulia avait récupéré cette partie d'elle-même qu'elle avait crue perdue pour toujours, ainsi qu'une profonde humanité. Au lieu d'accuser à son tour Claudia et de la mettre face à ses responsabilités, elle attendit qu'elle se calme.

— Je n'ai jamais voulu te faire de mal à toi non plus.

Elle ne la quittait pas des yeux, elle souriait même. Mais Claudia s'était retranchée derrière un air froid, buté. Elle refusait de la croire. Il fallait qu'elle trouve quelque chose pour la secouer, quelque chose pour la convaincre de collaborer.

— La Spinosa a mille ans d'histoire. Mais ce n'est pas ça l'important. Ce qui rend ce lieu vraiment spécial, c'est le jardin. Il est destiné aux jumelles, elles le conserveront et feront en sorte que d'autres puissent bénéficier de son pouvoir.

Le front de Claudia se creusa de rides, puis un rire strident la secoua.

— Francesco m'avait dit que tu étais malade, pas que tu étais devenue folle… Mais moi je le savais. Je l'ai toujours su.

L'espace d'un instant, Giulia sentit la colère l'envahir.

— Bien sûr que je suis folle ! Ne l'es-tu pas toi-même devenue, quand Francesco a pris une de tes filles ? demanda-t-elle en s'approchant de sa belle-fille. Claudia, tu es la seule à pouvoir comprendre la folie d'une femme qui a soudain perdu tout ce qui comptait dans sa vie. Et toi, comment t'en es-tu sortie ? Tu t'en souviens ? Francesco t'a pris Iris, c'est vrai, mais tu sais très bien qu'il aurait aussi pu emmener Viola, et qu'il ne l'a pas fait. Et c'est elle, ta fille, qui t'a aidée à tenir le choc, à survivre, lança-t-elle en portant une main à sa poitrine. Moi aussi je dois ma vie à un enfant. C'est pour lui que j'ai continué à vivre, pour lui que j'ai respiré, mangé, vécu jour après jour.

Elle s'aperçut trop tard qu'elle en avait trop dit. Elle mit une main devant sa bouche, maudissant son caractère impulsif, maudissant le destin.

— Je ne comprends pas.

Giulia enfouit son visage dans ses mains, en inspirant profondément. Quand elle regarda Claudia, ses yeux étaient limpides. Son expression sereine.

— J'ai commis des erreurs, et je vais les réparer. Avec ton aide, parce que toi aussi tu as fait des erreurs. Ça suffit, Claudia, ça suffit ! C'est le moment d'aller de l'avant, de laisser tout cela derrière nous.

À ces mots, Claudia pâlit.

— Tu aurais dû nous laisser résoudre nos problèmes nous-mêmes. C'était notre droit. Tu n'avais pas à te mêler de ça, Giulia.

— Non, tu as raison, je n'aurais pas dû me mêler de cela. Et je ne l'aurais peut-être pas fait si tu avais refusé mon offre.

— Je n'ai jamais accepté ton argent. Je suis allée dans ton sens, au début, pour que tu me fiches la paix.

— Ah oui, vraiment ? Et alors pourquoi n'as-tu pas cherché à revoir ta fille durant toutes ces années ? demanda Giulia, la mine soudain féroce.

Elle ne la laissa pas chercher une autre excuse, se réfugier dans le mensonge. Elle ne la lâchait plus, impitoyable comme peut l'être une femme qui connaît la puissance du remords et du regret. Elle reprit aussitôt :

— Tu n'as pas pris l'argent que je t'ai proposé pour me laisser les filles, c'est vrai. Mais l'espace d'un instant tu as envisagé de le faire. Et c'est ça qui t'a tenue loin de ta famille : la honte.

Claudia s'essuya les joues des mains, son visage retrouva un air désespéré. Giulia sentit son cœur se serrer.

— Écoute-moi attentivement, maintenant. Le passé est derrière nous. Il est enterré, n'en parlons plus. Tu dois penser à l'avenir.

— Oui, loin d'ici, avec mes filles.

— Les erreurs sont comme des pierres sous le sable : tu auras beau les ensevelir elles resteront toujours là, lourdes, indéniables. Toi, tu sauras qu'elles existent, ceux qui les verront le sauront. La seule façon de s'en libérer, c'est de s'en saisir et de les jeter le plus loin possible.

— Et pourquoi devrais-je t'écouter ? Tu m'as déjà manipulée une fois. Et ça m'a coûté tout ce que j'avais. Tout !

— Tu crois vraiment que tu es la plus mauvaise mère au monde, pas vrai ? demanda Giulia avec un petit rire. Que tu es bête ! Et d'une rare naïveté, assena-t-elle, avant de faire une pause pour mieux reprendre : J'ai encore besoin de quelques jours, puis je disparaîtrai définitivement de vos vies.

D'abord muette de stupeur, Claudia se laissa gagner par la méfiance et enfin par la colère.

— Et tu crois que je vais te faire confiance ? Si tu ne t'en étais pas mêlée, les problèmes entre mon mari et moi auraient pu se régler. Parce que, malgré tout, nous nous aimions.

— Ne crie pas, ça ne sert à rien. Et il vaut mieux que les filles sachent la vérité tout entière, et pas seulement quelques bribes.

Claudia finit par acquiescer, épuisée. Elle se passa une main sur les yeux.

— Que veux-tu de moi, Giulia ?

Voilà, le moment qu'elle attendait était enfin arrivé. Celui où tout allait se jouer.

— Je te propose un marché, Claudia. Reste ici à La Spinosa, et laisse-moi réparer mes erreurs passées.

— On ne peut pas effacer le passé. Tu viens de le dire, rétorqua-t-elle, un demi-sourire ironique sur les lèvres.

— En un sens, tu as raison. Parfois, il est d'une telle puissance qu'il nous condamne à vivre sous son influence. Il nous prive de toute possibilité d'avenir, il rend nos efforts inutiles, il nous intimide, nous anéantit. Mais le désir de réparer nos erreurs est toujours là. Et c'est ça, notre force. Car tout peut être changé. C'est à nous de décider le prix à payer.

— Qu'est-ce que tu veux dire ?

Elle lui sourit, s'approcha d'elle et, quand elle fut si près qu'elle pouvait sentir son souffle, elle prononça cette phrase :

— Je ne te demande que quelques jours, ensuite, tu n'auras plus à t'inquiéter de moi, je te le promets.

Quand elle referma la porte derrière elle, son visage était encore teinté d'incertitude. Mais il ne restait plus aucune trace du désespoir qu'elle avait ressenti à son arrivée. Bien sûr, retrouver l'affection de ses filles serait une tâche difficile. Mais à présent les choses avaient changé. Elle eut presque envie de rire en pensant à la rapidité avec laquelle les événements pouvaient évoluer. Elle était encore surprise, presque abasourdie.

Sur un point, Giulia Donati avait raison : c'était elle qui avait donné tout ce pouvoir à sa belle-mère. C'était elle qui l'avait laissée la terroriser. Et toutes ces années n'avaient servi à rien d'autre qu'à entretenir son ressentiment, à le nourrir, le laissant croître comme un cancer. C'était elle qui avait permis cela. En partant chercher ses filles, elle se sentit plus légère. La mission qui l'attendait était de taille, mais peut-être n'était-elle pas une si mauvaise mère après tout. Un sourire amer lui tordit la bouche. Jamais personne ne lui avait témoigné autant d'amitié que ne venait de le faire sa plus grande ennemie.

Paradoxalement, la femme qui lui avait gâché la vie s'était saisie de son désespoir et l'avait transformé en autre chose.

33

Le jardin est la vie, et toutes les créatures
qui le peuplent y contribuent.
Le buddleia – Buddleja alternifolia *–*
est riche d'un nectar qui attire
les papillons ; c'est pourquoi on l'appelle « arbre
aux papillons ». Ses longues branches florifères
embaument le jardin de leur parfum de miel.
Vigoureux, il a besoin de grands espaces. Il aime
les emplacements ensoleillés et les arrosages
réguliers. Il fleurit en été.

— Je n'ai pas pu te garder avec moi.

Iris se crispa. Les mots de Claudia résonnaient dans son esprit. Elle était étourdie ; la seule chose qui la soulageait un peu, qui lui offrait une lueur de sérénité, était la main de Viola qui serrait la sienne. Car à ce moment-là, tandis que ses parents essayaient d'expliquer ce qu'ils avaient fait, sa sœur était la seule personne vraiment en mesure de la comprendre.

— Aucun de nous n'aurait pu renoncer à vous deux. Ça nous aurait tués. Est-ce que vous pouvez comprendre ça ?

Iris tenta de se retenir, mais les mots qui étaient coincés dans sa gorge depuis longtemps sortirent tout à coup et, avec eux, mille questions et toute sa colère.

— Ça ne justifie rien du tout ! Vous vous êtes séparés, et alors ? Il y a des milliers de couples qui se séparent. Mais vous, vous nous avez entraînées dans vos problèmes, vous nous avez volé l'enfance que nous devions passer ensemble.

Elle laissa le flot de paroles se tarir, mais très vite d'autres suivirent :

— J'avais une sœur et une mère, Viola avait une sœur et un père. Et on nous les a arrachés. Pourquoi ? Pourquoi ?

Claudia pâlit. Francesco, visiblement éprouvé par cette conversation, lui lança un regard désespéré.

— Ne t'en prends pas à elle, Iris, ta mère n'est pas responsable de ça. Tout est ma faute. C'est moi qui ai exigé que tu restes avec moi.

Viola désigna sa sœur d'un mouvement de tête.

— Et donc, c'est elle que tu as choisie ?

Sa voix était d'un calme funeste. Iris serra sa main plus fort, mais elle se dégagea.

— Non, Viola. C'est moi qui ai voulu te garder auprès de moi, intervint Claudia en regardant sa fille droit dans les yeux. Tu n'allais pas bien. Tu étais délicate, je te l'ai déjà dit, tu te souviens ? De vous deux, c'était toi qui avais le plus besoin de moi.

Elle fit une pause et s'adressa à Iris, des larmes plein les yeux :

— Je n'ai aucune excuse, je n'ai pas le droit d'espérer ton pardon mais, crois-moi, chaque jour j'ai rêvé de te revoir, je me suis demandé ce que tu faisais, si tu étais heureuse.

— Ta mère m'a supplié de te ramener auprès d'elle, mais je ne pouvais pas faire ça. Je ne pouvais pas renoncer à toi aussi, ma chérie, ajouta Francesco d'une voix faible.

— Vous aviez grandi convaincues que vous n'aviez qu'un seul parent. Plus tard, quand les choses entre nous sont devenues plus faciles, nous avons envisagé de vous dire la vérité. Mais nous ne savions pas comment faire, et plus le temps passait, plus c'était difficile.

— Tu veux dire que vous vous parliez ?

— De temps en temps. Mais de plus en plus rarement. Ce n'était pas facile ; nous rêvions tous les deux de vous réunir, mais en même temps rien ne nous effrayait plus. Il y avait de gros problèmes entre nous, des questions qui n'étaient pas faciles à régler.

— Nous avons essayé de le faire, de trouver un accord. Mais nous n'arrivions pas à nous faire confiance, à dépasser notre douleur. Et quand la situation est devenue intenable, c'est un avocat qui s'est occupé de ce qu'aucun de nous n'avait été capable de faire. À partir de ce moment-là, c'est lui qui a tenu le rôle de médiateur entre nous. C'est lui qui s'occupait de nous transmettre des informations sur vos vies, à toutes les deux.

— Pourquoi ne m'as-tu rien dit plus tôt ?

— Calme-toi, Viola. Ta mère s'en est tenue à ce dont nous étions convenus.

Le silence tomba enfin, lourd, épais. Les réponses qu'elles avaient cherchées étaient là, mais malheureusement le sentiment de vide était exactement le même. Aucune de ces explications n'avait pu apaiser leur souffrance. Aucune.

Iris les dévisageait, incrédule, déconcertée.

— Et c'est tout ?

— Tu estimes que ça ne suffit pas ?

À ces mots, Viola se leva, pointant sur ses parents un doigt accusateur :

— Non, ça ne suffit pas, et ce n'est même pas la vérité. Parce que vous ne nous avez pas expliqué les vraies raisons de votre séparation. Ne plus s'entendre ne justifie rien du tout.

— Ça ne changerait rien pour vous de connaître les détails, répondit Claudia, les yeux baissés.

— Et puis, de toute façon, ces choses-là ne vous regardent pas, ajouta Francesco.

— Comment ça, ça ne nous regarde pas ?

Mais Francesco n'en démordait pas :

— C'est comme ça, un point c'est tout. Les raisons pour lesquelles nous nous sommes séparés ne concernent que votre mère et moi. Nous en assumons l'entière responsabilité. Mais ça s'arrête là. Il y a des choses privées qui n'appartiennent qu'à nous.

Quelque chose avait changé chez son père. Iris le fixa longuement, puis elle comprit. Avant, ils n'avaient toujours été que tous les deux. Puis Viola était entrée dans leur vie, et il avait changé. Maintenant, on aurait dit qu'il assumait un autre rôle encore. Non plus seulement celui de père, mais aussi celui d'époux. Elle pencha la tête et sentit à nouveau la main de Viola qui cherchait la sienne. Elle la serra et ne la lâcha plus. Il n'y eut pas besoin de mots entre elles. Les jumelles se levèrent et, sans se soucier de leurs parents qui les appelaient, elles quittèrent la cuisine.

Claudia enfouit son visage dans ses mains.

— Elles nous détestent.

Francesco lui caressa les épaules d'un geste rapide. Le seul qu'elle accepterait.

— Non, elles sont seulement en colère. Ça leur passera à toutes les deux, tu verras.

Elle acquiesça, parce que c'était facile, parce qu'elle ne savait pas quoi faire d'autre.

— Et maintenant, on fait quoi ?

Il lui resservit un peu de thé, pensif.

— On attend.

Elle fixa le fond de la tasse qu'elle tenait entre ses doigts.

— Pourquoi ne leur as-tu pas dit la vérité ?

Il aurait pu le faire, elle le méritait, en un sens. Elle leva les yeux et chercha son regard.

— Quelle vérité ?

Il ne lui laissa pas le temps de répondre. Il se leva, et alla ouvrir en grand la fenêtre. Puis il reprit :

— Tu sens cet air propre, Claudia ? Je veux le respirer chaque jour ma vie. J'en ai assez de vivre dans le passé, assez de travailler pour créer quelque chose qui enrichira les autres. Je suis fatigué de devoir faire des compromis avec des gens qui ne pensent qu'à leur propre profit. Quand nous avons séparé nos filles, nous avons enterré nos rêves, nos ambitions. Tu te souviens de ce que tu voulais être ? De ce que tu voulais faire de ta vie ?

Elle fit non de la tête, lentement, les yeux plongés dans les siens. Puis elle émit un petit gémissement.

— Moi non plus, Claudia, moi non plus.

Il sortit à son tour, ne laissant dans son sillage que des regrets. Et quand il referma la porte derrière lui, Claudia se sentit proche de Francesco, comme quand ils étaient jeunes et qu'il leur suffisait d'un coup d'œil pour se comprendre. Avant que tout devienne compliqué, et que la vie leur arrache ce qu'ils avaient de plus beau. Mais ce n'était peut-être pas la vie qui les avait emportés, peut-être avaient-ils tout simplement été incapables de lui tenir tête, de la plier à leur volonté, ou de la chevaucher comme une vague.

Elle regarda un peu autour d'elle ; rien n'avait changé, tout était comme autrefois. Sauf elle : elle, elle avait changé. Elle était en train de rincer les tasses et de remettre un peu d'ordre dans la cuisine quand Fiorenza revint.

— Alors, comment veux-tu qu'on s'organise ?

— Je ne comprends pas, qu'est-ce que tu veux dire ?

Fiorenza lui sourit, s'approcha d'elle et ouvrit un tiroir. Un intense parfum de lavande et de citron précéda le tablier et la serviette qu'elle en sortit.

— Giulia a dit qu'à partir de maintenant c'était toi la maîtresse de maison.

— Pardon ?

— Eh oui. Maintenant, c'est toi qui décides ici, répondit-elle en haussant les épaules. N'est-ce pas ce que tu as toujours voulu ?

Claudia sentit une émotion indéfinissable remuer en elle. Était-ce vraiment ce qu'elle avait toujours voulu ?

34

Le blanc est la couleur de la méditation.
L'arum d'Éthiopie – Zantedeschia aethiopica *–,*
plante tubéreuse pérenne, fleurit en grands buissons
aux feuilles larges et charnues.
C'est une fleur appréciée des mariées
pour sa blancheur et son élégance. Elle représente
la féminité. Elle préfère les zones ombragées.
Les sols riches, humides et marécageux sont idéaux
pour cette plante délicieuse. L'arrosage
doit être abondant.

La table avait été dressée avec soin dans la salle à manger de La Spinosa. Pour accueillir Claudia et Francesco, Fiorenza avait mis les petits plats dans les grands. Souvent, les gestes ont plus de poids que les mots, aussi avait-elle sorti des armoires et des buffets tout ce qu'il y avait de plus beau. Les verres en cristal ornés d'un fil d'or venaient de Venise, les assiettes en porcelaine de Limoges ; elles faisaient partie de la dot d'une jeune femme qui, quelques siècles plus tôt, les avait apportées de France, tout comme les serviettes de lin et les chandeliers d'argent.

Pour elle, toute cette histoire entre Giulia et son fils avait pris des proportions déraisonnables et à présent cela devait cesser ; Giulia voulait rattraper son erreur ? Très bien. Mais ce n'est pas debout que l'on demande pardon, n'avait-elle pas manqué de lui dire.

En réalité, aucun des convives, ce soir-là, ne prêta attention à tous les efforts de Fiorenza. Dans un silence de plomb, Claudia, Francesco et Giulia avaient le regard rivé sur les deux chaises vides d'un côté de la table. Chacun, pour des raisons diverses, croyait en être la cause. On lisait une grande tristesse sur leur visage.

Il avait été impossible de convaincre les jumelles de venir dîner en famille, et leur absence résumait bien mieux qu'un long discours l'opinion qu'Iris et Viola avaient d'eux.

— Les jeunes oublient vite. Il suffit d'être patient.

Fiorenza était une femme pragmatique et simple. Pour elle, les choses étaient bien ou mal. Giulia ne put s'empêcher de l'envier profondément. Elle continua à triturer la nourriture dans son assiette du bout de sa fourchette, d'un air absent.

— Ce n'est pas si simple. Elles ne sont pas idiotes.

— Je n'ai jamais pensé une chose pareille.

Francesco roula sa serviette en boule.

— Elles ont besoin de temps. Et nous aussi.

Claudia leva les yeux de son assiette pour lancer des regards furtifs autour d'elle. Elle était encore étourdie : la conversation qu'ils avaient eue tous ensemble l'avait éreintée. Elle savait de quoi ses filles avaient besoin, ça la secouait violemment. Elles voulaient la vérité, elles voulaient savoir pourquoi leurs vies avaient été chamboulées.

Ils terminèrent leur repas en silence, le visage renfrogné. Puis Giulia se leva.

— Ce sont des filles bien, et elles tiennent l'une à l'autre. Le reste, ça s'arrangera, déclara-t-elle, affichant un aplomb qu'elle n'avait pas, car elle en avait besoin pour se donner du courage.

Elle sortit sur l'esplanade, et marcha encore un peu. La nuit était noire, tel un épais rideau d'encre. On aurait dit qu'il n'y avait de la place pour rien d'autre, mais elle leva la tête et sourit. C'était toujours comme ça, pensa-t-elle en contemplant la myriade de points lumineux qui resplendissait dans le ciel. Rien n'était jamais absolu. Elle se retourna un instant vers la villa, et il lui sembla voir de la lumière. Voilà où elles étaient : la bibliothèque était devenue leur refuge.

Le lendemain, elle leur dirait qu'elles pouvaient faire ce qu'elles voulaient dans le jardin. Le lendemain, elle ferait même bien plus que ça.

— Que fais-tu là, toute seule, dans le noir ?

Elle ne l'avait pas entendu arriver et ne quitta pas la villa des yeux.

— On ne peut pas arrêter la vérité.

— Ça, tu aurais dû y réfléchir il y a des années, dit Stefan en lui prenant le bras. Viens, asseyons-nous.

— Je ne suis pas fatiguée.

— Moi si, alors sois gentille, s'il te plaît.

Elle se demanda si c'était vrai ou si Stefan était en train de ruser. Il lui parut solide et fort, comme toujours.

— Que se passe-t-il ?

— Eh bien, c'est Gabriel : il a donné sa démission.

— Pourquoi ?

Stefan lui caressa le dos de la main.

— Aujourd'hui, il a eu les résultats des dernières analyses, et tout semble normal. Aucune trace d'empoisonnement, le sol est équilibré, il n'a rien trouvé qui justifie la décadence du parc. Si cet endroit est en train de mourir, cela n'a rien à voir avec le sol.

Elle avait beau s'y attendre, Giulia sentit une peur glaciale lui nouer les entrailles. Il ne restait plus qu'une explication. Si au début elle avait cru que Viola et Iris pouvaient changer les choses, à présent elle savait que cela ne suffirait pas. Le jardin montrait des signes d'amélioration partout où elles travaillaient ensemble, mais poursuivait son inexorable déclin. C'était elle la cause. Par son comportement, elle avait provoqué sa lente dégradation. Elle avait convaincu les jumelles de revenir, mais cela n'était pas assez.

Soudain, l'urgence de parfaire leur éducation lui sauta au visage. Les heures étaient comptées. La question était donc la suivante : pour remettre les choses en ordre, suffirait-il qu'elle quitte le domaine ? Ou bien était-ce trop tard ?

Des parterres bien ordonnés, de ces espaces harmonieux imaginés deux siècles plus tôt, il ne restait plus que les structures portantes et quelques moignons. Des soubassements de pierre alternaient avec une série de pleins et de vides, et au centre de l'esplanade, devant la villa, se dressaient les vestiges d'une magnifique fontaine.

Giulia gardait encore un souvenir précis de ce jardin du temps de sa splendeur. Et une partie d'elle-même se demandait comment elle avait pu le laisser se dégrader ainsi. En réalité, elle en connaissait très bien les causes, elles étaient ancrées en elle, elles prenaient racine dans sa folie. Si elle avait fait attention, si elle ne s'était pas cachée du monde, elle aurait pu comprendre les signaux. Mais elle n'avait pas été capable d'écouter, cela faisait des années qu'elle avait cessé de le faire. Elle savait que, derrière ce qui semblait être un simple jardin à l'italienne, il y avait autre chose. Le manque d'intérêt qu'elle avait montré pour tout ce qui l'entourait était devenu inconcevable, à présent que la conscience jetait un nouvel éclairage sur ses souvenirs. Elle n'était plus cette femme qui un soir, sous le coup de la colère, avait chassé son fils, des années plus tôt. Il ne restait plus en elle qu'une infime trace de cette femme-là. La maladie avait été comme une seconde naissance. Et quand la situation devenait insoutenable elle s'agrippait de toutes ses forces à cette conviction : elle avait changé.

— Fiorenza a raison. C'est à genoux que l'on demande pardon, murmura-t-elle.

Elle continua à marcher, tendue. Puis elle s'aperçut que ses petites-filles étaient là.

— Vous voilà enfin.

On lisait sur les visages des jeunes filles les traces d'une nuit difficile. Dans leurs regards fuyants, dans leurs traits tirés, dans leur façon de se mouvoir, presque synchronisée. Finalement, il avait suffi de peu pour les réunir. Leurs cœurs s'étaient trouvés et, une fois balayée l'animosité initiale, elles avaient découvert leur place, l'une à côté de l'autre.

— Bonsoir, grand-mère.

— J'ai quelque chose à vous dire. Je suis désolée pour ce qui s'est passé l'autre jour, près du lac. Je ne sais pas ce qui m'a pris. Si vous voulez arranger le jardin à l'italienne ensemble, eh bien, faites-le donc, je vous en prie. J'ai déjà parlé avec Stefan, il vous accompagnera dans les serres de la région pour acheter le nécessaire. L'argent n'est pas un problème.

— Et qu'est-ce qui t'a soudain fait changer d'avis ?

Arrivée à la fontaine au centre du jardin, Giulia s'arrêta et pencha la tête.

— J'ai beaucoup de souvenirs liés à cet endroit, Viola, et ils ne sont pas tous agréables. Ignorer ce qui nous tourmente, c'est difficile au début mais, ensuite, ça devient une façon de vivre. Un jour on se réveille et on comprend que nos peurs sont devenues des barrières. Il devient impossible de regarder par-delà, même si c'est le seul espoir. Alors, on se convainc que cette douleur constante que l'on porte en soi est un moindre mal, que c'est mieux comme ça.

— Mieux que quoi ?

Elle s'assit lentement, en faisant bien attention à ne pas froisser sa robe.

— Mieux que tout, Iris.

— Mieux que nous ? Mais si c'est ce que tu penses, pourquoi as-tu tellement insisté pour nous faire revenir ici ?

Elle frémit, comme si la réponse de sa petite-fille l'avait atteinte physiquement.

— Mais enfin, jamais je n'ai pensé que vous puissiez être un problème, jamais, ni même un obstacle. Ta sœur et toi vous avez été la lumière et la joie. Vous avez tout transformé.

Elle fit une pause puis indiqua un endroit derrière elles.

— Votre mère vous appelle.

Elles se retournèrent dans cette direction, tout en se rapprochant l'une de l'autre. Quand Claudia arriva auprès d'elles, elles étaient assises à côté de Giulia.

— Je peux vous parler ?

Claudia avait réfléchi toute la nuit et avait fini par aboutir à une conclusion : avant de faire quoi que ce soit, elle devait parler avec ses filles.

La veille, Francesco lui avait dit qu'il avait besoin de changement ; sur le coup, elle n'avait pas très bien vu ce qu'il voulait dire par là, puis elle avait compris. Son mari avait dépassé le concept de faute. Ou plutôt, de façon presque paradoxale, il avait cherché à assumer toutes les responsabilités de ce qui s'était produit.

Mais pour elle à présent les choses étaient différentes. Elle avait été parfaitement consciente, chaque jour de sa vie, de ce qu'elle avait fait et de ce qu'elle avait perdu. Chaque pleur de Viola, chacun de ses sourires, ses premières expériences, ses succès lui avaient arraché un morceau de son âme, celui qui depuis toujours appartenait à Iris. Elle ne s'était jamais autorisée à oublier. Alors, cela faisait longtemps qu'elle avait décidé qu'elle ne méritait pas de « dépasser tout ça ». Les choix qu'elle avait faits pour elle-même avaient eu des conséquences dans la vie d'autres personnes. Dans la vie de ses filles, en tout cas, sans le moindre doute.

Dans sa proposition de changement, dans cet air pur qu'il cherchait désespérément à respirer, Francesco avait pris quelque chose qui ne lui revenait pas : tous les torts. Voilà pourquoi Claudia était là, devant ses filles : c'était une question de justice. Et puis elle voulait savoir si, vraiment, quelque chose était possible pour elle.

— Je voudrais parler avec mes filles.

Giulia sentit le poids de son regard.

— Bien sûr.

Elle se leva, se dirigea vers l'escalier.

Claudia la suivit des yeux, et joignit les mains comme en une prière. Comme d'habitude, elle sentit une grande douleur la saisir à la gorge et lui serrer la poitrine.

— Qu'est-ce qu'il y a, maman ?

Elle inspira profondément puis sourit à Viola.

— Hier, vous avez dit que connaître les raisons qui nous ont poussés à nous séparer, votre père et moi, vous aiderait à comprendre. Eh bien, voilà... Je suis venue pour tout vous raconter.

Gabriel ferma la valise et rassembla ses dernières affaires, qu'il fourra dans son sac à dos. Sa vie entière tenait dans ces deux bagages. Tout en observant la petite maison où il avait passé les derniers mois, il s'aperçut qu'il avait aimé séjourner à La Spinosa. Il y avait quelque chose de spécial dans ce lieu, et il s'y était trouvé bien. L'espace d'un instant, il regarda le dossier posé sur la table : il contenait tout ce qu'il était parvenu à découvrir au sujet du domaine. Il le glissa dans une enveloppe et y écrivit le nom du destinataire. Landini serait heureux de le recevoir. En fin de compte, il aurait eu ce qu'il voulait. Quand on avait commencé à raconter dans les couloirs du département d'agronomie que c'était lui que Giulia Donati avait choisi pour s'occuper de sa propriété, cela avait déclenché un tollé. Il avait eu droit à des sous-entendus : cette propriété historique méritait mieux que lui. Et on n'avait pas toujours pris des gants pour le lui signifier. Gabriel avait tout de même accepté cette mission. Il croyait en lui. Mais, mois après mois, il avait dû se rendre à l'évidence : il ne pouvait rien faire pour le domaine. La nature répondait à des stimuli, certes, mais elle décidait de façon autonome. C'était ce qui s'était passé à La Spinosa, quelque chose avait mis fin aux floraisons.

Il ferma l'enveloppe. Il l'enverrait cet après-midi même.

L'eau coulait, fraîche et limpide, dans la rigole de pierre. Giulia y plongea les doigts et la regarda suivre son chemin jusqu'à la fontaine au milieu du jardin. De temps en temps, elle lançait des coups d'œil en direction de Claudia et des filles, et ce n'était pas par simple curiosité. Assise sur un banc, elle s'agitait, n'arrêtait pas de changer de position, l'esprit assailli par mille pensées. De temps en temps, le vent charriait jusqu'à elle quelques mots, et à chaque fois elle sentait la peur la saisir. Que racontait donc Claudia à ses filles ? Et si elle leur avait demandé de partir avec elle ? Certes, Claudia avait dit qu'elle attendrait, mais elle avait peut-être changé d'avis. D'ailleurs, ce qu'elle lui avait proposé impliquait quelque chose qui n'avait de valeur que pour elle.

— Hier, tu semblais convaincue que cela ne regardait que papa et toi.

Claudia se frotta le front.

— Je te l'ai dit, Viola : vous m'avez demandé la vérité, je vais vous la donner.

Mais que faisait-elle ? Avait-elle perdu la tête ? Giulia crut avoir mal entendu ce que sa belle-fille venait de dire. Mais un regard à ses petites-filles balaya cette illusion. Elles étaient assises, tenant chacune une main de leur mère qui était debout, face à elles. Pourquoi prenait-elle ce risque ? Ne se rendait-elle donc pas compte qu'elle mettait en péril ses chances de recoller les morceaux ? Elle fixait, pétrifiée, la femme qu'elle avait haïe et maudite, celle qu'elle n'avait jamais acceptée aux côtés de Francesco. En tout cas, on ne pouvait pas lui reprocher de manquer de courage. Claudia tremblait, certes, mais elle s'apprêtait à affronter le jugement des deux personnes qu'elle aimait le plus au monde. Qu'est-ce qui pouvait bien la pousser à faire une chose pareille ?

Un long frisson la parcourut, la forçant à fermer les yeux, comme pour se cacher d'elle-même.

Et si Claudia avait raison ? Si la seule façon d'arranger les choses était d'avouer ses secrets à sa famille ?

Sa voix était douce.

— Je n'essaierai pas de me justifier, car je n'ai aucune excuse. J'avais vingt ans, deux filles, un mari et un tas de rêves qui avaient volé en éclats. Lui…

Elle dut s'arrêter. Elle jeta autour d'elle des regards désespérés avant de se tourner de nouveau vers ses filles et de reprendre :

— Lui, il n'avait aucune importance.

— Qui ça, maman ?

— L'homme que je m'étais mise à fréquenter.

Viola et Iris ouvrirent de grands yeux, sidérées.

— Tu avais quelqu'un d'autre ?

L'espace d'un instant, Claudia se sentit mourir à l'intérieur, puis, elle rassembla le peu de courage qu'il lui restait et reprit :

— Oui, enfin non…

— Maman, viens, assieds-toi.

Iris lui fit de la place entre elle et Viola.

Claudia vit la curiosité, la stupeur, la déception dans les yeux de ses filles. Mais où était la répulsion ?

Où était leur condamnation ? Elle s'assit. Elle sentait que quelque chose en elle s'effritait lentement.

— Tu l'aimais ? Tu étais amoureuse de ce type ?

— Non, non. Ce n'était pas de l'amour. C'était ce qu'il représentait qui m'attirait. Quand nous étions ensemble, c'était comme si nous étions seuls au monde. On parlait de ce qu'il voulait dans la vie, de son avenir. De ce que j'avais perdu. Plus il parlait des villes qu'il comptait visiter, des choses importantes qu'il accomplirait, plus je me voyais pour ce que j'étais devenue : une nullité. Moi, mes journées se résumaient à vous garder, à jouer avec vous, vous prendre dans mes bras. Point. J'étais fille unique, je ne savais pas m'organiser, je n'avais aucune expérience. Je vous donnais le bain, je vous faisais manger, je passais tout mon temps avec vous. Mais je ne savais rien faire d'autre. Vos crises de larmes me terrorisaient ; je ne savais pas quoi faire quand vous aviez de la fièvre, une poussée de dents… Sans Fiorenza et Giulia, je ne sais pas comment je m'en serais sortie. Mais plus elles s'occupaient de vous, plus je me sentais incapable ; cette idée m'écrasait.

Elle inspira doucement, tandis que ses souvenirs remontaient à la surface.

— Mais… et papa ?

Claudia mit un peu de temps à répondre.

— Il travaillait à l'étranger. Dans des endroits difficiles à atteindre, loin des villes. Je ne pouvais pas le suivre, je ne vous aurais jamais emmenées dans des lieux aussi isolés et dangereux. Et puis, votre grand-mère a découvert ma liaison avec Peter… C'est comme ça qu'il s'appelait. Alors Giulia, qui ne m'avait jamais tellement appréciée, m'a proposé de partir. Elle m'a offert de l'argent. En échange, j'aurais dû vous laisser chez elle.

— Quoi ? Tu plaisantes ?

Claudia secoua la tête.

— Au début, j'ai accepté, puis, quand votre père est rentré, je l'ai supplié pour qu'on quitte cet endroit tous les quatre. Et il y a consenti. Francesco aussi en avait assez d'être toujours loin de nous.

Dans le silence qui suivit, leurs souffles se mêlèrent au vent, qui semblait pleurer, éloignant les nuages les plus sombres.

— Francesco s'est disputé avec Giulia, ils se sont dit des choses terribles. Et elle l'a chassé de la maison.

Viola et Iris écoutaient, bouche bée, les révélations de leur mère.

— Et ensuite, qu'est-ce qui s'est passé ?

Claudia s'essuya le visage.

— Au départ, il est resté avec moi, convaincu que sa mère était devenue folle à lier. Elle avait toujours été un peu étrange, froide, lointaine. Je ne l'ai jamais vue prendre son fils dans ses bras, ni avoir pour lui de geste doux. Mais avec vous, et seulement avec vous, elle était différente.

Elle prit une longue inspiration.

— Elle n'avait rien à voir avec la personne qu'elle est aujourd'hui.

— Continue, maman.

— Les choses entre votre père et moi étaient difficiles. Il y avait trop de points irrésolus, trop de rancœur. Un jour, durant une de nos discussions, il m'a demandé si les accusations de sa mère contre moi étaient fondées. J'étais fatiguée, très fatiguée. Soudain, ce que j'avais fait m'est tombé dessus. Et j'ai avoué.

Une violente dispute a suivi. Il m'a menacée, il a dit qu'il demanderait votre garde exclusive, que j'étais une mère indigne. C'est à ce moment précis que j'ai compris que je mourrais s'il me séparait de vous. Je me suis effondrée, et je t'ai prise dans mes bras, Viola, avant de m'enfuir de l'hôtel. Il m'a retrouvée quelques semaines plus tard, et nous sommes arrivés à un accord.

— Pourquoi n'avez-vous pas divorcé ?

— Notre équilibre était précaire, nous n'aurions pas accepté que des étrangers se mêlent de notre vie privée. Giulia l'avait déjà bien trop fait.

Pour Viola, beaucoup de choses s'éclaircissaient au sujet de sa mère. Elle passa un bras sur ses épaules.

— Je suis vraiment désolée, maman.

Claudia enfouit son visage dans ses mains. Elle aurait voulu disparaître. Puis Iris lui caressa les cheveux.

— Allons, maman, ne pleure pas. Tout ira bien.

L'espace d'un instant elle crut avoir mal entendu.

— Vous avez compris ce que je viens de vous dire ?

Iris et Viola acquiescèrent.

— Oui, on a compris.

Elle n'en revenait pas : elles ne lui avaient pas pardonné, la douleur était encore présente dans leurs yeux, mais on y lisait aussi leur désir de comprendre et, surtout, de l'amour.

Giulia était pétrifiée, le regard lointain ; elle avait du mal à y croire. Elle se tourna vers Claudia et ses petites-filles. Elles n'étaient pas heureuses, c'était indéniable. Leurs visages étaient pâles, tendus. Pourtant, elles continuaient à se parler, à se toucher. Elles échangeaient même quelques sourires. Il y avait une volonté de comprendre, de continuer à avancer.

Elle se demanda à nouveau ce qui serait arrivé si elle aussi s'était libérée du poids de son secret, de ce fardeau qu'elle ne parvenait plus à porter. Ses petites-filles l'auraient-elles acceptée, comme elles venaient de le faire avec leur mère ? Lui auraient-elles pardonné ? Claudia avait des circonstances atténuantes mais, elle, quelles excuses pourrait-elle se trouver ?

Non, c'était inenvisageable, elle ne pouvait pas faire ça. Elle ferma les yeux, la gorge nouée par les sanglots qu'elle refusait de laisser sortir. Elle imagina La Spinosa pleine de vie, de voix, de soleil et de joie, avec Viola et Iris dans les jardins. Elles rouvriraient les portes de la villa. Toutes les deux, elles feraient ce que sa sœur et elle n'avaient pas pu faire.

Elle ne pouvait pas rester. Elle avait beau le désirer de tout son cœur, c'était impossible. Elle n'avait rien à faire là.

Elle ne méritait pas un avenir.

Bianca

Assise sur le perron, Bianca attend le retour de Giulia, le menton sur les genoux, songeuse. Parfois, elle a essayé d'accompagner sa sœur à une de ces fêtes qu'elle aime tant. Elle a essayé d'être comme elle. Mais tout est différent, hors du domaine. La musique non plus n'est pas la même.

C'est facile de suivre les pas de Stefan, quand il la serre dans ses bras et qu'ils virevoltent ensemble. À La Spinosa tout est beau. En ville elle ne doit pas danser avec lui, car ça ne se fait pas d'être familier avec les employés. Mais les autres hommes lui font peur, même s'ils sourient et lui disent des mots doux. Bianca reconnaît les mensonges, elle sait qu'aucun d'entre eux ne s'intéresse vraiment à elle, ils veulent seulement se montrer avec une des jumelles Donati. Certains lui ont même fait des propositions.

Elle l'a dit à Giulia, mais cette dernière n'a pas voulu l'écouter.

Et puis, elle n'aime pas la façon dont les gens les regardent, avec ce mélange d'étonnement et de curiosité. Giulia se moque de la tête qu'ils font. Elle n'y fait pas attention, c'est comme si elle était capable de trouver du plaisir dans toute chose, de voir partout une raison de rire. Elle ne voit pas les ombres, elle n'a peur de rien.

Elles se ressemblent comme deux gouttes d'eau, elle et sa sœur. Mais à l'intérieur, elles sont radicalement différentes.

Quand elle entend la voiture approcher de la maison, Bianca se lève et court à la porte.

— Tu rentres tard !

Giulia pénètre dans le hall, accompagnée d'un parfum de fleurs et d'un autre, plus fort, qui dégoûte Bianca.

— Je suis si heureuse, tout est merveilleux, magnifique.

Sa sœur la serre fort dans ses bras puis s'écarte et tourne sur elle-même. Sa robe s'ouvre comme une corolle. Bianca ne parvient pas à détacher son regard d'elle.

— Je l'ai vu aujourd'hui aussi, tu sais ? On a dansé ensemble toute la soirée. Il m'a embrassée longtemps. Il a de si beaux yeux, et puis, cette façon qu'il a de me parler... de me toucher !

Bianca frémit.

— Il est vieux.

Giulia écarquille les yeux et éclate de rire.

— Ne dis pas de bêtises. C'est un homme, c'est vrai, oui. Mais il connaît le monde. Il nous aidera à gérer le domaine, d'ailleurs, n'est-ce pas ce qu'il a toujours fait ?

— C'était papa qui décidait.

— Mais c'était son avocat, précise Giulia avec un doux sourire. Tu verras, tout va bien se passer, petite sœur, arrête de t'inquiéter.

— Et moi ? Qu'est-ce que je vais faire ?

Elle ignore pourquoi sa bouche a prononcé ces mots-là. Elle voudrait les ravaler, et disparaître.

— Quand Cosimo et moi nous serons mariés, tu vivras avec nous. Tu verras, tout sera merveilleux.

35

L'hortensia – Hydrangea macrophylla *– est l'arbuste de l'amour naissant, de celui qui revient et de celui qui fuit. Une fleur à n'offrir qu'à quelqu'un que l'on connaît bien. Cette magnifique plante aime les endroits frais et ombragés, les sols riches et argileux, plutôt acides. Elle forme de grands buissons où naissent des inflorescences qui se succèdent du printemps à l'automne. Mais attention à bien éviter l'eau stagnante.*

Depuis qu'elle était revenue à La Spinosa, de nombreux souvenirs avaient refait surface dans la mémoire de Claudia. Et ils n'étaient pas tous désagréables. Certains étaient embusqués dans le bois qu'elle traversait : les deux rosiers qu'elle avait plantés avec Francesco pour le premier anniversaire des petites, les longues promenades dans les rares moments où ils pouvaient s'accorder un peu de temps à eux. Ils chérissaient tous les deux l'apparent silence de ce lieu. Qu'il était facile, alors, de se laisser aller à écouter le chant secret du vent. Qu'il était doux de se tenir par la main. Soudain elle s'arrêta et, serrant les bras autour de son buste, elle attendit, pétrifiée, que se manifeste la douleur coutumière qui la saisissait chaque fois qu'elle s'abandonnait au passé. Mais la douleur n'arrivait pas, Claudia n'entendit que le crissement des feuilles sous ses pieds, ce qui la surprit profondément.

Alors elle continua à marcher, jusqu'à déboucher dans la clairière. C'était aussi un endroit qu'elle affectionnait particulièrement. Elle y emmenait toujours les jumelles, car elle pouvait les y surveiller sans peine. Elles avaient la mauvaise habitude de porter n'importe quoi à leur bouche, qu'il s'agisse d'une feuille, d'une petite branche d'arbre, d'une fleur ou même d'un escargot.

Le bois cachait également d'autres souvenirs, plus intimes, plus secrets. Mais elle ne voulait pas qu'ils remontent à la surface. Elle hâta donc le pas, les bras écartés, les mains ouvertes pour sentir la caresse de l'herbe, la chaleur du soleil, l'air parfumé. Cela faisait tellement longtemps qu'elle n'avait pas passé un peu de temps à contempler sans rien faire la beauté de ce qui l'entourait ! Elle eut l'impression d'ouvrir les yeux après un long sommeil. Elle en était presque étourdie. Elle avait passé des années à souffrir, comme enveloppée dans une rancœur noire et étrangement apaisante, et à présent qu'elle avait réglé ses comptes avec ce sentiment, qu'elle l'avait digéré, elle se sentait plus légère. La seule chose qui l'attristait vraiment était de voir les retombées de ses erreurs dans les yeux de ses filles. Rien d'autre ne comptait. Le reste, les années perdues, la vie qu'elle avait laissée filer, tout cela, non, ça n'avait aucune importance. Ce n'était que justice, au fond. Elle avait fait une erreur, et elle en payait les conséquences.

Quel drôle de mot, d'ailleurs. Quand elle était jeune, elle n'y avait jamais trop songé, aux conséquences. Elle s'était contentée de l'action. Et après, il était trop tard. Après, elle avait compris le sens de ce concept, et elle avait payé cette leçon au prix fort.

Elle entendit des voix et s'arrêta pour regarder entre les branches ; celles-ci filtraient le soleil, formant des flaques de lumière sur l'herbe.

Stefan et Francesco étaient là, épaule contre épaule, ils travaillaient la terre. Francesco était torse nu, la peau luisante, tendue par l'effort, les muscles saillants. La bêche s'enfonçait dans le sol et le retournait.

Elle ne lâchait pas son mari des yeux. Il y avait quelque chose d'hypnotique dans ses mouvements, comme une harmonie. Ce travail ressemblait à un hommage. Un don de soi.

La terre le lui rendrait, parce que la nature est comme ça.

À ce moment-là, elle se sentit profondément troublée. Ce qu'elle voyait là, c'était de l'amour. Cette façon de se donner entièrement, avec espoir et confiance, sans rien attendre en retour, était une forme d'amour. Elle le savait : autrefois c'était ce qu'il y avait eu entre eux. Un long frisson serpenta sous sa peau. Il se mua en une prise de conscience, puis en panique.

Elle recula lentement, un pas après l'autre.

Elle ne voulait pas qu'il la voie, qu'il sache qu'elle était là, qu'elle l'observait. Elle ne voulait pas partager cet éclair de désir pour ce qui avait été et qu'ils avaient perdu. C'était de la folie, elle ne pouvait pas laisser ce sentiment se frayer un chemin en elle.

Mais Francesco leva soudain la tête.

Quand leurs yeux se rencontrèrent, Claudia resta un instant à le fixer.

Puis elle fit volte-face et s'enfuit.

Francesco la suivit du regard jusqu'à ce qu'elle disparaisse entre les arbres. Stefan n'avait pas cessé de parler un seul instant, il était en train de lui expliquer en détail ses projets pour améliorer le domaine ; depuis son arrivée, il n'avait rien fait d'autre. Francesco saisit le tee-shirt qu'il avait retiré et se le passa sur le visage, il sentait encore les yeux de Claudia sur lui. Que faisait-elle ici ? Et pourquoi était-elle restée tapie à le fixer comme ça ? Son cœur battait fort, son souffle était rapide. Puis la curiosité se transforma en quelque chose d'autre. Il jeta son tee-shirt sur une branche et se remit au travail avec plus de force. Mais à présent, les théories de Stefan ne lui semblaient plus si importantes, pas plus que la nécessité d'adopter telle ou telle méthode avec les arbres fruitiers. Il ne pensait plus qu'à une seule chose : deux yeux noirs, larges et profonds, qu'il avait laissés derrière lui, mais qui n'avaient jamais cessé de le hanter. Malgré tout, il avait continué à aimer Claudia. Il l'avait aimée au moins autant qu'il l'avait détestée. Il prit encore deux inspirations puis s'arrêta.

— Continue sans moi.

Tandis que Francesco rangeait ses outils à l'arrière du vieux pick-up que Gabriel avait ressuscité, le vieil homme sourit en lui-même.

Claudia appuya les mains à plat sur le crépi rugueux du mur d'enceinte. Son souffle lui griffait la gorge, ses yeux couraient dans la direction d'où elle était arrivée. Il l'avait vue, quelle poisse ! Francesco avait vu qu'elle était là. Mais en réalité, ce n'était pas cela qui lui faisait peur, mais le regard qu'ils avaient échangé.

C'était comme s'il lui avait parlé, et qu'elle eût écouté. Si les mots pouvaient mentir, les âmes, elles, disaient toujours la vérité. Et elle le savait bien.

Et maintenant ? Comment réussirait-elle à l'affronter ? Elle inspira lentement et entreprit de longer le mur en essayant de se calmer. Bon sang, qu'est-ce qu'elle pouvait le détester, ce mur ! Son esprit était un tourbillon de pensées et d'émotions. Elle décida d'ignorer Francesco. Oui, voilà, c'était une bonne idée. C'était aussi la seule qui lui venait.

Le long du sentier les ombres s'allongeaient, adoucissant les aspérités du paysage. Elle ne s'était jamais aventurée dans cette partie du domaine, où la forêt se faisait plus dense : il y avait là des ronces et des buissons, du genêt, et même des troènes. Et des chênes verts. Elle devait prendre garde à ne pas se perdre. Puis elle se dit que c'était impossible, à cause du mur. Finalement, cette chose qu'elle détestait tant avait peut-être une utilité.

Un peu comme sa conversation avec Giulia Donati. Aujourd'hui, cette femme semblait être une autre : tout en elle avait changé, jusqu'à son regard, sa façon de parler, et même sa posture. Elle lui avait demandé pardon et, malgré elle, Claudia l'avait crue sincère. Durant de longues années, elle avait haï sa belle-mère, mais elle l'avait tout autant admirée. Elle lui avait paru parfaite à chaque fois qu'elle s'occupait de ses petites-filles : quand elle les prenait dans ses bras et que, comme par magie, les petites cessaient de pleurer, ou quand elle parvenait à les faire manger et à les faire rire. Autant de choses qui, à elle, lui avaient toujours demandé des efforts surhumains.

Pendant des années, elle avait détesté une image qu'elle avait elle-même construite, et qui n'existait pas, elle était bien forcée de l'admettre, aujourd'hui.

Giulia avait changé. Tout le monde avait changé.

Et elle aussi était en train de changer. Il lui semblait que les mots de Giulia avaient tracé une frontière nette dans sa vie. À présent, Claudia avait dépassé cette ligne, et elle s'en éloignait, un pas à la fois. En un certain sens, elle avait commencé à éprouver une sorte d'indulgence envers elle-même. Elle avait vu cette émotion reflétée dans les yeux de ses filles et, une fois passée la stupeur initiale, elle avait commencé à l'accepter.

Ne restait plus qu'à se sentir un peu mieux chaque jour. Rien de plus.

Elle marcha encore sans jamais perdre de vue le mur, de plus en plus troublée et en alerte. Le regard de Francesco l'avait remuée jusqu'au fond de son âme, elle ne parviendrait pas à s'en débarrasser d'un claquement de doigts.

Le bois s'ouvrit soudain, et au milieu du pré Claudia vit les vestiges d'une vasque de pierre. Elle était entourée de statues recouvertes de mousse argentée, au pied desquelles poussaient des fougères émeraude aux larges feuilles évoquant des panaches. Le clapotis de l'eau était une invite. Elle le suivit et, quand elle trouva le petit ruisseau qui alimentait la vasque, elle fit une coupe de ses mains pour asperger son visage échauffé. La sensation de fraîcheur sur sa peau était agréable ; elle plongea les deux mains dans l'eau, agenouillée au bord de la vasque, et ferma les paupières. Quand elle s'aperçut qu'il était là, il était trop tard. Lentement, elle leva les yeux et rencontra les siens.

Francesco continuait à la dévisager sans rien dire. Elle savait à quoi pensait son mari, parce qu'elle pensait exactement la même chose, ce qui la fit frissonner. Elle se releva et ferma un bouton de sa chemise, dans un geste tellement vain qu'elle faillit en rire.

Il la connaissait intimement, il savait tout d'elle.

— Tu veux que je m'en aille ?

Cette question l'étonna. Elle voulait le repousser ; cela aurait été la meilleure chose à faire, et ce n'était pas si difficile. Mais elle ne le quittait pas des yeux.

— Non.

Pourquoi lui avait-elle répondu cela ? Elle l'ignorait, et se le demandait toujours quand il s'approcha et quand, après lui avoir effleuré le visage de ses doigts, il se pencha lentement.

Ce ne fut pas un baiser délicat. Ils n'étaient plus des gamins avides de se connaître et d'explorer ensemble un nouveau monde. Non, ce n'était pas de l'amour que cherchaient Claudia et Francesco, mais autre chose.

Tandis qu'ils s'agrippaient l'un à l'autre, exigeants, furieux, des besoins réprimés depuis trop longtemps affleurèrent dans leurs gestes. Ils avaient des racines profondes et avaient grandi en se nourrissant de leurs rêves, de ces espoirs qu'ils n'avaient jamais eu le courage d'écouter. Sur l'herbe, à côté de la fontaine de pierre, Claudia et Francesco continuèrent à se chercher sans avoir besoin de parler. Ils n'auraient pas su expliquer les sentiments qui les animaient. Ils se découvraient différents de ce qu'ils avaient été autrefois ; un homme et une femme modelés par leurs mauvaises décisions, par une souffrance qui les accompagnait depuis trop longtemps. Ils ne disaient rien, leurs mains dans leurs cheveux, leurs paumes, leurs lèvres et leurs peaux unies parlaient à leur place. Et tandis qu'ils se reconnaissaient, qu'ils se retrouvaient, cet amour qu'ils croyaient perdu s'infiltra dans les brèches de leurs convictions.

Plus tard, réfugiée au creux de l'épaule de son mari, Claudia ne trouvait pas le courage de soulever la tête.

— Je ne suis pas désolé, et je ne te demanderai pas pardon.

Cette confession aux allures de bravade la cueillit par surprise. Elle haussa les sourcils et, à contrecœur, releva la tête. Il avait passé un bras autour de ses épaules, de l'autre il la caressait doucement. Elle avait toujours aimé l'après. C'était dans ces moments-là qu'il devenait plus doux, plus aimable. C'était dans ces moments-là qu'elle avait l'impression d'être vraiment proche de lui.

— Et qu'est-ce qui te fait penser que j'attends des excuses ?

— Ton silence.

— Tu ne crois pas que nous sommes allés un petit peu au-delà des mots ? demanda-t-elle, les mains sur les joues.

Il persistait à caresser son visage, ses cheveux emmêlés, ses cils.

— Mais je ne te laisserai pas partir cette fois, tu le sais, pas vrai ?

C'est peut-être le ton qu'il avait employé qui l'effraya, ou peut-être le bond que son cœur fit dans sa poitrine. Elle se leva, dos à lui. Elle ramassa ses vêtements et se rhabilla à la va-vite.

— Fuir ne servira à rien, lui dit-il dans un sourire avant de se lever à son tour.

— Tu vas trop vite, Francesco. À ta place, je ne donnerais pas trop d'importance à certaines choses.

Il rit.

— Tu as raison, mais je voulais seulement être franc. Alors, assomme-moi de phrases toutes faites si tu veux, mais tu sais très bien qu'on n'en a pas fini, toi et moi.

Il la saisit par les épaules, l'empêchant de fuir à nouveau.

— Je croyais que nous avions perdu ce qu'il y avait entre nous.

— Et tu avais raison.

Elle posa les mains sur les siennes, essayant de l'éloigner. Quand Francesco, mêlant ses doigts aux siens, l'attira à lui, elle retint son souffle.

— On est mieux comme ça.

— Laisse-moi partir.

Il écarta les bras, et recula d'un pas, mains ouvertes devant lui.

— Comme tu veux, mais sache que je ne te laisserai pas me sortir de ta vie une fois encore.

Son sourire avait disparu, remplacé par un regard direct, franc. Une détermination de fer.

— Ce n'est pas si facile. Je… je ne sais pas. Tu ne peux pas me demander ça.

Il revint, posant à nouveau les mains sur elle, comme s'il était incapable de rester loin d'elle à présent qu'il l'avait retrouvée.

— Et tu crois que c'est facile pour moi ?

Claudia vit un éclair de douleur au fond de ses yeux. Elle dut lutter contre ses instincts pour garder les bras le long de son corps : elle connaissait les limites de sa volonté et elle les avait presque atteintes.

— Non. Mais ça ne change rien.

— Oh si, ça change tout.

Le vent se leva.

Elle crut qu'il allait l'embrasser à nouveau et attendit ce moment avec impatience. Elle décida qu'elle le repousserait. Ça lui laisserait du temps. Elle devait réfléchir, elle devait comprendre. Mais il la surprit encore. Quand il la prit dans ses bras, il effleura de ses lèvres la peau délicate de ses paupières, avec une infinie tendresse, avec une douceur qui lui serra la gorge, et la désarma.

Elle savait quoi faire face à l'arrogance, face à la trahison ; elle pouvait tout affronter. Tout, sauf cette infinie tendresse.

36

L'amour pour le jardin vous est toujours rendu.
Si vous lui donnez de l'amour, le rhododendron
– Rhododendron – *lutte avec ténacité pour grandir*
et devenir fort et beau. Son nom signifie « l'arbre
aux roses », que ses fleurs rappellent.
Mais attention, il est hautement toxique !
Il a besoin d'un terrain acide, bien drainé.
Il doit être planté dans un lieu ombragé.
Il fleurit au printemps.

Une énergie nouvelle s'était emparée d'Iris et de Viola : c'étaient des sourires pleins de cette légèreté qu'elles n'avaient jamais connue, des éclats de rire, des besoins satisfaits et des objectifs enfin à portée de main. Le jardin à l'italienne, petit lopin de terre devant la villa, semblait posséder toutes les réponses à leurs questions. Elles s'étaient donc mises à imaginer ce qu'il deviendrait, passant de longues heures à travailler à leur projet. Claudia et Francesco, même s'il leur coûtait de rester l'un près de l'autre, s'étaient joints à leurs filles ; ainsi que Stefan et Gabriel, lequel avait repoussé son départ.

Quelques jours plus tôt, le botaniste avait exposé à Giulia une nouvelle solution possible pour soigner le jardin. Il s'agissait d'administrer de manière ciblée quelques bactéries au terrain pour en augmenter la fertilité. Finalement, il n'avait pas envoyé le dossier à Landini ; au dernier moment, il avait décidé de s'accorder une dernière chance. Il ne voulait pas s'avouer vaincu.

On ne pouvait pas savoir avec certitude de quoi la nature et la vie étaient capables. C'était un mystère qui durerait toujours. Le parterre créé par Iris n'en était qu'un exemple parmi d'autres. Il s'y était rendu pour y planter les jeunes pousses des vieilles graines qu'il avait fait germer en laboratoire, car, malgré tout ce qu'il avait vu à La Spinosa, son côté scientifique avait pris le dessus, et il était convaincu que la seule façon de permettre à Iris d'obtenir des résultats serait d'aider un peu les graines.

Mais quand il s'était retrouvé devant le parterre qu'elle avait elle-même ensemencé quelques semaines plus tôt, il avait éclaté de rire. Quel imbécile ! Il aurait dû savoir qu'il était impossible d'apposer une définition et de fixer des règles pour une chose aussi complexe et indéfinissable que la vie. Sans cesser de rire, il avait caressé les petites pousses d'Iris, déjà luxuriantes. En comparaison, les siennes faisaient pâle figure.

Il était retourné à la fac, s'était lancé dans d'autres recherches et était tombé sur une expérience menée par une jeune chercheuse : son travail sur les bactéries lui avait permis de découvrir une application pratique pour ces micro-organismes. La fertilité du sol n'était pas une simple question de composants chimiques, mais elle relevait aussi de liens complexes entre différents systèmes vivants. Gabriel était persuadé que ça ne s'arrêtait pas là. Le rapport que les plantes entretenaient avec ceux qui prenaient soin d'elles entrait aussi en jeu ; il y avait de nombreuses variables à prendre en compte. Il avait donc résolu d'essayer encore.

L'après-midi était déjà bien avancé quand Claudia, épuisée, s'assit à côté de Viola.

— J'ai le dos en compote !

— Je ne t'avais jamais vue comme ça.

— Comment « comme ça » ? demanda-t-elle, le sourire aux lèvres.

Elle se sentait légère, et c'était une sensation nouvelle. Tout semblait paré de nouvelles couleurs, enrichi d'un nouveau sens, et rehaussé de nouvelles saveurs. Depuis quand ne s'était-elle pas sentie aussi heureuse ?

— Vivante, insouciante.

Claudia posa les yeux sur l'espace propre et ordonné qui accueillerait bientôt les haies du jardin. Elle avait du mal à croire qu'elle avait participé à cela. Si quelqu'un lui avait dit quelques semaines plus tôt ce qu'elle ferait à La Spinosa, elle lui aurait ri au nez. Mais contre toute attente, le travail n'avait pas été harassant, ses mains et ses bras étaient quasiment indemnes. Elle était encore en un seul morceau : un peu contusionnée, un peu plus légère, un peu plus heureuse. Elle regarda ses paumes couvertes d'ampoules, ses ongles cassés. Elle n'avait pas utilisé de gants. Sur ce point-là, elle était comme Iris, elle avait toujours aimé mettre les mains dans la terre.

— Oui. Mais dès que le jardin sera terminé, je retournerai à Londres.

Viola se leva, les yeux rivés sur le petit groupe de personnes qui continuaient à s'affairer. Gabriel poussait une brouette où était installée Iris, Francesco secouait la tête, Stefan riait sous son chapeau de paille. Même Giulia et Fiorenza étaient amusées par la scène.

— Il y a de la place pour tout le monde, ici. Grand-mère a dit qu'on pouvait faire ce qu'on voulait. La Spinosa est aussi à nous.

— Justement : à vous, pas à moi, déclara Claudia avant de faire une pause et de s'essuyer le front. Tu sais, on ne récupère jamais ce qu'on a perdu.

Il y avait une tristesse infinie dans ces mots-là. Viola dévisagea sa mère et suivit son regard. Y avait-il encore quelque chose entre elle et son père ? Quelle idiote, pensa-t-elle aussitôt, bien sûr qu'il y avait encore quelque chose : un souvenir.

Giulia se leva, s'appuyant sur sa canne.

Elle avait passé son temps à les observer en se demandant ce qu'elle pourrait faire, comment agir. Depuis qu'elle avait entendu les aveux de Claudia, elle n'arrivait pas à songer à autre chose. Mais chaque fois qu'elle s'approchait de Francesco, qu'elle abordait le sujet, le courage lui manquait. Pourtant, les conséquences de la discussion que Claudia avait eue avec ses filles étaient là, sous ses yeux : le regard limpide de sa belle-fille, son sourire mystérieux, l'assurance dans ses gestes. La sérénité qui naissait de la conviction d'avoir fait ce qu'il fallait.

Mais la question demeurait : trouverait-elle jamais l'audace de faire la même chose ?

Et si les jumelles partaient, horrifiées, après avoir découvert ce dont elle avait été capable ? Et si elles abandonnaient le jardin ?

Non, elle ne pouvait pas prendre ce risque. Il ne lui restait plus qu'une solution : partir, c'est tout. Elle leur avait presque tout dit, à présent. Elle n'avait plus que les dernières étapes de la connaissance du jardin à aborder, et leur instruction serait complète. Sur le rosier de mille ans, elles savaient ce qu'elles devaient savoir ; elle leur laisserait la clé du portail. La cloche était à sa place, il suffirait de réinstaller la corde pour qu'elle soit à nouveau utilisable. Pour le reste, une fois que les filles auraient terminé de créer ce jardin, l'envie de s'en occuper leur viendrait naturellement. Elle le savait, elle l'avait vu dans leurs gestes, dans l'affection qu'elles se portaient l'une à l'autre. Elles étaient généreuses, elles ne le laisseraient pas mourir. Au fond, elle n'avait pas grand-chose à faire. Laisser agir, continuer à les soutenir, et puis disparaître.

— Vous avez le parchemin ? demanda-t-elle à ses petites-filles en s'asseyant près d'elles.

— Oui, il est dans mon sac, répondit Viola, qui saisit le précieux papier et le remit à Giulia.

— Vous avez déjà franchi les deux autres étapes : l'action et le plaisir. Et vous l'avez fait toutes seules. Je suis très fière de vous.

— Qu'est-ce que tu veux dire, grand-mère ?

— L'action, c'est-à-dire le travail, c'est ce que vous avez fait, dit Giulia en désignant l'espace devant elle.

— Et alors, ça n'a rien de spécial, si ? demanda Viola en s'approchant d'elle, les mains sur les hanches.

Giulia éprouva le désir d'apprivoiser cette méfiance, de la caresser, de la serrer contre son cœur. Elle prit son courage à deux mains et rassembla la force dont elle avait besoin pour s'expliquer :

— Le travail transforme les idées et les images que l'on a dans l'esprit, et les concrétise. Et vous, de la même façon, vous avez pris un terrain en friche, avec énergie, avec amour, vous lui avez donné la forme de vos rêves et, ainsi, vous avez modifié la réalité. C'est un grand pouvoir, le travail. C'est ce qui permet aux choses de changer. Vos mains peuvent devenir vos plus grandes alliées.

Iris s'assit à côté de sa grand-mère, ses yeux voyageant du jardin à la vieille femme.

— On a juste nettoyé un peu, enlevé les branches sèches, arrangé les bourgeons.

— Et ainsi, vous avez poursuivi un but. Vous avez réorganisé vos pensées, vous avez choisi votre façon d'agir. C'est peut-être une chose très simple, mais peu de gens savent le faire.

— Eh bien, dis donc, grand-mère, jardiner avec toi ça devient tout de suite philosophique, ironisa Viola. Et c'est quoi, la prochaine étape ?

Giulia fit une pause. Elle entendait les voix de Stefan et de Gabriel, ils parlaient fort, comme s'ils se disputaient ou, en tout cas, étaient en désaccord. Stefan, surtout, semblait agité. Giulia s'efforça de ne pas leur prêter attention pour répondre aux filles.

— Le plaisir. On le lit sur vos visages, dans vos sourires, dans l'enthousiasme qui vous pousse à vous lever le matin. Vous avez des tas de choses à faire, votre vie à vivre, cependant, savoir que vous avez une mission et vous y appliquer chaque jour vous rend heureuses, vous donne la sensation d'appartenir à un groupe. Vous êtes des Donati, et vous êtes en train de le prouver.

— Mais qu'est-ce qui se passe ? s'interrogea tout haut Iris, qui avait remarqué que quelque chose ne tournait pas rond.

Tout le monde se retourna : Gabriel s'était mis à creuser la terre, aidé de Stefan.

— Qu'est-ce qu'il y a ?

— Il y a une fuite dans les canalisations. Le système d'irrigation est abîmé, il faudra le réparer. Ce n'est pas simple, il va falloir faire venir des engins pour creuser.

Gabriel désigna le petit puits qui aurait dû contenir la réserve d'eau, mais qui était sec.

— On ne sait pas d'où vient le problème ; il va peut-être falloir remonter en amont, et vérifier la situation du lac.

Iris ne comprenait pas. Ses parents, Stefan, Fiorenza considéraient sa grand-mère comme si cet imprévu était une difficulté insurmontable. Giulia semblait affligée, les épaules courbées, le regard perdu.

— Francesco, tu veux bien t'en occuper ? demanda-t-elle d'une voix presque éteinte.

Il hocha la tête et répondit :

— Bien sûr, ne t'inquiète pas.

— Très bien, et si on s'en tenait là pour aujourd'hui ? Je voudrais qu'on mange tous ensemble.

Elle attendit que Fiorenza la rejoigne, puis accepta son bras. En remontant vers la villa, Giulia sentit sur elle le poids des regards. Aucun d'eux ne savait ce qui s'était vraiment passé, personne ne pouvait imaginer les raisons de son trouble : pour faire ces travaux, il allait falloir ouvrir les portes de La Spinosa à des étrangers pour la première fois depuis des dizaines d'années, et cela l'effrayait plus que tout.

Au cours des jours suivants, la vie au domaine devint frénétique. Les ouvriers chargés de creuser et ceux qui étaient préposés à l'installation des nouvelles canalisations allaient et venaient ; le parc, c'était le cas de le dire, était un véritable chantier. Quelques passants, intrigués, s'étaient même arrêtés pour poser des questions. D'ailleurs, voir le portail ouvert était un événement plus que rare : unique. Il ne restait plus à Volterra que quelques vieilles personnes pour se souvenir encore de cet endroit ; il restait les histoires que l'on se racontait, de vieux articles de journaux, pour témoigner qu'autrefois la propriété était pleine de vie et de gens. Seuls les universitaires se rappelaient que La Spinosa avait accueilli de nombreux botanistes et chercheurs qui s'intéressaient aux différentes espèces végétales que les Donati avaient recueillies de par le monde et plantées au cœur de la Toscane.

Francesco dirigeait les travaux, tandis que Stefan et Gabriel étaient restés auprès d'Iris et de Viola pour préparer la création du jardin à l'italienne. Ils passaient des heures à choisir les plantes, les bulbes et les graines. Des dizaines de catalogues étaient éparpillés dans le salon.

L'état de santé de Giulia s'était détérioré : elle passait presque tout son temps dans la serre, entourée de ses orchidées, qu'elle admirait et soignait tout en leur racontant ses secrets. Et c'était le soir seulement, quand les ouvriers étaient partis, qu'elle s'accordait une courte promenade. Le jardin avançait, la terre avait été préparée, et les plantes qui avaient survécu avaient été mises en terre.

Était-il possible de craindre autant une chose dont on se réjouissait ? Giulia savait qu'elle n'en avait plus pour longtemps. À présent, l'instruction des filles était terminée. Durant ces quelques jours, elle leur avait raconté ce qu'elle pouvait. Pas tout, certes. Mais les jumelles étaient douées, ce qu'elles ignoraient encore de la science du jardinage et de l'histoire des Donati, elles le découvriraient en lisant les comptes rendus dans la bibliothèque. Sa mission touchait à sa fin. Au moment même où ce jardin à l'italienne serait terminé, elle disparaîtrait.

Et cela l'emplissait de tristesse.

— Chaque parterre devra être constitué de fleurs de la même tonalité.

Iris et Viola avaient les idées claires, elles partageaient les mêmes objectifs, mais n'était-ce pas normal quand on avait un rêve en commun ? Les mots des deux jeunes filles étaient comme des pétales qui volaient, portés par le vent de leur imagination.

Le jardin qu'elles avaient conçu était simple, divisé en parterres ordonnés, et pourvu d'une roseraie à laquelle elles avaient dédié un espace spécifique. Au centre trônait la fontaine de pierre, qui avait été nettoyée. Quand l'approvisionnement en eau serait remis en état, on entendrait à nouveau le chant de l'eau, jusque sur la terrasse.

— Tôt ou tard, il faudra qu'on parle de la villa avec notre grand-mère.

Iris approuva et leva les yeux vers le ciel, qui s'était soudain couvert de gros nuages noirs.

— Tu crois qu'il va pleuvoir aujourd'hui aussi ? Ça va devenir un vrai marécage par ici.

Au cours des derniers jours, des orages d'été avaient ralenti le chantier. Le terrain devant la villa n'était plus qu'une immense flaque de boue. Les ouvriers n'avaient pas pu poursuivre leurs travaux et ils avaient laissé leurs engins garés sur le dallage. Stefan leur avait demandé plusieurs fois de les déplacer, inquiet à l'idée que Giulia puisse les voir depuis les fenêtres de sa chambre.

— J'en sais rien, mais c'est probable, répondit Viola en frissonnant.

— Ça te dirait une balade dans le bois ? Je n'ai aucune envie d'aller en ville, ce soir.

Elle aurait préféré aller faire un tour à Volterra, comme cela lui arrivait de plus en plus souvent, mais Iris était un peu déprimée ces derniers temps. On aurait dit que quelque chose lui faisait peur. Elle avait essayé de comprendre de quoi il s'agissait, mais elle avait simplement eu la sensation que Gabriel Petrović n'y était pas étranger. Et vu qu'elle s'était mise à le trouver sympathique, cette tension entre sa sœur et lui l'agaçait beaucoup.

— Celui qui est indiqué sur le parchemin ?

— Oui. D'après moi le labyrinthe de la carte est caché. De là-haut, on voit tout le domaine : on en aura le cœur net.

Elles retournèrent à la villa, prirent la carte et cherchèrent partout leur grand-mère, en vain.

— C'est bizarre, Viola, je ne crois pas qu'elle soit sortie.

— Stefan est peut-être passé la chercher pour une promenade.

Iris acquiesça, mais elle n'était pas convaincue. Leur grand-mère était étrange ces temps-ci. Durant les rares moments qu'elle passait hors de sa serre, elle errait sans but dans la maison. Elle commençait une phrase, puis s'arrêtait en plein milieu ; elle semblait incapable de rester loin de Francesco mais, quand il lui adressait la parole, elle l'ignorait et s'enfermait dans un mutisme obstiné. Fiorenza avait appelé le médecin, qui l'avait soumise à des examens. Ils recevraient les résultats la semaine suivante.

— Espérons qu'elle ne soit pas à nouveau malade.

— Oui.

Viola glissa la carte dans son sac à dos. Pour atteindre le bois, elles devraient traverser le parc. Iris se souvenait d'être passée tout près le jour où Gabriel lui avait montré la petite cascade créée par la pluie. Elle regrettait de n'avoir pas plus prêté attention au chemin qui y menait. Il connaissait les moindres recoins du domaine. L'espace d'un instant, elle caressa l'idée de lui demander de les accompagner, mais elle l'écarta aussitôt. Plus il était loin d'elle, mieux c'était.

Elles avaient parcouru la moitié du chemin quand Viola s'aperçut que le temps s'était en effet rapidement dégradé. Un vent fort s'était mis à souffler, qui semblait descendre de la colline comme une cascade glacée.

— Et si on faisait demi-tour, t'en dis quoi ?

— Pour un peu de pluie ?

Viola n'avait pas très envie de persévérer : elle était anxieuse, le ciel était de plus en plus sombre, et ce vent sentait la pluie et la tempête. Elles continuèrent à marcher tête baissée.

— Tu veux bien me dire ce qui te prend ?

Ça faisait un moment qu'elle observait sa sœur, et ce qu'elle lisait au fond de ses yeux l'inquiétait.

— Je ne vois pas de quoi tu parles, rétorqua Iris, qui regretta aussitôt cette réponse, mais elle était confuse et se sentait bête.

Elle était tout à fait capable de se faire des reproches toute seule, elle n'avait pas besoin de l'aide de Viola.

— Eh oh, c'est moi. Tu te souviens ? Ta sœur jumelle, celle qui, comme si elle n'avait pas assez à faire avec sa mauvaise humeur, doit aussi se fader la tienne. Alors, vu que je suis obligée de ressentir la même chose que toi, tu pourrais pas m'expliquer ce qui t'arrive ?

La terre humide collait à leurs semelles, alourdissant leurs pas. Iris décida pourtant de marcher plus vite.

— Il me plaît et il va partir. C'est pas plus compliqué que ça.

Viola resta de marbre au début, puis éclata de rire.

— Eh bien, toi alors, t'es drôlement douée pour la synthèse ! Tu le fais exprès ?

— Absolument pas, tu m'as posé une question et je t'ai répondu. Et je l'ai fait uniquement parce que je n'ai pas envie que tu te sentes mal à cause de moi.

L'espace d'un instant, Viola demeura interdite ; la pluie lui dessinait des traits sombres sur les épaules. Elle frissonna à nouveau et courut après sa sœur.

— Allez, raconte, et cette fois, si tu pouvais éviter le style télégraphique, *please*.

Une lumière aveuglante suivie d'un bruit assourdissant leur arracha un cri, les détournant de leur conversation. Quand elles comprirent que la foudre venait de tomber, les deux sœurs se mirent à courir comme des dératées.

— Il ne faut pas rester sous les arbres ! hurla Iris en saisissant la main de Viola pour l'attirer vers un sentier.

Elle croyait se souvenir qu'il menait au-dessus de la cascade et qu'à côté se trouvait une petite cabane. Elles pourraient s'y abriter.

37

Les plantes ne nous aident pas à prendre soin seulement de notre âme, mais aussi de notre corps. En faisant macérer des feuilles de lilas – Syringa vulgaris *– pendant quinze jours, on obtient un liniment contre les rhumatismes articulaires. Le lilas est un arbuste vigoureux, ses feuilles délicates sont en forme de cœur et sa floraison parfumée embaume les premiers beaux jours du printemps. L'arrosage doit être régulier sans toutefois être trop fréquent ; il aime le soleil. On dit que c'est l'arbre préféré des fées, qui se cachent entre ses fleurs délicates.*

Claudia n'avait pas cessé de penser à ce qui s'était passé entre elle et Francesco, et elle avait pris une décision : cette fois, elle ne commettrait pas d'erreur. Le passé était mort et enterré, elle devait regarder droit devant. Elle ne s'était encore jamais accordé ce luxe. Et à présent, à la lumière des nouveaux événements, elle se rendait compte qu'elle était affamée. Elle voulait vivre, elle voulait savoir, elle voulait comprendre. Elle *voulait*, tout simplement. Elle divorcerait. Francesco avait changé, certes, mais il appartenait au passé. Et cette partie de sa vie était derrière elle, point.

L'avocat s'occuperait de tout. Claudia était allée le voir ce jour-là. Il fallait qu'elle le fasse. Ce qu'il restait de leur mariage tenait dans cette enveloppe posée sur le siège passager. La gentillesse de Stefan l'avait étonnée : dès qu'il avait su qu'elle devait se rendre à Pise, il lui avait proposé sa voiture.

« C'est pas possible, c'est un vrai déluge ! » Un camion freina soudain devant elle, la contraignant à piler. Claudia égrena un chapelet de jurons avant d'éclater de rire. Elle avait beaucoup changé au cours de ces quelques semaines au domaine. Elle secoua la tête et ralentit. C'était comme si ce qu'elle éprouvait, ses sentiments, ses émotions, était là, sous sa peau, dans son cœur, à sa disposition, après avoir été enfoui pendant des années. Désormais, elle n'avait plus besoin de se cacher. Elle n'était plus obligée de faire ce qu'elle ne voulait pas.

Elle venait de tourner en direction de La Spinosa quand elle dut s'arrêter : la route ressemblait à un torrent. Elle regarda autour d'elle, inquiète. Elle ne pouvait pas rester là. Elle passa la première, son cœur battait à tout rompre. Elle avait hâte d'arriver. D'une main, elle saisit son téléphone et composa le numéro de Viola. « Allez, réponds, ma chérie. » La sonnerie retentit une fois, puis une deuxième. La pluie se transforma en cascade. Claudia plissa les yeux et augmenta la vitesse des essuie-glaces. « Pourquoi tu mets autant de temps à répondre, hein ? » Elle allait raccrocher quand elle entendit une voix :

— Allô ?

Claudia fronça les sourcils.

— Fiorenza ?

— Oui, c'est moi, où es-tu ?

— Je suis en chemin, je rentre. Mais pourquoi c'est toi qui réponds ? Viola est occupée ?

Elle sentait son cœur prêt à exploser. Elle retint son souffle, tentant de repousser les mille pensées qui l'assaillaient, toutes plus effrayantes les unes que les autres.

— Je ne sais pas, à part Giulia et moi, il n'y a personne.

Claudia serra le téléphone entre ses doigts et l'appuya contre son oreille, en proie à la panique.

— Tu veux dire que mes filles sont dehors par un temps pareil ?

Fiorenza lança un regard anxieux vers la baie vitrée : l'eau formait un épais rideau, on aurait dit que la nuit était déjà tombée, chassant la lumière de l'après-midi.

— Je ne sais pas.

La voiture glissa. Claudia lâcha son portable et posa les deux mains sur le volant, décidée à parvenir à destination au plus vite. Elle accéléra mais ralentit aussitôt, par crainte de rater le portail : la visibilité était presque nulle. Elle tentait de repérer l'endroit où tourner quand un bruit sourd et la sensation d'avoir roulé sur quelque chose lui arrachèrent un cri. Bon sang, qu'est-ce que c'était ? Elle tendit le cou, les yeux écarquillés.

Une branche, ce n'était qu'une branche.

Elle ressentit un immense soulagement, mais recommença aussitôt à scruter le pare-brise. Un mur d'eau se déversait à présent devant elle.

Elle repartit, un peu plus vite. Elle avait besoin de savoir ses filles en lieu sûr.

Ce ciré ne servait à rien. Stefan releva la capuche qui lui tombait devant les yeux et fit un geste à l'intention de Gabriel. Le jeune homme, debout sur le seuil de sa petite maison, lui répondit puis courut vers lui, un poncho de pluie sur le dos.

— Allons à la villa, c'est plus sûr.

— Tu as entendu la foudre ?

— Oui, je crois qu'elle est tombée dans le bois. Ça m'a fait claquer des dents.

Il noua ses longs cheveux tout en regardant autour de lui.

— Où est Francesco ?

— Il vérifiait les canalisations de reflux. Il se fait du souci : les ouvriers ont dû plier boutique et cette pluie, ça ne fait vraiment pas notre affaire. Toute la région a été mise en vigilance orange à cause des fortes précipitations, on a dit qu'on se retrouverait à la villa.

— D'accord.

— Allez, on y va.

Stefan lui pressa l'épaule et ils partirent en courant. Le bruit de la pluie était assourdissant. Ils pénétrèrent dans la cour intérieure et, une fois sous le porche, se secouèrent pour se sécher.

Fiorenza se tenait sur le pas de la porte. Ils virent tout de suite qu'elle était très inquiète.

— Qu'est-ce qui se passe ?

— Claudia est sur la route, et les filles…

Gabriel s'approcha d'elle et la saisit par les épaules.

— Quoi, les filles ? demanda-t-il en lançant autour de lui des coups d'œil désespérés. Où est Iris ? Et Viola ?

— Je ne sais pas. Ce n'est que quand leur mère a appelé que je me suis aperçue qu'elles n'étaient pas à la maison.

Gabriel serra les mâchoires.

— Je vais les chercher. C'est dangereux de rester dans le jardin avec ce temps.

— Attends, tu n'as pas la moindre idée d'où elles se trouvent.

— Moi si, je le sais ! dit Giulia en poussant Fiorenza. Tu ne m'obligeras pas à rester ici, dit-elle en se dirigeant vers la sortie d'un pas mal assuré, les lèvres tremblantes, l'air déterminé.

— Tu ne sortiras pas d'ici ! s'écria Stefan en se plaçant devant elle.

— Je sais où elles sont, je ne vais pas les laisser là-haut toutes seules, sous la foudre !

Il ne répondit pas mais, à chaque fois qu'elle tentait de passer, il lui barrait la route.

— Où sont-elles, madame ? Je vais aller les chercher.

Giulia secoua la tête.

— Non, Gabriel, tu ne connais pas le chemin qui mène au labyrinthe. Le rosier de mille ans les a appelées. C'est là qu'elles sont, mes petites. Aucun de vous ne sait où elles se trouvent.

Stefan se pencha, passa un bras derrière les genoux de Giulia et la souleva.

— *Moi*, je le sais. Maintenant, tu vas rentrer et te tenir tranquille : si Claudia arrive, comment crois-tu qu'elle va réagir en apprenant que ses filles sont perdues dans le parc ? Tu devras l'apaiser. Et Francesco, tu as pensé à lui ? Tu m'écoutes, Giulia ?

Elle enfouit le visage dans ses mains. Tout s'accélérait. Elle avait cru, un temps, que les choses se passeraient comme prévu. Elle avait fait bien attention, elle avait renoncé à tout, cette fois. Mais rien n'avait changé. Rien. Tout était comme par le passé.

— C'est la pluie, cette maudite pluie… Il pleuvait aussi ce jour-là. Elle était trempée jusqu'aux os, et la pluie continuait à couler sur elle. La pluie était glacée. Comme sa peau. Je l'ai serrée contre moi… ma petite sœur. Et je l'ai appelée, encore une fois. Mais elle ne se réveillait pas. Giulia ! Giulia, tu m'entends ? Ne me quitte pas, comment pourrais-je vivre sans toi ? Mais elle ne répondait pas. Ma Giulia était froide comme le marbre.

— Tais-toi, malheureuse ! l'implora Stefan, les yeux écarquillés.

Gabriel et Fiorenza se regardaient, pétrifiés. Francesco se trouvait à présent tout près d'eux, les cheveux plaqués par la pluie sur son visage éteint. Giulia tendit la main et déposa une légère caresse sur une joue de Stefan.

— J'aimais ma sœur, elle était forte ; de nous deux, elle était la meilleure. Giulia Donati. Elle faisait la fierté de notre père. Tout le monde l'aimait.

Stefan la ramena rapidement à l'intérieur, la mine assombrie par l'inquiétude. Il pressa les lèvres sur la tête de la femme qu'il tenait toujours serrée contre son cœur, puis, une fois dans le salon, il la déposa délicatement sur le divan.

— Fiorenza, occupe-toi d'elle, elle ne se sent pas bien. Appelle son médecin dès que possible. Dis-lui que son état s'est aggravé. Je pars chercher les filles avec Gabriel.

— Je viens avec vous, lança Francesco, qui ne quittait pas sa mère des yeux, les narines dilatées, les lèvres exsangues.

— Non, reste avec elle, si jamais elle…

La voix de Stefan se brisa, il respira un grand coup.

— Reste auprès de ta mère. On s'occupe de retrouver les filles.

— Elle était forte, ma Giulia, et elle était si belle ; elle ne pouvait pas imaginer que cet homme allait se moquer d'elle ainsi. Ne crois pas ce qu'il te dit, petite sœur, c'est un menteur, il te dit n'importe quoi ! C'est Stefan qui l'a chassé, cet affreux Baci. Sois maudit, Cosimo Baci !

Francesco se laissa tomber dans le fauteuil à côté de sa mère, et chercha Fiorenza du regard :

— Mais qu'est-ce qu'elle raconte ? demanda-t-il d'une voix blanche.

— Elle croit qu'elle est Bianca ! Seigneur, aidez-nous ! répondit la femme en cachant son visage dans un pan de son tablier. Aide-moi à l'emmener dans sa chambre.

— Non, je ne bougerai pas d'ici !

Francesco secoua la tête, puis se leva, comme s'il avait besoin de quitter au plus vite cet endroit oppressant. Claudia avait raison : La Spinosa était maudite. Il eut une envie soudaine d'être près d'elle.

— Où est Claudia ?

— Elle est sur la route, elle rentre de Pise. Elle s'est laissé surprendre par l'orage.

— Quoi ? Quand est-ce que tu lui as parlé ?

— Il n'y a pas longtemps, elle a téléphoné pour parler avec Viola, répondit Fiorenza en lui montrant le portable de la jeune fille posé sur la table.

Il le saisit, vérifia les derniers appels et composa rapidement le numéro de sa femme. Il attendit longtemps mais, comme personne ne décrochait, il s'adressa à Fiorenza :

— Je vais à sa rencontre. Ne la laisse pas seule une seconde, ordonna-t-il en désignant sa mère. Fais en sorte qu'elle reste à l'intérieur, quitte à l'attacher !

Claudia n'avait pas le choix, elle fit un écart. Le flux de l'eau semblait à présent impénétrable. Elle était presque arrivée. « Faites que ce soit la bonne route. S'il vous plaît ! » Les mots sortaient par à-coups. La peur était une entité physique qui s'était enroulée autour d'elle et ne voulait plus la lâcher.

Quand les phares de la voiture éclairèrent le portail, elle fondit en larmes et accéléra. Elle y était presque. Elle allait bientôt serrer ses filles dans ses bras ; elle ne pensait plus qu'à ça. Elle voyait déjà leurs magnifiques sourires. « Faites qu'elles aillent bien, je vous en supplie. » Quand elle descendit de son véhicule, le déluge s'abattit sur ses épaules. Elle avançait, mobilisant tout son corps, luttant à chaque pas, jusqu'à atteindre le portail. Il était fermé. Elle eut beau le secouer, il ne cédait pas. En désespoir de cause, elle tenta de l'escalader. Rien ni personne ne l'empêcherait de retrouver ses filles.

Elle était presque en haut quand elle le vit.

— Claudia, reste où tu es, ne bouge pas !

Francesco courait vers elle, en glissant parfois. Claudia enjamba le haut du portail, le cœur battant à tout rompre. Il pleuvait de plus en plus, elle ne voyait plus le grillage. Elle ne savait pas où mettre les pieds.

— Qu'est-ce que tu veux faire ? Tu es fou ? lui hurla-t-elle.

Il se trouvait à présent juste en dessous d'elle.

— Je vais te rattraper. Saute !

Elle le fixa un bon moment avant de se décider à se laisser glisser. Et quand il prit son visage entre ses mains pour l'embrasser, elle se laissa aller entre ces bras chauds, elle s'y agrippa parce qu'elle était vivante, et heureuse de l'être, et parce que ce moment-là était différent de tout ce qu'elle avait vécu jusqu'alors. Tout, de ses convictions à ses projets, avait basculé à cet instant.

— Viola et Iris sont dans la villa ?

Francesco lui prit la main.

— Il ne faut pas rester là. Une fois à la maison, on coupera à travers la colline pour arriver au bois. C'est là que sont les filles. Stefan et Gabriel sont partis les chercher.

— Elles sont dehors ? Sous cette pluie battante ?

Il ne répondit rien et la traîna derrière lui. Soudain, un bruit assourdissant retentit dans la vallée. La terre trembla. Francesco se figea, les yeux rivés sur le terre-plein devant le lac. Puis il hurla :

— Cours, Claudia, cours ! On doit monter à la villa, c'est la seule chose à faire.

Une fois à l'intérieur du petit refuge, Viola et Iris se laissèrent glisser au sol, haletantes. Elles avaient couru comme des folles tandis que les éclairs et la foudre se déchaînaient autour d'elles. Elles reprirent leur souffle en se cherchant du regard.

— Ça va ?

— Repose-moi la question quand on sera rentrées à la maison. Je ne sais pas si j'ai plus froid ou peur, bredouilla Iris en claquant des dents, secouée par un tremblement.

— C'est bientôt fini. Regarde, là-bas, ça se dégage déjà.

Un rayon de soleil filtrait entre les nuages noirs, accentuant la couleur d'acier brûlé qu'avait prise le ciel.

— Je déteste la foudre, les éclairs et les orages.
— M'en parle pas, j'ai jamais pu les supporter.
Viola eut un petit rire en regardant autour d'elle.
— Bon, comme abri, ça laisse quand même un peu à désirer. Ce truc tombe en ruine !
Iris observa ce qu'il restait de plafond dans la cabane. Le plus gros de la structure s'était effondré, seuls des murs porteurs soutenant de grosses poutres recouvertes de tuiles étaient encore debout. Soudain, un éclair les paralysa. Le tonnerre qui suivit les jeta dans les bras l'une de l'autre. Quand son écho se dissipa, elles éclatèrent de rire, pour se donner du courage.
— Viens, on va avancer vers le fond de la cabane. Derrière ce tas de pierres, on dirait que c'est plus sec.
Très vite, comme si cela pouvait vraiment suffire à laisser l'orage derrière elles, elles s'assirent dos au mur, les yeux rivés sur l'entrée. La pluie commençait à se calmer.
— Regarde ! s'écria Viola, le doigt pointé vers le fond de la cabane, où s'ouvrait une cour.
— C'est un portail… mais qu'est-ce qu'il fait là ? demanda Iris en courant vérifier par elle-même.
Elle saisit la poignée et la fit tourner.
— C'est fermé à clé, constata-t-elle avant de se pencher entre les barres de fer. Bon sang ! Je parie que c'est le jardin secret de grand-mère !
— Qu'est-ce qui te fait dire ça ? l'interrogea Viola, qui l'avait rejointe et lorgnait par-dessus son épaule.
— Il y a des plantes. Plein de plantes. Prends le parchemin et vérifie si ça correspond au labyrinthe.
Viola se précipita vers son sac à dos et s'assit par terre, la carte ouverte sur ses jambes croisées.

— Voyons voir… là, c'est le lac, là, le bois… Oui, finit-elle par lâcher, ça pourrait bien être ça.

— Tu crois que le rosier de mille ans est là-dedans ? demanda Iris, émerveillée.

Viola s'essuya le visage. Elle savait que c'était inutile : des gouttes d'eau continuaient à dégouliner de ses cheveux mais, au moins, ça lui occupait les mains.

— C'est possible, fit-elle, avant de se tourner vers l'entrée et d'ajouter : Il ne pleut presque plus.

— Je compte bien dire deux mots à notre grand-mère. Elle ne peut pas continuer à nous cacher des choses comme ça. On dirait qu'elle joue avec nous : elle commence à raconter quelque chose, puis s'arrête en plein milieu, on croirait un jeu de piste. C'est comme si elle disait : Tu veux la vérité ? Eh bien, va la chercher…

Viola acquiesça.

— Allez, dépêchons-nous de rentrer à la maison. J'ai hâte de revenir ici quand ce sera sec pour voir ce qui se cache derrière cette grille.

Elles n'avaient fait que quelques pas quand elles entendirent un grand fracas. La terre vibra sous leurs pieds. Viola saisit Iris par le bras et la tira hors de la ruine. Elles roulèrent sur le pré devant la cabane juste avant que le toit ne finisse de s'effondrer à l'endroit précis où elles se trouvaient quelques instants plus tôt. Confuses et stupéfaites, elles s'assirent en toussant.

— Iris ! Iris, où es-tu ?

— C'est Gabriel !

Viola aida sa sœur à se relever, le regard tourné en direction des voix qui les appelaient. Quelques secondes plus tard, les deux hommes apparurent de derrière les arbres. Ils couraient vers elles comme s'ils étaient poursuivis par une horde de loups.

— Montez vers la colline, vite !

Elles ne se le firent pas dire deux fois : les mines épouvantables de Stefan et Gabriel suffirent à les convaincre.

Les deux sœurs grimpèrent jusqu'au sommet. Quand elles se retournèrent, elles virent le torrent de boue et de détritus qui menaçait les deux hommes. Elles se mirent à hurler en faisant de grands gestes :

— Plus vite ! Plus vite ! Courez !

Gabriel attrapa Stefan qui était resté quelques pas en arrière et le traîna derrière lui. Ils rejoignirent les jeunes filles juste à temps : la coulée de boue se déversa sur le pré, emportant tout sur son passage.

Iris et Viola, terrorisées, s'agrippèrent à eux. Elles laissèrent les hommes les serrer dans leurs bras, incapables de détacher les yeux du torrent.

— Toute cette eau… mais comment est-ce possible ? D'où vient-elle ?

Gabriel gardait Iris serrée contre son cœur.

— Le lac… je crois que le terre-plein a cédé.

Il était haletant et couvert de boue. Iris lui nettoya le visage.

— Tu vas bien ? Et papa, Claudia et les autres ?

— On les a laissés à la villa, répondit-il avant de déposer un baiser sur ses mains.

Il fallut à Iris quelques secondes pour visualiser la position de la villa dans le domaine : Dieu merci, elle ne se trouvait pas sur la trajectoire de la masse d'eau.

Viola s'adressa à Gabriel :

— Il faut qu'on rentre à la maison. Il y a un sentier, une route, pour contourner ce désastre ?

— Oui, il faut monter encore. Ça va être un peu long, mais on ne peut pas s'approcher plus, ce serait trop dangereux.

Stefan était comme hypnotisé ; le volume de l'eau commençait à baisser, laissant derrière lui une traînée de boue destructrice. Mais de là, il voyait très bien les fondations du mur d'enceinte, qui avait disparu. De la haute paroi de briques que Giulia Donati avait fait ériger pour protéger son secret, il ne restait plus rien.

Bianca

Elle souffre, elle le sait. Elle le sent.

Même si Giulia continue de sourire, Bianca sait que ce sourire est un mensonge que sa sœur dessine sur son visage jour après jour. Ça fait un moment qu'elle l'observe. Elle sait qu'entre Giulia et ce Cosimo Baci les choses sont en train de tourner au vinaigre. Et même si elle est triste pour elle, au fond, ça lui fait plaisir.

Ce Cosimo est un escroc. Tout ce qu'il veut, c'est vivre à la villa, en maître des lieux. Mais n'étant pas parvenu à convaincre sa sœur, il a tenté sa chance auprès d'elle. C'est La Spinosa qu'il veut. Bianca le sait car il le lui a dit.

Pas en ces termes, bien sûr.

Mais ses yeux ont parlé à sa place ; sa façon de regarder autour de lui quand il entre dans le salon. Et puis il y a le ton sur lequel il s'adresse aux domestiques. Alors, elle a pris son courage à deux mains et, quand il a demandé à la voir, elle l'a reçu, bien que Stefan ait essayé de l'en dissuader. Elle n'avait pas le choix, elle devait le faire. C'était l'unique moyen de faire tomber son masque. Ce que Cosimo lui a dit, ce qu'il lui a fait quand il s'est cru seul avec elle ont montré à Giulia quelles étaient ses véritables intentions.

Stefan a empoigné Cosimo et l'a fait valser en bas de l'escalier, puis il l'a fichu à la porte. On ne le reverra plus. Giulia a dit que, s'il osait se représenter, elle le ferait jeter en prison.

Bianca est satisfaite de la tournure qu'a prise leur vie à La Spinosa. Chaque matin, elle aide sa sœur. Ensemble, elles décident des fleurs à planter, de l'organisation du parc. Elles répondent aux lettres et aux commandes. Mais Giulia est de plus en plus lointaine, de plus en plus triste.

Elles sont allées ensemble dans le labyrinthe, ce matin-là. Le rosier de mille ans resplendit de bourgeons et de pétales écarlates. Giulia s'assoit aux pieds de sa sœur, presse fort ses mains entre les siennes et lui annonce :

— Je vais avoir un enfant.

Elle ne savait pas qu'on pouvait ressentir un si grand bonheur. Elle prend sa sœur dans ses bras. Un enfant ! Un nouveau Donati !

— Il faut partir, Bianca, au moins quelque temps : il n'aura pas de père.

— Deux mères, ça ne suffit pas ?

— Les gens le lui feront payer, répond Giulia avec un sourire amer.

— Pas si on le cache. Le domaine est immense. Personne ne lui fera jamais aucun mal.

Giulia ne sort plus le soir. À présent, elle passe le plus clair de son temps dans le labyrinthe. Le rosier de mille ans fait pleuvoir sur elle ses pétales et son parfum. Mais elle ne sourit plus.

Puis le moment est enfin venu. Alors Giulia lui demande :

— Promets-moi que s'il devait m'arriver quelque chose tu prendrais soin de lui.

Bianca essuie le visage de Giulia du plat de la main. La valise pour l'hôpital est prête, ainsi que la layette pour l'enfant. Ce sera un prince, ou une princesse. Quoi qu'il en soit, elle l'aimera toujours. Elle le sent, au fond de son cœur, dans son âme.

— Je te le promets.

38

L'automne est le bon moment pour préparer tant le sol que notre âme à accueillir la beauté de la floraison. Planter des bulbes de narcisse, préparer le terrain et les mettre en terre, contribue au bien-être général et au sentiment du travail accompli. Les bulbes de narcisse – Narcissus L. – *ne doivent pas être entièrement recouverts de terre. Les observer grandir au cours des trois semaines qui suivent la plantation augmente la conscience et la capacité de contemplation.*

Les doigts posés sur les vitres et le regard fendant la pluie, Fiorenza attendait que quelqu'un rentre à la maison. Elle n'avait jamais aimé attendre. Mais rien n'était pire que ce sentiment de profond désespoir qu'elle sentait monter en elle. On aurait dit que la tempête avait emporté avec elle le sens commun des gens, et qu'il ne restait plus que la folie.

Celle de Giulia, convaincue d'être sa sœur, Bianca. Celle de Stefan, qui semblait la croire, celle des jumelles, qui, avec ce temps, avaient cru bon de sortir se promener comme si de rien n'était. Elle se passa une main sur le visage puis retourna voir Giulia.

— Tu te sens mieux ? Tu veux que je te prépare un thé ?

Elle ne répondit pas, elle était ailleurs, loin. Comme au début de sa convalescence, quand elle ne savait même pas qui elle était. Un mauvais souvenir secoua Fiorenza. Elle revit sa cousine à l'hôpital et crut entendre à nouveau les premiers mots qu'elle avait prononcés en se réveillant :

« Je m'appelle Bianca, Bianca Donati.

— Non, tu es Giulia, Giulia Donati. Ta sœur Bianca est décédée il y a bien longtemps. Tu t'en souviens ? »

Elle n'avait pas réagi tout de suite, mais avait fini par acquiescer mollement. L'instant d'après, elle avait déjà glissé dans le sommeil. Fiorenza n'avait pas accordé grande importance à cet épisode. Le neurologue qui s'occupait de Giulia lui avait dit que la perte de mémoire et la confusion étaient fréquentes après un tel épisode, et son AVC, bien que pris à temps, avait tout de même laissé des séquelles. On ne pouvait pas encore les évaluer avec précision, son rétablissement dépendrait de nombreux facteurs. Pendant un certain temps, la patiente verrait son passé comme une suite d'images ne se succédant pas toujours dans l'ordre. Son passé lui reviendrait même très probablement de façon fragmentée. Fiorenza savait qu'elle ne devait pas accorder trop de crédit aux mots de Giulia. Mais une question se posait tout de même : pourquoi Stefan allait-il dans son sens ? Certes, il lui avait demandé d'appeler le médecin, mais ces mots ressemblaient fort à de la poudre aux yeux. Et il n'était pas né celui qui l'enfumerait…

— Ils sont rentrés ?

Elle sursauta. La voix de la vieille femme était douce, fatiguée, comme son visage.

— Non, mais ils ne vont pas tarder, tu verras. Stefan et Gabriel sont partis chercher les filles et Francesco doit déjà avoir rejoint Claudia. D'ici peu, ils seront tous à l'abri.

— Non, personne ne sera en sécurité tant que je resterai ici.

Fiorenza sentit son visage s'empourprer sous l'effet de la colère.

— Arrête, bon sang, arrête ! Ne dis donc pas de bêtises ! Ils t'aiment, tous. Pourquoi es-tu incapable de voir ça ? Stefan, ton fils, les filles… même Claudia, qui aurait pourtant de bonnes raisons de t'en vouloir. Eh bien, ma chère, sache que même elle, elle te respecte.

— C'est bien pour ça que je dois partir.

Elle se leva, s'appuyant sur sa canne dont elle serrait fort le pommeau.

— La Spinosa n'est plus à moi. En fait, elle ne l'a jamais été. Le domaine devait revenir à Giulia, mon père avait été clair là-dessus. C'était elle qui avait toutes les qualités requises pour s'occuper du jardin. Pas moi. Moi, je n'en étais pas capable. Je le comprends maintenant, Fiorenza. À présent tout a un sens.

La vieille dame prit une longue inspiration.

— Assieds-toi, s'il te plaît, je vais te chercher tes cachets. Tu es trop agitée, Giulia.

— Non, je suis très calme, au contraire. Et ne m'appelle pas comme ça. Mon nom est Bianca.

Un grand fracas suivi d'une intense vibration réduisit les deux femmes au silence. Elles se regardèrent, perdues.

— Qu'est-ce que c'était ?

Fiorenza se précipita à la porte.

— Ne bouge pas d'ici, je vais voir.

Sa cousine la suivit des yeux jusqu'à ce qu'elle disparaisse derrière la porte, puis sortit à son tour du salon. Elle boitait, les épaules courbées, le souffle lourd. Quand elle arriva dans sa chambre, elle poussa la porte secrète, se traînant toujours aussi péniblement.

Elle avait quelque chose à faire et ça ne pouvait pas attendre.

Francesco et Claudia eurent tout juste le temps d'atteindre la terrasse avant qu'une énorme vague brune ne s'abatte sur l'esplanade devant la villa, entraînant tout sur son passage. Une mer de boue se déchaînait autour d'eux, soulevant une écume sale. On ne voyait rien d'autre.

Terrorisés, ils ne pensaient qu'à leurs filles. Francesco saisit la main de sa femme.

— Il faut qu'on parte d'ici, viens.

Claudia se libéra de son étreinte, les yeux dilatés par la peur.

— Mes filles, mes bébés…

Il lui prit rageusement le visage :

— Regarde-moi, Claudia ! Elles sont en sécurité, tu as compris ? Le bois est en hauteur, je suis sûr qu'elles se sont mises à l'abri, assena-t-il avant de s'essuyer la bouche du dos de la main. Elles sont malignes, ce sont deux gamines débrouillardes, murmura-t-il d'une voix épuisée qui évoquait plus une prière qu'une affirmation. Viens, rentrons à la maison.

Claudia attrapa la main de son mari, car elle ne pouvait rien faire d'autre. Elle devait lui faire confiance, croire que les filles étaient à l'abri. Ils longèrent la façade de la villa, un pas après l'autre, au milieu de la boue. La pluie avait subitement cessé de tomber, comme elle avait commencé. L'orage serait bientôt fini, mais ce qui était arrivé pendant qu'il se déchaînait avait tout changé.

Ils avaient changé, eux aussi.

La voilà, la clé du jardin secret.

Bianca la tenait dans sa main, la soupesait. Elle était toute simple, oxydée par les ans. C'était un morceau de métal vieux de plusieurs siècles.

C'était l'histoire de sa famille.

Elle l'avait reçue en cadeau bien des années plus tôt quand elle n'était encore qu'une enfant. Trop tôt, elle le savait à présent. Trop tôt pour comprendre la responsabilité qui y était attachée, pour saisir ce que ce privilège avait de merveilleux.

Lorenzo Donati avait fait reposer sur ses filles une charge trop lourde pour leurs frêles épaules d'enfants. C'était un homme éprouvé par une tragédie. Une guerre absurde qui avait emporté des êtres qui lui étaient chers. Ce qui l'avait mené à précipiter les choses avec ses filles, à les pousser à suivre un chemin ardu qui les avait trop tôt arrachées à leur enfance, leur imposant des devoirs et des obligations qu'elles n'étaient pas en mesure d'assumer. Elles avaient dû devenir dépositaires de la légende des Donati, comme il l'avait été avant elles.

Après tant d'années, Bianca avait fini par le comprendre. Et par lui pardonner.

Sous le coup de la douleur, les gens peuvent faire des choses terribles, s'égarer. Après l'assassinat de sa sœur, il avait perdu le contrôle. La mort de Matelda l'avait convaincu d'instruire les filles plus tôt que prévu.

« Une pour les voyageurs, une pour le jardin. » Elle ferma les yeux un instant et laissa les souvenirs la submerger. Mais elle les chassa presque aussitôt : elle avait déjà perdu trop de temps. Elle glissa la clé dans la poche de sa veste et remarqua le rayon de soleil qui tombait sur le tapis. Elle s'approcha lentement de la fenêtre : la peur de découvrir les dégâts que la pluie n'aurait pas manqué de faire dans le jardin freinait ses mouvements. Quand elle regarda en bas, son visage se contracta en une grimace d'horreur.

Le parc était méconnaissable.

L'éboulement avait heureusement épargné la villa, mais le reste n'était que destruction : une fange noire avait recouvert son jardin. Le vert émeraude de l'herbe et des arbres avait laissé place au jaune ocre et au marron de la boue.

En larmes, elle s'effondra sur le sol.

Il était perdu, tout était perdu. Elle se cacha le visage dans les mains, la douleur qui oppressait sa poitrine depuis le matin lui broyait désormais le cœur.

C'est à ce moment-là, alors qu'elle tentait désespérément de respirer, qu'elle sentit sa présence.

C'était un parfum de rose, une douce caresse sur son cœur. L'air qui emplissait ses poumons et lui permettait de respirer à nouveau.

— Un jardin ne meurt jamais, petite sœur. Il change, ça oui, mais il ne meurt jamais, c'est la vie même, tu te souviens, Bianca ?

Elle leva la tête puis sourit.

— Giulia, ma douce Giulia.

Elle tendit une main vers le rayon de soleil qui avait illuminé la pièce d'une lumière resplendissante.

— Pourquoi as-tu mis tant de temps à revenir vers moi ? Tu m'as manqué. J'étais perdue, sans toi.

Elle se releva, cherchant sa canne à tâtons.

— Attends-moi…

— Non, non, pas maintenant. Pas encore.

La voix disparut. La chambre était à nouveau plongée dans la pénombre. Quand elle s'aperçut qu'elle était seule, elle resta immobile, les yeux fouillant la pièce à la recherche de sa sœur. Ses lèvres tremblaient. Elle était partie. Encore une fois. Elle demeura ainsi, au milieu de la pièce, le regard perdu, le visage baigné de larmes.

Francesco et Claudia coururent ensemble dans les couloirs, main dans la main, leur souffle leur brûlant la gorge, obnubilés par une seule pensée, qui les faisait aller de plus en plus vite.

— Dieu soit loué ! s'écria Fiorenza en les voyant arriver.

— Les filles… tu sais quelque chose ?

Ils s'arrêtèrent, les mains sur les cuisses, hors d'haleine.

La vieille dame secoua la tête.

— Stefan et Gabriel sont allés les chercher. Vous avez senti le sol trembler, vous aussi ?

— C'était le terre-plein. Il a cédé et libéré l'eau du lac.

Francesco fit une pause, lança un coup d'œil en direction du porche, puis s'adressa à Claudia :

— Prenons la route de la colline, c'est la seule façon de rejoindre le bois. S'ils y sont, on les retrouvera.

— Dépêchez-vous ! En attendant je vais préparer quelque chose de chaud. Elles doivent être trempées jusqu'aux os, les pauvres petites.

Fiorenza n'ajouta rien mais, dans le regard qu'ils échangèrent, on pouvait lire très distinctement la peur qu'ils n'osaient exprimer à voix haute.

— Bien sûr.

Ils marchèrent sans rien dire, ébranlés, éprouvés. Mille pensées se bousculaient dans leur esprit, ils ressentaient encore dans leur chair l'expérience qu'ils venaient de vivre et qu'ils n'étaient pas près d'oublier. Stefan était d'une pâleur cadavéreuse et s'arrêtait souvent pour reprendre son souffle. Alors, Viola ralentissait pour l'attendre. Gabriel tenait la main d'Iris, de temps en temps il la regardait et lui souriait, pour tenter de lui remonter le moral.

— C'est rien qu'un peu de boue. Quand on aura déblayé, tout redeviendra comme avant. Ce sera même mieux.

Ce n'était pas vrai mais, à ce moment-là, les pensées positives et les sourires les aidaient à continuer à avancer et rendaient leur âme plus légère.

— C'est papa ! Viola, regarde, c'est eux !

Elles se mirent à courir en direction de leurs parents. Et dans les embrassades qui suivirent, ce qu'il restait de tension s'évapora immédiatement. Ce n'étaient que des mots, des gestes, qu'il suffisait de remplacer par d'autres, plus beaux, plus grands, pleins de cet amour qu'ils n'avaient jamais su montrer et dont aujourd'hui ils étaient conscients. C'était cela, le pouvoir du pardon : la capacité de libérer son âme et d'avancer sans laisser la rancœur vous retenir.

— Rentrons à la maison.

Et pour la première fois depuis leur arrivée, La Spinosa, couverte de boue, sens dessus dessous, presque à genoux, devint pour eux tous un abri, un refuge.

Fiorenza les accueillit dans une mer de larmes. Giulia, quant à elle, serra chacun dans ses bras, même Claudia, un sourire serein flottant sur ses lèvres. Elle semblait aller mieux, elle avait l'air apaisée, le regard limpide. Il ne restait plus aucune trace des mots confus qu'elle avait prononcés.

Francesco et les filles lui lançaient de temps en temps des regards perplexes.

Tandis que l'odeur du café se répandait dans la cuisine, Gabriel, Francesco et Stefan tentaient de faire le point sur la situation. Les secours ne tarderaient pas à arriver : dès leur retour à la villa ils avaient appelé les pompiers.

Claudia aidait Fiorenza. Viola et Iris étaient allées voir ce qu'il restait de leur jardin. Et, si elles eurent dans un premier temps l'impression qu'il demeurait bien peu à sauver, elles s'aperçurent vite que les camions et les pelleteuses l'avaient protégé. Les structures de pierre étaient recouvertes de boue, tout comme la fontaine, mais, sous la couche de terre, elles avaient vu poindre quelques feuilles. L'eau n'avait pas déraciné les plantes, tout était encore à sa place, simplement dissimulé sous un manteau sombre.

La seule chose que la coulée de boue avait réellement détruite était le mur d'enceinte, à présent éparpillé sur la route en une masse informe de briques.

Iris et Viola étaient en train de nettoyer les plantes avec un arrosoir quand les voix parvinrent jusqu'à elles. Elles levèrent la tête et échangèrent un regard étonné.

— Ce sont les ouvriers !

Derrière les manœuvres, un groupe de pompiers remontait l'allée à bord de deux 4 × 4.

— Qu'est-ce qui s'est passé, ici ?

— C'est le terre-plein devant le lac qui s'est effondré, dit Francesco qui venait de rejoindre ses filles, suivi de près par Gabriel.

— J'en reviens pas, ça a déplacé la pelleteuse, dit le chef d'équipe en retirant son chapeau.

— Le lac s'est rempli au-delà de sa capacité et l'orage a fait le reste.

L'homme contempla les alentours encore un moment, puis sembla reprendre ses esprits.

— Il y a d'autres sources d'eau ? Ce sera plus simple pour nettoyer. Il faut faire vite : quand la terre aura séché, ce sera presque impossible de récupérer ce qui est en dessous.

— La buse est juste là, dit Gabriel en indiquant un mur, elle est reliée à un des puits artésiens.

Dès lors, tous s'attelèrent à nettoyer le domaine. Même Giulia et Fiorenza participèrent en cuisinant, en apportant des boissons ; pour la première fois depuis des dizaines d'années, de nouvelles voix résonnaient dans le jardin, car, très vite, la nouvelle de la catastrophe s'était répandue, et des bénévoles se présentèrent en nombre à La Spinosa.

Giulia de temps en temps regardait les arbres que l'eau avait épargnés et s'émerveillait de les voir si luxuriants et brillants.

Ce qui avait échappé à la vague destructrice était plus fort et plus beau que jamais. Elle monta sur la terrasse et chercha un lieu pour se reposer. Alors, son regard balaya tout le domaine et s'arrêta sur un point précis.

Des gens empruntaient le chemin qui montait jusqu'au domaine. Des *voyageurs.* Le mot explosa dans son esprit. Son cœur battait à tout rompre.

— Voilà les voyageurs, murmura-t-elle.

Soudain, tout s'éclaira.

Le mur n'existait plus, et ils pouvaient à nouveau pénétrer dans le jardin. Elle se leva en tremblant.

La solution était là, sous ses yeux, depuis toujours. Elle saisit le bras de Fiorenza et lui montra les gens.

— Le mur ! C'est à cause de lui que le parc s'était mis à dépérir, année après année, jusqu'à cesser de fleurir. Le mur empêchait les gens d'entrer, privant le jardin de sa raison d'être. C'étaient les émotions qui le gardaient en vie ; c'étaient les mots que les gens chuchotaient quand ils se promenaient dans les allées ; les rires des enfants, la joie. Et moi, j'ai détruit tout cela en faisant construire un mur.

La femme l'écouta attentivement, en observant tour à tour sa cousine et la route.

— Je n'ai jamais compris pourquoi tu avais fait ça. Quand je suis arrivée à La Spinosa, Francesco était encore un bébé, tout était chamboulé par la mort de Bianca, et toi, tu ne pensais qu'à une chose : faire construire ce mur. Tu ne parlais que de ça.

— C'est Giulia qui est morte, combien de fois faudra-t-il te le répéter ?

— Arrête avec ça !

Fiorenza en avait assez. Elle était fatiguée, tendue, et elle venait d'avoir la peur de sa vie.

Sa cousine la dévisagea. À présent qu'elle était prête à révéler son terrible secret, personne ne la croyait.

Elle s'ouvrait enfin, au prix d'un effort surhumain, mais personne ne voulait l'entendre. C'était absurde. Elle avait presque envie de rire, mais ce fut le désespoir qui l'emporta, et elle cacha dans ses mains sa mine défaite.

Elle avait gardé ce secret pendant plus de quarante ans, elle avait dû vivre avec, jour après jour, elle l'avait laissé décider à sa place, elle lui avait tout sacrifié, et aujourd'hui qu'elle était prête à le dévoiler, à en affronter les conséquences, à se libérer de son poids une bonne fois pour toutes, sa famille croyait que la frayeur qu'elle venait d'avoir la faisait délirer. C'était insensé !

— J'ai quelque chose à vous dire, annonça-t-elle à Fiorenza en lui prenant la main. Maintenant. Ça ne peut plus attendre. Appelle mon fils, dis-lui de venir.

Mais Fiorenza ne réagissait pas et continuait à regarder ailleurs. Alors, elle insista, pressant plus fort ses doigts.

— Je t'en prie. Appelle-les, tout de suite !

Fiorenza soupira, résignée, puis alla chercher Claudia et Francesco.

Celle que tout le monde prenait pour Giulia prit encore un peu de temps, elle choisit bien ses mots tandis que les souvenirs se bousculaient dans son esprit. Elle considéra sa famille puis tendit une main vers Stefan, qui la saisit aussitôt.

— Quand Giulia est morte, j'ai eu peur. Je craignais qu'on ne m'enlève mon neveu, que ce satané Baci puisse revenir et découvrir ce que j'avais fait.

Fiorenza allait l'interrompre quand Francesco l'arrêta en posant la main sur son épaule.

— Et qu'est-ce que tu avais fait ?

Elle leva la tête brusquement et plongea les yeux dans ceux de Francesco.

— J'ai pris la place de ma sœur. Ta mère. J'ai donné mes papiers d'identité au médecin qui est venu constater son décès. Ainsi, c'est moi qui suis morte. Et pas elle, pas Giulia. Elle, elle a continué à vivre. Parce que c'était comme ça que les choses devaient se passer.

Sur les visages médusés de l'assistance on lisait l'étonnement, la stupeur, l'incrédulité.

— Comment est-ce arrivé ?

Bianca n'osa pas affronter leurs regards.

— L'accouchement avait été difficile. Giulia était restée des jours à l'hôpital. Pendant sa convalescence, elle avait contracté une infection pulmonaire.

Elle fit une pause et s'aperçut que Viola et Iris se tenaient près d'elle. Elle tendit la main et ses deux petites-filles vinrent s'asseoir à ses côtés.

— À son retour, je lui ai demandé de garder le lit, je lui ai dit que je m'occuperais de tout. Je l'ai suppliée, mais elle ne pouvait s'empêcher de répondre à l'appel de cette maudite cloche et de s'occuper des voyageurs. C'était ça, son devoir : aider ceux qui venaient chercher un peu de paix à La Spinosa. Ceux qui avaient désespérément besoin de la force du jardin, d'un mot gentil, ou tout simplement de retrouver la beauté de la vie quand les chagrins et les déceptions l'avaient chassée de leur cœur.

— Comme cette Caterina ? Elle aussi était venue chercher la paix ?

Bianca sourit. Iris avait tout compris depuis longtemps. Car elle était comme la douce Giulia : elle avait le même cœur généreux, la même façon de sourire à la vie.

— Oui, ma chérie, comme Caterina. Je me souviens encore d'elle, tu sais ? Cette femme était seule, désespérée. Giulia n'était pas là le jour où elle est venue à La Spinosa. Il n'y avait que Stefan et moi. La cloche n'arrêtait pas de sonner. Alors, c'est moi qui l'ai aidée, même si ce n'était pas mon rôle. Une pour les voyageurs, une pour le rosier de mille ans, vous vous souvenez ? Eh bien, voilà, le rosier faisait partie de mes prérogatives, les voyageurs de celles de Giulia... Quand j'ai rencontré Caterina, je lui ai donné des graines de mes fleurs à moi, celles que j'avais créées avec Stefan. C'était tout ce que je possédais, vous savez ? Je n'avais pas le droit de confier des plantes du jardin aux voyageurs mais, mes fleurs secrètes, je pouvais bien les offrir à qui je voulais. Alors j'ai donné à Caterina des graines et un petit pot. Personne n'en aurait jamais rien su, à part cette femme et moi. Et puis tu es arrivée, Iris, et tu les as retrouvées, après tant d'années. C'est à ce moment-là que j'ai compris que ta sœur et toi vous m'aideriez à tout arranger.

— Et ma mère... Finis ton histoire, murmura Francesco d'une voix étranglée.

Bianca le regardait, des larmes plein les yeux.

— Oui, bien sûr. Excuse-moi, mais c'est si compliqué, si dur, bredouilla-t-ellc avant de s'humecter les lèvres. Giulia était faible, mais elle refusait de rester à la maison. On aurait dit qu'elle avait besoin d'être dehors, parmi les fleurs, pour apaiser ses tourments. Elle t'emmenait souvent avec elle. Elle étendait une couverture sur la pelouse et t'y déposait. Je la regardais, mais je ne pouvais rien faire pour l'aider. Elle cherchait un moyen de ne pas s'effondrer, je le sais aujourd'hui, mais à l'époque je ne le comprenais pas. On en avait beaucoup parlé, je ne voulais pas qu'elle passe autant de temps dehors, elle était faible, je craignais que son état ne s'aggrave. J'étais morte de peur. Mais Giulia continuait à n'en faire qu'à sa tête. Comme ce dernier soir.

Elle s'était mise à lisser distraitement sa robe de la main, l'air tourmenté.

— Je l'ai trouvée étendue sur l'herbe. Autour d'elle, les fleurs avaient éclos. Elle est morte seule, ma pauvre Giulia.

Francesco la fixait, livide. Claudia lui serrait la main. Il pleurait en silence.

— Je suis restée avec elle jusqu'à ce que Stefan nous voie. On a fait venir le médecin. Ils me l'ont enlevée. Et je ne pouvais rien faire d'autre que de les regarder partir avec ma petite Giulia sur un brancard.

Le silence se fit. Autour d'eux, un va-et-vient incessant faisait résonner des rires et des éclats de voix dans tout le domaine. L'énorme pelle mécanique ramassait la boue que bientôt les puissants jets d'eau auraient fini de faire complètement disparaître.

— Et comment as-tu fait pour la remplacer ?

Bianca se retourna lentement. Elle était sereine, comme si le récit qu'elle était en train de faire ne la concernait pas directement.

— Je te l'ai dit, Francesco, j'ai donné mes papiers au médecin, je lui ai dit que c'était Bianca qui était morte. Nous étions parfaitement identiques, personne n'aurait pu nous distinguer l'une de l'autre, pas même nos parents.

Elle chercha le regard de Claudia et ajouta :

— Pas même notre mère.

Francesco secoua la tête, se tourna vers Fiorenza, puis Stefan :

— Elle est devenue folle, je ne vois pas d'autre explication.

Aucun ne répondit. Un doux sourire était toujours imprimé sur le visage de Bianca. Le vent s'était levé et ses cheveux voletaient autour de son visage.

— Où sont ses cachets ? Elle est perturbée. Elle ne sait plus ce qu'elle dit.

Francesco ne pouvait croire à cette histoire. C'était tellement absurde, tellement monstrueux. Il répéta les mêmes phrases en boucle, jusqu'à ce que Stefan lui prenne le bras.

— Elle dit la vérité. Je suis désolé, mon grand.

Il le prit dans ses bras et lui donna une tape dans le dos avant d'ajouter :

— Viens avec moi.

Les deux hommes s'éloignèrent, côte à côte, comme un père et son fils. L'espace d'un instant, Iris et Viola les suivirent des yeux, abasourdies par ces révélations. Bianca n'était pas morte. Elle était là, près d'elles.

— Écoutez, leur dit la vieille dame, la cinquième étape du parchemin, c'est la vie. Rien ne peut empêcher la nature de remplir son rôle.

Elles étaient trop stupéfaites pour savoir quoi répondre.

— Tu veux t'asseoir ?

— Ça va, fit Bianca en caressant le visage de Viola, je suis juste un peu lasse, mais ça va passer.

Iris se tordait les doigts, elle ne comprenait pas ; tout était si difficile, si effrayant. D'abord, l'inondation, puis sa grand-mère qui n'était pas sa grand-mère, et à présent ces révélations… Elle regarda Viola et se demanda ce qu'elle aurait fait à la place de Bianca. Non, c'était trop affreux ne serait-ce que d'y penser.

C'était insupportable. Elle s'assit sur les marches de la terrasse, les mains dans les cheveux, en proie à un profond désespoir.

Viola posa une main sur son épaule.

— Qu'est-ce qui se passe ?

— Je suis juste fatiguée.

— Viens écouter notre grand-mère.

— Ce n'est pas notre grand-mère. Tu as entendu ce qu'elle a dit ?

— Ce que tu peux m'agacer, parfois ! Qu'est-ce que ça change que ce soit Giulia ou Bianca ? Hein ? Tu peux me dire ce que ça change pour nous ?

— C'est monstrueux ce qu'elle a fait. C'est terrible.

— Elle était aux abois, elle a fait ce qu'elle a pu pour protéger son neveu. Tu crois peut-être qu'elle a fait tout ça pour une autre raison ?

— Je n'ai jamais dit ça.

— C'était il y a plus de quarante ans, Iris, ça n'a plus d'importance à présent. Viens plutôt écouter ce qu'elle a à nous dire. Elle est impatiente, tu sais ? Elle a hâte de nous expliquer en quoi consiste cette dernière étape inscrite sur le parchemin.

Iris se leva. Bianca se tenait à présent devant le jardin. Elle observait tout avec la plus grande attention, le regard alerte ; un sourire adoucissait son visage.

— Regardez autour de vous : la vie finit toujours par l'emporter. Même aujourd'hui, sous cette boue, il y a la vie. C'est comme quand, aux premiers beaux jours, les branches, même celles qui semblent sèches et sont couvertes d'épines, se mettent à verdir et bourgeonner. Dans un jardin, tout est mouvement et action : l'eau qui coule, les graines qui germent sous la terre, les fleurs qui éclosent. Nous nous retrouvons en lui car le jardin est l'expression de notre âme, de notre esprit.

Iris et Viola restèrent assises à côté d'elle, subjuguées par son discours, découvrant pour la première fois en elle une grande sérénité, qui naissait de ses convictions, de la certitude que les choses étaient comme elles devaient être. Aucun doute, aucune hésitation.

— Là, il y a des sentiers, qui sont comme parcourus par des idées. Les mêmes que celles qui ont besoin de temps pour se développer. Comme des graines. Chaque fois que vous cultiverez votre jardin, qu'il s'agisse d'un balcon ou d'un parc, c'est en vous qu'il portera ses fruits. Patience, humilité, satisfaction, compassion, joie. Tout ce que vous avez ressenti en travaillant la terre a grandi et s'est enraciné en vous. Vous avez découvert ces émotions, l'une après l'autre… Elles changeront à jamais votre façon de voir les choses, elles vous aideront à vivre pleinement vos vies.

— Je peux me joindre à vous ? demanda Gabriel, regardant tour à tour la vieille dame et les jeunes filles, et s'arrêtant sur Iris.

Bianca lui sourit.

— J'étais en train de dire que les jardiniers ont beaucoup de chance : on est toujours récompensé de l'amour que l'on donne aux plantes, il vous est rendu des milliers de fois, car ce qui naît et grandit entre celui qui plante une fleur et la nature est la forme d'amour la plus parfaite. D'ailleurs, ajouta-t-elle en glissant une main dans sa poche, ceci est pour vous, dit-elle en déposant la lourde clé dans la main de Viola. Prenez-en bien soin. Et quand le moment sera venu, choisissez bien votre rôle, mes douces fées. Une pour les voyageurs, une pour le rosier de mille ans.

Iris et Viola écarquillèrent les yeux.

— Pourquoi maintenant ? Pourquoi as-tu tant attendu ?

Bianca déposa un baiser sur le front d'Iris, puis sur celui de Viola.

— À présent, vous êtes prêtes. Je sais que vous avez trouvé le labyrinthe toutes seules. Vous l'avez ardemment désiré, c'est pour cela que vous saurez en prendre soin. Car il faut avoir désiré quelque chose de tout son cœur, avoir lutté pour l'obtenir, pour vraiment en comprendre la valeur. Il est votre avenir, dit-elle en montrant le jardin, n'oubliez jamais que vous êtes des Donati et que c'est la terre qui a fait de nous ce que nous sommes. À présent, accompagnez-moi à l'intérieur. Je suis fatiguée.

39

Rien de tel que de s'endormir bercé par le parfum
du jasmin d'hiver – Jasminum nudiflorum.
Planté près de l'entrée de la maison,
il apporte joie, lumière et chance.
Il n'a pas besoin d'un sol particulièrement riche.
Le soleil lui donne force et vigueur et il offre
en échange une floraison abondante. Il a besoin
d'arrosages réguliers. Il fleurit au printemps.

Elle fut la première à se réveiller. Elle avait rêvé de son enfance, quand le jardin lui racontait ses secrets. De sa sœur qui se cachait dans les buissons puis en sortait en bondissant comme un diable pour lui faire peur. Elle s'était souvenue des nuits sombres, quand Giulia venait la chercher, qu'ensemble elles allaient main dans la main courir dans les prés et qu'une fois en haut de la colline elles s'allongeaient et donnaient des noms aux étoiles. Elles étaient si nombreuses, si lumineuses.

Sa sœur avait été la grande absente de sa vie. Elle était l'air qui lui avait fait défaut à chaque inspiration, l'eau qui ne l'avait jamais réellement désaltérée. Elle avait été cette partie manquante sans laquelle elle était incomplète, et donc incapable d'accepter l'amour d'un homme qui était toujours resté auprès d'elle, d'aimer vraiment un enfant qu'elle n'avait pas mis au monde.

Elle avait été son plus grand tourment, son plus grand regret, sa honte. Car une autre raison secrète, trouble, l'avait poussée à prendre la place de Giulia. Elle l'avait fait pour ne pas risquer de perdre Francesco, certes, mais au fond, dans le recoin le plus sombre et le plus caché de son âme, Bianca avait continué à éprouver une jalousie de petite fille.

Aussi s'était-elle transformée en elle.

Mais rien ne s'était passé comme elle l'avait imaginé. Elle n'avait jamais acquis la désinvolture de sa sœur, ni sa capacité à rire et à affronter la vie. Elles avaient beau être identiques, chacune avait en elle quelque chose d'unique. Très vite, on s'était mis à la regarder d'un œil suspicieux. Alors, Bianca avait mis à la porte tous les domestiques, elle avait cessé de fréquenter les amis de Giulia et n'avait plus répondu aux commandes de fleurs. Finalement, incapable d'apporter aux voyageurs le réconfort qu'ils espéraient trouver à La Spinosa, rongée par la colère et le remords, elle avait commis une chose terrible : elle avait fait construire un mur autour du jardin.

Puis, des années plus tard, le destin lui avait offert une seconde chance. Après son attaque, elle était née une seconde fois.

Ce qui lui avait permis de réparer ses erreurs.

À présent, tout avait changé. Les jumelles prendraient bientôt possession du labyrinthe. Le rosier de mille ans les attendait. Francesco et Claudia se réconcilieraient. Pas tout de suite, car l'âme a besoin de temps pour guérir, et de volonté. Mais le véritable amour est comme la vie : il finit toujours par l'emporter. Elle en était convaincue.

Elle savait aussi que ce matin n'était pas comme les autres.

Elle se leva, vêtue uniquement de sa chemise de nuit, et ouvrit la porte dérobée. En commençant à monter les marches, elle fut surprise : ses jambes étaient étonnamment légères et elle avait l'impression d'entendre le rire de Giulia.

— J'arrive, murmura-t-elle.

Elle passa devant la bibliothèque, à laquelle elle ne jeta qu'un rapide coup d'œil, puis elle monta une autre volée de marches et atteignit la chambre de sa sœur.

— Je suis là, où es-tu ?

Le soleil inondait la pièce et Bianca se protégea le visage de sa main levée. La fenêtre était entrouverte, une légère brise agitait les rideaux. Elle les écarta puis écarquilla les yeux.

La pluie fine tombée durant la nuit avait lavé les dernières traces de boue et à présent, sur les arbres et dans l'herbe verte, des points colorés faisaient de timides apparitions. En regardant plus attentivement, elle dut se rendre à l'évidence : des milliers de fleurs avaient éclos. Partout, dans tous les coins du jardin, on voyait des pétales blancs, jaunes, roses, et même rouges.

— Le jardin a fleuri !

Elle resta très longtemps à la fenêtre, émerveillée et pleine d'une joie impossible à contenir, puis elle vacilla et tenta de se raccrocher au rebord, mais ses jambes cédèrent.

Quand elle rouvrit les yeux, bien plus tard, elle s'efforça de comprendre, de se rappeler où elle était.

Le tapis sous sa joue était moelleux. Alors que tout devenait flou, dans un moment de lucidité elle se souvint de l'époque où, en ce même lieu, elle passait des heures à dessiner des papillons, des dragons et des sirènes. Elle avala sa salive. Elle avait les lèvres sèches, une douleur lui serrait la poitrine et la gorge. Une larme roula lentement le long de sa joue. Ses paupières se fermèrent, mais elle était heureuse. La dernière image qu'elle vit fut celle de Giulia, de son sourire, et de sa main tendue vers elle.

— Je suis venue te chercher, petite sœur, viens, on s'en va. Les autres nous attendent.

Fiorenza et Claudia avaient préparé le petit déjeuner pour tout le monde. Les jumelles aidaient à mettre la table, Gabriel ne lâchait pas Iris des yeux.

Viola s'approcha de sa sœur.

— Pourquoi ne vas-tu pas lui parler ? Je te jure que je ne vous supporte plus, tous les deux. On a inventé un truc qui s'appelle le langage, tu sais à quoi ça sert ? À dialoguer, à se comprendre, ce genre de trucs, quoi…

Iris continuait à plier les serviettes, les yeux baissés, l'air sérieux.

— Je n'ai rien à lui dire. Et maintenant bois ton café, ou j'irai toute seule, au labyrinthe.

Elle ne voulait pas penser à Gabriel, alors elle se concentrait sur les derniers événements. Elles avaient trouvé le rosier de mille ans, elle n'en revenait toujours pas. Un enchaînement de circonstances les avait menées jusqu'au seuil de ce portail. Cela faisait bien un certain temps que le parchemin leur en montrait le chemin, mais elles n'avaient pas compris tout de suite.

C'était à cause de l'orage qu'elles s'étaient réfugiées dans cette cabane en ruine. Et c'était aussi l'orage qui avait failli détruire le domaine et avait tout remis à plat. Il avait révélé les secrets, balayé les incompréhensions.

— Ça m'étonnerait, c'est moi qui ai la clé, rétorqua Viola en fourrant la main dans sa poche.

Elle écarquilla les yeux et ajouta :

— Mais comment t'as fait ?

— Facile, je l'ai prise pendant que tu étais aux toilettes, répondit Iris avec un demi-sourire. À quoi il peut bien ressembler, ce rosier de mille ans ?

Voilà qui lui apprendrait à sous-estimer les gens ! Elle se servit du café, souffla dessus, puis laissa échapper un petit rire. William lui avait déjà fait remarquer qu'elle avait cette fâcheuse tendance, mais elle n'y avait pas prêté attention. Un éclair de tendresse lui réchauffa le cœur. Elle avait hâte de lui raconter les dernières péripéties. Mais elle ne lui dirait pas que le jardin avait fleuri la nuit précédente, ça, elle le garderait pour elle. Personne n'avait vraiment compris ce qui s'était passé, à part sa sœur. Si on ne s'intéresse pas à quelque chose, comment s'apercevoir des changements ? Ce qui était arrivé tenait en réalité du miracle. Ils étaient allés se coucher épuisés, leur peau encore imprégnée de l'odeur de la boue, et le lendemain matin le jardin les avait accueillis avec une mer de fleurs. Viola sourit : elle ne remettrait pas en cause ce qui s'était produit. Pour elle, c'était cela la magie de La Spinosa, de son domaine. Elle leva la tête et haussa les sourcils :

— Fiorenza, tu as vu notre grand-mère ? Elle n'est pas encore descendue.

— Elle était très fatiguée, elle descendra tout à l'heure.

— Oui, tu as raison, il faut qu'elle se repose, dit-elle, avant de s'adresser à Claudia qui regardait par la fenêtre, le visage encore plus pâle que d'habitude : Maman, tu veux venir avec nous ?

— Non, ma chérie. Allez-y, moi, j'ai quelques coups de fil à passer.

Elle avait fait sa valise et appelé Lilian, le moment était venu de rentrer chez elle. Elle laisserait à Francesco les papiers du divorce. Elle serra le rideau dans son poing. Elle avait passé la dernière nuit avec son mari. Dans son lit. Et à présent, elle était morte de peur. Elle prit une longue inspiration puis pencha la tête. Francesco lui avait demandé de rester mais, ça, c'était hors de question. Elle avait sa vie, son magasin. Elle avait l'amour de ses filles. Et elle avait la sensation d'avoir à nouveau un avenir. Le reste… elle y penserait plus tard.

— Ne rentrez pas trop tard, hein ? Avant de partir, il faut que je vous parle, à toutes les deux.

— Tu es sûre que tu ne peux pas repousser ton départ ?

— Sûre et certaine. Maintenant allez-y. À plus tard.

L'orage avait cessé d'un coup, comme il avait commencé. Il s'était abattu sur le domaine et ses habitants, déracinant les convictions, et emportant avec lui les rancœurs, les tensions et un grand secret. Le mur n'existait plus. Sur ses décombres, sur la boue et la solidarité, quelque chose de neuf était né : l'espoir, et il avait un parfum de fleurs tout juste écloses, de détermination et d'engagement.

Iris avait passé son temps à regarder autour d'elle. Une nuit d'été avait chamboulé sa vie. La conviction qu'elle avait cultivée depuis des années, cette certitude que tout avait une fin, vacilla soudain. Que sa grand-mère fût Bianca ou Giulia, cela n'avait guère d'importance, car, en quelques semaines, cette femme lui avait enseigné quelque chose d'essentiel : la fin n'existait pas. Tout était en mouvement. Une erreur pouvait être un avertissement, mais aussi un point de départ.

Un autre point de départ était le pardon, et sa puissance était infinie.

En quittant la villa, elle s'éloigna de sa sœur pour aller voir son parterre. Elle s'étonna que la coulée d'eau et de boue l'ait épargné, mais ses questions furent vite balayées par la beauté de ce petit lopin de terre. Tout ce qui comptait pour elle, c'étaient les parfums et les couleurs des fleurs. Puis elle vit les pousses de genêt : que faisaient-elles là ?

— Salut, Iris, j'ai comme l'impression que tu n'as pas envie de me parler. Mais moi, je n'ai pas envie de partir sans t'avoir dit au revoir.

Elle s'efforça de sourire à Gabriel.

— J'aime pas les adieux, c'est tout.

— Pourquoi ?

Elle prit son temps pour lui répondre ; Gabriel essayait de l'entraîner dans une conversation qu'elle n'avait pas envie d'avoir. Elle soupira, les bras croisés.

— Je préfère les éviter, c'est tout.

Il la dévisagea.

— Ça te dit de marcher un peu avec moi ? demanda-t-il en lui tendant une main, qu'elle saisit.

Les doigts entrelacés, ils avançaient. Elle aimait cette sensation, sa main dans la sienne. Et elle aimait parler avec lui, ou même simplement le regarder. Savoir qu'elle ne pourrait bientôt plus le faire était comme un coup de poignard en pleine poitrine.

Ils marchèrent un moment, chacun plongé dans ses pensées.

— J'ai quitté la Bosnie juste après la guerre. On avait tout perdu. Mon père a été tué pour ses idées. Des gens qui avaient toujours été nos amis ont pris notre maison. On a dû fuir. D'abord en France. Puis en Angleterre, et enfin en Italie.

Il ne lui avait jamais rien dit de lui. Elle retint son souffle, priant pour qu'il continue.

— Ça a été difficile.

En réalité ça avait été bien plus que ça, mais Gabriel n'avait pas envie de remuer le passé.

— Certaines choses ne sont pas faciles à comprendre si on ne les a pas vécues. Nous n'avons pas quitté notre maison pour chercher fortune ailleurs, mais parce que nous en avons été chassés. Notre seule chance de survie était la fuite. Mais ça ne changeait rien. Nous étions des étrangers, des indésirables, et même des profiteurs pour certains. Les gens n'aiment pas la différence.

Iris soupira et leva les yeux vers le ciel. À présent, elle comprenait mieux Gabriel. Alors, elle lui parla aussi un peu d'elle.

— Eh bien, moi, si je n'avais parlé qu'avec des gens que je connaissais, je n'aurais jamais échangé avec personne.

— Et comment tu faisais ?

— Qu'est-ce que tu veux dire ? demanda-t-elle, perplexe.

— Comment faisais-tu pour reconnaître ceux en qui tu pouvais avoir confiance ?

Bonne question. Elle s'écarta légèrement, mais il tenait toujours fermement sa main. Il ne la laisserait pas partir. Alors, elle chercha ses mots, mais s'aperçut qu'elle ne les trouverait pas car ils n'existaient pas. La vérité toute crue n'avait rien de rassurant.

— Il y a plusieurs stades de connaissance et d'amitié. L'amitié superficielle, on peut la donner sans se poser trop de questions. Les choses ne changent que quand quelqu'un devient important. Alors, l'amitié n'est plus une simple projection de tes désirs, à ce moment-là il faut s'occuper d'elle, se demander quels sont ses besoins.

— Exactement.

Gabriel ne lui avait pas posé une simple question, il s'était servi d'une confidence pour entrer en elle, faire tomber ses défenses, puis il l'avait menée précisément où il voulait. Malgré elle, Iris sourit. Elle regarda le ciel, puis le garçon. Ses cheveux retombaient sur son visage, comme des rubans dorés entre lesquels on apercevait ses yeux bleu glacier.

— Mais moi, je n'ai jamais trouvé personne à qui faire confiance.

Gabriel haussa les sourcils.

— Tu veux dire que tu n'as jamais eu personne de spécial dans ta vie ?

Elle ne répondit pas, ce n'était pas nécessaire. Tout était là, dans son regard, dans ce qu'elle était incapable d'exprimer. Mais, s'il était étonné, il n'y avait chez Gabriel ni moquerie ni jugement, c'était d'ailleurs une des choses qui lui plaisaient tant, chez lui. Une sorte de délicatesse qui n'avait rien à voir avec l'éducation et les bonnes manières.

C'était la beauté de l'âme.

Elle ignorait où cette conversation les mènerait, et ce que Gabriel cherchait, exactement. Mais, paradoxalement, la certitude qu'il partirait l'apaisa. Ce qu'il y avait entre elle et Gabriel finirait bientôt. Il avait l'intention de s'en aller. Elle, au contraire, elle envisageait de plus en plus sérieusement de rester vivre pour toujours à La Spinosa.

— C'est beau de voir grandir les plantes, non ? Ton parterre en est un bel exemple.

— Il est superbe ! C'est tellement facile d'aimer les plantes !

Gabriel l'attira soudain à lui et la serra dans ses bras. Iris écarquilla les yeux, surprise ; son cœur battait la chamade.

— Tu parles de fin, d'adieux, mais qu'est-ce qui compte le plus, pour toi ? Les jours que tes graines ont mis à germer, à croître et à fleurir ou le résultat final ? À quoi tiens-tu le plus ?

— Je ne comprends pas.

— Ah non ?

Il se pencha sur elle, son souffle sur ses lèvres ; son odeur d'herbe fraîche et de terre humide l'enivrait.

— Tu les as choisies, ces graines, tu les as plantées. Chaque jour, tu as pris soin d'elles, tu leur as donné ton temps, ton amour. La terre les a bercées pour toi, les a accueillies et nourries. Je vais te reposer la question : qu'est-ce qui compte vraiment, le résultat final, qui dans quelques jours va faner, ou tout ce qu'il y a eu avant ?

— Tout, tout depuis le premier jour.

C'était vrai, chaque instant comptait pour elle.

Il prit son visage entre ses mains, et se pencha très lentement vers elle. Ce baiser ne ressemblait en rien à celui qu'elle lui avait donné quelques jours plus tôt. Il n'y avait aucune gratitude, dans cette bouche. C'était quelque chose d'autre. C'était un baiser plein de désir, de passion.

— Tout naît, grandit puis meurt. Mais ça ne doit pas te faire peur, Iris, ça ne doit pas t'empêcher de vivre. C'est le voyage qui compte vraiment. Le temps qu'on passe ensemble.

Elle était trop troublée pour lui répondre. L'émotion lui nouait la gorge et lui faisait monter les larmes aux yeux. À présent, elle savait ce qu'était un baiser passionné. Elle avait connu cette sensation dans la poitrine, cette impression de posséder tout et rien en même temps. Désormais, elle savait ce que ça voulait dire. Une terreur qu'elle n'avait encore jamais éprouvée l'assaillit soudain.

— Et après, Gabriel, quand c'est fini, comment on fait ?

Il tendit le bras et lui montra le jardin :

— Grandir, c'est aussi changer.

Elle regarda dans la direction qu'il avait indiquée, puis au-delà. Tout ce que Gabriel venait de lui dire était vrai, mais ça ne dissipait pas sa peur. Elle se libéra de son étreinte et s'éloigna de lui.

— Non, après, tu restes seul. Après, tu n'as plus que tes propres pensées, et c'est bien tout ce qui compte, au fond. Après, les couleurs disparaissent et il ne reste plus que le gris. L'après, je l'ai vu trop souvent et je n'aime pas ça.

— Les eaux calmes, ça n'existe pas, Iris, elles cachent toujours des courants effrayants sous la surface. Si tu renonces, ta vie ne sera que prudence, une longue ligne droite, sans attaches, sans amour, sans passion. Ce n'est pas parce que tu as décidé de ne pas souffrir que tu seras épargnée.

Elle s'écarta encore un peu, mais Gabriel la rattrapa et la serra à nouveau dans ses bras.

— Arrête de fuir et regarde-moi.

— Pourquoi tu me dis tout ça ?

Il lui caressa le visage. Ses doigts étaient rugueux sur ses joues, ses paupières.

— Parce que tu es merveilleuse et que le temps qu'on a passé ensemble a été précieux. Je ne vais pas faire semblant de vouloir être juste ton ami, et je ne laisserai pas la peur emporter ce qu'il y a entre nous. Maintenant je dois partir, parce que j'ai des choses à faire, parce que j'ai fini mon travail au domaine, parce que ça fait des années que je n'ai pas vu ma famille, et qu'elle me manque terriblement. Mais ça ne veut pas dire qu'on ne va pas se revoir. Je tiens beaucoup à toi, un point c'est tout.

Iris ferma les yeux. Quand elle les rouvrit, elle chercha les siens.

— Adieu, Gabriel, prends soin de toi.

Elle effleura ses lèvres et s'enfuit en courant.

Viola bâilla. Combien de temps fallait-il à Iris pour dire au revoir à son copain ? Elle sentit une douleur aiguë dans son ventre et porta une main là où elle avait mal, mais la sensation désagréable disparut aussitôt.

— J'en peux plus de toi, Iris ! marmonna-t-elle.

Cette connexion entre jumelles ne cessait de la surprendre. Elle scruta le sentier, inquiète. C'était vraiment insupportable de connaître, à la seconde près, les états d'âme de sa sœur. Et maintenant ? Qu'allait-elle pouvoir inventer pour lui remonter le moral ? Car s'il y avait bien une chose encore plus insupportable pour Viola, c'était de voir sa sœur triste. Elle soupesa la clé du jardin qu'elle tenait dans sa main, puis leva la tête : Iris était revenue.

— Tu en as mis, du temps !

— Désolée, ça y est, je suis là.

Elles s'engagèrent sans dire un mot dans la montée. Mais Viola ne tarda pas à rompre le silence d'un soupir impatient.

— Et si tu me racontais ce qui s'est passé ?

— Pourquoi faut-il que les choses aient une fin, Vi ?

Viola lui prit la main, s'arrêta, l'attira à elle et la serra dans ses bras. Iris éclata en sanglots.

— Tu n'aimes pas ça, les changements, hein ? Pourtant, sœurette, il va falloir que tu essaies de t'y habituer, t'as pas le choix. Remplace tes pensées douloureuses par des pensées agréables, et essaie de toujours voir le bon côté des choses. Ça demande un peu d'entraînement, mais on y arrive. C'est un peu comme les exercices de méditation de notre grand-mère. Bon, faut y aller maintenant, fin de la discussion.

Iris s'essuya le visage.

— D'accord. On fait la course ?

C'était si simple, parfois, de réagir aux événements. Il suffisait de courir sous le soleil, de courir vers la vie.

Elles atteignirent les ruines de la cabane, à présent complètement effondrée, et scrutèrent les alentours, circonspectes. De la coulée d'eau il ne demeurait que quelques traces, comme des petites touffes d'herbe sombre.

Elles sourirent, émues.

Bientôt, elles sauraient si la légende du rosier de mille ans était vraie. Elles arrivèrent au portail, au fond de ce qu'il restait de la cour. Viola se chargea d'ouvrir la serrure.

— Tu es prête ?

Iris acquiesça, les yeux plongés dans ceux de sa sœur, un sourire complice aux lèvres.

— Allons-y !

Elles poussèrent le grillage, qui s'ouvrit sur un jardin comme elles n'en avaient encore jamais vu.

Si le parc de la villa leur avait semblé extraordinaire, cet endroit leur coupa le souffle. L'herbe, d'un vert émeraude, ondulait sous la caresse du vent. Il y avait des fleurs partout : des campanules, des marguerites, des cyclamens, des asters, des violettes. Et des roses. Partout, des sarments s'élevaient, créant des arcs qui rendaient plus doux les troncs des arbres. Il y avait aussi des pins, des chênes verts, des ifs. Les feuilles des magnolias étincelaient au soleil, à côté de fougères à taille humaine. Un parfum intense flottait dans l'air.

— Mon Dieu, mais c'est merveilleux !

C'était bien plus que ça, c'était comme si ce lieu rassemblait toutes les émotions que l'on pouvait ressentir dans un jardin : étonnement, joie, sérénité, satisfaction.

— Le labyrinthe !

Elles s'élancèrent vers lui, main dans la main. Elles ne se souvenaient pas qu'elles l'avaient fait bien souvent dans leur enfance, mais leur esprit en avait conservé le schéma, aussi, à pas légers entre les haies fleuries, elles atteignirent très vite le centre du labyrinthe.

Il y avait une fontaine.

Elle ressemblait à celle du jardin à l'italienne, en plus petite. Les jets d'eau s'élevaient vers le ciel, éclaboussant leurs visages, leurs rires et leurs mains curieuses. Iris reconnut le chant de l'eau, il était identique à celui de la cascade après la pluie. Viola pâlit soudain et tendit un bras, sa sœur se retourna pour voir ce qu'elle indiquait.

Le rosier de mille ans était énorme, gigantesque ; merveilleux. C'étaient ses branches qui, au cours des siècles, avaient formé le labyrinthe, se renouvelant ainsi année après année, patiemment, lentement. Au printemps, ce mur de feuilles et d'épines se couvrait de fleurs du même rouge que les pétales sur le pré. Parmi ces pétales, on voyait poindre de délicates campanules blanches. Les fleurs de Bianca Donati. Ses fleurs secrètes, à elle et à Stefan. Ces fleurs qu'ils avaient créées ensemble des années plus tôt resplendissaient à présent sous le soleil du matin. Elles maintenaient en vie les espoirs qu'une jeune fille et son ami avaient transformés en pétales et en feuilles. Elles étaient le symbole du lien qui les avait unis. De leur amour innocent. Le rosier des Donati avait protégé ces fleurs et, ensemble, ils avaient continué à prospérer.

— Là-bas, il y a quelque chose !

Les deux sœurs s'approchèrent, main dans la main. Au pied de la plante se trouvait un coffre d'albâtre. Il semblait très ancien, un D était gravé sur le couvercle. Iris l'observa longuement, puis le souleva avec une infinie délicatesse. L'intérieur était orné d'un sarment de rosier.

— Regarde, des lettres, des dizaines de lettres !

Viola en prit une. *Chère Giulia, le temps qui passe est un tourment, il me plonge dans le désespoir. Sans ton fils, plus rien n'aurait de sens. Il grandit bien, il devient fort...* Elle en ouvrit une autre. *Chère Giulia, ma petite sœur, pardonne-moi pour ce que je t'ai fait. Je te promets que je prendrai soin du domaine comme tu l'aurais fait toi-même. Je ferai tout exactement comme toi. J'ai dit à Stefan que je ne pouvais pas l'aimer. Parce que toi, tu ne l'aurais pas fait. Je croyais qu'il ne reviendrait jamais, mais je l'ai encore trouvé dans le labyrinthe. Il a dit que je ne pouvais pas l'empêcher de m'aimer. Qu'il le ferait à travers le rosier de mille ans. Je n'ai pas été capable de le chasser, car mon cœur est à lui, et pour cela je te demande mille fois pardon.*

Iris plongea les mains dans le tas de lettres, dont elle sortit une nouvelle missive.

— Ce sont des lettres que Bianca a écrites à sa sœur. Mon Dieu, mais c'est terrible, elle a tant souffert !

Elles continuèrent à les parcourir en silence, de temps en temps, des larmes leur brouillaient la vue et alors elles interrompaient leur lecture pour se réconforter mutuellement.

— Là, elle parle de nous, regarde ! *Tes petites-filles sont deux merveilleuses enfants. Je leur ai montré le labyrinthe et elles ont trouvé la sortie en si peu de temps que j'en suis restée bouche bée. Dès qu'elles seront en âge de comprendre le jardin, je te rejoindrai, petite sœur. Et ça, je te le promets, Giulia.*

Viola écarquilla les yeux.

— Qu'est-ce qu'elle a dit hier soir avant d'aller se coucher ? demanda-t-elle d'une voix étranglée. Et ce matin, elle n'est pas descendue déjeuner.

Un terrible doute s'insinuait dans leurs pensées.

Iris secoua la tête.

— Ce n'est pas possible.

Elle ouvrit son sac à dos et y fourra les lettres, avant de refermer le petit coffre.

— Vite, Viola, il faut qu'on rentre à la villa !

Elles alternèrent la course et la marche, le cœur lourd, tenaillées par un terrible pressentiment. Leurs derniers espoirs volèrent en éclats quand elles entrèrent dans la maison : assis dans un coin du salon, Francesco sanglotait, le visage dans les mains. Claudia lui passait une main dans le dos, sa valise abandonnée contre le mur, oubliée. Stefan se tenait près de la porte, le regard dans le vide, le visage figé.

— Où est grand-mère ?

— Là-haut, répondit Claudia en s'essuyant les yeux, elle…

Elles n'écoutèrent pas le reste de sa phrase et foncèrent à la cuisine, renversant au passage le contenu du garde-manger. Elles coururent ensemble le long du couloir, débouchèrent dans le hall et montèrent les marches deux à deux.

Elles se laissèrent guider par les pleurs de Fiorenza, c'était une longue plainte continue, des mots chuchotés à celle qui ne pouvait plus les entendre. Elles pénétrèrent dans la chambre où le soleil illuminait Bianca Donati, étendue sur le tapis. À côté d'elle, la femme qui avait pris soin d'elle pendant toutes ces années, sans jamais se douter qu'elle était une autre.

Les deux jeunes filles s'agenouillèrent à côté de leur grand-mère, car, quel que fût son nom, elle serait à jamais leur grand-mère. Elle était la mémoire de la famille, un regard doux, la voix du passé. Elles la caressèrent et pressèrent ses mains déjà froides, mais Bianca Donati ne les sentait pas, elle était déjà partie.

— Regarde, elle sourit.

Iris acquiesça.

Viola lui effleura la main dans une dernière caresse.

— Maintenant, elle est avec Giulia. Elle est en paix, enfin.

Bianca

Rien ne l'a préparée à cette sensation d'amour si profond. Rien ne lui ressemble. Ce n'est pas le trouble qu'elle ressent quand Stefan la regarde et lui sourit, ou quand il lui parle de la terre qu'il a quittée enfant, de la mer de cristal, du vent qui raconte les histoires de l'île où il est né, des tours de pierre dont elle est hérissée.

Non, elle ressent quelque chose de complètement différent.

Quand l'enfant la regarde, son petit poing refermé sur son doigt, Bianca sait qu'elle ferait n'importe quoi pour lui. Elle le serre contre son cœur et elle ne comprend pas comment Giulia a pu, ce matin, ne pas l'entendre pleurer. Sa sœur est très fatiguée ces derniers temps, elle tousse encore beaucoup, ce qui l'empêche de dormir.

Mais il y a autre chose. Elle lui a demandé plusieurs fois ce qu'elle avait, mais Giulia refuse de répondre. Elle passe de plus en plus de temps dehors, comme si seul le jardin pouvait comprendre sa douleur. Soudain, Bianca ouvre de grands yeux. Elle se lève et pose délicatement Francesco dans son berceau.

Elle se retourne lentement et se met à marcher. Une fois dehors, elle court à perdre haleine. Elle voudrait pouvoir voler, elle voudrait s'être réveillée plus tôt, elle voudrait ne pas sentir ce feu qui lui brûle la poitrine.

Voilà la cloche. Le portail du labyrinthe est juste derrière. Brusquement, elle s'arrête. Sa sœur est étendue sur l'herbe, à côté de l'entrée. On dirait une fleur. Elle s'approche, un pas après l'autre. Elle n'a plus de sang, plus de souffle, plus rien. Alors Bianca hurle, jusqu'à ce que sa gorge lui fasse mal.

— Pourquoi m'as-tu quittée ?

Elle sait qu'elle est seule à présent. C'est une sensation terrible qui lui noue la gorge.

— Giulia, comment as-tu pu faire ça ? Je te déteste ! Je te déteste !

Elle prend sa tête entre ses mains, la serre contre elle pour la réchauffer. Elle se perd dans la contemplation de ce visage identique au sien, dans ces cheveux, dans l'ourlet des lèvres. Ensuite, il n'y a plus de Giulia, il n'y a plus de Bianca.

Elles ne font plus qu'une.

Il ne reste plus qu'une idée, née des années plus tôt dans la tête d'une petite fille qui n'a jamais eu conscience de sa propre valeur.

— Tu es la meilleure, tu ne peux pas mourir. Tu vivras, car il doit en être ainsi.

Elle se lève et, quand Stefan arrive, elle le laisse la prendre dans ses bras.

— Bianca est morte, appelle le médecin.

— Qu'est-ce que tu racontes ? Tu es devenue folle ?

— Fais ce que je te dis. Bianca est morte, je suis Giulia Donati, et je ferai ce que j'ai à faire.

Elle lit l'horreur dans les yeux de l'homme qu'elle aime, mais elle s'en fiche. Elle ne veut pas de sa compassion, elle ne saurait qu'en faire. Elle vacille, mais se reprend vite.

— Mon fils m'attend. À présent, c'est tout ce qui compte.

Le chemin jusqu'à la villa est en descente, mais elle est épuisée, et chaque pas lui coûte, l'empêchant presque de respirer. Puis elle se ressaisit et passe la porte d'entrée la tête haute, le regard droit. Giulia Donati monte l'escalier, prend son fils dans ses bras et s'assoit sur sa chaise à bascule.

— Mon fils, mon petit, le chéri à sa maman.

ÉPILOGUE

Un an plus tard

Le jardin était riche. Il était or, pourpre et émeraude. Il était l'histoire même d'une famille dont les origines remontaient à Damas. Au premier rosier rapporté de la Terre sainte et planté par Goffredo Donati pour son épouse Seraphina, d'autres s'étaient unis. On avait fêté chaque nouvelle naissance en plantant un arbre, qui lierait le nouveau Donati à la terre.

La Spinosa avait pris soin de chacun d'eux. De même que les jardiniers avaient pris soin du domaine. Et ce pacte avait scellé l'harmonie et le bonheur. Car celui qui sait vivre avec la nature connaît le secret de la vie.

Iris leva la tête du livre qu'elle était en train de lire dans la bibliothèque et chercha les planches illustrées. La pièce était à présent baignée de lumière. Les bâches avaient été retirées et les portes rouvertes. La villa était redevenue ce qu'elle était autrefois : un lieu où des gens avaient vécu, dans la joie et la souffrance, mais ensemble.

Elle trouva les planches qu'elle cherchait.

Elle les choisit parmi la multitude de feuilles qui se trouvaient devant elle, et les rangea. Puis elle fit de même avec les fiches de l'herbier, et les graines qu'elle planterait au printemps suivant. Elle avait décidé de récupérer chaque fleur et chaque fruit que les jardiniers avaient conservés. Cela prendrait des décennies. Le soir même, elle transmettrait son travail à Viola.

Sa sœur était partie depuis trois mois et elle lui manquait affreusement.

Elle regarda par la fenêtre, en direction du jardin, et crut entendre Viola l'appeler.

Elle se leva. Les recherches à la bibliothèque pouvaient bien attendre.

Depuis qu'elle avait décidé de collaborer à l'organisation de la fondation culturelle et botanique qui portait les noms de Giulia et Bianca Donati, elle avait l'impression de ne plus rien faire d'autre. Et si d'un côté la somme de travail l'empêchait de penser à des choses désagréables, d'un autre cela lui prenait tout son temps.

— Je vais sortir un moment, Fiorenza, à tout à l'heure, annonça-t-elle en lui envoyant un baiser.

Elle avait envie de soleil et de réconfort, d'une longue promenade dans son jardin.

— Bonjour, Jonas !

Elle croisa l'homme qui venait d'entrer dans l'immense hall et lui sourit. Le vieil ami de son père avait trouvé quelqu'un à qui confier ses chats et, après que Francesco l'avait supplié à genoux, il avait accepté d'enseigner à l'école d'horticulture qu'Iris et Viola ouvriraient la saison suivante. Ce cours serait différent de tous les autres : Jonas travaillerait et ses élèves l'assisteraient sur le terrain. En échange, il cultiverait ses bulbes en toute liberté.

— Où tu cours comme ça, ma petite ?

Mais oui, où courait-elle comme ça ? Elle leva les yeux vers son vieil ami. L'homme comprit aussitôt que son sourire cachait quelque chose.

— Ce n'est tout de même pas si terrible, hein ?

Elle s'efforça de ravaler ses larmes.

— Non, c'est vrai. Parfois ça va, d'autres fois moins. On s'y habitue.

— Ça remplit bien tes journées.

Ce commentaire l'amusa autant qu'il l'étonna.

— Tu parles, elles vont bientôt exploser ! Non, c'est pas ça…

— Alors je ne vois qu'une chose : ça doit être une histoire de cœur.

Elle se rembrunit.

— Dit comme ça, ça a l'air d'un banal…

— Voilà, répondit-il, le sourire aux lèvres, tu as trouvé les mots justes : ça a l'air banal. Mais la nourriture, c'est banal ? Et l'air qu'on respire ? Et le sommeil ? Non, ce sont simplement des choses dont tout le monde a besoin, et sans lesquelles on ne peut pas vivre. Ajoute à tout cela l'amour, Iris, et tu auras tout ce qui est indispensable à la vie.

Elle pencha la tête et quand elle la releva elle souriait. Mais elle n'était pas moins triste pour autant.

— Je vais voir mon parterre.

Elle sortit de la maison, saluant au passage les ouvriers et les jeunes filles qui s'activaient aux archives. Elles l'aideraient à organiser les parcours. Le jardin donnait du travail à beaucoup de monde. Son père était très fier du succès naissant de la fondation.

Il avait liquidé ses affaires et obtenu une somme considérable en cumulant ses indemnités de départ et la cession de quelques brevets. Mais il n'avait pas voulu habiter à La Spinosa, Claudia ne voulait pas en entendre parler. Il avait donc acheté une maison à Volterra. Maintenant, ils vivaient entre l'Italie et l'Angleterre, car sa mère n'avait pas complètement abandonné son activité. C'était un drôle d'équilibre qu'ils avaient instauré, mais telles étaient les conditions imposées par Claudia, et Francesco aurait fait n'importe quoi pour garder sa femme.

La mort soudaine de Bianca, la révélation de son secret avaient touché chacun de façon différente. Mais ils avaient tous commencé à réfléchir à ce qu'ils avaient, et non plus à ce qui leur manquait peut-être. Alors, tout avait pris un nouveau sens, une nouvelle dimension.

Comme si, après la tempête qui avait failli détruire le domaine, tout était enfin rentré dans l'ordre. Le terre-plein avait cédé sous le poids de l'eau à cause de l'obstruction des anciennes canalisations. La pluie n'avait pas pu s'écouler en aval, faisant déborder le lac et provoquant l'effondrement du terre-plein. Mais cet événement catastrophique avait aussi eu des conséquences positives.

Par exemple, il avait balayé le mur d'enceinte. Le danger, en chassant les peurs futiles, avait fait revenir à la surface des sentiments profondément enfouis chez tout le monde. L'instinct avait prévalu sur la raison. La famille s'était retrouvée et tout le monde avait travaillé de concert pour sauver le jardin et le domaine.

Iris repensa à cette période où elle se croyait seule au monde avec son père, et rit intérieurement.

Le jardin à l'italienne devant la villa était un symbole de ce qui était advenu, des liens qui unissaient tous les Donati. Il avait à présent retrouvé sa splendeur d'autrefois. Viola et elle avaient planté en son centre quelques boutures du rosier de mille ans et, partout, les fleurs secrètes de Bianca. Chaque fois qu'elle les regardait, elle pensait à sa sœur. C'était un des pouvoirs presque magiques de ces fleurs. Pétales, parfums, émotions. Mais là, dans ce petit jardin à l'italienne, il y avait quelque chose de très spécial qu'elles avaient découvert par hasard, et seulement après l'éclosion des fleurs, lesquelles en avaient révélé le dessin original.

La structure représentait une rose, celle du rosier de mille ans.

Iris descendit les marches de la terrasse et fit quelques pas sur le pré. Voilà, elle était arrivée.

Son parterre était là.

Les fleurs étaient hautes et belles. Roses, rouges, orange, avec quelques touches de jaune au milieu.

Voir ces genêts faisait battre son cœur encore plus fort.

« Tu sais ce qu'il signifie dans le langage des fleurs ? » lui avait demandé Gabriel avant de partir.

Bien sûr qu'elle le savait, c'était pour cela qu'elle avait soigneusement évité d'en mettre dans le parterre qui devait représenter sa vie. Mais il n'en avait fait qu'à sa tête. Et quand elle avait refusé de lui répondre, il l'avait embrassée.

« Amour éternel, Iris.

— Ça n'existe pas, ça. »

Il lui avait souri de cet air qui lui donnait l'impression qu'elle était unique au monde. Comme il l'était pour elle.

« Peut-être qu'un jour je parviendrai à te faire changer d'avis, qui sait ? »

Elle s'agenouilla sur l'herbe et se mit à l'œuvre à la base des jeunes pousses. Il y avait des graines à ramasser, des bulbes à arranger. Elle avait les mains noires de terre, l'herbe s'enroulait autour de ses doigts quand elle entendit qu'on l'appelait.

— Voilà, j'arrive !

Elle se leva et cacha ses mains derrière son dos. Pourquoi s'entêtait-elle à ne pas porter de gants ? Sa sœur lui avait pourtant répété de le faire des milliers de fois. Elle dévala le sentier au bas duquel une jeune fille l'attendait.

— Je suis là !

Nives, l'assistante de Fiorenza, lui tendit une lettre.

— C'est Stefan qui l'a apportée ce matin, j'ai oublié de te la donner.

— C'est gentil de sa part d'être venu jusqu'ici.

La jeune fille lui tendit un linge humide.

— Tiens, essuie-toi les mains. Mais tu sais, je ne crois pas que ça embête Stefan de venir ici. Il était content.

Iris frotta ses mains.

— Stefan ? Content ? demanda-t-elle, incrédule, en s'efforçant toujours de nettoyer ses mains.

Depuis la mort de Bianca, le vieil homme s'était enfermé dans un mutisme obstiné. Il s'occupait chaque jour du labyrinthe, comme il l'avait fait pendant des années, partageant le secret de la femme qu'il avait toujours aimée, mais il évitait tout le monde, et répondait tout juste quand on lui parlait.

— Tu peux me dire de qui elle vient ?

Très peu de gens écrivaient encore de vraies lettres, puisque tout se passait à présent en ligne, mais elle aimait en recevoir. C'était un geste, un choix, qui voulait dire quelque chose.

— Un certain Gabriel Petrović.

Elle s'immobilisa, tendit le linge à Nives et prit la lettre. Son cœur battait la chamade. Il ne lui avait encore jamais écrit. Jusque-là, il s'était contenté de l'appeler ou de lui envoyer des SMS. Elle avait décidé que ce serait mieux ainsi. Ils avaient chacun leurs rêves, leurs ambitions personnelles, leurs objectifs à atteindre. Le moindre faux pas aurait pu compromettre leur avenir. L'exemple de ses parents prouvait bien qu'une mauvaise décision pouvait avoir des conséquences désastreuses. Iris avait découvert qu'elle tenait particulièrement à Gabriel, mais elle ne savait pas encore comment aborder la chose. Ils étaient jeunes, trop jeunes pour penser à autre chose qu'à simplement vivre leur jeunesse.

Elle retourna à son parterre et s'assit exactement là où elle se trouvait une minute plus tôt. Puis elle décacheta l'enveloppe avec une infinie délicatesse. Regarder partir Gabriel sans le supplier de rester avait été une véritable épreuve, mais elle l'avait surmontée et elle avait continué sa vie. Bien sûr, avoir Claudia auprès d'elle lui avait facilité la tâche : sa mère trouvait toujours un moyen de la consoler et de lui faire voir le bon côté des choses. Viola l'avait choyée ou réprimandée suivant la situation. Fiorenza lui avait préparé chaque jour ses plats préférés, pour lui rendre le sourire. Et même Francesco avait tout fait pour la soutenir et lui remonter le moral.

Ce n'est qu'après le départ de Gabriel qu'elle s'était rendu compte qu'elle l'aimait vraiment. L'absence lui avait permis de comprendre la valeur exacte de ce qu'elle avait perdu.

Chère Iris, j'ai beaucoup pensé à nous, aux moments que nous avons passés ensemble. Chaque jour je vois quelque chose qui me rappelle ton sourire, ta façon d'entortiller une mèche de cheveux autour de tes doigts, tes bonbons. J'entends un mot ou une chanson, je vois une fleur ou je respire un parfum, et tout me ramène en Italie, à La Spinosa. Chaque chose me parle d'une fille que je n'arrive pas à oublier. Que je ne veux pas oublier.

Elle commença sa lecture lentement, savourant chaque mot, riant et essuyant parfois quelques larmes. Mais ce fut la dernière ligne qui fit battre son cœur plus fort.

Alors, je vais probablement bientôt rentrer en Italie. As-tu envie de me voir ?

Elle referma la lettre, le regard perdu au loin. Tant de choses s'étaient produites depuis le départ de Gabriel. Elle avait l'impression d'être devenue une autre. Elle sourit, se leva et retourna à la villa. Elle prendrait son temps pour lui répondre. Elle sentait que bien des choses en découleraient. Le moment était venu de prendre une décision et, pour la première fois, elle n'était pas impatiente. Gabriel lui avait dit que le plus important était le temps qu'on passait à réaliser quelque chose, pas seulement le résultat final. Et elle partageait de plus en plus sa façon de voir la vie.

Gabriel reviendrait bientôt.

Elle était émue et heureuse. Et elle était enfin prête pour accomplir sa mission : redonner vie au jardin.

— Maman, c'est moi !

Viola posa son sac sur le canapé et regarda autour d'elle. Claudia avait dû sortir. Elle se rendit à la cuisine pour se préparer un thé, et c'est alors qu'elle aperçut la valise posée près de la porte ; elle pencha la tête et entendit un éclat de rire qui venait de l'étage du dessus.

Un moment elle resta immobile, la bouilloire à la main, puis un grand sourire lui adoucit le visage. « Papa est rentré d'Italie », songea-t-elle. Elle reprit son sac, retourna dans l'entrée et referma la porte derrière elle en secouant la tête.

Elle était satisfaite que ses parents se soient remis ensemble, mais leurs élans la mettaient toujours un peu mal à l'aise.

Elle marcha parmi la foule, transie, les mains dans les poches. L'air lui rougissait la peau, mais elle s'en fichait. Elle ne s'était jamais sentie si débordante d'enthousiasme, et de joie.

Elle était ravie pour ses parents qui étaient malgré tout parvenus à se pardonner et à aller de l'avant. Ils n'avaient pas oublié, non, cela aurait été impossible, et peut-être même injuste. Il y avait entre eux à présent quelque chose de nouveau qui les rendait heureux. Et s'ils avaient su, eux, faire une chose pareille, alors cela voulait dire qu'il y avait de l'espoir pour tout le monde.

Sous une impulsion, elle arrêta un taxi et y monta :

— Hyde Park, entrée pour la Serpentine.

Le chauffeur acquiesça et s'inséra dans la circulation. La ville était en pleine ébullition. Elle aimait vivre à Londres : les lumières, les gens, ce monde de possibles qui s'ouvrait rien qu'en traversant la rue. Mais chaque jour, La Spinosa lui manquait un peu plus. Iris lui manquait un peu plus.

— Parfait, arrêtez-vous ici.

Elle paya le chauffeur et entra dans le parc. La surface de l'eau était une lumière sur laquelle se reflétait le vol léger des oiseaux. Ils avaient quelque chose de fascinant, ils étaient le symbole même de la liberté. Elle crut voir, l'espace d'un instant, le visage de Bianca. Elle savait qu'à présent sa grand-mère était heureuse, que ses tourments étaient enfin apaisés. Elle ne souffrait pourtant pas moins de l'avoir perdue.

Elle pensa encore un peu à elle, à ce qu'elle avait découvert avec Iris, sur elle et sur Giulia, en lisant les lettres. Elles avaient partagé un tel amour et un tel désespoir que les deux jeunes filles en étaient bouleversées.

Elle resta absorbée dans l'observation de la surface de l'eau, à peine ridée par le vent, laissant son esprit battre la campagne. Et elle se souvint de cet exercice de contemplation qu'elles avaient fait avec Bianca et qui, au fond, s'apparentait plus à un jeu. Elle se pencha, ramassa une pierre et la lança, créant dans le lac de grands cercles concentriques qui, en s'élargissant, effrayaient les canards. Elle fixa l'eau un long moment ; quand elle se leva, elle avait le sourire aux lèvres.

Quelques heures plus tard, alors qu'elle avait pris place au milieu du public pour le concert, ce furent les notes du piano de William, intenses et déchirantes, qui la firent voyager. Elle se leva et applaudit avec les autres, les yeux baignés de larmes. Pendant le salut, elle croisa son regard et son sourire. Et dans cette foule, dans le vacarme des acclamations et des bravos, elle lut sur les lèvres de cet homme des mots qui lui étaient destinés à elle, et rien qu'à elle :

— Moi aussi je t'aime.

C'était un murmure, une promesse.

Sa grand-mère l'avait transformée, La Spinosa l'avait transformée. Elle avait appris à faire confiance, à sortir de sa zone de confort.

Malgré ses épines, la rose qui était en elle avait éclos. Elle avait appris à aimer.

Note de l'autrice

Créé par l'homme et la nature, le jardin est un lieu fascinant sur lequel on a écrit depuis les époques les plus lointaines. Aujourd'hui encore, il reste source d'émerveillement, de réflexion, de découverte. Mais pour ceux qui le cultivent ou le fréquentent, il est bien plus qu'un simple lieu : il est un compagnon, un amant fidèle, un ami sincère. Quand j'ai commencé à imaginer une nouvelle histoire qui suive la tradition naturaliste dans laquelle s'inscrivaient mes précédents romans, et me permette de clore ce cycle, le choix s'est imposé de lui-même. Ce qui aurait pu être un protagoniste inanimé a donc pris vie, devenant quelqu'un à qui parler, quelqu'un à aimer. Si les personnages de ce roman pensent au jardin en disant « il », c'est parce que, dans l'histoire racontée dans *Le Jardin des fleurs secrètes*, il possède une âme.

Ce livre n'est pas un manuel de jardinage, car je n'aurais pas les compétences pour l'écrire. Du monde mystérieux et fascinant des fleurs, j'ai tiré des émotions. C'est ainsi que sont nées les cinq étapes de la connaissance du jardin : contemplation, conscience, action, plaisir, vie.

La complexité psychique et émotive des jumeaux est un sujet vaste et délicat, que je n'ai qu'effleuré. J'espère l'avoir fait de manière respectueuse.

La famille Donati et son histoire sont le fruit de mon imagination, tout comme La Spinosa, leur domaine magique et extraordinaire.

Mais *Le Jardin des fleurs secrètes* renferme en lui d'autres histoires, pour lesquelles je tiens à remercier certaines de mes lectrices et amies.

Deborah Ghione m'a raconté comment l'on cultivait les roses dans de grandes exploitations, m'instruisant sur leur sélection et leur hybridation ; elle m'a parlé du monde qui tourne autour de ces fleurs splendides et fascinantes, des villages de roses qui s'étendent comme de petites villes. Elle a évoqué pour moi les salons, les floralies, les marchés, et les spécialistes du secteur comme les *flower designers*, qui traduisent les émotions en compositions merveilleuses, colorées et intensément parfumées : un régal pour les sens. Toute imprécision dans ce domaine serait uniquement de mon fait.

Giuliana Costabeber m'a dit à quel point sa vie était plus belle grâce aux splendides orchidées qu'elle cultive depuis des décennies et qui fleurissent entre ses mains, pour le plus grand bonheur de ceux qui ont la chance de les contempler. Surtout, la beauté de son âme m'a aidée dans un moment très difficile, et elle a su me convaincre que j'étais sur la bonne voie.

Je tiens à leur exprimer, à toutes les deux, ma plus profonde reconnaissance.

Je voudrais conclure en rappelant les références de certains livres précieux sur notre rapport au jardinage.

Cristina Borghi, *Il giardino che cura*, Giunti, Florence, 2007.

David E. Cooper, *A Philosophy of Gardens*, Oxford University Press, 2006.

Gilles Clément, *Une brève histoire du jardin*, Jean-Claude Béhar éditions, 2011.

Pia Pera, *L'orto di un perdigiorno*, Ponte alle grazie, Milan, 2003.

Pia Pera, *Al giardino non l'ho detto*, Ponte alle grazie, Milan, 2016.

Remerciements

« Ma vie extérieure et intérieure dépend
du travail de mes contemporains et de celui
de mes ancêtres, et je dois m'efforcer
de leur fournir la même proportion
de ce que j'ai reçu et que je reçois encore. »

Albert EINSTEIN

Je voudrais d'abord remercier mon mari, qui me prouve chaque jour qu'il est merveilleux de marcher ensemble vers l'avenir. Merci à mes enfants, qui m'apportent tant de joie et d'énergie et donnent un sens à ma vie. Merci à ma famille, qui me soutient et m'encourage. À ma mère, qui a mis entre mes mains d'enfant ma première fleur et m'a ensuite transmis sa passion pour les jardins.

Merci à Antonella, qui m'a prouvé que les sœurs sont aussi celles que l'on se choisit. À Anna, qui est toujours là pour moi, à Lory, Andreina, Eleonora, qui donnent au mot « amie » un sens plus profond. Merci à Maria Rosaria Mastidoro, qui m'a fait connaître un monde où la spiritualité et le bien-être sont d'une importance fondamentale, et qui m'a accueillie et offert son amitié.

Merci à Rosy Mercurio, qui m'a expliqué comment la créativité pouvait enrichir la vie de joies minuscules et constantes. Merci à Silvana Scaldaferri, qui m'a conseillé des lectures passionnantes sur le monde des plantes et des fleurs, et à Ilaria et ses amies hollandaises, qui m'ont décrit les atmosphères d'Amsterdam, à ma chère amie Alessandra Sciola, qui m'a écoutée patiemment un matin de printemps difficile, au docteur Annalisa Balloi, biologiste experte des bactéries. Je n'imaginais pas l'importance de ces micro-organismes dans les technologies vertes. Si le sujet vous intéresse, je vous conseille de suivre ses travaux.

Merci à Stefano Mauri, qui continue à croire en moi et en mes histoires, et qui a fait de Garzanti, la maison qu'il dirige, un endroit particulier où l'on se sent chez soi. Un grand merci, du fond du cœur, à la directrice de la fiction, Elisabetta Migliavada, confidente et amie : les mots ne suffiraient pas à t'exprimer mon affection et ma reconnaissance. Merci à ma chère Ilaria Marzi, mon éditrice, qui a su dissiper les nuages en m'encourageant à continuer ; à Alba Bariffi, qui soigne le moindre détail ; à Rosanna, Franco et Francesca, à Giulia et Cecilia, à Adriana et toute l'équipe.

Merci à Laura Ceccacci, qui a été mon amie bien avant de devenir mon agente. Je t'adore.

Merci aux libraires, qui promeuvent la lecture, sans lesquels le monde serait un endroit bien triste. Et un grand merci à tous mes lecteurs. C'est votre bouche-à-oreille qui m'a permis d'arriver où je suis à présent. Et un immense merci à ceux qui prennent un peu de leur temps pour m'écrire. J'apprécie beaucoup vos petites attentions.

À vous tous, merci du fond du cœur.

Composition et mise en pages
FACOMPO, Lisieux

Imprimé en France par

MAURY IMPRIMEUR
à Malesherbes (Loiret)
en janvier 2022

POCKET - 92 avenue de France, 75013 PARIS

N° d'impression : 259589
Dépôt légal : janvier 2022
S30021/02